苏医生今天笑了没有？

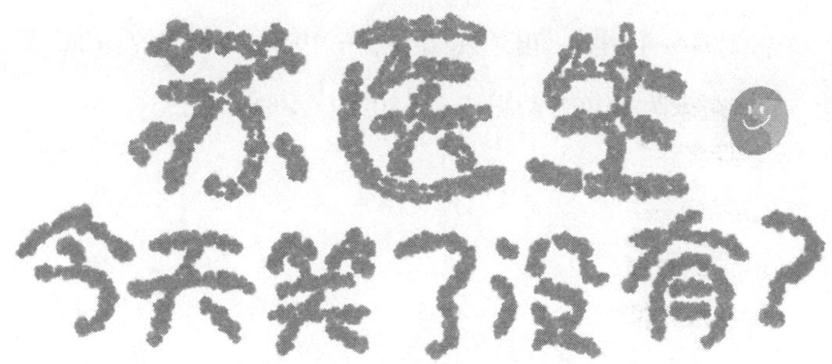

吉祥夜 著

上册

青岛出版集团 | 青岛出版社

图书在版编目（CIP）数据

苏医生今天笑了没有？/吉祥夜著．—青岛：青岛出版社，2022.8
ISBN 978-7-5552-9823-6

Ⅰ.①苏… Ⅱ.吉… Ⅲ.①长篇小说－中国－当代 Ⅳ.①I247.5

中国版本图书馆CIP数据核字（2021）第096454号

SU YISHENG JINTIAN XIAO LE MEIYOU ?

书　　名	苏医生今天笑了没有？
作　　者	吉祥夜
出版发行	青岛出版社
社　　址	青岛市崂山区海尔路182号
本社网址	http://www.qdpub.com
邮购电话	18613853563
责任编辑	郭红霞
特约编辑	张玙璠
校　　对	刘　军
装帧设计	千　千
照　　排	梁　霞
印　　刷	三河市良远印务有限公司
出版日期	2022年8月第1版　2022年8月第1次印刷
开　　本	32开（880mm×1230mm）
印　　张	15
字　　数	389千
书　　号	ISBN 978-7-5552-9823-6
定　　价	65.00元（全2册）

编校印装质量、盗版监督服务电话　4006532017　0532-68068050

目录

[上册]

目录

[下册]

第一章 苏老师今天笑了没有

今天下雨，天气越发寒冷，他在黑色外套里换了件黑毛衣。

他为什么总喜欢穿黑色衣服呢？里里外外都是黑。

可是他这样穿很好看，衬得眼睛跟黑玛瑙似的，幽深泛光。

那年那个令人绝望的夜晚，我乍然遇见他眼里的光，就看见了希望。

他新理了发，不知道在哪里理的，鬓角都给剃秃了，可这也不影响他的颜值。他那么好看，就算光头也帅得人神共愤。

小豆说神外（神经外科）宁主任比他更好看。哼，小豆，不是我说你，是时候去眼科治治眼睛了！不然，让神外宁主任给你看看脑子也行！

我苏老师天下第一好看！

不接受反驳！

2019 年 11 月 × 日

苏老师今天笑了没有？没有。

陶然的手账本，总是被她这样一顿乱记。

她记完还在空白处随手画了几张苏老师的漫画：苏老师在查房，苏老师在开医嘱，苏老师今天吃了红烧鱼，苏老师总是戴着口罩……

我是苏老师手里那支笔！我是苏老师碗里那条鱼！好想变成苏老师的口罩！

她气呼呼地写下三句话，合上手账本，睡觉。

她不是笔，也不是鱼，更不是口罩。

她叫陶然，北雅医院呼吸与危重症医学科的小护士。

说起北雅，年轻小护士眼里有俩超级男神——神外宁主任和呼吸内科苏主任，都是具有神仙颜值和超群专业技术的人物。

可两大男神究竟谁更胜一筹？

这个问题是食堂吃饭时小护士们的热门争论话题，隔三岔五就要被拿出来辩论一番，尤其是陶然和小豆，为各自的哥哥站台，撕得面红耳赤，撕完再手挽手地回科室上班。

苏寒山，北雅医院呼吸与危重症医学科副主任医师，B大医学院博士毕业，出国交流一年后回北雅，迄今发表SCI论文数十篇，获得的各项科研奖项列出来能写满一张A4纸。

这个履历拿出来，陶然觉得就跟自己脸上贴了金似的，闪闪发光。

尤其她的苏老师还这么好看。

苏寒山的照片就被贴在科室墙上，他朗目疏眉，眸色温和，哪怕只看照片，都能让人感觉到扑面而来的煦暖。

她每每把这种感觉说给小豆听的时候，小豆都会把体温计拿出来，给她量一下：“我没感觉到，我觉得不是苏老师眼神煦暖，是你有病，发烧。”

陶然只能叹息："我真的有病啊，而且只有苏老师有药。"

"去，找苏老师开处方去！放开你的狗胆，冲啊！"

陶然承认她有病，这病由来已久，支撑着她十八岁那年改变志向，报考护理专业，甚至支撑着她远离家乡的父母，用尽洪荒之力来到他身边当一个小护士。

她有病，他却不知道。

而这些年，她那么勇敢地冲锋陷阵，众里寻他，却始终没有那个狗胆走到他面前说一句："苏老师，我有病，你有药吗？"

2019 年，是陶然来北雅的第二年，也是爱上苏寒山的第六年。

深秋，黄叶满地，来日方长。

"血压？"

"血压 108/76，体温 36.2℃，脉搏 80，呼吸 20。"陶然赶紧道。

只是面对苏寒山短短两个字的询问，陶然就报出一串。

"检查结果记得吗？"

这是他在问实习生，微沉的男低音带着些压迫感。

"全……全身浅表淋巴结……没有扪及，咽部没有充血……扁桃体没肿大，双侧胸廓对称，呼吸运动度对称，双肺叩诊清音，右下肺呼吸增粗，没有干湿啰音……"

陶然有点儿同情这位实习生兄弟，说得磕磕巴巴的，是有多紧张啊？

另一个实习生接着补充："呼吸道病毒检查、C 反应蛋白都正常，血气分析正常，心电图 T 波改变。肺功能……第一秒用力呼气容积 87.3%，支气管激发试验阳性，支气管镜示支气管炎症。肺部 CT 未见异常。"

"嗯。"

病人突然开始剧烈咳嗽。

陶然便看见一只手进入她的视线范围。

是他的手，去够床头柜上的纸巾。

“我来！”她忙道，抽了纸给病人擦去嘴角的痰。

“医生……我……是不是肺结核？会不会……传染……”病人这一波咳嗽好不容易平息下来，憋红着脸问他。

“不是，您别担心。”他的声音温和起来，“不会传染啊，您这就是咳嗽变异性哮喘，好治的，放心。”

他安抚了一番病人，然后带着主治医师和一帮实习生浩浩荡荡地走了，到走廊上还在问实习生咳嗽变异性哮喘的诊断标准是什么。

听着实习生磕磕巴巴的回答，她暗暗好笑，不过她有什么资格嘲笑实习生呢？她自己在他面前又能多有出息？苏老师这一走，她觉得周围的氧气都充足了。

护士们忙起来这一上午脚就没沾过地，中午好不容易喘口气，护士站来了个送花的人。

“请问苏寒山是在这里吗？”

护士站几位护士相互挤眼睛：“她来了！她又来了！她带着花来了！”

“在这里！我来签收吧。”头号小粉丝当仁不让地替苏老师签收。

每一个重要节日都会有一束花送到科室，送给苏寒山医生。

每一次都是同一种花——天竺葵。

每一张卡片的落款都是同样的名字：酥饼。

每个人都猜过无数次这个酥饼是谁，可谁也不知道答案。

听护士长说，这送花人可执着了，到今年已经坚持了六年。可惜苏主任一次也没亲自签收过花，甚至没看过这花一眼。

“苏主任眼里只有病人。”护士长最后下结论。

“请问苏主任女友粉，酥饼是谁你知道吗？”小豆八卦地凑了过来。

“难道你知道？”陶然看着天竺葵红艳艳的花朵，怎么都觉得有点儿艳俗，这审美，真让人担忧啊！

“嘿嘿，我猜啊，就是苏主任的女朋友！”

陶然的注意力从花转移到了“女朋友”仨字上，她呵呵了两声：“小豆同学，你知道苏主任的女朋友是谁吗？”

小豆将头摇得跟拨浪鼓似的。

“我跟你说，小豆，苏主任的女朋友啊，长相甜美，人见人爱，聪明伶俐，风华绝代……”

小豆眼珠子骨碌碌地转：“所以，你说的这个人是谁？”

“这个人当然就是区区在……”陶然忽然觉得气压不对，赶紧回头一看，妈呀，在她背后戳着的、满目严肃的人不是苏主任是谁？

她瞬间就㞞了，将花束往他怀里一扔：“苏主任你的花！”而后撒腿就走。

身后，小豆一路追赶着她：“陶然，你给我站住！你有本事吹牛，你有本事承认啊！”

“陶然。”

小豆的雪姨式夺命三连句式都比不上这一声低沉的男声轻唤。

正疾走的陶然脚下一顿，紧急刹车，掉头往回走，一副乖乖的样子来到他面前，脑袋里有一个声音在问：刚刚她说的话他一定听不懂吧？一定吧？另一个声音却支配着她的语言神经，打算问：老师，有什么吩咐？

结果，这个声音在传达命令的途中劈了叉，她脑子一抽说出来的是：“老公，有什么……”话没说完，她就死机了，简直欲哭无泪，完全没脸和苏主任对视。

“不是！我是说老公公……对，那个15床的老公公……老爷爷，马上出院，我去看看他有什么不明白的地方，再嘱咐一遍。”好在她重启的速度比较快，总算把自己给救回来了！

她急出了一身汗！

苏老师，你一定要听我的狡辩啊！

“嗯，那去吧。”短暂的沉默后，头顶一个温和的声音说。

“好，谢谢苏老……师！”这次她没叫错！

他怀里那束天竺葵的味真熏得人透不过气来。

她转身走向病房，可刚走几步，又被叫住："陶然。"

"到！"不带这样吓人的啊！

"19床该怎么护理？"

咦？谈话突然变得正经起来了？

好吧，苏主任一直很正经，不正经的是她……

不过，苏主任要说这个，她可就不怕了。

"保持呼吸通畅，防止痰液阻塞窒息；氧疗，持续低流量吸氧1—2L每分钟；呼吸功能锻炼；遵医嘱给药，观察药效和不良反应。还有保持病房通风，温度18—22摄氏度，相对湿度55%—60%，病室内空气消毒一日一次……"她还流利地把饮食、休息和心理护理都说了一遍。

"嗯，那去吧。"

她舒了口气，走了几步回头，正好与苏寒山的目光相遇。他的白大褂下露出一截黑色的衣领，口罩遮住了他的半张脸，那双黝黑的眼睛里，真的有光，天竺葵艳俗的红色花朵都压不过它的闪亮。

话说，她真是个奇妙的分裂型人格，平时在苏主任面前无措得像只鹌鹑，但是只要一涉及专业和工作，她立刻变得条理清晰起来。

小豆都对她这本事感到惊叹，问她怎么做到的。她也给不出答案啊，小豆自己总结出一个：她天生就是当护士的料。

这话她爱听，可小豆来了个神转折：她天生就不是当苏主任的女友的料。

小豆！我警告你，想想今晚的鸡腿再说话！

天竺葵的花语是幸福在你身边。

这是陶然来北雅后第十一次看见它。

今天那束天竺葵最终去了哪里，陶然不得而知。

小豆也不知道，但她认定这花就是苏寒山的女朋友送的："我听说苏主任是有女朋友的，两人在一起很多年了，说是大学同学！你啊，没指望啦！”

陶然默默地听着，没有说话。

“真的！你见过苏主任的钱包没有？里面有女孩儿的照片，她们说女孩儿可漂亮了！陶然，我可告诉你，咱们粉男神归粉男神，你要当‘小三’我可就跟你绝交了！”

“小豆……”陶然想说，苏老师现在没有女朋友，可是这句话都滚到舌尖上了，她还是把它吞了回去。

苏寒山的女朋友是谁，如今在哪里，对科室里的大伙儿来说就是一个谜，对她来说，则是一个秘密，一个属于她和苏寒山的秘密。就像六年前那个夜晚，医院里白丁香馥郁的香味在她心里催开了一朵花，她把这朵花和这个秘密一起封存在心里六年，不对人提起，却从不曾忘记。

“今晚的事，你能忘了吗？就当从没看见。”六年前，他这么跟她说。

那时候的她留着齐耳的学生头，厚厚的刘海，傻乎乎地摇头。她忘不掉。

“那就把它当成一个秘密，别告诉其他人。”

“是……我和你之间的秘密吗？”

“是。”

“好！”

彼时她不知道是不是要伸出小指和他拉钩，也不敢，更觉得不合适。

在她的小指头蹭着无名指的时候，他走了。

她眼睁睁地看着他走远，心里伸出一根线，像幼时帮妈妈缠的毛线团脱手而去，线扯了很长很长，扯得她心口泛起了疼痛。

那是她人生中第一次感觉到这样的疼痛，像是一头扎进浓稠的花蜜里的昆虫，感到甜香、疲软、沉重，最终呼吸困难。

“苏医生！”她追出去一小步，忍不住叫他。

他没听见，更不会回头。

可是她记住了那晚他的眼睛，湿漉漉的，很亮很亮，而且再也无法忘记，和那深春中白丁香甜美的香味一起刻在了她的记忆里。

从此，她这只初从蛹里探出触角的小昆虫，再没能从那晚的甜香里挣扎出来。

四年后，她带着那个夜晚的记忆风尘仆仆地来到他面前，掩去眼中的激动，按下内心的澎湃，向他微笑："苏主任您好，我是陶然。"

他目光平静，宛若看着一个陌生人："苏寒山。你好，欢迎加入北雅呼吸科。"

她的心像是一簇燃烧正烈的火焰，被人迎头浇下一盆冰水，火苗熄灭的时候，刺刺作响。

我是陶然啊，是和你拥有秘密的人啊……

可是他不记得了，守着那一晚的回忆和那个秘密的人，只有她一个人而已。

然而那又有什么关系呢？

她是陶然啊！是不服输的陶然啊！

四年她都过来了，一千多公里她都奔来了，终于到他身边了，还有什么比这更好的呢？

"苏寒山，生日快乐。"下班的时候，她在无人的配药室里轻轻说。

身后却突然传来小豆的声音："陶然，你跟墙说什么话呀？"

"啊？"陶然转过来，脸有些红。

"苏主任不就站在门口吗？"小豆冲她挤眼睛，"哼哼，你的狗胆果然大了不少，敢叫苏主任的名字了！"

"你……你说什么？"陶然都结巴了，"你说……苏主任……刚刚在配药室门口？"

"是啊？你不知道？"

“哦，我走了。”她这颗又𡲆又胡乱蹦跳的心啊，真让人发愁。

“你去哪儿？我不和你去吃饭了，我还换了个中班。”

“哦……”陶然蔫头耷脑地去了食堂。

食堂里今天点心不错，还有烤的蜂蜜杯子蛋糕，她取了个搁餐盘里，去找座位，下一秒眼神一晃，咦，那不是苏寒山吗？

她犹豫了一秒是否要过去。她忽然又想起六年前那个夜晚，他独自走过白丁香树下时的背影，就像他现在一样，明明周围人声喧哗，他独坐一桌，就莫名有一种遗世独立的孤单。

那晚，就是这样的孤单让她鼓足了勇气走到他身边的吧？

她轻轻咳了两声，捧着餐盘过去了。

“苏老师好。”她笑眯眯地在他对面坐下。

他的黑色外套敞着，里面是同色平针薄毛衣，能浅浅勾勒出他的肌肉线条。毛衣质地看起来柔软舒适，就是有点儿老气。他总穿得老气。

她想象了一下，如果他能穿一件白色麻花纹的毛衣，应该能年轻十岁，毕竟他的脸很年轻。

她匆匆地在他的脸上扫过一眼，不敢盯着看，目光便继续回到他的毛衣上，心扑腾扑腾地乱跳，脑子里全是方才的惊鸿一瞥，夕阳的光穿过食堂的大窗户落在他的脸上，整个世界都在闪闪发亮。

苏寒山看看自己的餐盘，再看看她的：“我的菜，有什么问题吗？”

“啊？”陶然呆了一下，脸上发热，原来他以为她盯着他的菜看，“没……没有，我只是……没……没啥胃口。”

苏寒山再低头看自己的菜，和她的一比，看起来的确开胃一些。

他又将目光落在她的脸上，微微皱眉。

陶然感觉到他在看自己，脸烧得更厉害，一张脸都快整个儿埋进餐盘里了。

“手伸过来。”他忽然说。

“啊？”陶然把脸从餐盘里拔出来，不懂他是什么意思。话说，苏老师每一次开口说话都转弯转得太快了吧？

“那就自己测脉搏。”见她迟迟没反应，他只好道。

“测……测脉搏？”她不明白，为什么要测脉搏啊？难道他看出她的心跳加速了吗？这么明显吗？会不会太羞耻？

她脑袋里有一百个问号在跳跃，她根本无法集中精力数脉搏了嘛！

“多少次？”

“我……我……”她还没数清。

“伸手。”

“哦……”她老老实实地把手伸出去，搁在餐桌上。

他的手指搭在了她的脉搏处。

我的天！陶然在心里哀号，这简直是暴击有没有？她觉得自己腕上的皮肤火速燃烧起来，而且灼热感猛地往上蹿，烧得她耳根子都在发热，一颗心蹦跶得早不知道自己是谁了！

请你冷静！请你冷静！

她正跟自己的心跳做激烈斗争的时候，他的手指离开了。

“脉搏110，呼吸24，紊乱急促。”他的工作口吻上来了，“自己摸摸耳后和颈后。”

这时候她脑子里还一团糨糊呢，他说啥就是啥，让她摸她就摸。

“烫不烫？”

“烫……”她觉得自己整个人都是烫的。

“感冒了！”他的手指轻轻叩了叩餐桌，“快点儿吃，吃完回科室去开几个检查单。”

“……”她难以置信地看着他，所以，她在这里心花怒放、小鹿乱撞的，他却在给她看病？她暗暗呼气，把自己的激动压了下去：“苏老师，您误诊。”

苏寒山这辈子怕是第一次遇到有人说他误诊，双眉一挑。

“苏老师，我知道您是呼吸科大神，但我的病还真不是您能看的！”她觉得自己这番话很有气势，至少为刚才死没出息的自己挽回点儿尊严！

“真不用我看？”他那双眼睛在夕阳的斑驳里深得不见底。

“不用！”她开始埋头吃饭，狼吞虎咽地，还是只差把整张脸埋进餐盘里。

对面的他就大不一样了，安然端坐，吃东西也很快，只是动作始终优雅。

他比她先吃完，起身道：“回去量个体温，自己观察，如果发烧，吃点儿药，明早还没好转的话，再来科室看。”

末了，他又补充：“需要我给你开个处方吗？”

“不用！”她把最后一口饭吃完，“都说了我没感冒！”

她的目光落在那个杯子蛋糕上，她迅速把蛋糕往他餐盘里一放，“苏老师，生日快乐！”说完撒腿就跑。

到了食堂外面，冷风一吹，她才懊悔起来，自己怎么一到苏寒山面前脑子就不够用了呢？他给她看病啊！她居然说不要！上次她还跟小豆说要把自己冻感冒请苏老师给她看看呢！

她捶了捶自己的脑袋：陶然，你可真够笨的！

“头疼吗？”身后传来一个声音。

陶然摇了摇头，话说她真觉得头疼了，大概在苏老师眼里只有病症了吧？

“那你在这里摇头晃脑的干什么？”

陶然侧目，他的大长腿三两步就赶上她了，此刻他正走在她身侧。

“苏老师……”她嘟哝着。

“嗯？”

“我……我刚才在想，要不要预约一下明天看感冒来着……”她刚说完，就觉得苏老师会认为她是个傻子吧？

“你打个电话试试。”

“……”她看着苏寒山迈着大长腿大踏步往前走的背影，惊得半天合不拢嘴。

良久，她才突然想起，她刚才送给他的小蛋糕呢？他是扔了吗？

她的心情有点儿沮丧，但是她觉得不怪他呀，哪有人送生日蛋糕这么随意的呢？可她从来没想过会有机会跟他在一块儿吃生日晚餐啊！

他的生日晚餐竟然在食堂将就，没有人给他过生日吗？

在走回宿舍的路上，她收到妈妈发来的信息，是好几张男孩儿的照片，让她看看，看哪个比较顺眼。

她真是怕了。自从她芳龄二十三以后，妈妈就开始操心她的终身大事，还给她规划着二十五是最佳生育年龄，高龄产妇危险。

她还没来得及回消息，妈妈又一连串发来至少十条消息，细数每个男孩儿的优点。

她完全不想知道好不好？为了堵住妈妈的消息，她干脆把手机里珍藏的一张苏寒山的侧脸照给发了过去：“妈，我有男朋友了。”

对不起苏老师，牺牲你一人，幸福我一阵儿。大不了以后我跟我妈说咱们分手了！

然而，她以为这样就能得到想要的安静了吗？她还是太年轻了！

接下来可不是十条消息轰炸了，她爹跟她妈一起，混合双打轰炸，一路炸到她回宿舍，打开手机一看，足足三十几条消息。

“这小伙子挺帅啊！”

“闺女，眼光好！”

“小伙子是干啥的？”

“你是怎么把他骗到手的？”

她已经不想往下看了！这是亲妈吗？

因她的不回复，“敌方”改成电话轰炸。

陶然无奈地接了电话，还没说话呢，风风火火的妈妈就问开了，连环十问，最后一个问题是：“他是个什么样的人啊？”

这句话把陶然问住了。

他是个什么样的人呢？

陶然想了想：他其实是一个无趣的人啊。

他老成、严谨、少言、鲜少开玩笑，在专业上要求一丝不苟，所以实习生和住院医生都怕他，但他也很有耐心，说话温和，再加上他超强的专业能力，实习生和病人又都喜欢他。

病人叫他苏医生、苏主任，实习生和她这样的护士叫他苏老师，科主任叫他小苏，其他人叫他老苏。

他没有任何业余爱好，每天的生活轨迹就是从家到医院。

他就是一个不但看起来像老年人，还过着老年人生活的年轻人。

“是一个……特别特别好的人。”她跟妈妈这么说。

“傻姑娘！”电话那端的妈妈一副老怀安慰的语气，“妈妈帮你看看！”

陶然可不知道妈妈要怎么打算帮她看，她马上就要忙起来了！

第二天，一条链接发到群里，把群炸得沸腾起来——年底十佳医生评选，微信投票占5%。

起初陶然并不知道这事。

那天她上中班，手机锁起来后就没打开过，临下班的时候她又在护士长的带领下和科室黄医生忙着抢救一个危重病人。

病人严重呼吸衰竭，持续性严重缺氧，需要插管。

如果说苏寒山是陶然遥不可及的偶像，那护士长就是陶然敬仰并且想要成为的人。

不知道什么时候，她才能像护士长那样熟练地给病人插管。她现在能做的只有配合医生和护士长。

病人肥胖，脖颈粗短，这对寻常医生来说插管难度都加大了，但护士长十分沉着冷静，陶然也不敢有半点儿大意，通气的时候专心听诊胸部两侧呼吸音。

“对称吗？”护士长问她。

“再退一点点。”她全神贯注地听着。

“现在呢？”

“好了。胸部起伏明显，流速波形良好，呼吸音对称。”

每一次抢救，陶然都能出一身大汗，没有人知道，她一个年轻护士有多大压力，可是看着一个个危重生命体征重新变得平稳良好，心里的欢喜又岂是文字能描述的？

“注意监测生命体征和氧饱和度。”黄医生道。

“是。”陶然松了口气。

抢救结束的时候，早已经超过了陶然的下班时间，陶然额头汗涔涔地回到护士站。

黄医生补写着抢救记录，对护士长的插管技术赞不绝口：“梅姐真是我们呼吸与危重症科的台面。”

陶然就很羡慕了，护士长是她职业前进路上的终极目标！

护士长却很谦逊，笑着称赞陶然：“哪里，陶然的配合很好，虽然年轻，但是沉着冷静，一点儿不乱。”

陶然红着脸嘿嘿地笑。她哪有沉着冷静啊，可紧张了！

“我看中的人，不会错的，加油。”护士长一脸倦色，拍了拍陶然的肩膀。

彼时苏寒山也在，陶然悄悄瞄他一眼，只见他在敲键盘，盯着屏幕呢，好像根本没听见护士长的话。

她有些失落，真想摇摇他的手，提醒他：“护士长夸我呢，你听见没？”

当初轮转的第一站就是呼吸与危重症科，她直奔他而来，惶惶然像只一次离巢单飞的雏鸟，连打针都还胆战心惊。但那次轮转结束，护士长问她，是否考虑回到呼吸科？

护士长主动要她，不是因为她一只小雏鸟有多优秀，而是看见她在自己手上练扎针，扎得手上都是针眼，说看中她这股劲。

她这股劲从何而来，她真是一辈子也不想提！

话说她来北雅呼吸科第一次扎针的对象不是病人，哦，不，也是病人，只不过这病人有点儿特殊，是苏寒山。

那次苏寒山病了，病得有些严重，黄医生给开的处方，逼着他打针。

刚从配药室出来的陶然就被点名了。

“陶然？你来给我扎！”苏老师亲自点名！

陶然整个人都蒙了。

“我……我……我……”她“我”不出别的字来。

苏老师的眉头就皱起来了：“在学校没学过扎针啊？”

“学……学过啊……”她的扎针技术虽然不能和护士长比，但她在同届同学里还算翘楚呢！

于是就她这么个翘楚，在给苏老师扎针的时候，愣是四针下去都没扎好。

她发誓，她真的没有因为苏老师的手特别好看就失魂落魄，绝对是在认真扎针，但扎针这事吧，完完全全就用实力在诠释什么叫事与愿违——你越想争气，结果争到的都是气。

第五次她都不敢下针了，心里两行泪，连摸摸血管找手感都不敢了，隔空在那儿比画。

“我的手，有什么问题吗？”头顶响起苏寒山慢悠悠的声音。

她都快哭了好吗？谁在男神面前出这样的丑心里好过？她哭丧着脸道：“没有。”

“那你在干什么？”

“我……”

“我以为你在想怎么下刀。是要解剖我的手吗？”

“不……不是，我没有……”她必须否认三连啊！

护士长都看不下去了，主动提出：“我来吧。”

救星啊！陶然恨不得马上在苏老师面前消失。她都准备溜了，苏老师的一句话把她定在原地。

“不用，就让她扎！”

这是怎样的执着与坚持？她是怎么流着泪把针扎好的都忘了，反正扎完之后她真的哭了，还是号啕大哭那种。

第二天，整栋住院大楼传遍了：呼吸与危重症科苏寒山医生刁难新来的小护士，把人骂哭。

这条新闻让所有即将轮转到呼吸科来实习、规培的护士都瑟瑟发抖。

可是这怪她吗？她也不想哭啊，可真的忍不住啊！她第一次在男神面前实操垮成这样，让她的脸往哪里搁？她还怎么有脸向他表白啊？

如果你以为这件事到此为止，那你就太年轻了！

翌日，她看见一则注水肉的新闻，配图是一只大猪蹄。这幅图瞬间在她脑海里和她扎苏寒山的画面重合起来。

她本来是想叫小豆看新闻的，但脱口而出的是：“小豆！快看，苏老师的手！”

事实证明，背后说曹操不可怕，可怕的是每次曹操必到！

偌大的一张猪蹄图，在小豆和苏寒山眼前耀武扬威。

陶然真的很想回去问问她妈，在捏她这只小人儿的时候到底在她的灵魂里灌注了什么不着调的元素，让她和苏寒山的每一次独处都成为名场面！

苏寒山当时转身就走了。陶然举着图，心里一个声音在痛哭：苏老师，别走，苏老师你听我狡辩，不，解释啊！

苏寒山是什么表情她是不敢看的，反正后续几天苏老师打针再没劳动她了……

陶然痛定思痛，觉得自己的人生不能一而再再而三地在狡辩中度过，千辛万苦来到他身边也不是为了让他看不起的！

于是有了她苦练基本功的故事，一心想着总有一天要在苏老师的大猪蹄子，不，苏老师的手上扎回来的她也没想到自己的励志故事会传遍科室。

只是如今她扎针再也不会心慌，却也一直没有机会再找苏寒山扎回来，这让她颇为遗憾，每次看着食堂的猪蹄就会想起苏老师的手……

“陶然！看什么发呆呢？还不回去？”小豆叫她。

看什么发呆？反正她不会承认是看苏寒山发呆的！

“快回去啊！都快九点了！”小豆催促道。

陶然哼了哼：“我不会去给你买卤煮的！”医院旁边那家小豆喜欢的卤煮店九点关门，小豆今天中班，下班回宿舍要吃夜宵。

“姐妹！我知道你嘴上说不要，身体却很诚实！”小豆嘻嘻笑着凑过来，“看在是姐妹的分上，我告诉你一个消息。”

小豆把十佳医生评选投票的事悄悄在陶然耳边说了，陶然啊的一声跳起来，这才拿出手机找到投票消息。

她一看可怎么得了！神外宁主任的票数遥遥领先！她家哥哥屈居第二啊！

不行！是时候发挥她的力量了！

从科室到卤煮店这一路，她都在疯狂发链接，发父母、发亲戚、发朋友。必须给哥哥加油。

结果，她妈妈居然问她：“乖乖女儿，投谁啊？这第一的小伙子看起来最帅。”

妈！这就是你的不对了！你可以说宁主任帅，但你不能说宁主任最帅！

她把苏寒山的选项截图发到了家庭群里：“投他！”

妈妈顿时激动了：“苏寒山？苏医生？救命恩人啊？”

谢谢你，妈妈，你总算想起他是咱们家的救命恩人了！

妈妈的眼神这会儿特别好，“乖乖女儿，这怎么长得像你男朋友呢？”

嗯？妈，你听我说。

好吧，她说什么都来不及了，以妈妈的手速，已经把链接发在朋友圈并且火速传遍所有亲戚朋友群，复制粘贴，文案都是一样的：“拜托各位亲朋好友伸伸您的小指头，为我们陶陶的男朋友（10号苏寒山）投出您宝贵的一票，谢谢大家。”

她觉得有必要解释一下：“妈，我跟苏主任其实不是你想的那样。”

妈妈：“你别狡辩了！”

陶然：“……”

这次她真的没有狡辩。

妈妈：“臭丫头，前两天还说是男朋友，今天就不是了？我跟你说，你可别不学好，玩弄人家的感情！那可是我们家的恩人！”

陶然：“……”

您是我的亲妈吗？

“走路玩手机，可不是好习惯！”一个声音忽然响起。

苏寒山！

她正跟妈妈狡辩呢，被吓得手一抖，手机往地上掉去。

一只手迅速往下一捞，将她的手机捞起，让手机幸免于难。

她几乎是扑上去抢手机的，手机页面正停在她和妈妈的聊天内容上呢！

于是，她像个小炮弹一样，准确无误地把苏寒山刚刚捞起的手机撞翻，啪嚓一声掉在地上。

苏寒山都蒙了，手空空地摊在那里：“你就……这么不待见你的手机？”

陶然赶紧把手机捡起来，嘿嘿地笑：“这不……新手机上市了吗？摔了买新的……”手机摔坏了没？她也好心痛啊！苏寒山应该没有看见她和妈妈的聊天内容吧？

苏寒山若有所思：“听起来很有道理。”

手机屏幕不停地闪啊闪的，她妈还在持续给她发消息，陶然也不敢看，只盼着苏寒山快点儿走。可人家并没有先走的意思，反而和她聊起来了：“陶然，来北雅两年了吧？”

“是啊！”手机振动，一定是她妈等不到她回消息打电话来了！可她不能接啊！谁知道她妈会说出什么虎狼之词？

苏寒山看着她挤眉弄眼如同便秘的样子，蹙眉道：“着急？急着去买卤煮？”

“嗯嗯嗯！”陶然猛点头，所以苏老师您赶紧走吧！

“正好，我也饿了，一起去吃点儿。”

“……”苏老师，望闻问切，虽然您不是学中医的，但“望”字这关您可真没学好，您就看不出人家不想跟您一起吗？

想到这里，她更觉得痛苦了。她就是为了他来的，为什么剧情总会发展得奇奇怪怪，老是她恨不得他快走呢？

“好像是你的手机来电话了。”他走在她身边，晚上安静的医院里，振动声实在太明显。

“哦哦，骚扰电话吧。”

陶然口袋里的振动声闹腾一阵儿后消停了，她终于松了口气。

她和苏寒山并排走在医院的林荫道上，脚下间或踩上一片树叶，在寂静的夜里，发出沙沙的脆响。

陶然看着地面他和她的影子，心里忽然生出别样的情愫，好像六年的努力就是为了这样一刻，好像在这样的寒天里喝了一杯暖暖的蜂蜜柚子水。

“苏老师……”她的声音都变得像蜂蜜一样黏腻起来。

“嗯？”

她想说点儿什么，正在酝酿措辞，这一次绝不能再垮了！

然而，她还没酝酿出来，他的手机却来了条短信，他看了以后就在回复短信了。

好吧，她正好有更多的时间酝酿。她说什么好呢？是从这黄叶舞秋风开始，还是从那年的仲春丁香花开始？

他的手机来电话了。

他好听的男低音柔和又低沉："您好，是，我是苏寒山。您好……嗯……记得，陶然啊，她在我旁边呢。请她接电话吗？好的。"

他将手机递了过来。

他的手机？找她的电话？陶然一时半会儿真的无法在这两者之间找到可以关联的点。

"你妈妈。"

"噗——"她真的对蓝女士佩服得五体投地。

"臭丫头不接我的电话！"陶然刚喂了一声，那端就响起蓝女士的咆哮。

陶然将手机稍稍拿远一点儿："我以为是骚扰电话……"

说"骚扰电话"这四个字的时候，她偷偷瞄了一眼苏寒山，他平视着前方，是在听风看灯还是数落叶？她不知道，反正他没啥表情。

而后蓝女士就在那边哈哈大笑起来，笑声简直能把他的手机屏幕震裂，陶然突然有种不好的预感……

"乖女儿，我这还真是个骚扰电话！打扰你和苏医生谈恋爱了吧？"

我的亲娘啊，你这是什么虎狼之词！蓝女士果然从来不会让她失望！

陶然盯着地面，连偷瞄一眼苏寒山是啥反应都不敢了，只寄希望于一点——蓝女士说的是方言，他听不懂！

"妈！这么晚了，您该睡觉了！"她把手机死死地压在耳朵上，希望能捂住蓝女士在非免提状态下都炸裂的声音。

"好，好，好！妈不打扰你！你们好好聊！哈哈哈……"

电话结束于蓝女士豪放的笑声里，陶然两颊红得像煮熟的虾，把手机还给苏寒山，眼睛死死地盯着地面不敢抬头，快要哭出来了。

苏老师，你什么都没听见，对吧？

他拿回手机，只看见一个毛茸茸的脑袋顶："你在地上找什么呢？"

我在找我的脸啊苏老师！

陶然揉揉脸，吞吞吐吐地问："苏老师……你去过湖北吗？"

"没有。"

呼——她松了一大口气，那就好！那他一定听不懂蓝女士的湖北话了！她的脸找回来了！

"走，苏老师，我请你吃卤煮去！"陶然顿时一身轻！她就是这么㞞！

"不找东西了？"

"嗯嗯，找到了，找到了，哈哈哈！"她的汗都出来了！"那个……苏老师，我妈跟您说了什么？"她还是有一点点担心蓝女士的直爽人设的。

"哦，你妈妈问我还记不记得她。"

我的天！蓝女士您真的太飙了，这个问题您闺女来两年了都不敢问！

"那苏老师您记得吗？"他记得妈妈，也就代表记得她啊！

"记得。"

"真的？"她的心啊，苏老师，如果您叫个心外科医生来会诊一下会发现，此时里面全在冒粉红泡泡！

"嗯，你父亲的病太特殊了，我从医这么多年，也只遇见这一例。"

吧唧一声，陶然直接摔了个屁股蹲儿。比屁股更痛的是她的心啊！粉红泡泡什么的全没了，原来苏老师您记得的是病例！

“摔疼没？怎么走个路也能摔着？”

陶然捡起一根香蕉皮，哭丧着脸：“哪个没素质的乱扔垃圾啊！”

他一只手接过她手里的香蕉皮扔进垃圾箱，而后伸到她面前：“起来吧。”

苏老师的手！

她侧过脸仔细打量。

“在看什么？”

她一副信心十足的样子：“苏老师，其实您的手不是那么好扎针，但是我保证，再给我一次机会，我一定能一针扎准！”

苏老师的手在她面前僵了僵，而后他默默地将手收回。

“自己起来吧。”

陶然听见头顶一个凉凉的声音响起。

“哦。”她利落地爬起来，看见苏老师大步流星地走出老远了。

她撒腿就追：“苏老师！苏老师！等等我啊！”我屁股疼啊，你一点儿都不怜香惜玉！

陶然一边跑一边猛然想起一件事：刚刚她明明可以拉苏老师的手！她为什么研究扎针去了？真是后悔死了！

苏老师，你回来，我再摔一次你看成不？

陶然本想问一下蓝女士是如何得知苏寒山的电话号码的，但转念一想就明白了——苏寒山的号六年都没变过，而蓝女士又擅长收东西，所以六年前苏寒山作为爸爸的主治医师，把号码留给蓝女士了，蓝女士便收记至今。

六年了，蓝女士也没想过要打扰苏医生，没想到一打扰就唱了出大戏。

“苏老师，我们一家一直都很感激您。”

这句话发自内心，当年爸爸染上怪病，肺部出现病变，三分之一的肺被真菌啃没了，跑了很多家医院都没用，大家束手无策，不知道是什么病，直到爸爸被送至北雅，才找出病因——马尔尼菲篮状菌感染。

苏寒山却摇了摇头：“那不是我的功劳。我那时候年轻，有主任指导，还有检验科同事指明方向，我只做了我该做的事。”

陶然笑了笑。

爸爸最后能治愈，是整个危重症医学科的功劳，是检验、护理所有参与治疗的医护人员的功劳，她和妈妈对所有人都很感激，但那个深春，却是他——那个尚带着少年气的年轻医生用宛若春风拂面的温柔和温暖，给了绝望的她希望。

风往尘香，也吹开了花样少女的花季情怀。

那年她高三，马上就要高考，爸爸身患怪病，妈妈瞒着她带爸爸北上求医，可这么大的事哪里能瞒得住？她也无心学习，说她任性也好，感情用事也好，她想的是，高考她可以来年再考，但爸爸只有一个，她无论如何都要陪在爸爸身边。于是她毅然买了票和爸妈坐上同班火车，到地儿了才给妈妈打电话，妈妈那时候虽然生气，但生完气就抱着她痛哭。

她知道，妈妈其实比任何人都需要一个拥抱。

在北雅前几天仍然查不出病因，看着爸爸瘦如骷髅的身体，一天比一天恶化的病情，一日比一日痛苦的模样，她和妈妈真的绝望了，可她不敢表现出来，妈妈也不敢，她们都知道只要一个人崩溃，那一家三口的意志都会轰然倒塌，所以她只能一遍遍地鼓励妈妈。

那天是爸爸的病情最差的一次，几天的治疗毫无效果，喉咙、舌头全部溃烂，爸爸喝水都痛苦，不喝水更痛苦，后来更是凶险到进了抢救室。

经过医生的努力，爸爸总算被抢救回来了，人却毫无生命气息，好像随时会被死神抢走。这次抢救成了压垮陶然的最后一根稻草，那时她还稚嫩的肩膀再也承受不了这样的恐惧，一个人躲在医院走廊的角落里哭。

是他，从抢救室里把爸爸抢回来的他，走到她面前，蹲下来递给她纸巾，对她说：“别怕。”

她怎么能不害怕？

她哭着问他，爸爸还有没有救。

他那时是有短暂的呆滞的，眼神迷茫，并没有在看她，说：“我会努力。”

“努力就一定能救回来的，对吧？”她睁着一双泪眼，充满期待地看着他。

这一次，他凝视着她，用力点头，“我一定努力救回来！”

现在陶然想来，这句话其实是一个尚未经事的年轻医生的一时热血之言，她甚至不知道他是出于什么心理对病人家属许了这样的承诺，可那时的她，是真的相信，他努力了，爸爸就能被救回来。

那时候，她十八岁，比他更不经事。

再后来，医生们查出爸爸的病是罕见的马尔尼菲篮状菌所致，找到了病因就开始用抗真菌药物治疗，但它的副作用极大，药一用下去，爸爸的心率骤升，她和妈妈被请了出去，各种抢救机器被推了过去。之后的治疗过程她没看见，但是她猜测一定很痛苦，因为苏医生出来的时候，手上全是被掐的指甲印，那是爸爸在熬不住的时候，苏医生把手伸给了爸爸让他握住。

在北雅的日子，他每一天都来和爸爸聊天，给爸爸鼓劲，说球给爸爸听，爸爸精神好的时候也会和他聊喜欢的球员。

爸爸说，自己会加油好起来，请医生们吃热干面。

他的温柔亲切、春风化雨，终将爸爸一点点地从死神手里夺了回来。

他承诺她的没有食言。

可是，他们家承诺他的还一直没有实现。

她家是开小餐馆的，爸爸做的热干面很好吃。六年前得了那场怪病爸爸虽然从死亡线上挣扎过来了，身体却差了许多，这几年都在休养恢复，餐馆已无法继续开下去。

在卤煮店里，陶然把情况跟苏寒山说了：“不过苏老师，有机会你去武汉的话，可以去我家吃。虽然餐馆不开了，但我爸的手艺还在的，只是不知道你是否吃得习惯。”

陶然说着，端起了水杯。深秋夜凉，他们这一路走来，喝杯热茶才舒服。

苏寒山点了点头：“好吃，我喜欢吃。”

“你吃过？”陶然说完喝了一口水，他不是没去过湖北吗？

“吃过，我的导师是湖北人，师娘会做热干面。”

“噗——”陶然一口水全喷了出去，喷了苏寒山一脸一身，“对不起苏老师，对不起，我真的……真是太不小心了！对不起啊！”

她赶紧向苏寒山道歉，简直欲哭无泪！跟苏寒山在一起的每一分钟心情都像在坐过山车，而她每一次一定会翻车！

她觉得自己的手账合集可以起个名字：和男神在一起的每一天都是史诗级车祸现场怎么办？

苏寒山一脸茶水，好看的眉毛上还挂着两片茶叶。

陶然真的想哭，把纸巾递给他：“苏老师……对不起……您擦一擦。”

苏寒山接过纸，倒是一脸平静，擦去茶水和茶叶之后，若无其事地重新给她倒茶。

“不……不敢当，苏老师，我自己来。”她惶惶然地去抱杯子。

苏寒山举着壶的手停住了，脸一板道：“放下！”

陶然手一抖，差点儿把杯子摔了，忙把杯子扶好，乖乖坐下：“放……放下了，苏老师。”

苏寒山继续倒茶，苦口婆心地道：“看你工作做得细致又认真，怎么生活里就这么毛毛躁躁的呢？就不怕烫着？”

陶然明白，他是在数落她刚才在他倒水的时候抓杯子，可为什么这么毛毛躁躁？那不得问你吗？

她低着头朝他看了一眼，表情有点儿委屈。

他正好看过来，这表情一下被他抓住了："怎么，说你还不服气？"

"服气……"她嘟哝道，"您是大主任，谁敢不服气啊……"

他呼吸微微一沉，口气缓和了些："我就那么可怕？"

"啊？"她不明白他怎么忽然这么说。

"至于见到我你就慌慌张张跟只耗子似的吗？"

"我没有啊……"她的声音小得快听不见了。

苏寒山："……"

她这叫没有？

陶然心里一直悬着一件重要的事呢："苏老师，你说你的导师是湖北人，那你听得懂湖北话吗？"

"能听懂。"

三个字，简明扼要，陶然又要哭了。蓝女士，科技真的发达了，千里之外你都能让你女儿的脸丢得找不回来。

"你家开餐馆，那你会做热干面吗？"

苏寒山突如其来的提问把她的思绪拉回，陶然一脸懵懂："啊？我会……吃。"

苏寒山一怔，微微点头："嗯，看出来了。"

那天晚上的风是凛冽的，陶然觉得自己能被这风给拔起来，都快站不住脚了，风飕飕地吹在脸上，刮得皮肤生疼，可还是要保持微笑呢，就算这条路铺的是刀尖，她也希望它再长一点儿，她和苏老师再走慢一点儿。至于苏寒山到底有没有听见蓝女士在电话里说的那句雷人的话这个问题，她觉得应该没听到吧？不然苏寒山一点儿反应没有？

苏寒山低头侧目看着旁边的人，步伐慢得唯恐踩死蚂蚁。

"累了？"他停住脚步等着她。

"没……没有。"她赶紧否认，怎么能让苏老师觉得自己在故意磨蹭呢？"可能吃得有点儿饱……"吃太饱走路不能太快是吧？

苏寒山眼前浮现出一个毛茸茸的、埋在碗里吃卤煮的脑袋顶……

他放慢了步子，走在她旁边，谆谆教导道："暴饮暴食是极不好的饮食习惯，会造成胃部和肾脏的负担，容易导致胆囊炎、胰腺炎，增加患糖尿病、脂肪肝、十二指肠溃疡、动脉硬化等疾病的概率，还……"

此时省略苏老师养生讲堂两千字。

陶然的脑袋点得像小鸡啄米："嗯嗯，我知道的，苏老师。"苏老师说得都对！

苏寒山看着她提线木偶般点头的模样，停止了讲课。他是太啰嗦了？现在的年轻人都不喜欢听人啰嗦吧？

"既然知道，就要照做！"他还是强调了一句。

陶然眨了眨眼："苏老师，我一直在照做呢！可养生了！"

苏寒山的眼神沉了下去："养生？上周你们聚餐，四个小姑娘吃火锅点了十五份肉叫养生？星期五你和小豆叫小龙虾外卖，两个人叫了六十只叫养生？还是前天你们叫奶茶，你一个人喝了三杯叫养生？以及……"

陶然震惊了。只是她震惊的并不是苏寒山怎么知道这么多事，而是她在苏寒山的眼里竟然是这种形象！

"不是啊，苏老师，你听我……"

"狡辩吗？"

"不，不是狡辩，是解释！"她真的是解释啊苏老师！"十五份肉那次，是神外的姐妹还带了两个朋友来着，六十只小龙虾……我只吃了十只，真的，剩下的全是小豆吃的！奶茶……嗯……奶茶也是小豆啊，她叫了两杯不喝，我怕浪费，所以……"

苏寒山呵呵一笑道："那都怪小豆了？"

"嗯！是的！"小豆，对不起啊，作为姐妹，这种时候不派上用场更待何时？放心，今晚我会给你一份大大的补偿！你一定会惊喜的！

苏寒山将两手背在身后，居高临下地看着她。

“苏老师，你一定要相信我。你看看我真诚的眼神。”她努力瞪着她圆圆的眼睛。

她不知道自己听错没有，好像听见了苏寒山微微的叹息，而后便听到他说了声“走吧”，那语气好像在说：我勉强就信了吧……

她嘿嘿笑了笑，决定岔开话题：“苏老师，听说你在治好我爸爸之后有几年都不在北雅？”

她这也属于没话找话吧？苏寒山的人生经历她如果不了解，怎么配当后援团团长？

苏寒山那年二十八岁，在她父亲出院没多久便出国进修交流，一年之后回国，前往偏远地区援医三年才回北雅。

这三年，履历上不过浅浅一笔，她却明白，是源于他心里的一道伤。她不知道的是，这外出的三年时光，是否补上了他心里的缺口？

“是啊！”他的回答，也浅淡得像履历上的铅印字体。

“苏老师！”她冲着他展开笑颜，“不但要生日快乐，还要天天快乐哦！”

苏寒山的眼睛在黑暗中闪着灼灼的光，看着她：“我的生日已经过去好几天了。”

“可是我那天忘记说这句话了呀！”她一副很认真的表情，“一定要说的！”说完脸上再度浮起一个笑容。

“这么重要？”苏寒山眼前的女孩儿，头发颜色有些发黄，被风吹得凌乱蓬松，名副其实的黄毛丫头，一张圆圆的小脸在乱发里努力地笑着，像极了狂风思念乱草堆里一朵任性盛开的小花。

“很重要！”陶然点头。

她的宿舍就在前方，她跟苏寒山挥了挥手：“苏老师，我到了！你快回去吧！再见！”

苏寒山看着她走路都不安分，一蹦一跳的，裹着厚厚的白色羽绒服，像一只小熊欢快地往前滚，悠悠一声长叹自心底生出：到底年轻……

陶然走到一半，回头一看，苏寒山还站在原地呢！她一笑，双手拢在嘴边，大声说："苏老师要开心是顶顶重要的事！"

风吹得她的声音微微发颤，也把她的话裹着送到苏寒山耳边。他笑了笑，挥手让她快回去。

陶然一路跑回宿舍的，进门便趴在窗户上往对面看。

苏寒山的家在医院对面，隔着一条很宽的马路，说起来很近，但事实上肉眼看不到什么，她只能数清他住在第几层，第几扇窗是他家。

她在窗户上趴了十来分钟，看见苏寒山家的窗户里那盏灯亮了，那光照进她眼中，像是点亮两支烛火。她满意地笑了笑，开始忙碌。

她今晚没给小豆买卤煮，因为她要给小豆更好吃的东西！

微信找爸爸要了热干面的秘方，她要开始学做热干面了！

于是，小豆上夜班回来的时候，等待她的是四大饭盆面条。

"陶然，卤煮呢？"小豆又冷又饿，就等着这顿卤煮滋养了！

陶然笑眯眯地把四大盆热干面端到小豆面前，笑眯眯地道："来，可以吃个够！"

"这是……"小豆蒙了，这不会是陶然煮的面条吧？

"面啊！照我家祖传秘方亲手煮的！"陶然服务周到，连筷子都递到了小豆手里，"我好不好？"

"不是……"小豆当然知道这是面啊！可这面看起来为什么有些……呃……狰狞？"我的卤煮呢？"

"小豆！没有卤煮！苏老师说了，暴饮暴食不利于身体健康！"

"那你这四盆面不是暴饮暴食？"

"苏老师还说了，浪费可耻！"

"不是，陶然，面做错了什么，你要这么对它？"小豆尝了一口，味道真的一言难尽，"陶然，我拒绝！"

"不行，不行！说好的做姐妹有福同享有难同当呢？现在只不过是有面同吃，我们的塑料姐妹情就要禁不起考验了吗？你说，你选吃面还是选失去我这个姐妹？”

“可是……”

“别可是了小豆，你相信我，明早我煮的面一定比这好吃！”

“明早还有？”

“嗯嗯，我就不信有我陶然做不好的事！”

“陶然，请不要考验塑料姐妹情，它一定禁不起考验！我想先失去你 48 小时！”

陶然做的热干面成不成功且不说，但她成功地把她的祖传秘方热干面变成了小豆的噩梦，连续数日，小豆都在陶然的热干面味的追杀中仓皇逃进科室。

“不吃，不吃，不吃！”

“小豆！小豆！今天只煮了两碗！真的只煮了两碗，我们一人一碗！说好的姐……”

“塑料姐妹没有情！”

这样的对白大概每天都要上演一番，但最让陶然郁闷的不是她的煮面技术始终不如她的打针技术进步神速，而是十佳医生的投票，苏老师还落在宁主任后面，其间也超过一回，但很快又被宁主任反超。

作为后援团团长的陶然怎么不心焦？下班后忧郁的她在食堂遇到一群宁主任的粉丝，直接就嚷开了。

“我们宁主任号称神外宁一刀！北雅神外第一刀！”

“我们苏老师危重症科超级大神，人称天才医生就是他！”

“我们宁主任念书时是校草，工作了是院草，至今还没人能超越他的颜值！”

“呵呵，那是我们苏老师还没来的时候吧？现在就算还是棵草，那也是残花败草了！我们苏老师才是风华正茂！绝世颜值！”

“竟然敢说我们宁主任是残花败草？陶然，你人身攻击！”

“说事实是人身攻击吗？你们叫宁主任哥哥什么的，宁主任的老婆知道吗？”

“陶然，我们粉宁主任，始于颜值，忠于人品，不像你，垂涎苏主任的女友位置！你想当苏主任的女友，你家苏主任知道吗？”

“我没有！”

“你有！”

“……”

骂战陷入胶着的无理取闹模式，最后两人打成平手，双方都决定一定要在票数上碾压对方才能出心中的恶气。

陶然捧着手机，盯着票数，暗自难过，红着眼眶嘀咕：“作为苏老师后援团团长，我太不称职了，只有多煮两碗热干面才能平复我的心情了。”

“然后追着小豆吃吗？”头顶突然传来一个声音。

“啊？”陶然大惊，“苏老师？！你……你怎么出现了？”

苏寒山一身黑衣，灯下肤光如玉。

“我怎么不能出现？我不用吃饭吗？”他在她对面坐了下来。

“苏老师……”她垂下头，心里越发难受，都怪她不够努力，才没让苏老师得第一。

苏寒山凝视着她，只能看到她被风吹乱的一头偏黄的头发，好像每一次她在他面前都是这样的画风，看不到脸，只有一个毛茸茸的脑袋顶。

“陶然，不用给我投票了。”他忽然道。

“啊？”陶然惊诧地抬起头，苏老师怎么知道她在投票？

苏寒山暗暗摇头。他怎么会不知道？“这个投票并不重要，十佳医生也不是根据这个来评。而且，我们医院每个医生都很棒，没有先后之分。”

陶然嘟了嘟嘴，十分不情愿：“可是在我心里，你最棒。”

苏寒山沉默了，久久地看着她。

“你就是最棒的！”她用力强调，眼泪都快出来了。

苏寒山暗叹：“陶然，治病救人是一个医生的职责所在，当年我给你爸爸治病，也只是尽到了一个医生的本分而已，谈不上什么恩，你真的不必……”

“不是恩！不，是恩！可这跟恩没有关系！在我心里，你就是最好……最好的！”你是我的生命之光，是我人生的方向！可是，这两句话她说不出口。

她承认，她怂。

两人沉默不语。

她再次低头盯着手机，不知道苏寒山在干什么抑或看着哪里，也不敢抬头看，忽听得头顶响起悠悠的声音：“陶然，你知道我多大了吗？”

“啊？”陶然惊讶极了，“当然知道啊！怎么了？”作为后援团团长，她能不知道他的年龄？

苏寒山紧绷的脸上是淡淡的苦笑：“没什么。”

“苏老师，六年前您二十八岁，今年三十四岁，对吗？”她显摆地说出他的年龄，眼里带着些许骄傲。

苏寒山的目光却是暗沉的，他微微点头道：“是！”顿了顿，反问，“你呢？你才二十四岁？”

“对啊！”她看见微信多了小红点，点开一看，是妈妈评论她刚刚发出去的投票链接：“女婿加油！”

她闭了闭眼，简直不忍直视！

她的手指飞快地在朋友圈滑动，而后停顿在一张照片上。亲爱的蓝女士啊，怎么又把她小时候一头乱糟糟黄毛的照片发出来了？还配了张她现在的自拍，附文字：“我家有女。”

这……怎么看怎么像当初她家餐馆隔壁包子店大婶的吆喝：“卖包子啊卖包子啦，我家包子皮薄馅多又白又软，都来买我家的包子啊！”

她还没在内心吐槽完，脑袋里就轰然一响。她看见了什么？她居然在妈妈的这条朋友圈底下的一堆点赞里发现了苏寒山的头像！

这个剧情已经发展到惊悚片的程度了，蓝女士！

这一惊悚，她的手机直接掉到了地上。

苏寒山已经对这样的她不奇怪了，哪回她不出点儿状况？掉手机算轻量级的，她没把她自己掉椅子底下去已经算稳重了。

陶然着急忙慌地钻桌子底下捡起手机，蹲在地上就开始删她刚才发的那条投票链接。我的天，还好苏老师现在坐在她对面，没来得及看蓝女士的那条评论！

哦，不！那蓝女士呼朋唤友给女婿投票的朋友圈呢？苏寒山看见了吗？

她点开妈妈的头像，发现蓝女士设置了仅三天可见，那条朋友圈已经被关起来了……

"陶然？"苏寒山弯下腰来看她，"有什么问题？"

陶然按着胸口从桌底爬了出来，一脸苦相："苏老师，我大概要去看看心内科了。"蓝女士这趟过山车开得她这颗小心脏快负荷不起了！

"不舒服？"苏寒山眼神一敛，立即站了起来。

"不是的，苏老师，我没事……"她有更重要的事！"苏老师，我有个问题想问你……"

"嗯？"苏寒山不解地看着她。

"那个……你……什么时候加的我妈妈的微信？"她简直每问出一个字都很艰难！

"哦……"苏寒山一副轻描淡写的语气，像说着一件极普通的小事，"那天你母亲打我的电话以后她加的我。"

妈妈啊，救救孩子！她的心都快跳出来了。

陶然一时忘形，抓着苏寒山的手就问："我妈有没有跟你胡说八道些什么？"

苏寒山的目光在她手上扫过，他还是面色平静："说了一些……"

"啊？苏老师，我妈的话啊，十句有十句半是胡说……"

"十句半？"苏寒山扬了扬眉。

"嗯！还有半句是标点符号！也就是说，我妈说的话连标点符号都不要信！"

"有这么说自己的妈妈的吗？"苏寒山的语气里有说不清的意味。

蓝女士，对不起了！陶然点着头："真的！苏老师你信我！"

"你妈妈说……"苏寒山便缓缓道来，"她家陶陶善良懂事、聪明努力、活泼爱笑……"

"陶陶？"这是苏寒山第一次叫她的小名，叫起来却很是自然，好像叫了许多年一样。她心里那种喝柚子柠檬水的味道又开始冒泡，所以妈妈是这么夸她的吗？

她红着脸笑了笑："苏老师，我妈有时候也说实话的……"

苏寒山默然，目色柔和，落在她的手上。

陶然这才注意到，自己的爪子还抓着苏寒山的手呢！

她个㞞包，像被烫到了一样，手马上缩了回来，脸上可疑的红色更深了。

苏寒山镇定地收回手："你妈妈还说，除了吃得比较多，没别的毛病了。"

"什么？"蓝女士也太不给她面子了！"苏老师！你看，我妈又在胡说八道了吧？"

她趁势游说："苏老师，你把我妈妈的朋友圈屏蔽了吧，她老发些公众号文章，我怕打扰到你。"

"没事。"苏寒山悠然地道，"我一般也没时间看。"

"哦……"她担忧的眼神左右游移，那蓝女士三天前那条给女婿拉票的朋友圈他到底看到没有？

“还好吧，我今儿还是第一次看见你妈妈发朋友圈。”

陶然终于松了口气，整个人都虚脱了一般趴在餐桌上。

“陶然。”苏寒山轻声道，“再煮热干面别再荼毒小豆了。”

这叫什么话？什么叫荼毒？陶然觉得有必要纠正一下苏寒山的用词：“苏老师，我……”

“给我吃吧！”

“啊？”陶然呆了半天，没反应过来。

“我说，给我吃。”

“啊！不行，不行，不行！”陶然的脑袋摇得跟拨浪鼓似的。

苏寒山愕然道：“不行？不是给我吃的？”

“不是，不是，不是！苏老师你完全误会了！”完了完了，苏寒山一定以为她苦练热干面技术是为了报恩，虽然她的确是为了煮给他吃，但就现在这水平怎么拿得出手？她只能祸害祸害小豆！

看着苏寒山不解的眼神，陶然正气凛然地道：“苏老师，我煮热干面是为了弘扬我们的地方传统美食文化！”

苏寒山若有所思地道：“明白了……”

他明白就对了！

“苏老师，你不是来吃饭的吗？我吃好了，我先走了啊。”她握着手机，拿上外套站了起来。

“急着去……弘扬地方传统美食文化？”苏寒山挑眉问。

“对，对，对！苏老师拜拜！”她急着去叮嘱蓝女士别瞎说！别胡乱发朋友圈！

苏寒山点了点头：“好……”而后他就看着她穿上白色羽绒服，像只小熊一样圆滚滚的，一溜烟就不见了踪影。

陶然回到宿舍，跟蓝女士沟通无果，还被蓝女士教训：“女儿，你可不能吃完了不认账啊。苏医生一个老实人，你不能欺负人家！”

她吃完不认账？她什么时候吃到了啊？冤枉！她比窦娥还冤呢！

陶然的日子现今过得可刺激了！

每天她要关注十佳医生评选中苏寒山忽高忽低的票数，还要盯着蓝女士的朋友圈祈祷她千万别发什么虎狼之词，业余时间时时捧着手机。用小豆的话来说：只要不上班，陶然的眼睛就粘在手机上了。

不过，小豆觉得粘得好，粘得甚好，她可真怕陶然突然又想起弘扬她的美食文化来……

陶然觉得庆幸的是，蓝女士的朋友圈突然消停了，虽然消停得有些不寻常，但陶然总算是松了口气。

只是，这口气还没松下去多久，更让她喘不过气来的事发生了。

那天她上中班，下班的时候已经是半夜了，交完班一个人在寒风中回宿舍。

途中她习惯性打开手机看看今天的投票情况，结果蓝女士给她留了消息。陶然点开一看，被惊得用“魂飞魄散”四个字来形容一点儿不为过。

蓝女士说：“女儿，我和你爸到了，等你许久等不到你，为了不耽误你上班，我们跟女婿走了。”

跟女婿走了……走了……了……

这几个字在她耳边雷鸣一般，回声不绝。

蓝女士这跟女婿走了，是跟苏寒山走了的意思吧？

此时此刻，陶然完美诠释了“风中凌乱”这个词的意思。她站在风里，一头偏黄的头发被吹得像乱草一样飞舞。她在原地又蹦又跳又转圈，心情也跟草一样乱。

她该怎么办？

陶然先给爸妈各发了一条消息，没人回。旅途劳累，二老肯定睡着了。

那她要不要联系苏寒山啊？

她一路在心里“啊”着回了宿舍，倒在床上打了十分钟滚儿以后，才下定决心试着问苏寒山：“苏老师，睡了吗？”

“没有。”

对方消息回得还算快。

她在床上翻滚着蹬了会儿被子，要怎样才能觍着脸问他“我爸妈在你那儿吗”？

不过她并没有纠结太久，因为苏寒山接下来给了她答案：“你爸爸妈妈今天来看你，没等到你，我把他们安排在附近的酒店住了。”

随后他还附了酒店名字和房间号。

陶然捧着手机不知道该怎么回复，怎么就轮到他来安排呢？

她懵懵懂懂的，手机铃声响了，苏寒山竟然打电话来了！

她的手机最近命运多舛，实在是它的主人时常手抖，还好这一次手抖它只掉到床上。陶然战战兢兢地捡起手机喂了一声，那边传来苏寒山的声音：“陶然，是我，苏寒山。”

“我……我知道。”陶然还想着他给爸妈安排酒店的事，觉得麻烦他很不好意思，自家真的没有立场麻烦人家，于是脱口而出：“苏老师，你看，我们也不熟……”

“不熟？”

她话还没说完呢，苏寒山就在那边反问她。她还没想好接下来怎么说，苏寒山又开口了，语气淡淡地说：“不早了，早点儿睡吧，你明天早班。”

“苏……”她听着耳边的嘟嘟声，没说完的话噎在喉咙里。

话说他犯得着特意打电话提醒她明天早班吗？她来北雅这么久，从来就没迟到过好吗？

她只好给他发消息：“苏老师，请问酒店房间多少钱？我转给你。”

她至少等了五分钟，苏寒山没理她。

苏老师这是怎么了？他这么快就睡着了？

她在App上查了下酒店价格，给苏寒山转了一笔账，数目不会让苏寒山吃亏。

但这一次，苏寒山秒收了钱。

陶然怔了会儿，有些明白过来，苏寒山打这个电话不是为了提醒她早班别迟到，人家是来要房钱的，大概不好意思直说，还好她聪明又识趣……

第二天她起了个大早，两个大大的黑眼圈，看上去十分憔悴，只因虽然给了房钱，但是她一直在担心蓝女士到底有没有在苏寒山面前胡说八道，想了大半宿，睡不踏实。

二老倒是醒得早，这会儿发了条朋友圈，在酒店吃早餐。她昨天给蓝女士的留言也有回复了，蓝女士对苏寒山赞不绝口，懂礼貌、性格好、人俊俏……总之，俨然已经丈母娘看女婿的口吻了，还给她转了笔账，让她一定要把房钱给苏寒山。昨晚在酒店前台的时候，苏寒山说已经在网上付过了，蓝女士给苏寒山转账他也不肯收。

咦？那他怎么收她的钱啊？大概他不好意思收老人家的钱吧？

她收款之后才发现，怎么这么大一笔？她一问，蓝女士才告诉她，苏寒山订的是套房。

好吧，她只好又给苏寒山转了笔钱，结果这次他不收了……

早上忙，她没时间跟父母多聊，急急忙忙地去了医院，到科室时还看了下手机，苏寒山仍然没收钱。

她急了，冲进医生的办公室，见苏寒山已经到了，于是脱口而出："苏老师，昨晚的房钱我发给你了，你收一下。"

空气突然安静，医生办公室里的一切活物都停止了运动。

正在喝水的黄医生，在她后面一步进门的科室周主任，随之而来的梅护士长，戳在各个角落的实习生……所有人都看着苏寒山和陶然，脸上的兴奋表情和闪闪发光的眼睛传递着一个信息：我听见了什么了不得的秘密？

苏寒山的目光在办公室里扫了一圈，和他目光相撞的人都迅速低下头，用脑袋顶回复他：我没看见，我没听见，跟我无关……

"嗯。"苏寒山淡淡地应了一声，没有多说话。

所有人的内心又沸腾了：看不出来啊苏主任！你个渣男！居然让女孩儿付房钱？

黄医生卡在喉咙里的那口水上不上下不下的，终于成功地把他呛住了。

陶然满意了："苏老师，那我忙去了。"回头看见咳得满脸通红的黄医生，她关心地问："黄老师，你感冒了吗？多喝热水啊。"

陶然打了个哈欠，然后往外走。

黄医生注意到陶然一脸憔悴，咳了两声问："陶然，你昨天中班吧？瞧你的黑眼圈，晚上没睡？"

陶然点了点头："嗯嗯，没怎么睡好。"

吃瓜群众的头已经埋得不能再低了，平静的外表下全是愤怒的火焰：苏主任你个禽兽！人家小姑娘半夜下班，今天早班，你还整夜不让人睡？！

陶然迎面遇上周主任和梅护士长，忙道："周主任、护士长，我精神很好的，不会影响工作！"

埋着头的吃瓜群众顿时自动把陶然脑补成了惨遭蹂躏还强打精神来工作的可怜兮兮的小白花，对苏寒山的痛斥又深了一层：禽兽啊禽兽！

梅护士长在门口把陶然拉到一边，看着她的黑眼圈，真为这傻姑娘担忧啊。但年轻人你情我愿，她能说什么呢？梅护士长忍不住点点陶然的脑门，小声道："你可真傻，这种事还给苏老师房钱？"

陶然笑了笑，很是坦荡地回答："当然要给啊，我跟苏老师也不是很熟……"那声音，那叫一个响亮！

这可真是苦了吃瓜群众啊，头埋得快掉裤裆里了，一个个脸憋得通红，那是愤怒的火焰给烧的：苏老师啊苏老师，你看起来人模狗样的，没想到竟然是这种人！不，这种禽兽！不熟你也下得了手？我们也有人喜欢陶护士好不好？我们都舍不得说！

黄医生已经不行了，呛得说不清话也要说，拍着苏寒山的肩膀，呛出眼泪的眼睛挤出一丝戏谑道："苏老师，喀喀喀……老树开花……喀喀喀……老当益壮啊！啧啧，一整夜！"

苏寒山表情冷冷地说："多喝热水吧！"

就连周主任事后都找了个没人的空当儿和苏寒山谈话："小苏，你的个人问题呢，我一直很操心，但男人啊，还是要有点儿责任感，不能太随便了。"

随便且禽兽的苏寒山："……"

但周主任能怎么样呢？

周主任苦口婆心地劝他："如果喜欢人家，就好好谈恋爱，早点儿结婚，我的任务也就算完成了！别浑！"

这实在是自己看着长大的孩子，他真是操碎了心！谁叫这孩子让人心疼呢？母亲早逝，老苏又忙，他既是领导又是叔叔的，不得不看着点儿？这个人问题就是首先要考虑的大事情，你说这孩子，念完博士去国外一年，回来又去援医三年，再回院不是在病房就是写论文，活得比他这个老年人还刻板无趣，现在好不容易有点儿桃色新闻，他这当叔的能不兴奋？

可你看看他本人那样，像着急的吗？

"小苏，你现在给我坦白，你跟小陶到底是什么关系？"周主任只觉得头疼，"如果你觉得不错，哪天把你爸叫上，咱们一起唠唠这件事情。"

苏寒山看着八卦的周主任，很是无奈地说："周主任，您真比我爸还着急。"

"我容易吗？你说我容易吗？"周主任简直要炸了，说话也就不那么委婉了，"你三十四了！拜托，从优生优育的角度你也上点儿心成不？再耽搁下去，你的精子都不好使了！"

本来周围是没有人的，但不知为何猛然间冒了个陶然出来，好死不死地就听见了几个关键词：优生优育……精子不好使……

她瞪大眼睛看着苏寒山，眼里顿时充满了同情。

苏寒山面对着陶然，正好与她的目光撞在一起，捏了捏眉心，绷着脸直接走了。

周主任还不知道发生了什么呢，转身看见陶然，头更疼了……

他要怎么跟小姑娘解释？你们苏老师的精子……好使？

他也绷着脸，在陶然面前站了半天，这句话无论如何都说不出口，尽管他是医生！尽管这是个医学问题！

陶然这会儿心里惴惴的，觉得自己闯祸了。苏寒山和周主任都绷着脸这么严肃，一定是怪她偷听到了这个了不得的秘密！怎么办？她也不是故意的啊……

周主任绷了半天，决定还是得说个明白，苏寒山的个人大事本来就艰难，好不容易哄骗到一个小姑娘，不、不、不、好不容易谈一回恋爱，不能在他这里砸了。

“那个……小陶啊……你们苏老师的问题……”他该怎么说啊，真是愁死了，“哎，反正你多用用就知道了！”谁用谁知道！

陶然一脸迷惘，还在想着“用什么”呢，周主任却涨红着一张脸走了。

总之，陶然觉得今天整个科室里的人都不对劲，看她的眼神都怪怪的，就只有小豆正常了。她问小豆，小豆也和她一脸懵懂，反问她：“你做了什么了不得的事？”

这话任科室里谁听了都要点头：确实了不得！但陶然不明白啊，正在纠结，更了不得的事来了！

蓝女士给她的手机留了言：“晚上在女婿家吃饭，下班直接过来。”

陶然捧着手机对蓝女士的钦佩之情真的如滔滔江水。亲娘啊，滔滔江水流的那不是水，是我的泪啊！

苏寒山的家，陶然从来就没去过，蓝女士可真有本事，这就混进去了！

陶然心里既期待又焦虑，最终怕蓝女士在苏寒山面前瞎说，飞快地赶去了苏寒山家。

苏寒山还没回来，家里就二老在厨房忙碌。

蓝女士来给陶然开的门，穿一身红衣服，从头到脚写着喜庆二字。

陶然拍了拍自己的额头：“妈，你们也太自来熟了吧？”

蓝女士瞪了她一眼：“这叫自来熟？女婿又不是外人！”

“妈，我求你了！当人家的面别女婿女婿的……”

蓝女士冲她眨了眨眼：“那不当人家的面就能叫？”

“……”陶然进门，暴走，“都不能叫！”而后，注意力就被苏寒山的家吸引了。

客厅很宽敞，装修风格像他的人一样，干净、简洁，透着些老气，除了家具，没有一件别的装饰物，比酒店还利落呢。

唯一和这装修不和谐的是喵呜一声，一只猫跳到了她的脚下。

一只加菲，仰着一张胖乎乎的大饼脸冲着她喵了一声。

那傻乎乎的模样，瞬间把人萌化了。

苏寒山的微信头像就是一只猫，原来是这只啊！

“咪咪，你叫什么名字？”陶然蹲下来逗它。

结果，加菲喵呜一声跑开了，远处不知什么东西开始沙沙作响，陶然仔细一看，原来是自动喂猫机开始放粮了。

可是这加菲吃猫粮也太搞笑了吧？整张大饼脸都埋进猫粮里去了，就看见一个毛茸茸的后脑勺在那儿拱啊拱的。

陶然的父亲从厨房出来，端上来两盘菜：“哎哟，闺女回来了。”

这个“回”字用得陶然头大，这又不是自己的家！

“爸、妈，你们怎么会在苏老师这里做饭啊？”她无法理解这件事。苏寒山并不是热络的性子，也不爱扎堆，请人来家里吃饭简直是从来没有过的事情，“妈，是不是你特别不把自己当外人？”然后苏寒山不好意思拒绝，只好勉为其难地让他们进家门。

蓝女士戳了戳她的脑门："你爸你妈是那么不着调的人吗？是昨晚聊起当初那个热干面的约定，顺口说起你爸的厨艺，女婿要请我们吃饭，我们才说何必浪费那个钱呢？我们来做顿家常饭就行了！"

"那……我的宿舍也能做啊！"他们何必来打扰苏寒山呢！

"女婿邀请我们来的！"蓝女士用十分嫌弃的眼神瞪着她，"可能你们苏老师也知道你那宿舍不能招待客人，乱得跟狗窝似的！"

"什么狗窝？"苏寒山回来了。

陶然真来不及捂住蓝女士的嘴！她妈拎着她的衣领就噼里啪啦地说开了："苏医生啊，我说我家陶陶呢，一堆毛病，尤其不爱收拾，她那个宿舍你也知道，乱得看不下去，跟你这儿没法比，真是不知道你怎么……"

知母莫若女，陶然眼看着母亲大人的眼神里嫌弃的意味越来越浓，马上蓝女士就要说出"真不知道你怎么看上她"这句话了，果断机智地打断道："苏老师，你家加菲叫什么名字？特别可爱！你看它吃东西，整张脸都埋进碗里了。"

苏寒山看着猫，眼神意味深长："你想叫它什么？"

"还没名字吗？"陶然想了想，苏寒山的头像换成猫已经好长时间了，这么久没给起名字啊？"叫……总裁吧，苏总你好！"

"苏？"苏寒山一副疑问的语气。

"对啊，跟你姓啊，不行？"陶然忽然想到苏寒山的性格，也许他不喜欢猫猫跟他姓。

"行。"他放下手里的东西，对陶然的父母道，"叔叔阿姨辛苦了。"

"不辛苦，不辛苦！准备吃饭了！"

陶然对蓝女士一脸喜气的模样真的不忍直视，她唯一庆幸的是，母亲大人在苏寒山面前还算不是过于热情，至少真的没当面叫人家女婿。

但是，蓝女士你这反客为主的样子是几个意思啊？

陶然刚想吃只虾，蓝女士把虾夹给苏寒山了，“苏医生，油爆虾是陶陶她爸的拿手菜，你试试。”

陶然把目标转移到一块鸡胸肉上，鸡胸肉又到了苏寒山的碗里：“再试试陶叔叔做的黄焖鸡怎么样。”

好吧，那她喝汤吧，结果汤勺被蓝女士抢了，蓝女士另取了一个碗给苏寒山盛汤：“苏医生，天气冷，你刚从外面回来，喝碗鱼汤暖暖。”

蓝女士，你女儿也从外面来的，你记得吗？

“妈！”陶然实在忍不住了，拉拉蓝女士的衣角，小声说，“这是苏老师家，又不是咱家。”

蓝女士瞪了她一眼：“又不是外人！”

陶然简直无颜面对苏寒山。蓝女士，是你不把自己当外人啊！

只听蓝女士继续说开了：“小苏啊……”

好吧，称呼也从苏医生变成了小苏。

“小苏啊，你们年轻人就是不懂得照顾自己，家里空荡荡的，除了猫粮什么东西都没有。你们工作又忙，下了夜班回来就饿肚子？这点啊，你就要学陶陶了，什么时候都饿不着她，你看看她的宿舍，别的都可以没有，吃的堆满山……”

“妈！”求求你了，给你女儿留点儿面子吧！

蓝女士看了看她，继续跟苏医生唠：“我和你陶叔叔今天把你的冰箱塞满了，有生鲜，也有零食、水果和快捷食物，你回家饿了，哪怕随便煮碗面打个鸡蛋也比吃外卖强！你要实在不想动手，也有糕点、面包、牛奶，但是要注意保质期，过期了就一定不要再吃！”

陶然觉得妈妈真够啰唆的，很担心苏寒山会不爱听，也怕妈妈的自来熟会让苏寒山反感，因为他真的不是一个特别合群的人，应该不喜欢别人过于亲近他，更不喜欢别人对他的生活指手画脚。

她悄悄打量苏寒山的表情，果然，苏寒山垂着眼睑面无表情，对妈妈的话完全没有反应，好像还在出神想别的事。他是讨厌妈妈这样又碍于涵养不好意思说吗？

陶然感觉心情有点儿复杂，虽然妈妈的热情超过了人与人之间的界限，但那不是妈妈的错，是她让妈妈产生的误会，而妈妈是把他当亲人对待的，一片好心如果被他厌恶，陶然真的会难过。

她想说点儿什么圆一下场，可还没开口，妈妈又继续说道："小苏，可别仗着年轻就不把身体当回事，你是医生，比寻常人更懂得怎么保养身体……"

总之，蓝女士说了养生法一千字，让陶然完全没有插嘴的机会。

苏寒山没有打断她，也不知道他到底是在听还是装作在听，直到陶然爸爸让她别啰唆了，让孩子先好好吃饭，蓝女士才停下来。

蓝女士笑了："的确是我啰唆了，小苏快吃。"

陶然觉得很尴尬，埋着头咬着筷子，不敢看苏寒山。

他会不高兴的吧？不过他有涵养，他也不会当面给人脸子。

和她想的一样，苏寒山低柔清润的声音响起："没有，蓝姨说得特别好，也谢谢您为我想得那么周到。等冰箱里的东西吃完，我自己一定会多买一些。"

你看，这话说得多官方啊……

陶然闷头不语。

得益于苏寒山的涵养，这顿饭吃得还算融洽，而且一直吃到九点，陶然担心的问题并没有发生。蓝女士的热情始终不减，而苏寒山至少表面上是给予了尊重的。

陶然想等会儿再向苏寒山致歉——为父母给他增添的麻烦。

吃完饭以后，陶然送父母回酒店休息，苏寒山跟着一起去了。

苏寒山实在是个懂礼的人。

陶然的父母还给陶然带了一大箱土特产，各种麻糖酥糖、藕粉莲子。苏寒山也有一箱，陶家父母去苏寒山家做饭时就给带去了，这一箱都是给她和小豆的。

陶然对父母这种喜欢扛着大件小件来看她的行为不太理解，跟他们说了很多次现在物流这么发达，要吃什么网上全有卖的，再不济，通过快递寄给她也好啊，何必自己扛这么累？

但老人家的想法不一样，这工作她怎么也做不通，只能拎着这一大箱东西回宿舍。不过这倒也累不着她，苏寒山给拎上了。

两人并排着往医院宿舍走去。

冬夜的风实在不留情面，但凡露在外面的皮肤都被刮得生疼，陶然早把手伸进羽绒服口袋里了，侧目看见没戴手套拎着她的大纸箱的苏寒山。他一定很冷吧？胶带勒着他的手指，还会很痛。

“苏……苏老师……”她很是难为情，“我自己来提吧？”

“不用！”简短的两个字，比这风还利落。

“苏老师，对不起，我爸妈这回来给你添麻烦了……”陶然小声说着。

“很麻烦吗？”苏寒山反问。

陶然歪了歪脑袋，“麻烦的，请你不要介意，我爸妈不知道我们并不是那么熟……”

她刚说到这里，就听见有人叫苏寒山的名字，前方一个人影走了过来，隔得有些远，看不清样子，陶然也不知道是谁，直到走近了听见苏寒山叫“爸”，她才知道，原来是北雅二院的副院长，苏寒山的父亲。

“上哪儿去了？”苏副院长问他。

苏寒山还拎着她那箱东西，直说：“吃饭。”

苏副院长的目光便落在陶然身上了。吃饭？跟女护士？破天荒头一遭啊！

陶然一看这眼神顿时吓坏了，她爸妈已经误会他们了，可千万别让苏副院长也误会啊！她赶紧摆手：“苏院长，您别误会，我跟苏老师不太熟……真的……不太熟……”

苏副院长只和苏寒山简单说了几句话，陶然也听不大明白，什么“准备过去”“办好了”之类的，说完后苏副院长点点头就走了。

她不知道身边的苏寒山是什么表情，也不好意思问他和苏副院长说的话是啥意思，听得他接了个电话，语气很凝重的样子：“嗯，嗯，好，好的！”

几个字后他就把电话挂了。

她等他打完电话才指了指大箱子：“刚才应该给苏副院长拿点儿特产的。”这下人都走远了！

苏寒山脸上很平静，淡淡地回了一句：“不必，我们不太熟。”

“……”陶然被噎了一下，说得也是。

“伸手！”他的语气不是那么客气。

陶然不知道他要干吗，两只手都伸了出来，下一秒，大箱子就落到了她的怀里。

“我就不送你了。”苏寒山把箱子扔给她就走了，“毕竟我们不太熟。”

“……”陶然抱着箱子看着他走远，风吹得手指头生疼，却又不得不承认苏老师说得对，他们的确不太熟啊，让人看见误会怎么办？

陶然第二天听说急诊科前一天晚上抢救过来一个危重病患，是苏寒山参与抢救的，原来他半道接了个电话把她和那一大箱子东西撂下是赶着去救人了。

她跟苏寒山聊起这件事，结果苏寒山说不是。

陶然愣了：“不是抢救病人吗？”明明大家都说是，急诊科的姐妹还和他一起抢救来着！

“我自救！”某人硬邦邦地说道。

陶然更迷糊了：“苏老师，你病了？哪里不舒服啊？”

“肺炸了！”苏寒山说完抬脚就走。

肺炸了？陶然琢磨了一下，大步追了上去：“苏老师，是肺泡破裂吗？”

前面的苏寒山一个趔趄。

“苏老师，你等等啊，好好的怎么会肺泡破裂呢？苏老师，你要卧床休息啊！你回来啊！你自己是医生，怎么还这么不听话？”陶然一路小跑追着苏寒山，但没能追上，“苏老师……”

陶然站在原地，红了眼眶。

黄医生过来问她：“怎么了？”

陶然像看见了救星一样：“黄医生！你赶紧救救苏老师吧！他肺泡破裂还在拼命工作呢！”说着，她的眼泪都要掉下来了。

黄医生丈二和尚摸不着头脑，苏寒山生龙活虎的，哪里肺泡破裂了？

当然，事后陶然知道自己闹乌龙了，很是难为情，可是，苏老师好好的干吗说自己肺炸了？这还得怪他自己，害她误会！

肺泡破裂的事她还没掰扯清楚呢，陶然的父母要回家了。

“爸、妈，你们多待几天呗，过几天我休息，带你们四处玩玩啊！”陶然挽着蓝女士挽留道。

蓝女士却把她的手捋了下去：“好不容易休息，跟我们玩干什么？跟女婿去玩啊！有你这么憨的吗？你憨我可不憨！我才不要当电灯泡！”

“妈，您胡说什么呀？我跟苏老师真的没什么。”

蓝女士更火了：“没什么你还不利用休假发展发展，让你俩有点儿什么？我怎么生了你这么个憨憨哦！”

“……”陶然无语了。反正无论她怎么留，蓝女士都要回家，至于她爸，反正都是听蓝女士的。

“社区春节广场舞比赛，我是我们队的主力呢！大家都催着我赶紧回去！”蓝女士忙着呢！

陶然嘟哝道："那您就来这么两天……"

"我来看看女婿！认认人！"蓝女士收拾完行李，看了看时间，嘀咕，"女婿怎么还没来？"

陶然已经无力阻止蓝女士继续叫女婿了："妈，我求您了！咱自己走吧，人家忙着呢！那就是客套话，谁会来送您啊！"

蓝女士虽然承认女儿说得有道理，但还是掏出了手机："那我也得给女婿打个电话告别一下，人家招待得这么好，我们不辞而别可不礼貌。"

陶然想说，您这也叫不辞而别？您都辞了多少回了？！

"还是我来打吧！"她怕了蓝女士和苏寒山说话了，一聊起来没完，也不管人家苏寒山爱不爱听。

结果，母女俩同时拨了电话出去，陶爸爸在一旁一直不说话，一看两人的手机忍不住笑道："还真是不是一家人不进一家门。"

母女俩相互一看对方的手机，好家伙，这备注！蓝女士备注的是"女婿"，陶然备注的是"我妈女婿"……

这可把蓝女士高兴坏了，而手机铃声却在外面响了起来。房间门本来就没关，苏寒山直接进门，陶然和蓝女士正看着彼此的手机屏幕大眼瞪小眼……

接下来只听啪嚓两声响起，陶然和蓝女士的手机都掉到了地上。

陶然捡起手机，将两部手机都藏到身后，涨红着脸，笑嘻嘻道："苏老师，您今天有空儿啊？"

苏寒山全程看着陶然手忙脚乱地摔她妈妈的手机摔她自己的手机，实在替她的手机疼，她这得多不待见自己的手机才摔得这么频繁……

"嗯，我今天轮休。"他拎上蓝女士的行李。

行李不多，就一个小包，来时几大箱都是他们带给她和苏寒山的特产。

苏寒山一直把陶爸陶妈送到西站，还从后备厢里搬了两大箱东西出来，全是他准备的北方特产，说是感谢二老这几天给他做了几顿好吃的。在一番传统式你来我往的推让后，陶爸陶妈乐滋滋地扛着箱子进站去了。

陶然闭着眼睛都能想象蓝女士到家以后是如何显摆地扛着箱子在左邻右舍“艳羡”的目光里绕小区一圈的，以蓝女士遇上门板都能聊半个小时的性格，她必然还得停下来炫耀一番这都是女婿给她买的以及女婿是如何如何优秀。

那画面……

陶然摇了摇头，觉得简直无法直视。

“在想什么？”

苏寒山的问话打断了她的想象。

“……”陶然犹豫着，这能说实话吗？说了她的脸面还在吗？

“有啥说啥，别想着撒谎！”

“……”真是神了！苏老师的眼神是X光吗？X光都照不出她想啥呀！

“那个……我觉得你们大人挺奇怪的，为啥都喜欢大包小包地人力来扛？现在快递多方便啊！”

你们大人……你们大人……你们大人……

空气里，这几个字在无限循环。

陶然觉得不大对，苏老师怎么闷声不说话了？她偷偷一瞧，苏老师的脸色不大好，完蛋，他生气了？

她一边用小眼神瞟他，一边小声地说：“苏老师，我没有别的意思，就是觉得……是你让我说实话的哎！”

“安全带！”苏寒山也不再说什么，发动了车。

“哦……”陶然弱弱地瞧了他一眼，还没解释完呢，“我真的没有……”

“司机开车的时候不要跟他说话。”

“……”好吧。

陶然开始低头玩手机，全程忙个不停。

她怎么可能不忙？好不容易有时间，她要给苏寒山投票啊！她还要例行每天一次地发动全体亲朋好友投票呢！尤其蓝女士因为今儿要坐火车，把她那份任务也交给陶然了，监督全社区的邻居投票！另外，她跟宁主任的粉丝每天一次较量也不能落下，简直进入忘我的境界！

回到医院，苏寒山将车停在医院门口，侧目只看见一个毛茸茸的脑袋顶，某人恨不得把脑袋钻进手机里。

“你很忙吗？”苏寒山问。

“是啊。”陶然头也不抬地回道。

“中班？”

“嗯。”陶然始终没抬头。

“等会儿也忙？”苏寒山看了看手表，差不多到午饭时间了。

“嗯！”怎么会不忙？她还找人要了一堆小号来投票呢，都记在记事本上了！陶然抬头一看，呀，到医院了！她得回宿舍投票了！“苏老师再见！今天谢谢你了！”

她跳下车就往宿舍跑。

“……”苏寒山看着那个穿着白色羽绒服、裹成一只小白熊似的人渐渐“滚”远……

苏寒山和宁主任的榜一之争一直胶着，难分上下。

12 月 31 日 23 时 59 分，是投票截止时间。

那天陶然上白班，下班后晚饭都没吃，憋着一股劲回到宿舍捧着手机开始投票，时时盯着票数的变化，一会儿超出十票，一会儿落后二十票，看得她心惊胆战，手心里直冒汗。

终于，时间到了，苏寒山以微弱的优势超过宁主任胜出。

不知何处新年的钟声敲响，陶然放下手机，一头栽倒在书桌上，眼眶里泛起了浅浅的湿意。

“苏老师，新年快乐。”希望这份新年礼物你会喜欢。

虽然苏寒山说过让她别再投票，他不在乎这个，但是她在乎。

她心目中最好的人，值得这世上最好的一切。

手机一直有嘟嘟嘟的提示音。

她抹去眼角的湿润，平复了一下心情，重新坐起来拿手机看信息，却发现自己两手酸软，连手机都握不住了。

消息是妈妈发来的，蓝女士也守着投票链接跨年呢，这会儿十分兴奋，祝贺女婿得了第一。

陶然已经懒得再去纠正妈妈“女婿”这俩字用得不对，此时此刻，满心只为苏寒山欢喜。

“妈妈，新年快乐，谢谢你。”

她输入这句话，发了出去。

“乖女儿，真希望过年你跟女婿一块儿回来哦！女儿加油啊！”

蓝女士还给她发了个加油的表情。

陶然忍不住笑了。

可是自己跟苏寒山一起回老家过年吗？

她真的不知道是否会有这么一天。

窗外是浓黑的夜和璀璨的灯海，苏寒山那扇窗里的灯，是灯海里不起眼却又最明亮的一盏。

他是她生命中的北极星，指引着年少的她穿越人海，跨过山河，努力朝他奔跑。可那时候的她，从没想过到了他身边以后会怎样，好像所有的力气都用来奔跑，好像只要跑到了就好。

这也许是终点，也许是起点。

那又如何呢？余生那么长。

而且即便现今便是终点，她也是满足而幸福的，因为她成了想要成为的自己，未来还会成为更好的自己，而他……

就像现在这样，给他当一辈子的小粉丝她也是快乐的，默默地支持他，默默地保护他。

希望生活一直这样简简单单的吧！

希望她在这边望着他窗里那盏灯的时候，偶尔有那么一次，他也会望过来。哪怕是不经意的一次——他不经意地望过来，不经意地想起：那盏灯下坐着的女孩儿是陶然啊……

凝视着街对面那扇窗，沉浸在自我陶醉里的陶然思绪再度分了叉：为什么苏寒山这么几年一直没有女朋友呢？

她猛然想到了那天周主任说的“不好使”之类的话，难道这才是苏寒山单身的根本原因？

她突然特别同情苏寒山，那他得多自卑啊！

想到这里，陶然觉得自己必须安慰一下苏寒山，得在新年伊始的时候告诉他：这个世界上不是所有女孩儿都脱离不了低级趣味！精神的交流、灵魂的相伴，才是爱情的最高境界！

可是她不好意思把这些话说出口，这有点儿像自我推销吧？

于是她列举了好几位身残志坚的楷模，鼓励苏老师不要气馁，别人的处境比他艰难多了，他们都能做出一番轰轰烈烈的事业，他这点儿小问题根本不需要忧心。而且现在医学这么发达，只要他好好治疗，一定能康复的，最后建议他不要害羞，开年了去找付凯主任看看。

陶然写好消息又读了一遍，自觉情真意切感人肺腑，检查没有错别字以后还添了一句，请他放心，她会给他保密的，然后点了发送。

零点已过二十，苏寒山的手机提示音响了一下。

手指触动屏幕，闪过一个名字，他点开，看到好长一段信息……

放下手里的玻璃杯，热牛奶的温度残留指尖，他慢慢往下看起来。身残志坚？小问题？治疗？当他看到最后“付凯”这个名字的时候，才看懂她是什么意思。

付凯是男科主任！

苏寒山啪的一声熄掉了家里所有的灯。

陶然还望着他的窗户，一看灯灭了，觉得自己棒棒的。

刚才她的消息多少还是安慰到他了吧？就像他当年一次次鼓励她爸爸一样！现在他终于安心地关灯睡觉去了呢！

苏老师，你放心，风雨彩虹，余生漫长，陶然永远守护你！

苏老师，又是新的一年啦！

第二章 有他在，什么都不怕

苏寒山有没有去找付凯看病陶然不清楚，她也不好意思逮着人家问啊！她也不着急，反正……嗯，来日方长！这是她的精神胜利法。

不过，话说这种事也轮不到她着急吧？宿舍里，她坐在床边又沮丧又尴尬地抓了抓头发，最后却嘿嘿嘿地笑了。

“陶然，一大早起来你笑得那么低俗干吗？”小豆也刚起床，睁眼就看见某人猥琐的笑。

陶然立马捂住脸，眼睛骨碌碌地转。她的笑真有那么低俗吗？她表现得那么明显吗？她可是要给苏老师保密的！

“陶然，虽然我们宁主任在投票这一环节输给了苏老师，苏老师却走了，他的绝世颜值你再也看不到了，我们宁主任却还在，我们还能常常欣赏……”小豆的立场在支持自家偶像这件事上也是鲜明的，宁主任输了，宁主任后援团的人都不高兴！

“呵呵！小豆！别让我总提醒你！请你站对立场！你是神外人还

是呼吸……”陶然习惯性地开口就吐槽小豆的立场，等她回过味来，才猛然发出一声怪叫，“啊！你说什么？苏老师要走？走哪里去？”

小豆受到了惊吓，差点儿跌回床上：“你……你不知道吗？”你都是铁杆粉丝了能不知道？

“不知道啊！苏老师要去哪里？”陶然跳到地上，把小豆从被子里拉了出来。这时候她才明白那天偶遇苏副院长，他们父子俩说的话是什么意思。

“苏主任因工作调动，要去湖北……”小豆话还没说完，就再次跌回被子里，冷风哗啦啦地灌进来，大门敞开着，陶然已不见踪影。

陶然一口气跑到了医院门口，喘着气踮着脚张望。

才早上六点多，天还没亮透，但进医院的人已经有点儿多了。她知道，苏寒山会提早来医院去查看各个病房。

果然，她没站多久，就见那个熟悉的身影在清晨最后一抹浅灰色的雾霭里快步走来，他还是一身黑衣，身形瘦削颀长，苍劲如松。

她立马朝他跑过去。

苏寒山便看见一个头发乱糟糟、趿拉着兔兔拖的女孩儿跑了过来，在他面前站定，喘着气儿，白皙的皮肤隐隐泛起红晕。

“苏……老师……你要走了吗？”她问完眼圈儿就红了。她好不容易来了，他却要走。

“是啊。”苏寒山看着她，“去你的老家不好吗？天天有热干面吃了。”

陶然原本还有点儿伤感的情绪忽然之间豁然开朗了，觉得挺有趣的，她费尽千辛万苦追着他来，他却跑回了她老家，这算不算也是一种缘分啊？

她扑哧笑了：“苏老师，你为什么突然工作调动啊？”爱遐想的年纪，还有着梦想的女孩儿，心里有个想法不由自主地悄悄冒了个头：因为那是她的老家吗？

当然，这个想法一冒出来就先被她自己狠狠地掐死了：陶然你想啥呢？醒醒！天都亮了！

她加快脚步跟上苏寒山的步伐，听到苏寒山的声音在清早的寒风里响起："服从工作安排。"低沉柔和的声音带着点点暖意。

"嗯嗯！"她点了点头，这才是正常思维！陶然你个不正常的！鄙视完自己，她继续问："苏老师，那你什么时候走啊？"

"明天。"

"明天？"陶然傻了。

这么快吗？

陶然微微思索，那今天是最后一天，他来医院肯定有很多事要办，而她今天上中班，下班就是半夜，明天又上早班，看来她是没有时间送他了。

不过她转念一想，马上就要到春节，到时候她直接在老家见他吧！

"苏老师，过年的时候我带你去吃特色小吃啊！"她仰着脸，清晨的阳光照在她的脸上，肤质细腻白皙，连她脸上细细的绒毛都清晰可见。

苏寒山想起她母亲评价她的话——什么都好，就是吃得有点儿多。

"好。"他答。

两人已经走回医院，陶然这会儿才低头看见自己穿着的拖鞋，顿时大窘："苏老师！你忙去吧！我先回宿舍！"但愿苏老师没看见她的鞋子，呜呜呜！

苏寒山看着她慌慌张张的样子，暗暗叹息：还有你的头发……

陶然当然不知道苏寒山心里在想什么，转身拔腿就跑，头发被风一吹，更像草似的在风里乱舞。

跑出一大截之后，她又想起了什么，回头用力挥手："苏老师，一路平安！我们春节见！"

喊完，她继续在风里奔跑。

她有没有一点点失落？还是有的。不过这有什么关系？六年前她连一句“苏医生，我们北雅再见”都说不出口，连是否会再见都不知道，现在已经好太多了！

至少，他们一定会再见。

苏寒山还是暗暗摇头，这毛毛躁躁的小丫头，总是跑出老远还有没说完的话。

第二天，苏副院长亲自去送儿子，一早就坐在客厅里逗猫等着他。

自动喂猫机沙沙地吐着猫粮，胖得走路都懒洋洋的加菲这会儿身手矫健又灵活，直奔向它的口粮。

手里忽然空了，苏副院长起身踱了几步，发现这个家里有些不一样了，多了好些食物储备，瓶子里插着一束红艳艳的他叫不上名字的花，这颜色，俗气得完全不符合儿子的审美……

他不禁看向卧室里的儿子，眉头微皱。

苏寒山的行李收拾得差不多了，还有些零散的东西最后再装进去。

“差不多了吗？”苏副院长看了看手表。

“嗯。”苏寒山的目光落在了床头柜上。

床头柜上摆着一个小闹钟，哆啦A梦的造型。蓝胖子憨态可掬地腆着大肚子的模样实在和这房间极简的高冷装修不搭。闹钟已经很旧了，满是划痕，好几处败了色，褪成深浅不一的蓝，指针也不走了，时针和分针都停在十二点。

苏寒山走过去轻轻一抓，将闹钟放进了行李箱里。

苏副院长看着这一幕，转开了头，目光暗沉下去。

“走吧。”苏寒山轻声说，“记得等会儿把猫接你那儿去。”

“嗯。”苏副院长快步走了出去。

父子俩驱车经过大门时，物业捧着一束花来了。

“苏医生，一大早有人送花给你，放我们这儿了。”

一束红得有几分艳俗的天竺葵从车窗递了进来。

苏寒山接了，点头道："谢谢。"

花里照例有一张卡片：苏医生，一切顺利。酥饼。

"这不是跟你家里那束花一样吗？"苏副院长瞟了一眼。

"是。"家里那束花是元旦那天送来的。

"酥饼？是谁？"苏副院长好奇的是这个。

苏寒山把卡片放回花束里："我也不知道。"

苏副院长看他的眼神更怪异了。

"走吧，别误了飞机。"苏寒山把花放到后座上。

车子向机场驶去。

苏寒山一走，陶然觉得整个医院好像都空了。

这种感觉很奇怪，明明他即便在医院也不是个活跃的人，若不是他在专业上声名赫赫，他的存在感是极低的。

不过想到春节即将到来，陶然心里好受了不少，开始合计要带回去的礼物——老陶同志要的二锅头、蓝女士喜欢的某村糕点。

虽然她一贯觉得在某宝买了直接发货回去是更便利的方式，但想到蓝女士一边斥责她浪费钱，一边笑逐颜开地接过礼物再跟左邻右舍絮叨闺女多么孝顺的时候，她还是觉得自己的不便利是值得的。

然而她还来不及去采购呢，某天晚上蓝女士发来个视频邀请。

视频里的蓝女士冲着她笑。

陶然觉得，小豆说自己笑得低俗完全是没看到蓝女士的笑啊！这才叫低俗好吗？

"妈，你怎么了？"陶然赶紧把音量调小，耳朵都要聋了。

"乖女儿，"蓝女士在那边笑着说，"今年过年啊，你就别回来了！我跟你爸要出去旅游，已经定下来了，你回来我们也不在家！"

"……"不是，妈，我是你们亲生的吗？"妈，我已经买好票了！"

“退了，退了！赶紧的！我和你爸的二人世界可不想多一个你！”

“……”陶然蒙了好一会儿，“妈，我小时候你可不是这么说的，你说我是你们俩这辈子最大的事业。”

“那是你爸说的！男人的嘴，骗人的鬼！这你都不知道？”蓝女士显然已经不想和她磨叽了，“我忙着逛淘宝呢，得买些旅游用的东西，不和你说了！你记得退票！”

视频就这么被关了，陶然无语。她真的要退票吗？她还要回去看苏老师呢！

而陶然没有看见的是，另一端的蓝女士放下手机后的愁容。

“你这笑得也太夸张了！”陶父说她。

蓝女士叹了口气：“我不是怕装得不像吗？”

两人都沉默了。

良久，陶父说：“早点儿休息，明早还要出门呢！”

“你别去！”陶妈妈瞪了他一眼，“女婿都说了，你肺功能本来就不好，要小心，你给我在家里待着，我出去就行了！”

陶父怔了怔道：“至于吗？有这么夸张？”

“不管有没有，你这条命是女婿救回来的！凡事听女婿的准没错！”

陶父再次默然，好一会儿才说：“记得女婿说的，戴口罩。”

蓝女士的重点一下又偏了：“咦，你怎么也叫女婿了？你不是不让我叫吗？”

陶父暗暗摇头，还是叹息，眉间有化不开的愁。

陶然却并没有退票。老陶和蓝女士旅游去了，苏寒山还在呢，他第一次一个人在那边过年，她想起来就觉得他孤单。她可以去陪苏老师！说好的两人春节见啊！

陶然一心以为父母真的旅游去了，毕竟她还在爸妈“出发”前一天打过电话，他俩口口声声说第二天一早的火车。她只是觉得奇怪，蓝女士怎么一条朋友圈也不发？也不和她视频了？这可太不符合蓝女士的风格了……

直到有一天，她在朋友圈发现蓝女士同社区的好姐妹发了一组练舞图，她评论赞美了一句，这位阿姨马上回她："陶陶，让你妈妈来练舞！"

陶然下意识地回复："我妈旅游去了。"

结果阿姨的回复让她大吃一惊。

阿姨说蓝女士每天都在家，还劝她们别练了。

陶然相信阿姨没说谎，可蓝女士为什么要骗她？

她马上打视频给蓝女士，结果那边的人给掐断了，回她："乖女儿，妈妈在外面玩儿呢，不方便接视频。"

陶然又是疑惑又是担心："妈，我都知道了，你们根本没去旅游！你们为什么骗我？爸爸的身体好吗？"

她首先想到的就是高三那年爸爸重病，妈妈一直瞒着自己的事！

她再次打视频。

终于，这次接通了，视频里出现妈妈无奈的脸。

陶然一看，妈妈果然在家里："妈，我爸呢？"她急了。

"在这儿呢！"陶妈妈将手机移动个位置，老陶的脸出现在视频里。

陶然松了口气："妈，你干吗骗我？"

陶妈妈支支吾吾，最终没说出个所以然来："你问女婿去！"

这事还跟苏寒山有关？

苏寒山这一去就和她家里人联系上了？

她实在捉摸不透，给苏寒山发了条消息："苏老师，我已买好回家的票，很快就要回家了。"

苏寒山那边没有回音。

她猜测他应该在上班，不会回复她。

到了晚上，她准备睡觉时，手机铃声忽然响了，屏幕上显示的备注是：我妈女婿。

苏寒山居然主动打电话给她？这可真是少见啊！

“喂……”

她急忙接听，可是才说了一个字，苏寒山急迫的声音就把她打断了。

“不是说了让你别回来了吗？怎么就不听呢？”他不但急迫，还很严厉。他说话很少带着这样情绪。

“我……”陶然被这劈头盖脸的质问给弄蒙了。

苏寒山的语气这才缓和了一些：“把票退了，别回来，听话。”

听话……

他上一次对她说听话还是六年前，那时候她躲在走廊尽头哭，他说：“别哭了，听话，我们一起给你爸爸加油。”

她可以听话，但是为什么呀？

“苏老师，你得告诉我原因，我爸妈都在家呢，我有什么理由不回家？”

那边的人沉默了一会儿，终于不再瞒着她。

原来老家已有多起肺炎病例，是一种新型病毒引起的……

那她更要回家了！她怎么放心爸爸妈妈？

“不要回来！”苏寒山的语气再次严厉起来，“知道非典吗？”

非典的时候她才八岁，可作为医护，她怎么可能不知道？她的声音都颤抖了：“是……是非典？”

“不是。但是一样不可小觑！”

如果说到了这个时候，陶然还无法做决定是否退票，那数日后，由不得她不退票了。

疫情在老家扩散的消息陆陆续续报道出来，紧接着，全网全媒体都在铺天盖地地报道了。

时值春运，人口流动量庞大，形势将变得如何严峻，科室里人人心中都惴惴的。

作为呼吸与危重症医学科医护，陶然自觉地退了票，取消休假，做好春节加班的准备。

她像汇报工作一样，把这件事告诉了苏寒山。

苏寒山说她终于想通了。

她说："苏老师，我们春节见不着了。"

苏寒山却说了一句她的台词："来日方长。"

是啊，来日方长，这真是一个让人充满希望和期待的词。

她没有告诉苏寒山的是，她并不是不想回家，心里始终牵挂着父母，只是"苏寒山"三个字是她心里的标杆，她会去想，如果是他遇到这种情况会怎么办？他一定会坚守岗位！而她一直努力的方向，就是成为和他一样优秀的医护，所以作为他的后援团团长，她也会坚守自己的岗位！

至于父母，她只能在每天下班后和蓝女士视频，叮嘱他们注意事项，一遍遍让他们注意防护。

气氛突然变得紧张起来，陶然连和小豆打嘴仗都没了兴趣，新年前一有时间就给苏寒山投票的她，现在所有的空余时间都用来刷新闻。

医务人员被感染的消息传了出来，陶然的手又握不稳手机了。她已经好几天没和苏寒山通消息，不知道他是不是被感染中的一个。她给他留言，连发了好几条消息，可是他一条也没有回复。

也许他在忙，也许他在休息，也许……

他一定不会有事！

除夕，离陶然给他留言又过去了两天。

她早上醒来的时候手机就攥在手里，因为前一晚她是抱着手机等消息入睡的。

睁眼第一件事，她就看有没有他的回复，然而还是没有……

心瞬间沉落谷底。

她起床后，手里攥着手机，人有些恍恍惚惚，房间里响起小豆的惊呼："陶然！你光脚就出门？"

"是吗？"

她低头看看自己的脚，却忽然想不起自己要出门干吗了，她今天上中班。

小豆看着她晃晃悠悠地又在床沿坐下，奇怪极了："我说你干吗呢？"

陶然连小豆的声音都忽略掉了，捧着手机一直看。

"不跟你说了，我上班去了！"

门关上了，小豆的脚步声渐渐消失。

陶然想给苏寒山发条消息，却不知道发什么内容。

她输入几个字：苏老师，过年了。

接下来，她说什么呢？过年好，还是除夕快乐？

他这会儿无论是什么状况都不好，也一定没办法快乐起来。

那就什么都不说了吧，陶然又把这句话一字一字地删去。

苏老师，过年了，你要好好的。

下午陶然跟父母视频，看着蓝女士和老陶在那端一切正常，心里稍稍安慰。

"我和你爸每天都量体温，也尽量不出去，口罩、酒精家里还有，社区里舞不跳了，活动也全停了，你不要担心。你千万要保重。你们那儿我看新闻也有确诊病例了，你们医院有没有啊？你可千万不能马马虎虎的啊……"

蓝女士说起来就没完，陶然静静地听着，用力点头。

她还想从蓝女士口中听到关于苏寒山的消息，因为但凡苏寒山跟他俩说过什么，蓝女士都会挂在嘴上，上回让蓝女士在家中备哪几种药的事，蓝女士连说了三四天。不承想，蓝女士这回说的却是："唉，女婿已经好几天没消息了，我给他留言他也不回，我还想让他来家里吃饭，好歹是过年啊……"

陶然微微闭了闭眼睛，眨去眼角的泪珠：“妈，他是最忙的时候，就算他今天有空儿也不能去咱家吃饭的。”

嗯，他就是太忙了，一定是！

下午上班前陶然还看了眼手机，依然没有他的消息。

接下来手机便上了锁。

小豆下班的时候抱了抱她，对她说：“除夕快乐，陶然。”

“除夕快乐，林晓窦。”陶然笑了笑，无精打采道。

“陶陶，别担心，叔叔婶婶好好的呢！”

“嗯！”好好的呢！她用力地点头。大家一定是好好的呢！

“晚上下班，我留好吃的给你！”小豆说完把一个小小的福字不干胶纸贴在她身上，“新的一年，福到喽！”而后转身和护士长说话，“护士长，都贴好了，我回去了！”

“好，去吧。”护士长脸上有淡淡的疲惫。

这是梅护士长在科室里的传统，每到过年都会利用空闲时间把科室、病房里贴上福字和对联，让病人们感受过年的气氛。

护士长说，医院不应该贴上冷冰冰的刻板标签。

“护士长，您回去休息吧，我来接班了！”陶然帮着护士长把最后一个福字的边角压平。

护士长冲她笑了笑：“好，辛苦你了，小陶，除夕晚上不能掉以轻心。”

“我知道的，护士长！”

梅护士长的话应验了，就在她走后不久，前后送来两例呼吸衰竭的病人，科室里就没歇着的时候。当陶然忙完，背心汗涔涔地从病房走廊上走过，春晚主持人的声音从病房里传了出来：亲爱的朋友们，此时此刻，我们要向奋战在防控肺炎第一线的白衣天使们致以深深的敬意……在这场看不见硝烟的战争中，我们一起守护……

陶然的眼泪忽然就涌了出来。

可是她并没有时间去想那个置身于没有硝烟的战场上的人，刚到护士站，呼叫铃就响了。

一直忙到深夜，小豆来接班，陶然一个人回去。

宿舍的小餐桌上，小豆给留了饺子，应该是才煮没多久，还热着，压着一张字条：新的一年，我们的宁主任和苏主任都要棒棒的！

陶然微微一笑，却吃不出饺子的味道。

大年初一凌晨一点，又是一天过去了……

仍然是她捧着手机睡觉的夜晚，耳边好像始终响着主持人的声音："向白衣天使们致以深深的敬意……在这场看不见硝烟的战争中……"

叮咚——手机忽然响了一声。

她全身一震，从睡梦中醒来。

凌晨四点，苏寒山发来了消息！

"我没事。新年快乐。"

陶然一下坐起，立即发了视频请求。

苏寒山的脸出现在视频里，眼里全是红血丝，眼眶乌青，他问她："这么晚了还没睡？我没事啊！有些忙。"

第四天了吗？第四天，她终于等来他的一句"我没事"。

这三个字，值得她用所有时间去等待，这么晚又算什么？

陶然忽然就哭了出来。

她关掉视频，把自己埋进枕头里哭了个痛快。

其间手机来过视频请求、响过电话铃声，嘟嘟嘟的，消息不断。

她都没有接，没理会。

直到哭够了，她才重新拿起手机，他发来一串消息："哭了？别哭。别怕，我在呢，叔叔阿姨会好好的。"

心情渐渐平复下来，她脸上残泪斑斑，回复："苏老师，我没哭，我看你很忙，也很累，抓紧时间赶快休息。一定要注意防护！"

她回完消息起身去洗脸，在镜子里看见自己的形象，深恨某信没有撤回视频对话的功能。她这是什么鬼样子？头发像一堆乱草，睡衣扣子还扣错了！

她怎么就冲动地跟苏寒山视频了？她这需要的不是撤回，是时光倒流了吧？

她摸着脸，忽然想到一件事：话说，这是她第一次跟苏寒山视频啊！

“女儿，我们这儿封城了，你看新闻应该都知道了，不过你别担心，我跟你爸年前做足了准备，家里年货多，米面也多，你舅舅之前还送来好几箱东西，都是你爱吃的，以为你要回家，现在够我和你爸吃好一阵了。女儿，你自己一个人在外面，一定要小心啊！记得戴口罩，勤洗手，讲卫生……”

蓝女士是不是忘了她女儿是护士啊？还要她来教女儿怎么做防护？

可是陶然没有打断她的话，任蓝女士唠叨，自己负责点头应着就行了。

老家封城了。

她最爱的人都在那座城里。

她不知道那里现在究竟是什么情况，新闻里，昔日繁华的九省通衢之地只剩空荡荡的城，她爱的人、她认识和不认识的人，都藏进了那些钢筋水泥的建筑里。生命变成了新闻里的数字，她不知道每增加一个，是否是她的亲朋、昔日同学，抑或年少时逗她的街坊邻居。

可是，那些数字总归是有人的亲人、同学、邻居。

她以为她只能远望这座城的时候，医院传来消息：“立即组建一支医疗队，出发援鄂。”

她毫不犹豫地报了名，但是没有告诉父母这个消息。

小豆也报名了，他们整个呼吸与危重症科的人都在响应。

就在她做着返汉准备的时候，惊愕地发现，援鄂名单里没有她！

为什么？

她去问护士长，护士长说她太小了。

陶然觉得不对：“小豆比我更小！这不是理由！是我不够好吗？”

“不是……”护士长只好说了实话，“好像是，苏主任不让你去。”

“凭什么？”陶然顿时急了，“他都不在我们这儿了！还要管东管西呢？不行，我找主任说去！”

“陶然。”护士长叫住了她。

陶然回身，护士长眼里生出陶然看不懂的淡淡雾气。

“陶然，苏主任的母亲，曾参与抗击非典……不幸感染……牺牲……”

时间有数秒的停顿，继而像是一条细细的闪电劈裂静寂的夜空，惊起震耳雷鸣，排山倒海，久久不绝。

陶然脑海中出现了一幅画面：白色丁香树下，身影孤寂苍凉的男人，黑曜石一般的眼睛里有亮亮的湿痕……

雷声般的轰鸣渐渐远去，又尖又细的刺痛从心底扩散开来，陶然眸中的光渐渐聚回：“我找主任说去！”她的语气强硬而决绝。

梅护士长看着女孩儿快步离开的背影，侧过头，眼中有晶亮的光闪过。

周主任看着眼前这个一直说要去，态度强硬得跟小核桃似的女孩儿有些无奈。

“周主任，那是我的家乡！我的父母、亲人、朋友都在那里战斗！家乡的水土养育我长大！现在是我回报的时候，我比任何人都有理由过去！周主任，请你答应我！”

答应我，让我到他身边去！他一直在失去最爱的人！失去了一个又一个！这一次，让我和他一起并肩作战！让我保护他！保护我的家乡！

陶然看着周主任眼里的无奈渐渐软化，知道她的愿望快要达成了。

“小陶，你知不知道这一去意味着什么？”

“知道！”陶然站得笔直，大声地说。

“小陶，你不怕吗？”

“不怕！”有他在，她什么都不怕！

第三章 苏老师又又又怎么了

一场看不见硝烟的战争，新闻人的形容一点儿没错，医疗队出发的速度犹如行军。

救援队一共一百多名医护，来自好几家医院，北雅丁院长亲自带队。

名单确定下来后马上就是紧急培训，而后众人收拾行李准备出发，而陶然的行李早已收拾好，她扛上就和小豆一起急忙赶去集合。

很快，一百多名医护全员到齐。

丁院长给他们做动员，拿着一份名单，目光在每个人脸上逐一扫过，开始点名："宁至谦……梅珊……"

他每念一个名字就应一声到，很快念到陶然。

"到！"陶然答得十分干脆。

丁院长的目光却在她的脸上停留："哪一年出生的？"

"1995年！"

“林晓霙。”

“到！”

丁院长看她一眼，又问：“哪一年？”

“1996 年！”

“胡晴。”

“到！1997 年！”胡晴是别的科室年纪更小的护士，没等丁院长问就主动报了。

点完名，丁院长对着名单，意味深长地道：“我们这支 137 人的队伍，90 名护士。在这 90 名护士里，90 后占了一半，95 后有十几个。年轻的孩子们，我深深地感谢你们，感谢你们的勇敢和仁心，但我也想说一句。”

丁院长再次一一扫过这一张张尚带稚气的脸：“孩子们，你们这样的年纪，不穿咱们那身白衣服就还是孩子，也许还能在父母面前撒娇，一旦穿上了那身衣服，就有了责任。你们知道你们担负着什么样的责任吗？”

“知道！”

虽然丁院长问的是年纪小的护士们，回答他的却是所有医护。

“好！”丁院长大声道，“我为你们骄傲！为你们所有人骄傲！这支队伍 137 人，有人参加过抗击非典，有人是我们业内的中坚力量，有人是无所畏惧的初生牛犊，你们每一个人都是佼佼者！接下来我们要去打一场没有硝烟的仗！工作繁重，物资紧缺，你们即将面临的环境是你们从来不曾经历过的，但我相信，我们每一个人都能用精湛的医术和无畏的决心去挽救和守护每一个生命！还有一件很重要的事……”

丁院长说到这里停了停，眼神越发凝重：“希望大家在工作的同时，一定要注意安全和防护，过去之后，听院感老师的话，保护好自己，不可有一丝马虎大意！今天，我把你们带出去，来日，我就要一个不少地把你们带回来！记着，毫发无伤！一个都不能少！记住没有？”

“记住了！”陶然和大家一起大声应道。

而后，大家便跟着丁院长一起重念誓言：我志愿献身医学，热爱祖国，忠于人民，恪守医德，尊师守纪，刻苦钻研，孜孜不倦，精益求精，全面发展。我决心竭尽全力除人类之病痛，助健康之完美，维护医术的圣洁和荣誉，救死扶伤，不辞艰辛……

投身医学时，他们就已宣过誓。对有些队员而言，宣誓的时刻已经过去多年，对陶然和几个年轻护士来说，那一刻却相隔不远，但无论是谁，都不曾忘记这段誓言里的使命，一次宣誓，终生为之奋斗……

如果说在此之前还有人害怕，此时此刻已是奋然不顾了。

对陶然来说，马上就要见到苏寒山了，脑海里浮现的是那晚视频时他满眼红血丝的模样，心里既焦虑又有些期待。

登上去往机场的大巴后，小豆坐在陶然身边，问她怕不怕。

这是第二次有人问她这个问题了。

陶然的心思从苏寒山身上收了回来，她摇了摇头：“不怕。”

她是真的不怕。那是她熟悉的城市，亲得宛若家人，更重要的是，苏寒山在的地方，她怎么会害怕呢？

小豆挽住了她的胳膊，靠在她的肩上：“陶然，我本来是有点儿害怕的，万一我真的……怎么办？我爸妈只有我一个女儿，我爷爷奶奶会伤心死，我……我甚至没谈过恋爱，还有很多事想做，很多心愿没有完成……”

“现在呢？还怕吗？”陶然问她。

小豆摇了摇头，默了一会儿又点了点头：“也怕，可也不怕。”

陶然握住了她的手：“怕啥？反正我提醒你，上次打赌我一个人喝三杯奶茶，我可是赢了的！你自己说的，我赢了就请我喝一个月的奶茶！回来你麻利地给我兑现了！”

这事还让苏寒山知道了！从此她在他心里留下了大号奶茶桶的

印象，面子损失值就不止一个月奶茶了！

小豆扑哧一笑道："小心喝成陶胖妞！"

"我乐意！"

陶然手里的手机振动了一下，她低头一看，苏寒山来消息了！

"为什么不听周主任的安排？"

他发来这样一句话，是指她不顾他的反对执意援鄂的事吗？

她快速输入："苏老师，如果是你，你会怎么选择？当逃兵吗？"

苏寒山没有回答。

她继续输入："我已经在去机场的路上了，无论你想说什么，都等我到了再说吧！"

反正他想再阻止她是不可能的了！

好一会儿，苏寒山发来一句："有脾气了？"

他这话是什么意思？陶然琢磨着，不知该回什么了。

苏寒山便问她："现在有什么想法？害怕吗？"

他怎么又问她怕不怕？难道她平时是个胆小鬼形象吗？这个问题她直接忽略不答了，至于想法，她忽然想起刚刚小豆说的话：万一真的……她还没谈过恋爱……

她的心骤然怦怦乱跳，手指摩挲着手机，心神难安。

"小豆！"她握紧手机，贴在胸口死命按着，想要按住这呼之欲出的心。

"怎么了？"小豆发现她神色异样，"你不舒服啊？"

"没有……"她的脸突然不自然地泛红，"小豆，此时此刻，你有什么特别想做的事吗？"

小豆茫然地摇了摇头。

"那如果你现在有个机会向你的男神表白，你会去做吗？"说完这句，陶然觉得自己的心跳得更厉害了，仿佛都能听到它在扑腾扑腾蹦跶的声音。

小豆看了眼坐在前面的宁至谦，吓得叫了一声："你少胡说八道！宁主任有老婆的！我们铃铛只单纯崇拜宁主任的人品和医术！"

"如果！我说如果！"

小豆鄙视地看了她一眼："如果也不行！这种事能如果的吗？"

"小豆你个钢铁直女！"陶然气得不想和她说话了。有比小豆更直的直女吗？

陶然继续捧着手机纠结，几次输入，几次删除，最后深吸一口气，屏住呼吸飞快打下一段话："苏老师，我有一个想法，而且这个想法由来已久，却从来不敢跟你说。现在是你问我，那我就说了啊！出发在即，我不知道这一去前路如何，我不怕，只是有点儿遗憾，我还没有谈过恋爱。苏老师，你能当我的男朋友吗？"

她怕自己犹豫，输完就点了发送，而后紧紧闭上眼睛，不敢看苏寒山的回复。

然而这消息刚发出去，她就开始后悔了。

怎么办？苏老师会被吓到吗？他一定会拒绝的吧？他一定想不到在他面前乖乖巧巧的小护士其实是大尾巴狼，一心想吃了他吧？还有，她这算不算道德绑架啊？

不行！她㞞了！

秒变㞞包的她重新点开和苏寒山的对话框，苏寒山还没回复，极有可能还没看到这段话！

太好了！她马上按了撤回。

当消息成功撤回后，她的心跳慢慢趋于平静，呼吸也渐渐平稳下来，她按着胸口，心里一遍遍地重复着太好了，真的太好了……

可为什么她想哭啊？

手机再度一振，苏寒山的消息来了："你到了再说。"

她到了再说？

他这是什么意思呢？

她看了看他们前面的对话："我已经在去机场的路上了，无论你想说什么，都等我到了再说吧！"

所以，他是要等她到了再跟她好好说说她不听周主任的安排的事吗？

哎哟，陶然顿时感觉头大！

"陶然！"小豆在大巴停下等红灯的时候用力碰了碰她的手，让她看外面。

陶然只看见一个男人在人行道上飞跑，用力朝着这辆大巴挥手，不知在喊什么。

"护士长的老公。"小豆在陶然的耳边悄悄地说。

陶然马上伸着脖子看护士长，可护士长一直端坐着看着前方，完全没反应！

车外的男人拿出了手机，应该是在给护士长发消息，发完之后，对着大巴的方向用力指手机，可是护士长连稍稍侧头看看窗外都没有。

车在绿灯亮后重新起步。

车外的男人再无法跟着车奔跑。

陶然回头，北方冬日清冷的阳光里，男人始终站在原地，看着车开走的方向，直到化作一个黑点，车转弯后，陶然就再也看不见他了……

到机场后，陶然特意观察梅护士长的表情，护士长却在帮着清点物资，除了脸上和往常一样的淡淡疲惫感，根本看不出一丝异常。

"前阵子听说护士长在闹离婚。"小豆悄声道。

小豆真不愧是八卦界老祖，不像陶然，只关注自家苏老师。

"到咱们了！"小豆拉了拉陶然的衣袖。

托运、安检、登机，这条航线，陶然已记不得六年内飞过多少次，可从来没有想过会以这样的目的飞回去。

飞行时间不长，不到两小时飞机就降落了，广播里传来空姐温柔的声音："亲爱的援鄂医疗队医护们，我是本次航班的乘务长，我们的飞机已经着陆了，感谢你们乘坐我们的航班。W市地面温度四摄氏度，北风三级，请注意保暖。今天，我们的航班送你们上战场，来日，我们再来接你们回家。请你们做好防护，保护好自己，我们不见不散。"

"不见不散！"平日里严肃的丁院长，居然正儿八经地应着乘务长的话。

"不见不散！"列队送医疗队下机的乘务员们脸上带着笑，向他们一一行礼。

乘务长还向他们鞠了个躬，眼里泪光闪动："我也是W市人，请让我代表所有父老乡亲对你们的到来表示感谢。谢谢你们不远千里，来帮助我们的城市。"

乘务长身边还有几箱物资："这是我们机组筹的防护用品，希望你们保护好自己，谢谢你们。"

和每次下机的时候一样，每下一个人，乘务员都说一声"谢谢，再见"，大家从前只觉得这是她们的职业化用语，此时此刻听在耳里，莫名便湿了眼眶。而这一声再见，却是真的期待下次再见。

一行人出了机场，挂着欢迎北雅援鄂医疗队横幅的大巴正等着他们，将他们带去宾馆。

陶然坐在靠窗的座位上，即便隔着厚厚的玻璃，都能感觉到空气里多了北方所没有的湿润，这是她熟悉的家乡的味道，是旁人无法体会的味道，尤其车驶上长江大桥时，江面浩荡，水阔天远，潮意尽入心脾。

陶然闭上眼，鼻尖酸涩。

我回来了，我的家。

我回来了，爸爸妈妈。

我来了，苏寒山。

陶然根本不知道苏寒山在哪里。

大巴把他们带到的地方，是一处专门空出来给医护人员住的宾馆。

陶然和小豆的房间是相邻的。

陶然能看出来，乍然进入这座城市，小豆有点儿紧张，一路都在重复背着院感老师的要求。

“门把手消毒……门把手消毒……”小豆站在门口小声念叨，拿出手消，不忘回头对陶然道，“手消啊！别忘了！”

陶然其实还好，可能因为这里是自己的故乡，并没有小豆那样紧张。

“划三区……划三区……”

在小豆的念叨声里，陶然打开房间门，按照院感老师说的，把房间划出污染区、半污染区和清洁区，然后开始整理行李，把工作要用的东西分了出来，而后把房间的所有地方都用含氯消毒剂消杀、喷洗，房间里瞬间充斥着浓浓的消毒剂的味道。

之后医疗队便开始了进院前的再次动员和紧急培训。

练习穿防护服的时候，陶然出现了问题。

她的头发本来就是不太听话的发质，很容易变得乱糟糟的，所以她从小就留着长发，好歹有皮筋可以束缚一下，如果剪短发，那每天早上一定是鸡窝头，但现在这样一头长发穿防护服很不方便，对防护也不利。

护士队伍里已经有人开始剪头发了，陶然摸了摸自己的头发，狠了狠心，反正在医院都穿着防护服，苏寒山也不会看见她蓬着鸡窝头的样子，剪吧！

她将剪刀交给了小豆，小豆的剪发术，不是陶然嫌弃，反正她后来照镜子的时候，是不愿承认这就是自己的，狗啃的也比这整齐！

不过她根本不用照镜子，自己目前是个什么惨状看小姐妹们的反应就知道了！

别人的头发剪了后都服服帖帖的，只有她的，莫名其妙地往上猛蹿，好像在唱“随风奔跑自由是方向”。

有小姐妹忍不住扑哧笑了出来，护士长见了，温温柔柔地过来给陶然把头发理整齐，安慰她：“好看，会再长长的。”

陶然委委屈屈地点了点头。她倒不是心疼头发，只是觉得自己未免丑得太有个性了。不过她这颇具个性的丑能让紧张的环境增添几声笑，也算值得了……

第二天，他们医疗队的人就进医院对接工作了。

南雅医院，苏寒山所在的医院。

陶然短暂的护理生涯中从来没见过这么多病人。

经过医院门诊大楼时，她望进去，大厅里全是人，从里面传来情绪激动的悲怆哭声，有人相互搀扶着进去，也有人哭着走出来。

陶然知道苏寒山在这家医院里，下意识地望向门诊大厅，最初也在想，他会不会是在门诊接诊？可她看见这一幕的时候，如鲠在喉，什么都忘了，走了老远耳边还回荡着那些哭声，眼前浮现的也全是一副副愁容。

他们最终去了隔离病区，在院感医生眼睛一眨不眨的监督下洗手，戴圆帽、口罩、护目镜、面屏，穿防护服、隔离衣等，再相互检查，花了半小时时间，然后进舱。

陶然是在这里见到苏寒山的。

他也穿着防护服，从头到脚包裹得严严实实。

病区新收治进来病人，他忙得根本没看见她，直接进去救人了。

可她知道那是他，他和护士说话的声音，他匆匆一瞥护目镜后的眼睛，她不会认错，而他转身时防护服后的“苏寒山”三个字，也证明了她没认错。

陶然自报名参加医疗队开始，一颗爱胡思乱想的脑袋就不曾消停过，设想过无数次再见他会是怎样的情形。

比如她眼含热泪地朝他飞奔过去？更不要脸一点儿的剧情是还往后走了走，比如两人抱在一起转几圈？虽然这不大可能，但她想想也不犯法对不对？

再比如他板着个脸要找她算一算她不听周主任的话这笔账？她这㞞包敢不敢拉着他的衣袖撒个娇狡辩一下啊？

陶然还不要脸一点儿地想过，也许苏寒山看见她那一大段表白了呢？那她在他面前是要表现害羞还是窘迫？他又会是什么反应？会说“好”字吗？

那些画面啊……个个堪称偶像剧，场场能成名场面——虽然她知道这只是自己一厢情愿的幻想，毕竟她跟苏寒山其实真的没有那么熟……

可是无论如何她也没想到，会是现在这样的情形。

病人、病人……她目之所及全是病人。

来之前，她只知道这座城市生了病，来的路上，只看见干干净净的空旷街道，只有亲身站在这里，看着超出病房近三倍承载能力的病人，她才真正体会到这座生病的城市经历着什么，干净空旷的城市外表下多少人在痛苦中呻吟。而她所看见的还仅仅是一个病区，就在她刚刚走过的门诊部，还有比这里多好几倍的人在看诊、哭泣、等着救治……

她并没有时间去感慨和悲伤，进入隔离病房第一天，不仅仅要迅速熟悉情况，和本地医护沟通交接，还要着手配合本地医护一起准备开始战斗。而随着他们的到来，医院还要对住院楼进行改造，收治更多的病人。

“谢谢你们……”工作对接的时候，南雅医院负责人眼眶都湿了，“我们……真的全院上一线了，但就这么多医生，医生、护士连轴转，苏主任已经连续工作一周了，其间就休息了两次，每次三小时，其他医生也一样，累了就在椅子上趴一趴……”

陶然脑海里再次浮现出苏寒山双眼布满血丝的模样，她抿紧了唇，心里一个声音在说：我们来了！苏老师，我们来了！你不用再那么累了！

可是陶然错了。

陶然再遇苏寒山，是在病房走廊上。

她穿着臃肿的防护服，去给35床输液的奶奶换药水，而他刚抢救完重症病人出来，12床的病人情况危急，他大步流星地往12床赶去，和她擦身而过。

她想，他甚至来不及看清楚和他迎面走过的护士是谁，而她也没有时间回头再看看他的防护服上“苏寒山”这三个字。

她听见他叫护士长的名字，而她也进了35床的病房，细心地核对奶奶的名字后，把新的药水换上。

老奶奶姓黄，眼里含着泪水，轻轻地摸了摸她的防护服。

“奶奶，您有什么要求吗？”陶然柔声问道。

黄奶奶费力地指指她的防护服后背，颤着声问：“你是首都来的吗？”

“是的，奶奶。”

黄奶奶的眼泪忽然就下来了。

“奶奶不哭。”陶然用纸巾轻轻给她擦眼泪，换了本地方言跟奶奶说话，“我就是本地人，土生土长的，您要有什么想法都和我说，有什么困难也都告诉我，我会帮您的。”

黄奶奶很虚弱，摇了摇头什么都不说，只有眼泪在流淌。

陶然检查了一下她的高流量治疗仪：“奶奶，您有什么不舒服的吗？”

黄奶奶还是缓缓摇头，过了一会儿，微微睁开眼：“姑娘，我不治了……”

“奶奶。”陶然下意识地用戴着手套的手握住黄奶奶的手指，“不怕啊，奶奶，我们会陪在您身边的。病毒啊，它就是纸老虎，您强它就弱，只要您好好地配合治疗，把身体养强壮起来，一定能好起来的。奶奶，不要害怕，您有我们呢！”

陶然觉得奶奶的手指在触碰她的手指头，她也伸出指头，和黄奶奶的手指钩上，瞬间奶奶就钩住它不放了，虽然只是虚弱地一钩，却主动地钩上了。

陶然眼眶一湿，汪洋中挣扎的人哪怕钩住的是稻草也不愿意放弃吧？哪怕那一刻黄奶奶的眼神其实宛若死灰……

“奶奶，我给您唱支小曲儿吧？”她轻轻地唱了起来，“山水无弦心有韵，谁人识得伯牙琴……”

这是本土的小曲儿，陶然听蓝女士唱过，也不知道黄奶奶是不是喜欢听，奶奶却在她轻柔的歌声里渐渐平静下来。

“相识满天下，相知有几人……”

陶然的歌声轻得若有若无，苏寒山却在和好几位医生给 12 床病人会诊。

12 床病人各项生命体征都在报警，严重低氧血症，痰量多，痰液黏稠，最后几人会诊的结果是给 12 床切开气管。

气管切开术不难，但是防护服、护目镜和正压头套实在笨重得影响操作，最重要的是，切开气管的瞬间，会有大量患者的分泌物和气溶胶喷出来，对医护人员来说，感染风险大。

“我来吧。”苏寒山冷静地道。

有医生看了他一眼，梅护士长却似早料到他会这么说，眼皮都没动一下。

对苏寒山来说，这个手术熟练而迅速，在其他医生的辅助下，不过几分钟的时间他就完成了主要步骤，顺利分离气管前组织，切开气管，把气管套管置入气管中，而且很幸运的是，分泌物没有外溅。

“注意护理。”手术结束后，苏寒山交代梅珊。

陶然再次遇上苏寒山。

苏寒山抢救完病人出来，就看见一个护士正蚂蚁搬家似的搬着个氧气瓶往病房挪。

说挪一点儿不过分，一个氧气瓶 55 公斤，她自己都没 55 公斤吧？她在北雅什么时候搬过氧气瓶？都是集中供氧。但这里医院中心供氧压力不够，有那么多病人等着吸氧！

陶然这回根本没注意到苏寒山。

她已经进舱三个小时了，第一天穿防护服工作，闷得特别难受，笨重得不便干活不说，她现在全身汗涔涔的，脸上不知是护目镜还是口罩，压得她火辣辣地疼。护目镜已经起了雾，她有点儿看不清楚眼前的情景了，当然，最重要的是，她全神贯注在努力把这个氧气瓶挪到病房里去，顾不上其他。

氧气瓶突然轻了！从她手里滑走了！

她最初以为自己没抱住把罐子给摔了，惊了一大跳，结果听见一个熟悉的声音问她："几床？"

"苏……苏老师……"她习惯性地结巴起来，"36 床。"

她看着苏寒山折腾氧气瓶，比她轻松些就是了，可是谁不累？

她追上去，帮苏寒山一起搬，还仰着头说："苏老师，你不用帮我的，我自己行！"他是病区主管、各种小组组长，哪有闲工夫每天帮她抬氧气瓶？迟早得是她自己的事。

"会解决的！慢慢会正常运行！氧压会正常，防护物资会好起来！"苏寒山简短的话里透着坚定的力量。

"嗯！会的！"陶然相信他！苏老师说啥就是啥！

36 床也是位老人家，姓何，插管上机。

相比 35 床病人的情绪波动，插管的何奶奶反而更镇定，此时是清醒的，手足受缚不自由，只有眼里有隐隐的泪光。

小豆一直在巡视病房，和陶然一起给何奶奶更换了氧气瓶。

苏寒山则在翻看陶然做的记录：气管插管深度；有无移位；人工气道滴注湿化液时间；口周、牙印、舌体、面颊等皮肤情况、有无压疮；吸痰；气囊监测；血氧饱和度、心率、血压、血气指标监测；患者饮食排便翻身等。

陶然在北雅危重症科的工作经历让她有了自己的一套工作方式，做事细致而周到。

何奶奶的床头放着一个盒子，里面装着什么陶然不得而知，但那个盒子显然对何奶奶很重要，她不允许任何人碰。陶然之前不小心动了一下，何奶奶的眼神明显就激动了。

苏寒山不知什么时候离开了，过了一会儿，拿着张字条进来。

那是给何奶奶的。

“奶奶，你看看，来了。”苏寒山把字条拿到何奶奶眼前。

字条上歪歪扭扭的字迹写着几个字：第七天，加油。

底下写着今天的日期。

何奶奶看过之后，似乎安心了，眼睛更加湿润。

“我帮你收好啊。”苏寒山柔声说。

何奶奶眨了眨眼，表示同意。

苏寒山便将何奶奶的宝贝盒子打开，慎重地将字条放进去。

陶然这会儿看清楚了，盒子里都是这样的字条，应该是按时间顺序放的。苏寒山将今天这张放在最上面，还给何奶奶看了看：“奶奶，放好了。”

何奶奶表情都轻松了不少，合上了眼。

陶然对这个盒子当然很好奇，但是现在也不方便问。

这个病房里有四个病人，都是陶然负责的，三个清醒，一个昏迷。昏迷的病人是37床的，一位三十多岁的女士。

苏寒山逐一看了下病人的情况，目前情况都还稳定，他就没再说什么，去了别的病房。

陶然忽然想起一件事：他知不知道她是陶然啊？

这个问题从脑中闪过以后她又觉得自己很蠢。他当然知道啊！她的背上写了名字。

35床的黄奶奶此时却表现出异常情况。

陶然一眼就看出来了，走过去轻问：“黄奶奶，您怎么了？”

黄奶奶摇头。

但陶然在危重症病房工作这么久，从黄奶奶躲闪尴尬的眼神就看出来了，黄奶奶这是有便意了。

陶然做了好一会儿工作，黄奶奶还执意不肯让陶然帮忙。

“丫头，你才多大啊，听声音年纪小着呢，怕是跟我孙女儿差不多……”好不容易，黄奶奶才有气无力地开了口。

“奶奶，我不小啦！24啦！”陶然尽量让自己的声音听起来柔和一些。

黄奶奶缓缓摇头，道：“小啊，跟我孙女儿差不多……我可舍不得我孙女儿做这些，脏……”

“奶奶，您就当我是你孙女儿！孙女儿照顾奶奶，天经地义的！”

陶然费了九牛二虎之力，也是因为黄奶奶实在急了，终于顺从了陶然。可直到陶然清洁完毕，黄奶奶的表情一直很别扭。

但这总算是有进展！

陶然又安抚了黄奶奶一阵，继续去忙其他的。

进舱第一天，陶然八点接班，其实早上六点半就出发了，到下午四点，没有一刻休息，监控着病人的各项生命体征，一分一秒都不敢松懈，照顾病人事无巨细。

一直忙着的时候忽略了一些感受，到下班了，她才觉得防护服裹在身上跟披了十几斤的大棉被一样，肩膀都是酸疼的，戴护目镜就跟戴了个金箍圈一样，箍得头疼，水雾一直蒙在护目镜上，视野范围都变小了很多，也不知道自己这一天是怎么把仪器看清、把活儿干完的，至于脸上的疼痛，都麻木了……

和四点接班的护士交接，然后经过污染区、半污染区、缓冲区和清洁区，把一层层防护脱掉，陶然和小豆一起坐上回宾馆的大巴时已经是晚上六点。

十二个小时，上车的时候，陶然感觉脚都有些发软。

她和小豆一前一后坐下后，都瘫靠在椅背上，手指头都不想再动一下，脸上、耳朵的疼痛越发清晰起来。

大巴等着同班的伙伴，一个个医护人员陆陆续续地在车里坐下，最后一个是苏寒山。

陶然第一时间就去摸头发，摸到帽子的时候舒了口气：幸好幸好！她决不能在苏老师面前暴露发型粗犷的本质！

苏寒山在她旁边一排座位坐下，中间隔了过道。

“苏老师好。”虽然她总是在苏寒山面前翻车，但不妨碍她越翻越勇，越翻越要扮乖巧。

苏寒山一脸倦色：“35—38 是你？”

“嗯！”她顿时如同打了鸡血一样，也不觉得累了，“苏老师，你真的知道那个护士是我啊？是看名字认出来的吗？”

苏寒山眼前出现那个挪氧气瓶的护士的身影，淡淡地嗯了一声之后继续说：“12 床你知道是谁吗？”

进舱第一天，她只了解病人病情，哪里知道背景？陶然茫然地摇头。

苏寒山慢慢地合上眼睛：“是南雅医院的医生，也是我的战友。从接收第一个发热病人开始，我俩就在一起。”

陶然怔住。

“你负责的 36 床病人，是他插的管，插好后第二天，他出现症状。”

“他现在……是不是不太好？”陶然想起今天的抢救，忽而觉得悲怆。

插管敢死队……与病人的口腔正面相对，病毒、喷溅物迎面而来。

苏寒山沉默了一会儿，陶然便知道，怕是真的不太好了……

“可是为什么……”陶然问了一半，没再问了。

为什么？苏寒山也答不上来为什么。哪个环节出了问题？连陆明自己都无法确定，意外总是令人匪夷所思。

“36 床病人从入院开始就是他主管，一开始老人家是抗拒治疗的，整个人都很绝望，是陆明锲而不舍地鼓励老人家，一点点地激起老人家配合治疗活下去的意识。老人家一天看不到陆明就心里不安……”

从事危重症护理工作的陶然对这点体会很深，病人进了这个地方，与家人隔绝，没有亲人，没有朋友，连对外联系的方式都掐断了，唯一能交流的人只有医护，有时候，病人真的把医护当成了依靠。

陶然想起了那些字条：“那奶奶知道陆医生……”

“知道……”苏寒山轻声道，“所以，老人家清醒后很内疚，觉得她本来就不想治，如果不治也不会害了这么好的医生。”

“字条是陆医生写的？”陶然终于明白过来。

苏寒山微微点头：“还是陆明，和老人家约好一起战胜病毒，不能再和老人家面对面交流，就每天写字条鼓励她。”

陶然这才明白 36 床的奶奶眼里的冷静和坚持是因何而来……

“在这场与病毒的博弈里，生命突然变得很轻薄，可是，它应始终厚重……”苏寒山说完这句话，便再次合上了眼睛。

陶然默然。生命忽然轻薄得变成一个一个叠加上去的数字，可每一个生命都有血有肉，都是别人的至亲至爱……

车里变得悄无声息，平日里晚高峰时段，街道空空荡荡，整个世界静得只剩下车轮向前的声音，冬日的夕阳散开最后的余晖，拥抱着这座城市，使其显得寂寞而隆重。

陶然侧目，苏寒山的侧脸在余晖里显出淡淡的金色，眼底的乌青、浮肿的眼袋，莫名被这金色染得多了淡淡的萧瑟和颓败之意。

她心里一紧，护士长的话在耳边响起：“陶然，苏主任的母亲曾参与抗击非典，不幸感染……牺牲……”

“苏老师。”她急道，“会好起来的！”

苏寒山没有睁开眼。

也许，他是睡着了吧？

陶然默默回身，前方夕阳的光依然刺眼，忽听得身旁传来一声轻轻的嗯。

车上大多数同事已疲倦地睡去，陶然没再和苏寒山说话。他现在最需要的是休息，哪怕每天多睡十分钟也是好的。

就在陶然也昏昏欲睡的时候，车里响起了手机来信息的声音。

迷迷糊糊中，她看见苏寒山在看手机，然后一会儿来电，一会儿语音回复，都是请他看片子的，他一个个看，一个个答，讨论病例，直到下车仍然在忙。

陶然默默地走在他身边，满脑子都是他的声音。进电梯后他还在打电话，说着说着，忽然道：“不行，我还是得回去！”

看着他按下一楼键，陶然心里憋着一句话：苏老师，你必须休息了！

但这句话她始终没说出来，最终看着他的脸消失在渐渐关上的电梯门后。

“苏主任为什么也跟我们住宾馆？”

“嗯，方便吧！不给别人带去麻烦。”

护士们聊起了苏寒山，小豆忽然道：“陶然，苏主任住 407，正好在你楼下啊！”

小豆啊小豆，你真不愧是八卦界鼻祖，你比我知道的事还多！

陶然拖着疲惫的身体回到房间，又是一番消杀，里里外外清洗，全身衣服浸泡，把所有消杀工作做完，窗外夜色已起，灯火明亮如星，却也寂寞如星。

陶然躺下，肚子传来咕咕的声音，她才想起，今天就早上吃了一顿早餐，中午根本没有时间进食，然而在饥饿感和疲惫感之间，最终是疲惫战胜了饥饿，她躺着便昏昏沉沉地睡过去了。

手机的声音突然将她惊醒。

蓝女士请她视频!

她要怎么解释她在W市?

她拒接了，回消息:“妈，我在医院忙着，不方便。”

蓝女士迅速问她:听说你们医院有医疗队来帮助我们了，你没来吧?

陶然怔了一会儿，打出的字删了又打，打了又删，最终还是撒了谎:“没有，我们医院也很忙。”

她倒不是怕蓝女士境界低，但何必让长辈担心?

蓝女士又说了一通她和老陶都好，让陶然别惦记，工作的同时别忘了好好做防护等。

跟蓝女士聊完，陶然却没了睡意，饥饿感再次凶猛袭来。

已是半夜，她泡了碗方便面，想起那个返回医院的人。他应该也一天没吃东西了，也不知道回来没有?他会不会吃晚饭?

她眼前浮现出他在大巴里时的模样:泛青的眼眶、浮肿的眼袋。他眉宇间的颓败是有淡淡的悲戚的吧?

有人说人类的悲欢并不能相通，更何况他一直是她仰望的神，她从来就不曾接近过他。

她父母双全，家庭幸福，自小被宠爱着长大，并不能感同身受地体会他的人生。她只是从她的心出发，心疼这样一个他，一次次失去深爱的人会是怎样的痛呢?他都很少笑……

可是，她真的希望苏寒山能快乐，希望他有一天也能开怀大笑啊!

小豆说他就住在她的楼下……

陶然趴到窗户上往下一看，楼下的窗户有光透出来。他回来了!没拉窗帘?

她不知道他在干什么，是累得灯也不关就睡着了吗?

她一共只见过他两次情绪外露，一次是六年前，一次是今天。

无论哪一次，其实她都很想抱抱他，哪怕什么都不说，就只是抱抱他。然而，六年前她不敢，今天她不能。

她挑着一根面条发呆，忽然灵机一动，扔下筷子就开始找纸笔。

陶然将一张纸裁成明信片大小，在上面写写画画，而后将它封存在塑料袋里，用绳子拴着从窗户放下。看着“明信片”在他的窗户正中随风飘动，她满意地关上了窗。

苏老师，无论前路如何艰难，无论我们经历着什么，都让我们笑着面对!

苏寒山在做梦。

梦里的他小小的。多大呢？五岁？六岁？他最不喜欢的就是妈妈上晚班，可是妈妈不是在上晚班，就是要去上晚班。

“妈妈，你什么时候回来？”

妈妈指着哆啦A梦的小闹钟：“你看，这里是十二点，等针走到‘12’这里，妈妈就下班了。”

于是他抱着闹钟等啊等啊，不让熄灯，要看着妈妈回来。可是，他远远没有灯争气，灯能在妈妈回来时还亮着，他却总是先睡着。

又或者妈妈明明是看着他睡觉的，早上他醒来妈妈的身影就不见了。

他问：“妈妈，你几点去上晚班？”

妈妈还是指着小闹钟，道：“十二点，你睡着以后，闹钟悄悄走到十二点，妈妈就去上班了。”

他想看着妈妈走，不让熄灯，可还是不争气地没到十二点就睡着了。

后来他把闹钟的指针强行定在“12”这个数字上，抱着闹钟等啊等，为什么明明十二点了妈妈还没回来？妈妈还没去上班？

妈妈骗人!

梦里的他渐渐长大，不再像儿时那样黏着妈妈，小闹钟也成了他床头的摆设，随着年月的增长早已经不准，无论怎么修，都固执地走着它自己的时间。

那年他十七岁。

学校停课，全市封城。

那是一个让人恐慌的夜晚。

爸爸多日未归，妈妈急匆匆地离家，临行时叮嘱他待在家里不准出门。

那是他最后一次见到妈妈。

他以为她会和平时一样，到点自然就下班回来。他知道这次时间会久一些，但总会在某个天亮后的日子回来，他多等一些时间就是。

不承想，他竟然再也等不到妈妈回来了……

很多人……很多很多，在他眼前晃来晃去，告诉他男子汉要坚强，称赞她是英雄。

他不要英雄，只要她回来。

他是男子汉，可不想坚强，只想像小时候那样，等她下班回来叫他小山，抱一抱他。

儿时他和妈妈的对话一遍遍地回响。

“妈妈，你可不可以不去上晚班？你为什么一定要去上晚班？其他小朋友的妈妈都不上晚班。”

“小山，妈妈是医生，这是妈妈的责任。”

“责任是什么？”

“责任就是一个人应该做的事，是承诺，是规范，是要求。每个人都有自己的责任，并为之付出和努力。医生的责任就是治病救人，不辞艰辛，不论后果。”

小时候的他根本听不懂她在说什么，而十七岁的他从没想到这“不论后果”中的后果还包括生死……

画面在她温柔的笑容和蓝胖子闹钟之间不断转换，她的笑容永远地留在了墙上，闹钟的指针也在十二点处停摆。

永远的十二点。

蓝胖子闹钟终于永远将她留住。

她的笑停留在她年轻的时候，停留在十二点，再不曾离开。

梦中时光跳跃，他遇上那个女孩儿，她有着温柔的笑容和坚定的救死扶伤的心。

那一年，他二十八岁。

她执着地踏上援医之路，到边远最需要医生的地方去。

她说："等你们医院那棵丁香树开三次花，我就回来，那时我们结婚。"

丁香树年年开花，他却没有等到她回来。

梦里她叫他寒山。

寒山，寒山……

可是她离他那么远，远得他看不清她的容颜。

他去追她，她的声音却越来越小，渐渐消失在云端。

"阿沁！"他大喊一声，惊醒过来。

迷蒙间，有短暂的时刻他分不清今夕何夕，耳边似乎还响着那个来电的声音："于沁医生，进山义诊时遇到泥石流……牺牲……"

牺牲……牺牲……

他紧闭着眼，像抗拒着这两个字一样抗拒着灯光，手在墙壁上胡乱摸索，终于关掉了灯。

黑暗中他才缓缓地睁开眼睛，释放出一口长长的气。

他不要灯光，不要……一点儿灯光都不要！

等不到的，不要再开着灯等了，谁都等不到的……

他没有关窗帘，窗外还有光！

苏寒山跳下床，有点儿慌乱，扑上窗台去拉窗帘，玻璃窗外一团晃晃悠悠的东西引起了他的注意……

一个写着便利店名的小塑料袋，里面不知装着一张什么废纸，如果不是他细看，发现袋子上还拴着根绳，他会以为这是谁在扔垃圾。

这着实挺玄乎的。

他打开窗，盯着那破塑料袋又细看了一番，里面的纸张上好像有字。

他到底还是摘了塑料袋。

里面是某零食包装盒裁成的一张纸，背面，不不，正面是精美的威化饼印图，可爱的广告字体写着某某草莓味威化饼字样，背面的白面上应该才是重点作品：画着一个小人儿，大约是某人的自画像，画得……呃，有些丑。小人儿乱糟糟的头发扎成了两个蓬松的小辫儿，可刘海儿还是乱糟糟的，咧着嘴大笑，眼睛笑得眯成一道缝，脚底下踩着一只猫，叉着小腰格外神气。

此图配文：苏老师，我妈说，人生的苦难就是纸老虎，你笑，它就有双倍力气；你哭，它就得意。哼，咱不让它得意！

哦，合着人家画的不是猫，是虎……

他站在窗口，凌晨的 W 市万籁俱寂，路灯星星点点，入窗冷风吹散初醒时的迷惘，人渐渐镇定。

苏寒山低头再看手上这张画，没署名，也没标时间。

可这是谁的杰作他还能不明白？

某个人总是很有本事把一件东西整得丑丑的……

就这么张破纸，这么个破塑料袋，实在有些辣眼睛……

至于这幅杰作的时间，嗯，还用猜吗？上面还滴着一点儿油渍，仿佛隐隐飘出了方便面的味道。

他关了窗，回到桌前写了几个字，将纸装进塑料袋里，还是给挂回了绳子上。

大约是那滴方便面油真的挺香，他这会儿感觉到饿了。他的确也是一天没吃东西，可这屋里，他就没待过几个小时，更不会有食物储备。

他躺回床上，窗帘依旧没拉，挂上去的塑料袋一直在那里晃荡，窗外路灯的光却搅得他心神不宁。

他看了看时间，将窗帘拉上，一丝光亮也透不进来。

越想抑制，饥饿的感觉反而越强烈，他不知最后是如何睡着的，恍惚间响起对话，仿佛是继续着之前没做完的梦。

“你……你哭了？”

“没有。”

“我……我……想让你别难过，可是我不知道该怎么说，我……太笨了……”

“……”

“对……对不起，我刚刚……去找你……听……听见了……你如果想……哭，你就哭吧……我不告诉别人……”

那年晚春，丁香花开。

是夜，沉如水，他再无梦。

陶然吃了两份方便面，总算是吃饱了，满足地擦擦嘴睡觉，梦里都是方便面的味道。

早上五点多，闹钟将她闹醒，忙碌而紧张的一天又要开始了。

她飞快地起床，想起昨晚吊下去的“明信片”，苏老师收到了吗？

她扑向窗台，看见绳子上拴着的东西已经换了一个。

啊！苏老师的回信吗？

这太令人激动了！

她取上东西以后，更加激动，也是一封信啊，而且苏老师做得这么精致！

首先装信的袋子相比她的就很齐整——一个带绳的白色文件袋，跟他的人似的，特别干净。

文件袋里是一个信封，信封也是白色的，他自己叠的，纤尘不染，连折痕都没有一条多余的，洁净得让她不忍拆开。

且不说信封里面是什么，就这么看，她昨晚吊下去的“明信片”好像有点儿潦草……

她嘿嘿嘿地挠着头笑了几声，小心翼翼地把信封拆了，里面还是一张白色的纸，又平又干净，用黑色的墨写了一行字：方便面好吃吗？

哎哟，就苏老师这么有仪式感的信封和信笺，配上这么句话，可真是太不搭了啊！像这阵仗，他不得写几句春天的风冬天的雪，才符合其规格嘛！这就好像她买来一个镶金雕玉的盒子，打开来，里面是一包方便面。嗯，她没有说方便面不好的意思。

苏老师太让人失望了！

还有，他是怎么知道她晚上吃方便面的？

不过就算是方便面，她也是舍不得扔的，这还是苏寒山第一次写给她个人的字呢。

苏寒山的字很好看，不，更有文化的说法是：很有风骨。所谓字如其人，苏寒山的字也跟他的人似的，一笔一画间透着优雅高贵、遗世独立之感。

没有太多时间感慨，她把信封和信笺都好好地收了起来，飞快洗漱，结果发现来例假了，匆匆收拾一番，赶紧下楼。

接他们医护的大巴已经在等候，她跳上车，苏寒山已经在车上了。哼，他就算穿着防护服她都能认出来，何况只是戴着口罩！

“苏老师。”她眯着眼蹦过去，在他旁边的座位上坐下，和前一晚一样，中间隔着走廊。

“嗯。”

陶然心中嘿嘿一笑，偷瞄正襟危坐的苏寒山，也不知道他今天心情好些了没有。

“苏老师……”她小声问，“昨天……我的明信片你收到了？”说完她自己都觉得是废话，他肯定收到了啊！

“明信片？”苏寒山脑子里先浮现出来的是一张张精美卡片的

图样。

“嗯！”陶然点头，可是瞧苏寒山这眼神，莫非他没收到？

苏寒山和陶然对视一眼，六点多的冬日早晨，城市还蒙着一层灰白色，车里亮着灯，灯光投进女孩儿的眼里，折射出的光跳跃而明亮。

一张丑丑的草莓味威化饼纸片挤走了苏寒山脑袋里的各种精美卡片，踩着老虎叉着腰的女孩儿霸占了他脑袋里所有的空间。于是他明白过来了，原来那张丑画叫明信片……

“喀喀。”他轻咳了两声，“收到了。”如果她非把那玩意儿叫明信片的话。

陶然心里的石头落了地，她舒心一笑，冲他眨了眨眼：“苏老师，你觉得怎么样？”

怎么样？这个问题真让人为难哪……

他微微沉吟：“灵魂画手。”

“……”陶然郁闷了。她画得的确一般，可重在心意不是？她压低声音道：“苏老师，画不是重点！是你的感受啊！你看了后有没有开心一点儿？”

苏寒山的目光往座位前后扫了一圈，大伙儿基本来齐，司机师傅准备开车了。

“方便面……骨汤的比较好吃。”

“……”陶然无语了，苏老师怎么就跟方便面较真上了呢？重点是她那么用心地给他画的明信片好吗？难不成在苏老师眼里，方便面的存在感都比她强吗？

她感觉心情有那么一点点低落……

口罩下，陶然噘起了嘴。

可是，就像她的心事被隐藏起来没有人会看到一样，苏寒山大概也不会看见她此刻的沮丧吧？

她突然福至心灵，灵光一闪：苏老师不会是想吃方便面吧？都是饿了一天的人啊，他又是个没有储备粮食习惯的人！

陶然觉得自己罪孽深重。苏老师昨晚饿得眼里只有方便面了，她居然还吃了两碗！

她想明白以后心情瞬间不低落了，心情明朗了，声音都欢快了："苏老师！今晚吧！昨晚我迷迷糊糊的给忘了！"

说完她还叹气："苏老师，我妈说的你都给忘了？年轻人，生活不能太随便！该准备的就得准备！这又不是什么丢人的事！今晚我准备好了，带去你的房间！"

车里的其他人："……"

这信息量可够大的啊！

随便？准备东西？今晚？房间？还是女孩儿的妈妈说的？

苏寒山僵在了座位上。

已经有人悄悄打开手机某信，相互传递一个信息："苏主任和陶然说的，是我理解的那个意思吗？"

"就是你理解的那个意思！"

"别瞎想了！苏主任会不知轻重吗？"

"就是！你们脑子里什么色，真是看这个世界就是什么色！"

最后这句话是小豆说的。小豆绝对相信自己的塑料姐妹的操守！陶然一定不会背着自己在外面有狗的！

苏寒山已经能预见他的名字在众人的八卦讨论里又滚了一回。

他皱了皱眉头："有时候说话，也要有点儿艺术。"

陶然哑然，苏老师，您可忒有艺术了，艺术得我都听不明白。

全世界都明白只有她一个人不明白这种事可真让人无话可说。

苏寒山就不点醒她了，糊涂是福，古人诚不我欺。

陶然琢磨了一下，还是不明白这艺术在哪里体现，遂放弃。算了，她只要知道苏老师要吃方便面就好了！她得算算，箱子里的方便面和苏老师一起吃够吃几顿，不行的话自己每天吃半包就行。饿算什么？为了苏老师，一切困难都是纸老虎！

她忽然又充满了斗志。

“人生的苦难就是纸老虎……”苏寒山忽然开始念她写在“明信片”上的句子。

“嗯？”陶然被吸引，然后猛点头，“嗯嗯！”

“那苏老师呢？”

“苏……苏老师？”从纸老虎到苏老师，这中间的跨度有点儿大，陶然没拐过弯来。

“是不是纸老虎？”

“啊？”苏老师和纸老虎有什么关系吗？陶然左思右想想不明白，咝咝地抽着气，“苏老师，您这可真是艺术实锤了！”

苏寒山：“……”

陶然觉得，她在说话艺术的造诣问题上，只能深入到方便面这个层次了，所以，苏老师，咱们还是晚上约吃方便面吧！

然而这个晚上，苏寒山并没有机会吃她的方便面。

和前一天一样，进舱之前穿防护服，陶然却发现今天的防护服和昨天比有细微的不一样，而且她和小豆的还不同。

“物资紧张，所以请大家克服克服，就这些防护物资还都来之不易，计算着用呢！”院感老师在一旁解释。

“疫情暴发突然，可以说各方面都被打了个措手不及，防护物资紧缺，这些都是各地捐赠来的，已算不错，比前段时间好多了。”南雅本院护士小声跟他们说。

看着彼此身上品牌不一的防护装备，小豆笑着说：“我们也算是吃百家饭了！”

大家听了哈哈一笑，继续穿防护服。

物资紧张，所以大家一天一套防护服，没有多余的。

为了扛饿，陶然早上吃的全是馒头、包子，不敢喝粥，也不敢喝水，怕要上厕所，今天她不方便，更要谨慎了。

陶然今天是无比辛苦的一天。

脸上的压痕还隐隐作痛，口罩和护目镜再次戴上去之后，这痛就十分明显了。

但她一进舱，这些不适就被忽略了，像第一天一样，整个人如同上了发条，没有停下来的时候，也就顾不上哪里痛，哪里不适。

然而到了下午，她开始觉得异常吃力，身上的防护服成了沉重负担，肩膀酸得抬不起，全身酸软乏力。最后一次给35床的黄奶奶吸痰，她和另外两个护士一起才完成。

大概是太累了，陶然都没有察觉到黄奶奶异样的眼神。直到吸完痰，小豆把她拉到一边，悄悄地在她耳边说了一句话，她才惊觉身下湿漉漉的，浸透了水一般。

她想回头看看，可穿着笨重的防护服，防护镜又是一片雾，什么也看不到。

她在原地呆站了一会儿。不窘迫吗？她当然窘迫！如果这种事发生在其他任何时候，她都会觉得没脸见人了，但是此时此刻，脏透了又怎样？该监测的仪器还得继续监测，该护理的病人还得继续护理，前面等着她的，是四条生命！

她很快镇定下来，继续工作。

凭着一股“自己还在上班，不能倒下”的意志力，陶然愣是坚持到最后一刻，在接班护士以异样的眼神看着她身后时，她也面不改色。

只是交接完班后，全身松懈下来，她觉得整个人像被抽走了骨头，随时都能瘫软在地。

陶然拖着沉重的脚步走着，走廊上坚硬的地砖于她而言像是软绵绵的棉花。

雾蒙蒙的视线里，隐隐有人朝她走过来。

苏寒山……

她想到自己尴尬的身后情况，想要马上躲开他，不让他看见，可是越急越出事，脚下一软，自己的脚绊住了自己，一个趔趄，顿时往地上倒去。

她没有倒到地上，因为一双胳膊把她给撑住了。

眼前是白色的防护服，她整个人已经趴在他怀里了！

不知哪里来的力气，她用力把他推开，然后往通道跑去。

可是这样仍然避免不了后背被他看见，她听见了他在后面喊她的名字，她不要听！她不要看见他！以后她都不要看到他了！

然而这怎么避得了呢？她穿过一道道隔离门，脱下一层又一层防护装备，想将他甩得远远的。

她整整一天没有换卫生棉，大片的血迹从层层防护中渗透出来，这经历真是她人生中的第一次，还那么巧地被苏寒山撞见。

她在苏寒山面前一向是车祸现场，可尴尬成这样，她真的无颜见人了！

苦闷地经过最后一道缓冲区时，她已换上自己干净的衣服，脸上火辣辣地痛，已被磨破皮了。

她把羽绒服帽子往头上一扣，低着头去坐大巴。

“陶然！”苏寒山也出来了，在后面叫她。

陶然低着头越走越快，还小跑起来。

可是她哪里跑得过苏寒山，很快就被他的大长腿追上了。

她感觉到他的手搭在她的肩膀上，用力一甩，想把他的手甩掉，然而手甩掉了，她羽绒服的帽子也被甩脱落了，她一头狂风劲草一样的头发暴露在他眼前。

她在苏寒山面前真是没有最尴尬，只有更尴尬！

发型不可乱，这是她的底线！

现在这个底线也被打破得这么彻底！

而且她分明还在苏寒山的眼睛里看见一抹错愕，错愕之后他弯了弯眼睛，明显就是笑了！

他那么难得一笑的人，居然被她的发型丑笑了……

她都快哭了！

是，她现在就是很丑！丑穿地心了是不是？你现在满意了吗？开心了吗？

陶然气呼呼地再次把他推开，重新把羽绒服帽子往头上一罩，冲上车坐到最后一排座位上，帽子压得低低的，全身上下都笼罩着一种“别理我，我不想和任何人说话”的气息。

可苏寒山是不会看人脸色还是纯粹想笑话她？他偏偏还要坐到她身边来？

她把头转开，看着窗外，忽然觉得自己很悲哀。

十八岁开始，她用尽洪荒之力就为了到他身边来，可终于到了他身边，除了各种翻车行为就没干成过一件让他刮目相看的事，现在更是出尽了洋相……

有时候人的情绪很奇怪。

她为了他奋斗六年，吃了不知多少苦头，不曾沮丧过；

她在北雅从一个懵懂的小护士迅速成长为危重症科骨干，一针针扎在自己手上时不曾委屈过；

她来援鄂，这两天无论多么辛苦，体力透支到极点，也不曾感到低落。

然而此时此刻，坐在苏寒山身边，想着自己这六年来像颗小炮弹一样横冲直撞，她突然就觉得一切都很可笑。

她陶然就是一个笑话吧……

一个人瞎起劲的笑话。

“陶然。”身边响起苏寒山的声音。

她将头扭得更甚，没理他。

“你这是打算一直不理我了吗？”

是！我就是这么打算的！

“我不是故意看见的……”

她知道他不是故意的！不管是看见她生理期的尴尬，还是看见她丑穿地心的头发，都不是他的错，但是她此刻心里就是别扭得很，别扭得不想理他。

身边传来微微的叹息声，他终于噤了声。

大家陆陆续续上车，车在夕阳里沿着和昨天一样的路线开往宾馆。

陶然裹紧羽绒服，把自己裹得跟个套子里的人一样，静静靠着窗。

忽地手机振动，有人给她发消息。

人可以不理，但手机她不能不看，也许是通知呢？

但手机一解锁，她就看见苏寒山的头像上的红点以及三个字：很可爱。

这三个字丝毫没有让陶然好过，这么明显的口是心非的安慰，当她是小孩子听不出来吗？当人找不到词来夸一个女孩儿的时候，就夸她可爱……

她现在丑得这么明显，苏寒山还要违心地说她可爱，实在难为他了。

她没回。

过了一会儿，手机又开始振了。

她现在知道是苏寒山发的消息，干脆看都不看了，眼神透着低迷情绪，始终盯着窗外。

手机连续振动，她一直没理，渐渐消停了。

到宾馆后，她捂紧帽子，先他一步跳下车，进电梯直接回房间了，连小豆在后面叫她都没等。

做完消杀，又到了晚上，她躺在被子里，全身酸软，累得连指头都不想动了。

放在枕边的手机再度传来消息提示音。

她睁开眼，不得不承认，这声音就像钩子，她明明告诉自己不要看，心却被它钩着，不得安宁。

反正这时候就她一个人，看了又怎么样？再怎么丢脸也只她自己知道了！

陶然抿着嘴，到底还是把手机解了锁。

果然，全是他发来的消息，陶然打开某信界面，只看见最后一句："把绳子放下来。"

她瞧了一眼自己的窗台，绳子卷成一团好好地在窗台上放着。

陶然努了努嘴，把和他的聊天框打开，全部信息出现在她眼前。

"我什么都没看见。"

"……"陶然越发觉得原来苏老师睁眼说瞎话这技能也达到了满级。

"头发真的可爱。"

"不丑。"

"头发还能再长长的。"

"这样的你，是我们呼吸与危重症科的骄傲。"

"在我眼里，这是你最好看的发型。"

陶然脑子里全是问号。他这话的意思，要么是她从前的发型更丑，要么是他仍然在睁眼说瞎话……

她要相信哪一个？

如果不是陶然对发型还是有自己的审美，当真觉得如今的她还不是丑之巅峰。那只能说，苏老师的话也跟蓝女士一样，标点符号都不能信了。

难怪苏老师和蓝女士能一见如故，相谈甚欢呢……

至于他让她把绳子放下去？

陶然拖着酸软的身体起床开窗，把绳子放下去。

他居然就在窗口等着，一见绳子下来，就在绳端挂了一大包东西。

陶然疑惑极了，盯着那东西看了半天也不知道是什么。

一只手伸出窗外，在夜色里往上托了托，示意她把东西拉上去。

她扯上来一看，差点儿失手把这包东西又给掉下去了。

这居然是纸尿裤！

她转念一想就明白他给她纸尿裤做何用途了。

他还说他什么都没看见？

男人果然都是大猪蹄子！

她本就不是闷着生气的性格，闹了这么一番已经憋了满肚子话了，不吐出去，她一个晚上都不会好过了。

所以，她干脆直接就找到她妈的女婿这个备注，进行电话轰炸。

“喂？”

她站在窗口，窗外夜色已浓，华灯如星，他就在她脚下，声音奇异得像是从两个世界传来的，一个近在耳侧，颤颤地敲打着她的耳膜；一个来自夜空，遥远而空灵。

她就像一条气鼓鼓的河豚，因着这声音，像是被安抚了似的，瞬间解除警备瘪了下去。

并且，她忘了自己气鼓鼓地要和他说什么了。

奇异的是，她想到了另一个问题。他为什么对纸尿裤这种东西这么熟悉？莫非……他也穿？

于是，气氛诡异地发生了变化。

苏寒山——北雅男神，温文尔雅、气质高冷的外形下，其实穿了纸尿裤……

这个认知，和小豆第一次从手术室护士那里得知好些外科医生上手术台不穿内裤时一样诡异又突兀，尤其小豆知道了某外科老师某天做手术时纸尿裤掉落露出白白的屁屁时，思维无限发散，从宁主任是否穿内裤上台到宁主任的屁屁是否雪白挺翘想了个遍。好长一段时间里，小豆偶遇宁主任时，目光都在宁主任的屁屁上黏着。

陶然觉得接下来很长的时间里，她见到苏寒山大概眼睛能自带X光功效，穿透防护服，直达纸尿裤。

她眼前开始出现各种苏寒山穿纸尿裤的画面，姿势撩人……

“在想什么？怎么不说话？”

耳边的声音将她的思绪从儿童不宜的画面里拉了出来。

“这个……”她在想什么岂能告诉苏寒山？

“不生气了？”

“……”她那根本就不是生气，再说了，她凭什么生他的气？他又没错，只是她也想不明白，为什么会对他使小性子，当时的她昏头了吧？他又不是她的什么人，她傻乎乎地跟人发脾气，也亏得苏老师大人大量不跟她计较。所以现在清醒过来后，她有几分后悔，小声认错：“苏老师，对不起啊……”

苏寒山倒是没想到刚才还气鼓鼓的小炮仗这会儿这么乖了，一时声音故意严肃了不少：“知错了？”

完了完了……陶然暗暗叫惨，苏寒山果真生气了。她当时究竟是喝了什么迷魂汤，胡乱使性子？她当全天下人都是蓝女士呢，可以由着她任性？

现在她也唯有老老实实地点点头，认错态度绝佳，好像他能看见一样：“嗯，知错了。”

“错在哪里？”他的声音幽幽地传来，语气倒是缓和不少。

看来只要她好好认错，苏寒山是不会怪她的！

陶然想了想，认错态度更好了：“不应该不理你……”

这话听着尚可，苏寒山嗯了一声。

陶然得了个“嗯”字，自觉是得到鼓励了，便继续往下说：“我自己出的丑，不应该把气撒在你身上，毕竟你不是我的什么人，还是老师，不该承受我的无名之火……”

说到这里，她停了停，结果就听手机里传来一声“是吗”，和刚才那一声带鼓励的“嗯”不同，莫名透着凉意。

完了，苏老师其实还是生气的呢……

“嗯。”她只能更老实。

“嗯？不是我的什么人？”他的声音听起来更凉了。

“嗯……”陶然真的后悔极了。

“那现在你已经把气撒我身上了，怎么办呢？”

怎么办？她也不知道怎么办啊！

陶然怯怯地道：“那，苏老师……你说怎么办？”

“你这行为，就好比强卖别人东西不准人退货，吃了霸王餐不给钱，你说怎么办？”

陶然迷糊了。这怎么就好比强买强卖了？怎么就好比吃了不给钱了？这话听着好像她是渣男一样！她不过就闹一回别扭而已，卖给他了吗？吃过他吗？

“怎么不说话了？”苏寒山问。

陶然也觉得委屈呢，愣愣地脱口而出：“这个比喻一点儿不合适，我什么时候吃过了？”话说她虽然一直想吃。

不知道她是不是听错了，怎么好像隐隐听到一声长叹，然后苏寒山就沉默了。

沉默最是可怕的。

小时候她犯了错，被老师拎去办公室一顿好训不可怕，罚抄课文、打扫教室也不可怕，可怕的是老师一双深不可测的眼睛盯着她，盯得她心慌意乱，抬不起头，完全不知道接下来有什么后果。

陶然现在就觉得挺可怕的。

她寻思着，要么再狗腿一点儿？

她正想着说词呢，就听苏寒山开口了。

“你嚷嚷得全北雅都知道，现在不认账，不是吃了霸王餐不给钱是什么？”

他那语气，陶然也说不上是什么了，不是生气，也不是愉快吧？

苏老师怎么怪怪的？

“那个……”陶然想了下刚才的事，嘀咕，“苏老师，我承认，我当众使小性子没给你面子，可是哪里闹得全北雅都知道了？

医疗队里北雅只是出了一支小分队而已，而且当时看见的只有几个人……”

陶然觉得自己挺冤的。

苏寒山又不吭声了，陶然好像隐隐听见了粗重的呼吸声。

他这是又不高兴了吗？

陶然想了想，算了，反正错是自己犯下的，不管苏寒山怎么说，她好好狗腿一下就得了：“好吧，苏老师，那我错了。我今晚给你煮方便面赔罪吧。”

苏寒山沉默了半天。

陶然小心翼翼地叫了声：“苏老师……”

“那就好好煮吧！”苏寒山终于开了尊口。

陶然松了口气。

“以后再算总账！”苏寒山又来了一句。

“总……总……”陶然还在想，她到底还欠着苏寒山啥账呢？苏寒山把电话挂了。

陶然捧着手机暗暗叹息，总觉得苏寒山现在脾气古怪。

她使小性子是因为她处于生理期，苏老师也这么阴晴不定是为什么？

男人也有生理期这种理论说法虽然并没有像女性生理期那样被大众认同，但陶然还是贴心地给苏寒山找了这么个理由，并且联想到了上次周主任和苏寒山的谈话，不由得暗暗摇头叹息，很是同情苏寒山：难怪他脾气不好，内分泌失调怎么能不焦虑？加上现在又是疫情期，苏老师担负太多太多责任……

她突然就很同情苏寒山。

但现在抗疫在前，苏老师也不能好好治疗，等疫情结束再说吧。

陶然想了想，好像不知道怎么安慰苏老师，探头往窗下看去，苏寒山的影子映在窗台上。

她冲着楼下大声喊道：“苏老师！”

苏寒山的影子动了动，他应是听见了。

她两手拢在嘴边，声音更大："苏老师，你多喝热水！"

喊完之后，陶然莫名觉得自己更像渣男了是怎么回事？

算了吧！她还是泡方便面去！

方便面还加了根火腿肠！这待遇，苏老师一定会开心的吧！

她亲自捧着方便面下楼，走到苏寒山的门口，打算敲敲门就把面放下。结果她还没敲呢，门就开了，苏寒山从里面出来，眼神凝重。

"苏老师……"她捧着面道。

"你吃吧，我要回医院去！"他扔下一句话就匆匆走了。

陶然哑然，他又要回医院吗？他这两个晚上都是刚来宾馆休息就又奔回医院，有合眼的时候吗？

她看着苏寒山远去的背影，思维莫名其妙地胡乱劈叉，眼睛慢慢地就盯着苏寒山的"尾部"。所以，现在苏寒山有没有穿纸尿裤呢？所以，其实也许某个时刻，苏寒山站在她身边，有可能在尿尿？

这个想法从脑子里蹦出来后，她整个人都不好了。如果不是她端着碗面，一定要好好捧着脑袋摇一摇，把这个想法给倒出去。

以后她再也无法直视苏老师了！

苏老师，你是月光下丁香花下的男神来着！

但是，她第二天还是穿上了纸尿裤，毕竟一整天不能上洗手间，平时不吃不喝的也能忍了，但生理期的确没有办法。

陶然第二天去接班的时候，才知道苏寒山为什么大半夜的又返回医院。

她是在医生办公室里看见他的，彼时他正在跟一群人开会，主任级别的人就有好几个，气氛很是沉重。

她估计是有病人很不好了。

陶然迅速去了自己的岗位，和白班护士做了交接。

她看管的这四个病人情况还算稳定，只是36床的何奶奶看起来有些情绪低落。

“今天的字条还没来。”上一个班的护士悄声对陶然说。

陶然突然明白过来，苏寒山他们这么严肃沉重只怕是陆明不太好了。但是现在不便讨论，她点了点头，把接班记录记好。

通常情况下，陆明写给何奶奶的字条中午就能送到，但今天直到晚上了还没动静，何奶奶整天都有些不安。

陶然半点儿不敢大意，时时刻刻盯着她。

何奶奶的目光偶尔会和她的相遇，彼此眼里其实都有同一个问题，但是谁都不敢问，陶然更是连一句“陆医生好好的，你放心”都说不出口。

病房里的空气透着莫名的憋闷和紧张，陶然觉得连胸口都绷得紧紧的，口罩憋得人喘不过气来。

晚上十点多，一张跟平常一样的字条由梅护士长送了进来。

陶然像是一条呼吸困难的鱼骤然间回了水涧里，立马鲜活起来。她接过字条，欢喜地走到何奶奶床前，把字条展开给她看，轻柔的声音里有掩饰不住的兴奋：“奶奶，你看，来了！”

大家都在等着它……

连35床的黄奶奶都知道大家在等它……

何奶奶凝重的眼神突然之间也变了，眼尾的纹路仿佛都飞扬起来，她一字一字地看着白纸上的字，而后眼睛亮亮的，泛出液体的光，最终合上眼，示意陶然将字条收起来，眼角湿痕滑落。

陶然轻轻地给她擦去眼泪，小声地在她床边说：“奶奶，你看，陆医生也在和你一起努力，我们加油！一天比一天更好！”

何奶奶眨了眨眼，没有其他反应。

她的确是累了吧……

这场等待，别说何奶奶，连陶然都等得心里发慌。

好在终于等到了，而她们等到的又何止是一张字条？

陶然想起苏寒山那个傍晚在大巴上镀着金光的颓然神色，想起他连续两个晚上匆匆离去的背影，无比庆幸，大家总算是等到了。

没有人比她更懂得，他们日夜兼程，呕心沥血，为的是什么。

来时丁院长说：“此行无论生死，不求回报，你们准备好了吗？”

他们那时候的回答响彻云霄。

是，无论生死，不求回报，他们只求每一个人都能安好。

陶然下班已是深夜，她回到清洁区的时候已经快两点了。

苏寒山已不见人影，外套却没有带走。

“苏主任刚走，忘拿衣服了，你顺便给他带去吧。”晚班医生对她说。

苏寒山的外套有他特有的味道，陶然小心地抱在怀里，小跑着出去追他，这大冬天的夜里，天气还是很冻人的。

她在医院外看见了苏寒山。

寒夜灯火里，他一身黑色，远望去，挺拔得如一棵苍松。

只是这几天陶然不曾细看，原来他竟瘦了这么多。那件黑色毛衣，他在北雅时穿着还挺修身，薄软的羊绒下，肌肉线条隐约起伏，而今竟然显得空荡荡的了。

他对面站了个女子，个子不高，眉眼清秀。

周围静得只剩下风声和女子偶尔的一声抽泣，抽泣声在猎猎风中刺破凌晨两点的夜，显得尖锐而悲壮。

那两人就这么久久地站着，万物静止，时间停滞。

陶然慢下来的脚步也缓缓停下，配合着这静穆的气氛。

她不知道该怎么办，也不知道发生了什么，怕自己哪怕抬抬脚，都打破了这静穆的气氛。

良久，女子抬起头，满眼含泪，哽咽着问出一句：“他说什么了吗？”

“他说……”苏寒山的声音在发颤，“把……孩子拿掉。”

瞬间，女子的眼泪泉涌一般滚落出来。

她个子矮，很用力地抬起头，很用力地和他说着话，用力得即便戴着口罩都能让人看见她下巴的颤抖，一字一顿，近乎咬牙切齿地道：“你告诉他！这一次我不会听他的！我绝不会把孩子拿掉！孩子也是我的！他没有权利一个人做决定！”

苏寒山哽住，半晌没有说话。

女子说完后也愣住了，眼泪大颗大颗地坠落，眼神变得恍恍惚惚：“我忘了，这一次你没法再告诉他了，没法再告诉了……”

像是失了魂魄一般，女子茫然地转身，朝着路灯延绵的方向慢慢地走去，嘴里喃喃道：“没办法再告诉他了呀……没办法再告诉了……怎么办呢？宝宝，你说怎么办……没办法再告诉你爸爸了……”

面对这嘶哑的声音和绝望的神色，即便陶然什么都不知道，心口都被割得涩涩发疼。

她不知道苏寒山是否知道她就在他身后，她小心地、很小心地拉了拉他的毛衣袖子，把外套搭在他的肩膀后就想走，然而她没能走成，转身的时候手腕被人抓住了。她惊讶地回头，在路灯下，看见了苏寒山绯红的眼睛。

刹那间，她什么都说不出来了。

苏寒山牵着她，跟在女子身后，一直跟着。

陶然不知道女子要去哪里，也不知道苏寒山要去哪里，可是他牵着她的手，红着眼睛牵着她。

他的手很凉，很凉。

三个人，凌晨两点的街头，除了女子在前面絮絮叨叨地念着什么，便只剩下风声。

“宝宝，你说怎么办呀？没办法再告诉他了，你说怎么办呢？宝宝，你告诉妈妈呀……”

陶然听着，低下头去，眼泪掉了下来，滴落在鞋头上。

再如何迷惘，她也明白过来，宝宝的爸爸不在了……

那条路明明只走了不到半小时，她却觉得仿佛走了很久很久，久到有的人从这条路走出去，就再也不能走回来。

女子全然不知后面跟着两个人，梦游一般走进了小区，梦游一般在小区里晃。孩子月份尚小，她看不出已怀孕，矮小瘦弱的个子单薄得像道影子。

陶然站在苏寒山身边，一直看着女子晃进了一栋楼，看见那栋楼某一层里亮起了灯，身边的苏寒山才微微一动，默然地往回走去。

他似乎忘了还牵着她的手。

沉默依然紧紧压迫着两人的神经，回去的路又长又冷。

陶然一点儿也不好奇那个“爸爸”是谁，这真的不重要，重要的是，他是人家的至爱，是宝宝的爸爸。

他应该也是苏寒山的谁。

世界上每一个人都是如此。

对你而言那些微不足道的陌生人，都会是某人的至爱，是某人的某人；你捂着胸口也触摸不到的痛，于别人而言却是痛彻心扉。

此时的陶然，除了胸口被沉闷压得疼痛，手腕也痛。

苏寒山握着她的手，很用力地握着，或者不能叫握。叫钳？叫勒？不管动词是什么，她想，她的手腕上一定已经留下了指印。

内心是有多痛，他才会通过这样的方式把痛传递出来？无声却沉重。

她再度想起六年前丁香树下的他，想起护士长那句“他的母亲，曾参与抗击非典……不幸感染，牺牲”。

她忽然站住了脚步。

游魂一样的他没意识到她停下脚步，突然发现拉不动了，才回头看去，眼神有些茫然。

“苏老师……”她想说点儿什么安慰他，但发现和六年前一样，什么安慰的说辞都不会。

她心里涌起难以形容的情绪，酸涩、冲动。

有一件事，六年前她就想做了。

那时候的她没有勇气。

现今她仍然没有勇气，可是苏寒山眼里罕见的茫然像是一针催化剂，刺激得这一团酸涩的冲动突然膨胀起来，膨胀到她胸腔内再也盛不下。

她忽然撞了过去，像一颗小小的炮弹撞进他怀里，紧紧地将他抱住。

她的个子在他面前实在不够看，像一只小小鸟，用力张开瘦小的翅膀去拥抱大雕，想要在凄风冷雨中将大雕保护起来，哪怕动作傻得可笑，也坚定且执着。

苏寒山甚至被她撞得微微后退，脸上出现片刻的僵硬与怔然之色。

她撞在他身上的同时，把她一路都护得好好的帽子也撞掉了，她奇怪得十分有个性的发型暴露在了空气中。

他其实看不到她的样子，但有几缕任性的发丝飘了起来，在他的下巴上拂动，有些柔软、淡淡的香味传来。

原来，她那头总是在风里狂草一样乱窜的头发是这样的触感。

“苏老师……”胸口传来她闷闷的声音，“我很笨，不知道该说什么来安慰你，可是我想告诉你，你的感受我都懂，我……我……如果你心里难过，实在想哭，就哭一哭吧，我不告诉别人……”

苏寒山依然沉默。

“真的，每次我很难过的时候，放肆地哭一会儿就会好很多。我知道男人会觉得哭很丢脸，可我不这样认为，每个人都有难过的权利。”

苏寒山当然没有哭。

陶然只感觉到一双手臂也围拢了她，并且越围越紧。

原本想要努力拥抱大雕的小鸟，最终被大雕整个儿围在了怀里。

呼吸里满满都是他的味道，熟悉而又陌生的味道，和他外套上的一样，从呼吸里渗入，随着血液的流淌而浸润全身，冬天午夜的街头，寒风凛冽，陶然却莫名地觉得温暖，像是极冷的天气里喝了一杯热热的蜂蜜柚子水。

她想要温暖他的，最后却被他的温暖包围。

她觉得自己很没用……

“苏老师……”她有些沮丧，“我就是太笨了！”安慰不了你。

“不笨。”

她听见头顶传来声音，头上还被什么柔软的东西碰了碰。她不知道是什么，只是猛然间想起了她的头发。

糟糕！她丑丑的发型又露出来了！

她手忙脚乱地想要戴帽子，却感觉到苏寒山的手在她的头上胡乱一顿揉，就像她揉苏寒山家里那只加菲猫一样。

“苏老师……”她有些急了。

苏寒山却松开了她：“不要急，真的不丑。”

然后他帮她把帽子给戴起来，还给整好。路灯下，他的目光平静了不少。

丑不丑的，她心里没数？只不过她一想反正他又不是没看见过，算了吧，破罐子破摔！

“苏老师……”她想让他回去好好休息，他那双眼睛已经熬得通红了，但是这空荡荡的马路上一辆车也没有。

封城也封了交通，接送他们医护人员的大巴只在医院门口等，他们此时显然已经错过了，而且宾馆的方向也与女子家相反。

“是我不好，把你拉来，回不去了，去医院休息吧。”苏寒山轻声道。

“不……不……不！”陶然使劲摇头，急道，“我可愿意陪你来了！真的！特别愿意！”

苏寒山定定地看着她，目光深邃。

陶然怔住了。她是不是说得太露骨了？苏寒山会不会误会她？不……不……不，这不叫误会，是事实！苏寒山会看穿事实吗？

“那个……”她觉得还是要垂死挣扎一下，“我的意思是说同事之间那种陪，嗯，对，就是这种！”她还用力地点了点头，表示自己的话十分可信。

苏寒山继续看她。

她有些忸怩起来，想挠挠头发，挠到的是自己的羽绒服的帽子。“那个……”为了避免尴尬，她连忙道，“苏老师，那我们现在回医院吧。”

“嗯。走吧。”

而后，陶然惊讶地发现，苏寒山又牵住了她的手。

她抬头看了看苏寒山，并没有发现他有何异状。她还没有傻到说“苏老师，走就走，牵什么手”的地步……

所以，苏寒山大概还是需要安慰的吧？

牵手的确是安慰人的一种方式。比如，当初爸爸生病，就是苏寒山握着爸爸的手传递力量和鼓励的，那现在作为回报，她给苏寒山力量也是应该的啊！

她如此一想，手轻轻一转，而他像是和她心有灵犀一样，手微微一松的同时和她的手指扣在了一起。

陶然其实很不习惯这样。

她从来没想过有一天能和苏寒山十指相扣……

但是，她要给他力量啊！

所以，哪怕此时的她心里像打鼓一样，耳根都红透了，还是紧紧扣着他的手。

苏老师，加油，一切都会过去的！

至于苏寒山主动牵她的手会不会有一丝其实也喜欢她的可能，她绝对不会这么想的！毕竟她和小豆总结的人生三大错觉：喝奶茶不会胖，我长得就是美颜相机里的样子，他喜欢我。

苏寒山喜欢她？呵呵！不可能的！

“陶然，陆明……没抢救过来，走了……”

陶然僵在了风里，仿佛突然被这冬夜给冻住了。

36床用生命等待的眼神和眼角滑落的泪，女子恍恍惚惚念着“宝宝，妈妈该怎么办”的模样，还有苏寒山熬红的眼睛，在她脑中交替出现。

其实，她应该想到的……

“苏老师……”她更紧地扣住了苏寒山的手。

“陶然，说说你和这座城市吧。”苏寒山的声音轻得仿佛隔着一层迷雾。

“好……好啊……”陶然脑海中出现一幕幕熟悉的画面。

“我小时候住在老街区，我妈性格爽朗热情，整条街的人她都认识，遇到谁她都能说上半天话，我爸说，遇到门板她都要说半个小时。那条街一楼都是门面，各种各样的店都有，走几步就有一家饭店，还有卤菜店、早点店、小理发店、网吧，对了，还有麻将馆。你没见过麻将馆吧？小时候我们那条街上可多了，店家收杯茶钱，大家能在里面耗一天。总之啊，街上一天到晚都闹哄哄的，街坊邻居关系特别好，也有闹矛盾的，叉着腰当街对骂，可热闹了。我爸的小饭店就开在街尾，卖热干面，炒快餐小炒，手艺和口碑很好，做的都是熟客生意，中午吃快餐的人特别多，学生、周围的上班族、麻将馆打麻将的邻居，都在我爸这儿订饭。那会儿还没有美团，都是店里伙计送，我啊，偏不爱在爸爸的店里吃，喜欢吃东家的豆皮、西家的热干面蛋酒，一碗热干面吃下肚再喝碗蛋酒别提多美了……”陶然盯着前方的夜，声音越来越小，最后哽咽着没了声音。

陶然在这座城市长大，熟悉它人来车往拥堵不堪时的热闹与躁意，熟悉它晨起入夜熙熙攘攘各种声音里的碰撞与欢喜，也熟悉它街尾巷后积着油垢的烟火气。

可是，这一切突然都消失了。

像是有一只巨手轻轻一抹，把这一切都抹去了，只剩下一个她似曾相识、不甚熟悉的躯壳，钢筋水泥的高楼大厦冰冷地林立，属于这里的所有鲜活的气息都被抹得无影无踪。

此时此刻，除了她和苏寒山，街上没有一个人，也没有一辆车。

他们往前走的每一步，并没有什么不同。

前方仍然是无人的空旷与荒凉的场景，仍然是钢筋水泥的高楼以及冬夜里冰冷的灯光。

路笔直且漫长，目光所及之处，是看不清的黑夜，和天际相接，黑沉沉的一团，从远方涌动翻滚着压过来，将这天压得低低的。

那只巨手像是把人的心也死命地往下压，压得人窒息，挣扎着透进来的一丝气里，透着悲怆与苍凉之意。

“不是这样的……苏老师，不是这样的……”

她从来没有经历过这样的夜晚，这和她义无反顾地回来援医不一样，和她满身汗水地在危重病房里跟病人一起抗击病毒时不一样。她爱的城市，像是一只重病的巨狮，在痛苦中沉寂，而她在这个沉寂得让人窒息的夜晚，听见了它的呻吟。

“苏老师！我们跑吧！跑起来好不好？”她抬起头来，眼里是她拼命克制的伤痛。

苏寒山微微侧目。

陶然不管他答不答应，牵着他的手跑起来。

一开始她是小跑，后来越跑越快。

她听见了耳边呼呼的风声，听见了她和苏寒山加重的呼吸声，听见了他们的脚步声踢踢踏踏地前后呼应。

是啊，就该这样啊！

她爱的城市是鲜活的，是有生命力的，是要有声音的！

不知道跑了多远，一直到她跑不动了，她才停下来，仍然没有放开苏寒山的手，戴着口罩大口呼吸。

苏寒山只是微微乱了呼吸，并不像她跑得这样喘不过气。

看着她帽子滑落以后跑得乱七八糟的头发，苏寒山垂在身侧的手微微动了动，握了握拳。

一阵风吹来，吹得她的短发又开始像草一样在风里飞舞。

苏寒山暗暗叹息一声，终于抬起了手，在她的头发上一顿揉，而后给她把帽子戴上。

她眼眶发红，看着苏寒山道："苏老师，我们很努力、很努力地奔跑，可有时候结果不尽如人意，但是我们也不能停下来，必须继续奔跑，因为只有跑起来，才有希望达到终点对不对？

"苏老师，我的城市生病了，我们一定能治好它的，它会好起来的，是不是？"

她如十八岁那年一样，用稚嫩而充满期待的眼神看着他，希望得到他的肯定回答。

苏寒山将她的两只手都拢到了手心里："嗯，会！一定会！"亦如那年，年轻的医生一腔热血，坚定得不顾一切。

这一个寒冬的夜晚，最后究竟是谁温暖了谁，他们已经分不清了。

两人走回了医院。

医院门口居然停着一辆私家车。

当陶然看清楚车牌以后，大吃一惊，低头开始整理口罩和帽子，确保自己不会被人认出来。

但是，"事与愿违"这个词是从来不会让人失望的。

他俩往里走的时候，梅护士长从医院里出来，一见他俩就喊道："你们也还没回宾馆呢？正好，一起坐车走吧。"

陶然慌了，扣着苏寒山的手，示意他别坐车。

她不知道苏寒山懂没懂，反正梅护士长是不懂的，后面的司机更不懂！

"都是要回宾馆的医护吗？"司机上前来问，"我送你们！"

陶然假装没听见，继续往前走。

苏寒山哪里知道她在想什么，自然是叫住她："陶然，那正好，我们一起回去休息。"

陶然将脑袋缩在帽子里，恨不得把自己藏起来！他还叫她的名字！

果然，司机盯着她，从她被帽子盖住的脑袋顶，到她戴着口罩的脸，再到她和苏寒山牵着的手："陶……陶然？"

该来的总是躲不过的……

陶然摆着手，将帽檐压得更低："不……不……不是你想的那个陶然。"

"……"这还有啥可说的，司机忽然拔高了声音，"小陶陶！"

"……"陶然耷拉着眉眼道，"到。"

"果然是你！"司机顿时急了，"你怎么出现在这里？"

她为什么出现在这里还用问吗？

司机用手点着她，气势汹汹地质问："你妈不是说你没回来？"

"你……你别和我妈说呀！"陶然下意识地就藏到了苏寒山身后。

"我不说！我……"司机显然被气到了，"你给我出来！小家伙居然学会撒谎了！你躲什么？敢作敢当啊！"

陶然心说，我这人最大的特点就是敢作不敢当了……

苏寒山和梅护士长被这一幕给弄蒙了，梅护士长不由得问："陶然，这是什么情况？这位是……"

梅护士长只知道这是本地的滴滴司机。滴滴司机们组成了一支志愿者队伍，奔赴各个医院接送需要用车的医护人员。

陶然瞄一眼苏寒山和梅护士长，小声介绍："苏老师、护士长，这是我舅舅。"

"你还知道我是你舅舅？胆大包天的丫头！我先不跟你说！我先送医护们回去！回头再找你算账！"蓝舅舅气呼呼地放下想要把陶

然从苏寒山身后揪出来的手，对苏寒山和梅护士长换了副语气，“医生同志、护士同志，走吧，我送你们回去！感谢你们来帮助我们！”

陶然被舅舅这么一威胁，颇不服气：“哼，我也是医护，差别待遇……”

“你别说话！你一说话我就想揍人！”蓝舅舅脾气火暴地道。

苏寒山看到这里，再看看身后跟只鹌鹑似的陶然，按住了那只揪住自己外套袖子的小手：“这位……舅舅同志……”

嗯？舅舅同志，这是什么称呼？

蓝舅舅看着苏寒山：“这位医生，我这外甥女太不听话，瞒着家里跑回来驰援，让她妈妈知道，得担心死！对了，医生你贵姓？”

“免贵姓苏……”

蓝舅舅眼睛都亮了，整个人都兴奋了：“苏……你就是我家……”

“啊啊！他就是我们家的救命恩人！当年救我爸那位！”陶然感觉心都快跳出来了。蓝女士整个朋友圈的人都知道苏医生是陶家的女婿了，舅舅可别嘴快把“外甥女婿”几个字喊出来！

蓝舅舅看着苏寒山和陶然叠在一起的手：“是啊，这不还是你……”

“是我同事！”陶然赶紧接嘴。

“同事？”蓝舅舅狐疑了，哦，也许不止一个医生姓苏吧？

被陶然这么一打岔，蓝舅舅也忘了要找陶然算账的事，催促着他们赶紧上车。

在车上，陶然才知道，不但舅舅参与到志愿者行动中来，连她家老陶和蓝女士也不甘落后，重新操起了家伙，做饭送给医院的医护吃。

苏寒山和梅护士长都说辛苦他们了。

舅舅说得特别真诚：“很感激，真的。我们自己身处疫情中心地，对这个病毒的感受比任何人都深。原来我们不当一回事，可眼看着前阵子还和我一起坐在街口说古的大爷转天就去世了，听着一个个熟悉的人确诊了，又去世了，再后来连名字都来不及记，也记不了了，认识的、不认识的，我亲眼看过尸体被抬出来，亲眼看着有些人进了医院就成了永别，来不及跟家人说一句道别的话就没了，甚至有些人还来不及去医院，就死在了家里。我听着他们哭，从来没像现在这么恐慌，这个世界忽然变得连呼吸都是可怕的，谁也不知道自己呼吸一次吸进去的是什么，第二天等着自己的又是什么。然后你们来了，我们怎么会不懂？你们这是把命一块儿背在身上过来的！人不能不知恩图报啊，可我们能做些什么呢？就是这些微不足道的小事罢了！和你们的大义比起来不算什么。”

“再有就是……”舅舅看了看陶然，“你妈的原话是这么说的，‘对所有医护人员感恩，他们都是别人家的孩子、别人家的宝贝疙瘩，他们这么不顾性命地来帮我们，父母不知多担心呢！我的女儿、女婿都在抗疫第一线上，女儿在首都，女婿就在我们这里，在危重症最危险的地方，这种心情，我再懂不过了。我们也做不了什么别的事，让孩子们吃口热饭，也算是稍稍尽点儿心。我也有私心啊，我想着，也许我送出去的饭中有一份能到女婿手上呢，我的闺女在远方我照顾不到，不知道那边疫情怎么样，她忙不忙？是否也有人会将一份热饭送到她手上？肯定是有的吧！’”

舅舅的眼神变得气愤起来：“现在好了，也不用别人送份热饭到你手上了，没准你已经吃到你爸妈做的饭了！”

陶然嘿嘿嘿地赔笑，重点已经不在她来援鄂即将被蓝女士知道这件事上了，眼睛悄悄往后瞟，不知道苏老师有没有从舅舅的这么多话里听到“女婿”这两个敏感字，如果真人当面语音也可以屏蔽，她真的想手动把这俩字给打上马赛克……

苏寒山正襟危坐，就跟没听见一样。

陶然呼了口气，还好还好，只能庆幸舅舅善谈话多，没准苏老师已经被舅舅这一大堆话给绕得瞌睡了……

然而，老天是不会放过她的！

舅舅继续问：“对了，你妈说女婿也在南雅，你跟我外甥女婿在一起吗？”

“啊？”陶然又要欲哭无泪了，果然人不能撒谎！什么叫报应？这就是报应！自己撒的谎，哭着也要继续圆下去！“那个……什么女婿呀？别瞎说！”

“哦，哦，还没结婚，男朋友！你男朋友和你在一起吗？”

“……”不知道是不是陶然的错觉，她觉得有两道目光盯着自己的后脑勺，头发都快被点燃了。是苏寒山在盯她吧？因为他被误会是她男朋友？妈呀，可不能让苏寒山再误会下去，也不能给他带来麻烦！

她觉得自己的脑袋也被那两道目光烧得糊里糊涂的了，急着否认，顺着舅舅的话就答：“不在啊！没有啊！”求求你别说了！

“哦。”舅舅道，“等疫情结束啊，叫上人一起来家里，人品肯定没问题，一家人总得见见面啊！”

“舅舅，请你专心开车，别说了吧！”真的求你了！

“好，好，好。”舅舅还对梅护士长和苏寒山道歉，“不好意思，话多了些。”

苏寒山和护士长自然又是一番客气。

到了宾馆，陶然直想离舅舅远点儿，舅舅却还冲着她疾走的背影喊：“想想怎么和你妈说！”

怎么和妈交代什么的，也不可怕，她就是怕妈妈担心，但纸包不住火，总有一天妈妈会知道。眼前她担心的是苏寒山的眼神啊，怎么就一直怪怪的，她都已经和舅舅解释清楚了呀！男朋友不是他！他还担心有什么误会的？

大家下班回来都很累，尤其梅护士长，眼底都是青的，几天时间，眼角的纹路都深了一些。

到了二楼，梅护士长出电梯后，回头对他们笑了笑，“我到了，晚安。”

“晚安！”陶然觉得啊，这人心里不能有鬼，像她这样心里有鬼的人，见谁都心虚，心虚得说话都弱弱的。

电梯继续往上，四楼到了，电梯门开，苏寒山却卡在门口没出去。

陶然低着头，脸渐渐发烧。怎么回事啊？他怎么还不走？

而且他还转身看着她干什么？难道他还要她再解释一遍或者赌咒发誓她这个传说中的男朋友不是他吗？

苏寒山眼前的脑袋越埋越低，帽子也掉了，露出乱糟糟的短发。他看不到脸，只看到毛茸茸的脑袋顶。

陶然局促地蹭了蹭脚尖，小声提醒：“苏老师，四楼到了呢。”

“嗯，我知道。”苏寒山的声音在头顶响起，然后又没了声音。

陶然不确定自己有没有听见一声叹息，而后便听见苏寒山再次道：“跟梅护士长都有一声晚安，跟我就没话说吗？”

“哦……”陶然抬起头，脸蛋还红红的，眼神有些茫然，“苏老师晚安。”

“喀喀喀……”苏寒山突然一阵咳。

陶然瞪大了眼睛，这时候咳嗽可就是件了不得的大事了！

“苏老师，你还好吧？你还有别的症状吗？”陶然急忙问。

苏寒山不动声色地捂了捂胸口，缓缓呼出一口气：“没事。”

“那你……”

她想说“那你咳嗽呢”，可才说了俩字就被苏寒山打断了：“有男朋友了？”

“……”陶然将眼睛瞪得更大了。怎么办？她该说“是”还是“不是”？

她还没选好答案呢，只听苏寒山的声音幽幽地响起：“我不够好看？”

“没有啊……”陶然下意识地回答。她的苏主任天下第一帅呢！

"那……我年纪太大了？"

"还好了，三十四岁跟丁院长他们比还是年轻的。虽然病人们信任年长的医生，但你看起来还是很沉稳的，毕竟你总把自己打扮得很老气……"

她也不知道苏寒山问这个问题的重点在哪里，正一本正经地胡说，苏寒山转身就走了。

电梯慢慢关上，陶然抓了抓头发，很是疑惑。

苏寒山又又又怎么了？

她觉得有点儿不甘心，不能为了不让苏寒山误会，就给自己扣有男朋友的帽子！这不是完全掐灭了自己和苏寒山的可能性吗？虽然这个可能性极其小甚至等同于没有，但人没有梦想和咸鱼有什么区别？

所以，当晚她就郑重其事地给苏寒山发了条消息："苏老师，我没有男朋友，母胎单身至今。"

苏寒山给她回："嗯，看出来了。"

这他都能看出来？真不愧是苏老师啊！这智慧！

陶然从不寄希望于舅舅能给她保守秘密，果然，大半夜的，她做完消杀，刚给苏寒山发完消息，蓝女士就开始发飙了。

几个触目惊心的字夹着蓝女士的怒火蹦了出来："陶然你给我滚出来！"

陶然发了个滚的表情，弱弱地滚出去了。

然后，蓝女士的视频来了。

陶然以为视频里会是蓝女士暴怒的脸，没想到的是，出现在视频里的人是爸爸。

"爸……"陶然软软地叫道。老陶性情温和，她撒撒娇他必然就舍不得说她了。

老陶果然没有脾气，只仔细盯着她看，末了叹了声："瘦了，瘦了！"

“哪有啊！”陶然摸着自己的脸，“手机能瘦脸！”

“你以为爸爸什么都不懂？”老陶一脸心疼，“你这孩子，这么大的事也不说，难道怕我们阻拦你？”

说到正题了，陶然赔着笑道：“不是，这不是怕你们担心吗？”

“担心当然担心，谁家父母不担心？但我们也不会阻止你。说心里话，我们私下里不想要你回来，之前女婿还特意给我们打电话，让我们告诉你千万别回来，可是，你有这个想法，我们也会支持的。想想啊，别人家的孩子都不顾安危地来救我们这座城市了，你是这座城市的女儿，回来是你的担当，我们只会以你为傲的，只是万事小心，切不可大意。”

老陶的声音柔柔的，陶然听着，心尖渐渐泛了潮，以至于忽略了老陶这段话里的“女婿”两个字。

有些事情啊，好像就是这样，总有个习惯的过程，听着听着总会习惯的。

“爸，我妈呢？”陶然小声问。蓝女士是在生气吗？她都不愿和自己视频了？

“在这儿呢？”老陶将手机角度转了一下。

蓝女士出现在视频里，却惊慌失措地转过身，还一个劲地骂老陶：“说了不给看不给看！死老头子你把我的话当耳旁风！”

很可以了，这话果然是蓝女士的风格。

老陶也小声地跟陶然说：“你妈在哭呢，怕你看见。”

“妈！”陶然偏要叫蓝女士。

蓝女士狠狠地瞪了一眼老陶，把手机抢了过去，一双眼睛果然红红的。

“算了！反正乖女儿也看见了！我跟我乖乖说说话！”蓝女士还没好好说呢，眼泪掉下来了，叫了声“女儿”就什么也说不出来了。

“妈妈，你别担心啊，我好好的呢！”陶然心里也酸酸的，蓝女士风风火火的，陶然也就见她哭过两回，一回是上次爸爸病危，再就是现在。

“我怎么放心啊女儿！你从小就粗心大意、毛毛躁躁的，这回可不是小事，千万粗心不得啊！”

在父母眼里，她永远是那个丢三落四的小孩儿吧？“妈，我已经不是孩子了，是专业护士，危重症科的护士，你要相信我啊！”

“多大你都是孩子！”蓝女士一贯不相信她，“你去年一个月丢了四把雨伞的事你忘记了？”

“……”她服了蓝女士了，这能一样吗？

老陶在一旁道：“你拣紧要的说说，这都多晚了，说完赶紧让孩子休息！”

“那我就不说了！”蓝女士匆匆忙忙地抹了把泪，“你给我记住啊，一定要细心，保护好自己！我跟女婿说说，让他看着你！”

“……”怎么哪儿都有苏寒山的事啊！“妈，你可千万别！他自己也很忙啊！”说完陶然都愣住了，她这是默认苏寒山是老陶家的女婿了吗？蓝女士真的有毒啊！

第四章 我跟苏寒山有个约定

陆明的去世，使整个南雅医院笼上了一层厚厚的低气压。

医者医人，却不自医。

即便集南北雅各科室专家之力，也没能把陆明从病毒手里抢回来，他们能做的只是为他点燃一支蜡烛。

小豆病了，晕倒在病房里。

陶然见到她的时候，她正在吸氧。

老陶说她瘦了，陶然不信，此刻看到小豆，才觉得也许老陶不是心理作用。

躺在那里吸氧的小豆眼眶深陷，眼睛周遭都是青灰色的，鬓边还渗着血，把口罩的边缘都染红了，口罩遮住的小脸，看起来只有巴掌大。

平常匆忙间陶然从不曾注意，细看才发现不只是小豆，黄医生也瘦了一圈。

这才几天啊……

“太累了，水土不服，还有……压力太大。”黄医生说，“她需要休息。”

小豆好像没有听见黄医生的话一样，闭着眼，全身瘫软。

陶然没有吵她，和黄医生一起回了隔离区。

黄医生的神情尤其沉重：“小豆是承受太多压力了。她这个班走了两个人。陆明就是在她班上走的，她亲眼看着他痛苦地离去，看着他窒息。这是她来援医遇到的第一个去世的病人，这个过程就像看着他被活活闷死却束手无策一样，当时她的情况就不太好了。后来她还帮着处理遗体、消毒。谁知道快下班的时候，她管的11床病人也不行了。一个晚上，她眼睁睁地看着两个人离世，心理防线崩了，把11床病人的遗体消毒密封送走以后就不行了，强撑着交完班，还没走出隔离区就倒了。”

陶然久久说不出话来，口罩前所未有地憋闷，闷得人喘不过气来。

可是进了病房她要笑啊！因为戴着口罩，皮笑肉不笑这种表情病人还看不见，她得发自内心地笑！

陶然深深地吸了口气，试着弯了弯眼睛，才去接班。

她把给病人翻身、记录数据等工作做完以后，交班护士忽然对她比了个心。

这是南雅医院本院的护士，姓米，防护服上画着只米老鼠。陶然发现她的眼眶有些红。

“谢谢你，拜托了。”护士哑声说。

谢什么呢？这不是她的工作吗？

陶然不知道该怎么回答对方。

她也回比了个心。

“今天的字条已经送到。”小米在她耳边小声说道。

陶然看了眼36床的病人，好像并无异状。

陆明已经不在了，不知是谁写的字条。何奶奶日后康复，知道陆明已经不在，不知又会多难过。

这个班上，何奶奶却提要求：要陶然帮她念字条上的字，从最底下那张念起，一直念到今天的内容。

今天的字条上写的内容是：何奶奶，加油坚持！我也还在和你一起坚持呢！

陶然念着，突然想哭出来。那个要和何奶奶一起坚持的人去了哪里呢？现在又是谁在写字条呢？

陶然捧着字条黯然神伤。

37床病人今天醒了，意识清醒的时候，找陶然要纸笔，说要写字。

重症病人，字写得歪歪扭扭的，内容却使陶然心头一震。

“我会死吗？”白纸黑字，即便字写得不甚工整，也触目惊心。

陶然心里难受极了，却不动声色，笑得温柔：“不会，一定不会！你相信我！一定会好起来的！”

37床病人又写“不想死，救我，99（救救）我，求你”。

没有标点符号，她写得乱七八糟，写的时候双手发抖，痛苦不堪。

陶然将她的手连同她的字条一起握住，希望能给她力量：“我知道！我知道！我们会努力的！你放心！我们一定会救你！请你自己不要放弃！”

37床病人，刘雁，女，三十多岁，一双眼睛充满混浊的泪，想用语言表达什么，但身上插满管子，显得痛苦而艰难。

陶然生怕她激动，握着她的手，用力点头道：“刘姐姐，你放心，我都知道的！你心里想的，和我们努力的方向是一致的，你现在要做的就是好好休息，不要浪费体力，不能动，知道吗？”

刘雁示意要写字。

陶然重新把纸笔给她。

刘雁抖着手，艰难地在纸上画了数笔。

她已经很努力了，可是字不成字，陶然看了好一会儿，才认出她写的是：我的家人？

这次她画了个问号。

陶然心里悲从中来。

病人进了这个地方，就像进了结界，与世隔绝，外面日出日落、月升月沉都和这里没了关系，何况家人……

护士长总是说，重症病人与家人隔绝，要做到我们就是他们的家人，给他们关怀和温暖，让他们不孤单。

她能对35床的黄奶奶说“我就是您的孙女儿”却无法对刘雁说出这句话来。

病人身处隔离病区，外面是如何人心惶惶，一概不得知，进了这个地方，家人是生是死也一概不知。病人心心念念的，是他们还能否活着？

陶然真的不知道，不知道刘雁的家人是谁、身处何处、是否安好。

这种感觉堵得她嗓子难受，可她仍然只能微笑：“刘……”

才开口说一个字，陶然发现自己已经哽咽了，忙调整自己的情绪，让她的声音听起来轻松一些：“刘姐姐，我现在不知道你的家人在哪里，但是我答应你，我去打听，一旦问到了就第一时间告诉你。你现在最重要的事是快把自己的身体养好啊，这样才能尽快见到他们是不是？”

刘雁得了这个承诺，似乎放心了些，也是无可奈何吧，毕竟在这个地方躺着，唯一能依靠的就是医生和护士。

所以，她摸着陶然的手不肯放。

其实她并没有力气，但就是摸着不放，轻轻摸着陶然的手，像那缕气若游丝的呼吸。

“姐姐，我答应你。”陶然干脆握住她的手说，“我承诺，一定帮你找到家人。”

刘雁终于缓缓地闭上了眼睛，满含的眼泪顺着眼角往下淌。

陶然对这个画面已经很熟悉，几乎每一个清醒的病人，都会有泪这样淌下来。

泪淌下后，又被轻轻擦去，仅此而已。

如果病毒也和这眼泪一样，轻轻一擦就没了该多好，没有痕迹，不留伤痕。

陶然才安抚好刘雁，35床的黄奶奶却突然不好了。苏寒山带着人过来抢救，高流氧已经对她没有用，要上无创呼吸机，黄奶奶却怎么也不愿意。

她不配合，还去拍呼吸机的管子，要把它给拍掉。

明明人已经那么难受了，呼吸不上来，气短得直喘，也没有力气，可她还是用无力的手胡乱地去拍管子，胡乱叫喊，喊声绝望而无助。

陶然轻轻抓住她的手，温柔亲和地叫她奶奶，请她想想孙女儿，孙女儿在外面等着她，她只有快快好起来才能见到孙女儿。

黄奶奶不肯，喘息着痛苦而含混不清地喊着："让我死！让我死！治不好！上管就死了！我要死！死……"

陶然真的一点儿也不想再从任何人嘴里听见这个"死"字。

苏寒山和别的医护也都在安慰黄奶奶，但没用，一个又一个"死"字从老人家的嘴里模糊地发出来，每一个字都扎在人心上，让人难受不已。

"陶然，你上次唱的歌呢？"苏寒山突然道。

陶然没想到苏寒山居然听见她唱本地小调了，但经苏寒山这么一提醒，她立马想起曾经让黄奶奶平静的本地小调。她不知道有没有用，小声地在黄奶奶耳边唱了起来。

起初黄奶奶依然情绪激动，但随着陶然的歌声越来越轻柔，奶奶嘶哑的声音渐渐弱了下去，最后只剩下痛苦呼吸的声音。

"奶奶，我们给你上呼吸机啊，轻轻的，不痛，上了就舒服了……"在陶然的歌声里，护士长小声地对黄奶奶说。

黄奶奶没吭声，只喘息着。

这表明她答应了。

陶然便再次和黄奶奶沟通，说明用呼吸机可能出现的情况以及怎么应对，并且握着黄奶奶的手："奶奶，我会在你身边陪着你，有任何问题我都会帮你。奶奶，别怕。"

一旦黄奶奶肯配合了，上呼吸机就很快。

陶然给黄奶奶选了适合的鼻面罩型号，还用了鼻垫，能让黄奶奶感觉舒服点儿。

呼吸机用上后，眼看着血氧饱和度开始上升，大家都松了口气。

但黄奶奶看着还是不舒服的样子，陶然检查着鼻面罩和固定带，观察漏气的情况和鼻面部压力，看着都还好，便问："奶奶，是觉得有气流冲突还是憋气？别怕，跟着我做啊，我们调整一下，深呼吸，跟我一起深呼吸……"

她调整片刻后，黄奶奶明显舒适了不少。

苏寒山交代了她密切监测黄奶奶的血氧饱和度和其他数据。

陶然累得一身汗，防护服里像是淌水一般，面罩前一片水雾。

庆幸的是，黄奶奶的状况渐渐稳定，陶然再累也颇觉欣慰了。

她在自己的四个病人间来回巡视，透过护目镜上的水雾艰难地观察他们的情况，只愿今天再不要出什么状况了。

四个病人，倒是 36 床和 38 床的都很安静。

36 床的何奶奶一心只惦记她的字条，而 38 床这位四十五岁的男病人很听话，百分之百配合医护的工作。

这一夜，大家算是有惊无险地过去了。

陶然下班时是第二天早上，浑身疲惫，但是不放心黄奶奶，握着黄奶奶的手，要她乖乖的："奶奶，你要乖乖听我理哥的话，你乖的话，我来接班再给你唱小曲儿听。"

来接班的是个男护士，防护服上写着个"理"字，是他的名。

黄奶奶捏着她的手不肯放，戴着面罩说不出话来，眼神却满是不要她走的意思。

"奶奶，你可不兴这样，疼孙女儿不疼我这个孙儿了？"理护士开玩笑道，"你就算是疼孙女儿，也要让她回去睡个觉，等她睡好了才有精神陪你。”

黄奶奶听了，这才松开了手。

陶然是在黄奶奶依依不舍的眼神里下班的。

她心里还挂念着好些事，首先是小豆怎么样了。

黄医生说给小豆放了两天假，让她回宾馆休息了。

再者，她要给36床的刘雁找寻家人。

这个不是太难，刘雁住进来的时候是留了信息的。陶然根据她留的信息找到社区，再由社区辗转打听，终于知道了刘雁丈夫的下落。他也住院了，并且明确了是哪个医院收治的。

到这一步就很好查了，陶然打电话、发群消息，很快就得知刘雁丈夫的情况。他住进了医院的ICU，也是重症，但目前情况尚稳定。

刘雁还有一个儿子，据刘雁的丈夫在那边的医院说，儿子是被送去了亲戚家。

陶然有种完成使命的感觉，如释重负，把情况写下来，交由进隔离区的医生带给理护士，请他转告，好让刘雁早点儿放心。

她这么一耽搁，就到中午了，苏寒山也全程陪她一起查，查完两人一块儿离开医院。

苏寒山要去给陆明的家属送遗物，对她说：“陆明的妻子怀孕，最好居家少出来。”

陶然点了点头：“那我陪你去吧。”

好像她陪他已经成了理所当然的事。

“不回去睡觉？”苏寒山见她已是疲惫极了。

陶然摇了摇头：“我也想看看陆明的妻子怎么样了。”

两人都没想到的是，陆明的妻子居然在医院外等着。她穿着宽大的雨衣，从头到脚包裹得严严实实的。

“苏主任。”她先看见他俩。

“你怎么来了？”苏寒山有些惊讶，因为已经和她说好少出门，在家待着，有需要的话，科室的任何人都会想办法帮她。

陆明的妻子眼睛是肿的，绯红的脸上浮起歉意："苏主任，对不起，又给你添麻烦了。"

苏寒山把东西交给她，手机、钥匙、钱包，钱包里有一张照片，是陆明和妻子的合影。

看着合影，陆明的妻子眼里又涌出了泪水，她将照片贴在胸口说了声："谢谢。"

"东西全部消毒密封保存的，陆明要说的话，在他好的时候都录了视频存在手机里，现在手机没电了，你回去以后慢慢看。"苏寒山道。

陆明的妻子捧着东西却没离开，似乎是鼓起勇气才问苏寒山："苏主任，陆明的遗体在哪里解剖？之后会放在哪里？是火化还是留在哪所大学？如果是火化，我要给他料理后事；如果留存，我能不能知道在哪里？我去看看他！"

陆明的遗愿表明，遗体捐赠，供解剖研究。

这是一个因疫情而牺牲的医生，为这个世界做的最后一件事，可谓将自己交付得干干净净。

陆明的妻子经过一个晚上之后看起来平静了不少，但最后一句"我去看看他"还是带了哭腔。

苏寒山默然。

陆明的妻子明明想哭，却拼命忍住的样子看得人越发心疼："苏主任，我连他的最后一面也没见着！"

"吴雯，"苏寒山第一次喊她的名字，"每一次都是最后一面。你记得的每一次都是他的最后一面，唯一的一面。"

原来她叫吴雯。

"陆明不让我拍他最后的样子，他想让你记住的，是他最好的样子。"

吴雯呆住了。

沉默了一会儿，她抱着陆明的东西潸然离去。

走了几步，她回头道："苏主任，以后我不会再出来乱跑了。还有，这次我不会听他的，我会把孩子生下来，然后告诉宝宝，我们母子或者母女一点儿也不可怜，我们有这世界上最好的人。他的爸爸是英雄。

"我和孩子，会好好活下去！"

小豆不在房间里。

据黄医生所言，小豆昨晚后半夜回的宾馆，由志愿者滴滴司机送回去的。

"小豆必须休息！今天被院感老师骂了！少洗了一次手！"黄医生当时还对陶然说了这么一句。

陶然抱着一杯热热的奶茶，打小豆的电话。

她自己煮的奶茶，袋装的几块钱一包的茉莉花茶冲泡，加了半盒纯牛奶。

小豆的手机是通的，而且陶然一打她就接了。

"小豆！你在哪里？"

"我在外面！在旁边的小区！"小豆答得特别急迫。

陶然以为她出了什么意外，一挂电话就抱着奶茶往超市跑。

小豆坐在小区外面的地上，面对着小区大门，双臂抱着自己，看着门口的两位保安发呆。

"小豆！"陶然冲过去，想把她从地上拉起来，却没能成功，自己差点儿被带到地上。

她干脆蹲下来："小豆，你怎么了？"

眼前的小豆眼神有些涣散，她听见陶然喊她，目光才渐渐聚到陶然的脸上。

"小豆，你怎么了？"陶然心里一酸。

她的小豆怎么会是这个样子？那个跟她抢六十只龙虾、一口气喝三杯奶茶、一边说着不要一边呼噜呼噜吃完她做的两盆热干面的小豆，永远精力无限、斗志满满的小豆，怎么苍白颓败到像要凋零了一样？

一位保安走过来，对陶然道："这是你的家人还是朋友？你把她带回去吧！不知为什么跑到我们这里来一直追着我俩说话，我们哪有空儿陪她说话啊，要她走，她就坐在这里傻乎乎地看着。"

"小豆！"陶然单手抱住她，"小豆，我们走，回去好不好？"

小豆倒是紧紧地抓住了陶然的胳膊，却摇头，怎么也不肯回去。

"小豆！"陶然没了办法，把奶茶举到小豆眼前，"来，先喝杯奶茶，喝杯奶茶我们就回去。"

她把奶茶放进了小豆的手里。

小豆低着头，沉默不语。

"小豆！不怕啊，不怕，我陪你。"陶然靠着小豆的头。小豆这样，一定跟昨晚的两位病人去世有关。她是害怕了吧？

小豆哽咽道："这是什么味道？"

"……"什么味道？陶式自制味道！"茉莉奶绿！"

小豆忽然就开始掉眼泪了，眼泪大颗大颗地掉进奶茶杯里："陶然，我不要喝茉莉奶绿，我要芝芝莓莓，加双份芝士！还要脆波波和芋圆波波！"

"……"她上哪儿给小豆变芝芝莓莓出来？

小豆却倒在她的肩头哭了起来："我要喝奶茶！要吃小龙虾！我要吃后门的卤煮、食堂的猪蹄，我连食堂的大馒头都想，我不要在这里，不要……"

一番话说得陶然也差点儿掉泪。

小豆捧着奶茶的手的手背上起了密密的疹子，那是戴三层手套、每天洗十几次手弄出来的。而她的耳朵蹭破皮的地方还没好，新换的口罩挂绳上又沾了血。

"小豆……"陶然抱着小豆哽咽道，"会回去的！我们很快就会回去的！"

小豆仰起头，泪眼模糊地摇头道：“陶然，我怕。”

“我知道！小豆！我都知道！”感同身受本不容易，但小豆的一切感受，陶然都懂，怕并不丢人。

“惨叫、哭喊、呻吟……到处都是，闭上眼睛就是尸体，无休止地给尸体消毒、密封，消毒、密封……直到我自己也变成尸体，你来给我消毒，我眼睁睁地看着你在我身上抹啊抹，眼睁睁地看着你把我密封起来，我无法呼吸，拼命抽气，像陆明那样拼命抽气，轰轰的，跟窗外的风声一样……”

小豆边说边往陶然怀里缩，哭着求她：“陶陶，求你了，别把我封起来，我还活着，我不是尸体。我想活着，想和人说话，可是他们都不理我……”

小豆的话混乱极了，大约说的是她的梦吧。闭上眼就是可怕的梦境，所以她才跑出来找有人的地方证明她还活着，找人说话证明她不是尸体，听见陶然在电话里的声音反应格外急迫……

陶然看着她泪眼模糊的样子，紧紧把她抱进怀里，和小豆一起泪流满面：“小豆，活着，我们都活着呢！我陪你说话！你起来，我带你去吃好吃的！你还记得我和你说的小吃吗？我带你去吃！我现在就带你去！”

小豆怔怔的，好像不明白陶然在说什么。

“你起来！快！没有什么事是大吃一顿解决不了的！有的话，就两顿！快起来！排队去了！”陶然用力把小豆抱了起来。

小豆抱着的奶茶都洒了，她不由自主地被陶然拉着，在空无一人的大街上奔跑。

“快啊！你不是要吃猪蹄吗？我带你去的这家烤猪蹄生意可好了，每天限量发售，卖完了事，去晚了可就没有了！

“来，来，来，我们再去这家，我煮的热干面我也知道不咋样，委屈你吃了那么久，但是这家的可好吃了！你看你看，祖传秘制的芝麻酱，一浇上去，整条街都香了！

“还有小龙虾！你看！这家网红小龙虾店，每天让人排队排到怀疑人生！我们先取个号啊！哎呀，一百多号呢！咱们先去别的地方转转，买杯奶茶再等吧！

“小豆快来，还有这里……”

陶然带着小豆在街上瞎跑，每到一个店面门口就从手机里找一张图出来给小豆看，油汪汪撒着辣椒粉和孜然的猪蹄，热气腾腾浇了芝麻酱的热干面，红通通码得整整齐齐的小龙虾……

店门全是关着的，是不是网红店也全凭陶然那张嘴胡吹，但那些令人垂涎欲滴的图片、陶然叽叽喳喳的介绍，却让小豆渐渐平静下来。

她站在空旷的街道上，耳边是陶然努力让世界闹起来的声音，一座喧闹的城市该有的模样渐渐浮现出来。

“这是烧烤一条街啊，这条街上都是烧烤店，你想吃的各种小吃也全有，一到晚上就烟熏火燎的，香得不得了！

“这家店号称汤包大王！这是外来店，我们九省通衢，包容开放，全国各地的美食都能找到！

“这家是豆皮大王！他家的三鲜豆皮保证你吃了还想吃！

“对了，我们除了豆皮还有豆丝呢！牛肉豆丝你吃过吗？我最喜欢牛肉和腊肉一起炒的豆丝了！

“来，来，这家的糊汤粉你不吃就白来了！这是……”

“陶陶。”小豆停住脚步，打断了陶然卖力的表演。

陶然的手指停在手机里糊汤粉的图片上，她回过头，小豆的眼神平静得完全和陶然热火朝天的“云”吃美食不匹配。

陶然有些尴尬，把手机收起来，拉着小豆的手道：“对不起，小豆，我说的这些暂时都还吃不到，可是我们一定有机会吃到的，相信……”

“我们回去吧。”

“啊？”陶然怔住。

“回去吧，谢谢你。”

“小豆！不要害怕，疫情一定会过去的！你看，宁主任和苏主任都来了，还有全国各地许许多多的主任和姐妹都来了，我们会胜利的！”

“嗯。”

“等疫情过去，我们就能真正吃上这些好东西了！”

“嗯。”

“到时候我请你和苏主任一起吃！把这些店全吃遍！”

“为什么不请宁主任啊？”

“啊？宁主任那份你出钱！我只请我家苏主任！”

“凭什么？”

“凭我家苏主任比宁主任帅！”

“陶然你放屁！”

“小豆请你注意用词！”

“陶然你放的大臭屁！”

“小豆我警告你，你可以说我臭！但不能侮辱我家苏主任！不然我就要跟你友尽了！”

“友尽就友尽！又不是没尽过！”

原本安静的街道上，两姐妹为了男神而起的争执声此起彼伏，两人大有不惜打一架的热闹气势。

我请啊！小豆！

等一切都过去，等这座城市恢复健康，我请所有的人品尝我们的美食，品尝这座城市的美好！它真的很好，充满生机，不是你们现在看到的样子。

陶然挽着小豆的手，回过头，身后依然是萧条空旷的街道，街道两旁紧闭的商店哪里是什么豆皮大王、汤包大王，一场傻乎乎的“云美食”表演，只有傻乎乎的闺密能懂吧！

宾馆门口站着一位穿保安制服的大叔。

陶然挽着小豆回来，依稀觉得此人眼熟——只能眼熟，大家都戴着口罩，也看不到脸。

大叔捧着两个杯子，一见她俩顿时眼睛一弯走了上来："总算等到你们了，再不回来，这茶可就凉了！"

"什么？"陶然不明白他的话，看着大叔递到她们面前的杯子。

"奶茶啊！芝什么草莓？加了双份芝士！双份芋头圆子！"大叔把杯子塞在她们手里，一人一杯，"放心喝吧！我女儿做的！我女儿没生病！健康的！"

"……"陶然和小豆对视一眼，心里都有些难受。她们并没有嫌弃的意思啊，只是不明白这奶茶是怎么回事。

"大叔，你怎么知道我们……想喝奶茶？"她们贪吃的名声传播得这么广吗？这有点儿羞耻啊！

小豆却认出来了："您是……旁边那个小区的保安大叔？"

"对！你们不是在那儿哭着要喝奶茶吗？正好我女儿在家没事成天鼓捣做蛋糕什么的，我打个电话问她会不会做奶茶，她就试着做出来了，不知道味道好不好，你们先喝着解解馋，等以后这疫情过去了，大叔再请你们去店里喝！"

陶然和小豆摸着尚且温热的杯壁，心里又酸又暖。

"谢谢你，大叔。"两人异口同声道。

"这有什么可谢的，应该是我谢谢你们！原来你们是护士啊！谢谢你们来救我们啊！没想到你们年纪这么小，比我女儿还小！真的，大叔感谢你们！"

胖胖的大叔朝她们鞠了个九十度的躬："以后你们想吃什么就跟大叔说！大叔别的不会，做点儿吃的还可以！"

冷冬难逾，总有温暖予你力量，助你一路，让你虽迷惘慌张，却从不绝望。

陶然将小豆送到房间门口，原本打算陪小豆一起进去的，但是小豆阻止了她。

“陶陶，我没事了。”

陶然不放心，还待说什么，小豆把两杯奶茶举了起来：“没有什么事是奶茶解决不了的，如果有，那就喝两杯！”

“小豆……”陶然眼眶一热，伸手指了指小豆的耳朵，“疼不？”

“疼！”小豆含泪道，“可还是要加油啊！”

“嗯！我们一起加油！你好好休息。”谢谢你，小豆！

陶然相信，她的元气满满的小豆，在休息几天后就会回到队伍里来的！

没想到的是，第二天，她就在开往医院的大巴里见到小豆了，比她来得还早！

陶然惊喜地坐到小豆身边：“你怎么不多休息几天？”

小豆冲她笑了笑：“谁说我休息了？只是护士长给我代个班而已！我要还给护士长的！”

陶然也跟着笑。

车迎着阳光，向医院开去。

两人穿防护服的时候，却发生了点儿状况。

陶然和小豆穿好防护服后走出更衣室给院感老师检查时，小豆莫名其妙地往陶然身后躲。

陶然正想着到底怎么回事呢，看见院感老师正盯着她俩。

“高老师好。”陶然叫了声。

高正浩，南雅医院院感科老师，不到三十岁的小伙儿，又凶又严厉，陶然也是被他训过的，见着他心里就发怵，毕竟被院感老师盯上就证明自己出错了！

但这一次高老师的目标不是她，而是她身后的小豆。

“林晓窦！”

小豆老老实实地从陶然身后出来。

高老师也不说话，就盯着小豆。

小豆很憋屈地瞪了他一眼：“你看着好了！我今天不会再错了！”

陶然寻思着小豆那天是被高老师骂的吧？她吐吐舌头，不敢大意，看高老师要给小豆系隔离衣，赶紧去抢："高老师，我来就好！我来啊！"

苏寒山在前面忽然喊："陶然！"

"啊？"陶然顾不得苏寒山的呼唤，挤开高老师就检查小豆的隔离衣。话说她可不是重色轻友的渣男，怎么能扔下小豆任由她挨骂呢？苏老师真是的！一点儿也不懂事！

她一检查，发现隔离衣系得好好的呢！

她显摆似的跟高老师汇报："没问题啊高老师！"不过，为了不被高老师挑剔，她给系得更紧了些！

然后她过去问苏寒山："苏老师，什么事？"

苏寒山转开脸，一副不忍直视的表情："没事了。"

陶然蒙了，苏老师又怎么了？

不过她自动忽略了苏老师的怪脾气，反正也习惯了！

"苏老师，我必须主动给小豆检查！小豆才被高老师骂过呢！"她像说一个秘密似的小声对苏寒山说。

苏寒山看着陶然得意的"我做了一件大好事"的眼神，有点儿看不下去："进去吧！"

"嗯！小豆，走！"

小豆恢复了心情，陶然很是松了一口气，只是她自己有点儿不好了。

生理期，她穿着纸尿裤，倒是没有再出丑，然而一段工作时间下来，生理血和小便都在这纸尿裤上了，这感觉实在是太糟糕了。

几天下来，她开始觉得痒，痒得十分难受，尤其闷在厚厚的防护服里，痒得越发厉害。可是这个地方，别说不能抓、没办法抓，就算能，她也不可能随时就去抓啊！

她只能继续闷着、忍着，还得全神贯注地去工作，不能出一丁点儿差错！

熬到交班时间，陶然和小米交接完毕，没有了工作分散注意力，只觉得身下痒得越发厉害，走路都磨蹭着，姿势别扭极了。

她的样子很快被苏寒山注意到了：“陶然，怎么回事？”

陶然痒啊！可这能对苏寒山说吗？

她立马就遁了。

苏寒山只看见穿着隔离服的某个人跟只企鹅一样摇摇摆摆地滚远了。

陶然一层层脱下防护服，最后一层衣服褪下来时都是湿透的，全身跟被水浸过一样。

脱去防护服也没有减少痒的感觉，陶然走着路、坐在车上，都觉得很不自然，忍不住还会在座椅上蹭。

回宾馆以后，她消杀完洗漱好准备休息时，手机来消息了。

苏寒山：“绳子放下来。”

陶然一脑袋问号。

苏老师会给她什么东西？不会还是纸尿裤吧？她还有呢！没用完！

不过，她还是充满期待呀。

陶然赶紧忍着痒，把绳子放了下去，自己也探出头去望。

只见绳子那头系了个小小的塑料袋被放了出来，她看体积，绝对不是纸尿裤了！

陶然把东西拉上来一看，居然是药——洗液和外用涂抹的。

她惊了一会儿，苏老师怎么知道她痒？他怎么备有这种药？

不过转瞬她就想明白了。苏老师肯定也和她有一样的经历啊，所以才会经验丰富！

既然苏寒山都知道了，那她也就不用装了，大家都是医护，也没必要矫情不是？

她大大方方地发了句谢谢，就按照说明用药去了。

别说，苏寒山是呼吸与危重症的一把好手，这治皮肤也有一手啊！

陶然用过药以后，虽然说没有好彻底，但是清凉不少，比白天舒服多了，很快就入睡了。

她的手机搁在桌上，有一条来自苏寒山的消息：“到底是什么情况？跟我说说。”

她已经睡得微微起了鼾声，楼下的苏寒山还拿着手机，却一直没能等来某人跟他说情况……

第二天，陶然觉得舒服多了。

在大巴上再度遇上苏寒山，她笑嘻嘻地走过去，原本打算表达谢意的，结果见到苏寒山端坐的样子，一直困扰她的问题又冒出来了。

她眼睛明显“不怀好意”地往苏寒山的某个地方瞧，暗暗点头。苏老师就是苏老师，定力好，一点儿也看不出痒。

她那挤眉弄眼又恍然大悟、摇头晃脑的表情成功地吸引了苏寒山的注意。

苏寒山隐隐感觉到她脑袋里想的东西不怎么对劲，微微皱眉道：“怎么了？”

陶然伸手遮住眼睛，拼命摇头。没事，没事……

苏寒山以为自己的仪表出了问题，东摸摸西摸摸，并没有啊！“到底怎么回事？”他的眉头皱得更紧了，“是药没有用吗？”

“不是，不是！药可好用了！”陶然忙道，左右看看，欲言又止。

苏寒山只当她羞于说起她的皮肤隐疾：“说吧，有什么说什么，无须保留，我是医生，你是护士，都是医护人员，还有什么不能说的？”让她好好说出来，他也便于用药不是？

“那……那我说了啊？”陶然仍然小心翼翼地试探。

“嗯！说！”

“苏老师，”陶然压低了声音道，“我觉得有件事情还真的挺难接受的。”

“什么？”苏寒山语气里都带着些急迫了。难道她还有什么挺严重的隐疾？

陶然琢磨了一下。她是想说苏老师这么个男神，居然很有可能随时在尿尿并且还捂出疹子这画面不敢想，但不好意思说啊，然后一脸诚恳地道：“苏老师，我觉得其实你一天不喝水或者少喝水就能避免尿在纸尿裤里……”这样他就不会捂出疹子了，毕竟她是生理期没办法。

苏寒山：“……”面对这样的憨憨，他也只能用眼神来提醒她了。

陶然一脸蒙，我什么都没说呢，如果我什么都说了，那还得了……

她觉得苏寒山大约也是有男神包袱的人，被人知道这些私密之事肯定不高兴呗。

放心！她绝对不会告诉别人的啊！

于是，她为了让苏寒山放心，举起手，信誓旦旦地道：“苏老师，我不会跟别人说的！这是我们的秘密！”

她忽然想到一件事，属于她和苏寒山的秘密越来越多了呢！

这件事莫名地就让她弯起了眼睛，甚至笑出了声。

苏寒山原本用来秒杀人的眼睛里也渐渐泛起了柔光，他低声道：“知道我的秘密就这么开心吗？”

“嗯！”陶然用力点头。

苏寒山看着她，忽然道：“那我最重要的秘密你知不知道？”

最重要的秘密？

陶然眼里有过短暂的迷惘之色，但她转瞬恍悟。那恍悟的夸张眼神让苏寒山有种不祥的预感。

“打住！”他忍不住说。

陶然双眼发亮，猛点头。她必须打住！苏老师的这个秘密绝不能让外人知道，不然苏老师没脸做人了。男人的尊严什么的，她懂！

苏寒山一看她的眼神，就知道她的思维没打住，实在忍不住地问："你知道我的秘密？"

知道啊！陶然再度猛点头。

苏寒山可以用男人的尊严发誓，她想到的和他说的绝对不一样……

"不是你想的那样。"苏寒山虽然不知道她脑袋里到底在想啥，但这个问题还真的挺重要的，他有必要澄清一下。

陶然还是猛点头。苏老师太可怜了，遇到这种男人的问题肯定不愿意承认的，她懂。

苏寒山看着她的眼神，不，他已经不想看她的眼神了，算了，以后再说吧！

这大巴上坐了好些同事，车正驶向医院，他们有责任在身。

在思维上一向劈叉的苏寒山和陶然此时奇异地达成共识：现在实在不是一个适合说秘密的环境啊！一切都等疫情结束以后再说吧！

但是，陶然到底沉不住气。为什么？她怕苏寒山伤心啊！苏老师看着窗外了，肯定在默默难过着呢。

她瞧瞧周围这些人，觉得苏寒山这秘密连小声说都是不能的。男人的尊严啊，她必须誓死帮苏老师捍卫。

她用手机发消息安慰苏寒山："苏老师，咱们不要灰心，疫情过后好好找付凯主任看看，一定能治好的。"

付凯……

苏寒山现在看见这个名字就头疼。所以，这是那个蠢丫头脑袋里装的他的秘密？

他没回消息，脸色有点儿难看，但那是个不会看人脸色的丫头，她不戴口罩看着都不大灵光，现在戴着口罩，某人更看不到了。

不大灵光的某人见苏老师没回应，存着一颗安慰苏老师的心，继续发消息："苏老师，您别沮丧啊，男人的伟岸是人格的伟岸、精神的伟岸，苏老师您在人格和精神上是巨人！是真正的男人！”

巨人苏寒山：“……”

陶然也很沮丧好不好，自她开始安慰苏寒山，苏寒山就没再搭理她，下车的时候都没看她一眼。她小跑着追着他一路“苏老师苏老师”地喊，苏寒山也只回头给了她一个眼神。而这个眼神莫名地让她感受到了要被灭口的气息……

她真庆幸这是法治社会啊……

话说，男人都是特别在意这种秘密被人知道的吧？她也不是故意的啊！那她以后装不知道算了。

进医院，换防护服，进隔离区，苏寒山都没再理她。

大家转瞬就各归各位要开始工作了。陶然看着苏寒山走在前方的身影，想到最近在小伙伴们之间流行的比心手势，悄悄地对着苏寒山的背影也比了个心：苏老师，不管你有何残缺，你在我心里都是最好的。

也不知道是不是有感应，苏寒山居然在此时回头了，一回头就看到个傻乎乎的东西在对着他比心。

陶然也慌了，正好黄医生迎面走来，陶然一急，指着黄医生道：“我对黄医生比心！真的！黄医生……”

咦，为什么她觉得对黄医生比心这种事更奇怪呢？

苏寒山转身走了。

黄医生莫名觉得自己身上有冷风吹过。人从病区过，锅从天上来？不，他不要这颗心，还给苏寒山，赶紧还！

陶然看着黄医生疯狂给苏寒山比心，凌乱了：莫非这是苏老师的另一个秘密？

苏寒山回头，已经看不清陶然的眼神了，不过看不清也好，实在保不住他看了之后肺管子是不是又会被扎上几刀。

陶然进入工作状态后就把这事给忘了。

这个夜班并不太平，36 床的何奶奶突然不好了，血氧饱和度急降。

一刻不敢松懈的陶然第一时间就发现了这个问题，紧急呼叫医生。

苏寒山急速赶来抢救，但何奶奶已经出现呼吸衰竭的情况，丧失了意识，生命危在旦夕。

苏寒山和周主任紧急评估，决定给何奶奶上 ECMO（体外膜肺氧合）。

当时的情况，已经紧急到将何奶奶推进手术室都来不及了，医生只能在病房上 ECMO。

一切刻不容缓。

ECMO 主机到位，梅护士长准备好了耗材，相关科室主任以及 ECMO 组成员迅速穿好防护服与手术衣进了病房。

病房的条件和手术室没法比，没有专用刀片，没有专用灯，病床不能升降，给手术带来极大难度，而护目镜很快就被雾气笼罩，视野变得很窄，在这种情况下，医生全凭手感和经验去摸索血管，而穿着厚重的防护服，无疑又给这个操作增加了难度。

一个小时过去，医生们始终躬着腰，保持着一个姿势不变，努力搭建着 ECMO 血管通路。

陶然的心已经揪在了一起。

沉甸甸的情绪压在心头，这样紧要的关头她也没工夫去想那是什么。作为一名医护，且是有工作经验的医护，无论形势如何紧急，心理上她都是镇定的。

直到最后，血管外科主任一声如释重负的“好了”响起，所有人都暂时松了口气。

随即，何奶奶的血氧饱和度升了上来。

大家这才终于彻底放松。

每个人都大汗淋漓，但总算把人从死亡线上拉了回来。

陶然觉得自己的鞋子里都浸透了，这会儿才后知后觉地体会到那种沉甸甸的情绪是什么。

是恐惧。

是怕面对小豆噩梦般的经历的恐惧。

她不想，不想再看到或者听到任何一个病人失去生命。

他们是病人，可也不仅仅是病人。

虽然他们说不了话，但是她看得见他们眼里求生的欲望，更看得见何奶奶在听她一遍遍读字条上的话时眼里的坚定。

她站在那里，如释重负的同时，有着虚脱般的疲累感。

苏寒山从她面前经过，双手握着她的肩膀紧了紧："没事了。"

她感觉眼睛有些发酸，下意识地抓住他的隔离衣，仿佛有力量通过指尖从隔离衣上传递而来。

是啊，没事了，好险，幸好……

这是一个惊险的夜晚、疲惫的夜晚，可也是值得欣慰的夜晚，以至陶然早上下班时虽然累但心情还算轻松。

她和苏寒山一起出医院的。

话说她本来和小豆走在一起的，结果走到一半，小豆被高老师叫去了。

陶然的一颗心悬得高高的，小豆不会又要挨训了吧？不行，她得等着小豆。

然而，苏寒山偏要叫她走。

她怎么能走呢？她都急了："苏老师，我不能这么没义气！好姐妹有难同当啊！"

然而她直接被苏寒山给逼走了。

他逼就逼吧，还说她傻是几个意思？

她气呼呼地和苏寒山一起朝大巴走去，结果就听见一声惊喜的大喊："火烧！真的是你啊，火烧！"

"……"陶然顺着声音一看，只见一个戴着口罩的小伙子捧着一大束花两眼发亮地看着她。

转瞬间小伙子和花都到了她面前。

好吧，陶然也认出对方来了，原来是他啊……

小伙子挺爱笑，看见熟人笑得眼睛都更弯了：“我远远听见你的声音就觉得熟悉，再看啊，可不就是你吗？你戴着口罩我也能认出来。火烧！”

陶然怒了，你才叫火烧，你们全家都叫火烧！

“跟你说过多少次了，我不叫火烧！莫非你承认你姓驴了？”如果哪天你承认你姓驴，我就承认我是火烧！

小伙子姓马，马和驴一样吗？

姓马的小伙子嘿嘿一笑：“不是，我老记不住嘛。好，好，好，不叫火烧，是叫……”

小伙子努力回想着她的名字，忽然眼睛一亮：“我想起来了……”

“停！”陶然瞟了眼一直站在她身边不走的苏寒山，暗暗嘀咕：苏老师怎么还在这里？“苏……苏老师，不然你先上车？”

苏寒山的目光在小伙子脸上一扫，对方戴着口罩，长什么样子他看不出来，不过眉眼间倒是显得很年轻，这人应该不到三十岁，而且……笑得傻里傻气的，穿得一点儿不稳重。

“苏老师？”他还不走？

苏寒山咳了两声，走了。

陶然这才冲着驴，不，马姓小伙子龇牙咧嘴，尽管牙和嘴都藏在口罩底下看不见：“我不是跟你说了吗？这是我们俩的秘密，有外人的时候不能说出来，你怎么给忘了？”

走出没多远的苏寒山：又有秘密？外人？

小伙子再次笑得呵呵的：“我一时激动嘛，在这异地他乡的，好不容易见到个熟人。”

“对哦，你怎么出现在这里啊？”陶然反应过来，这人不在首都，疫情期间跑这里来干吗？

"我这不是要在这边开间分店吗？年前来的，结果回不去了。"小伙子举着手里的花，"而且还进了大批的货，眼看要烂在店里了，这几天就在医院送花呢，把花送给疫情期间最可爱的人啊！没想到会遇到你，你也是医疗队的人吗？"

"嗯，我是。"陶然点头。

小伙子把一大束花捧给了她："那正好啊，送给你吧。"

"给我？"陶然看着眼前还沾着水珠的花，不得不说，美好的事物总能让人心情愉悦。

小伙子笑弯了眼，点头道："是啊！我本来就想送给医护，你不就是吗？"他的眉眼间全透着开心。

陶然乍然遇见故人，也很高兴，这花在冬日里看着也格外鲜嫩，她毫不矫情地就收下了，还站在台阶上和小伙子聊天，说说各自的情况。

"火烧，见到你我真的很开心！"小伙子都快哭了，"我好害怕啊，一个人在这里，都怕自己回不去了。"

"不会的啊！"陶然温柔小护士的职业习惯上身，特别有耐心地安慰着小伙子，"你啊，只要做好防护，别到处乱跑，等疫情被控制住，就可以回去了。"

她还从口袋里找到一包纸巾，送给小伙子擦眼泪。

小伙子展颜一笑："火烧，看到你不知道为什么我就不怕了，也放心了。"

陶然一点儿没觉得小伙子的这个认知有什么问题，反而认为很正确。那是必须的啊，她是医护啊，小伙子看到她当然会安心，35床的黄奶奶每次看到她来接班都会很安心呢！

两人说着话，直到小豆从旁边走过，陶然的手机便响了。

苏老师打她的电话？

陶然狐疑地接了，苏寒山的声音从手机里传来，硬邦邦的："再不上车，车要走了。"

“哦，哦，哦，我马上来。”陶然将电话一挂，跟小伙子挥了挥手：“我回宾馆了，你注意防护啊，要听话。”

小伙子用力点头，和她道别：“你也要小心啊！”

两人莫名道出一种依依惜别的场面。

陶然捧着花追上了小豆，看见小豆手里捧着一个保温杯：“什么东西啊？”

小豆也是一脸疑惑：“好像是奶茶。”

“哪儿来的？”最近这两天奶茶的出镜率有点儿高啊，怎么回事？

“高老师给的。”

陶然就迷惑了：“黑面神还能给你奶茶？为什么啊？”黑面神可不是随便封的，脸黑起来可是连主任都敢骂的人啊。

小豆又是困惑又是为难：“谁知道啊，他说他不喜欢喝，别浪费。”

不喜欢？陶然凑上去闻了闻味：“好喝不？”

小豆更加为难了，如果不是戴着口罩，陶然已经能看见她的苦瓜脸了。能好喝吗？牛奶兑茶叶水……

如果奶茶真的这么容易做，奶茶店就该倒闭了。

陶然恍然大悟：“我明白了，这是高老师对你的新的惩罚形式。小豆啊，你长点儿心吧，下回可别犯错了！”

所谓悲剧就是把美好的东西毁灭给你看，高老师则把你最喜欢的东西毁灭给你吃。这种惩罚方式啊，只能说，高老师，你这招实在是太高了。

小豆瞬间也悟了，原来如此，高老师太狠了！

两姐妹说着话上了车。

车上座位虽多，但大家都是错位坐的，所以剩下能坐的位置也不多。小豆先坐下后，离陶然最近的就是苏寒山旁边的空座了。

陶然往苏寒山身边走去，毫不犹豫地坐下了。

苏寒山身边不坐，她去坐别的地儿？

她又不傻！

陶然刚坐下，手里的花束微微一倾，一张卡片掉在了地上，而且飘到了苏寒山的脚边。

捡是不可能的，苏寒山怎么都不会去捡的，但是“不小心”瞟到卡片内容还是很容易的。

送给最可爱的人。

卡片上是这么写的。

陶然小心翼翼地将卡片捡起来，细心地吹了吹卡片上根本不存在的灰，笑眯眯地把卡片放回花里。

“是给你的花吗？”身边忽然响起一个声音。

陶然一歪头，只见苏寒山眼神沉沉的，一点儿不像说过话的样子，如果不是她能准确地分辨出苏寒山的声音，她得怀疑是有灵异事件发生了。

“是……是的啊。”陶然结巴着说。花有什么问题？马奔奔说了是给她的呀。哦，对，那孩子叫马奔奔，名字都透着几分喜感。

“人家明明是说给医护人员的。”闷闷的声音从苏寒山的口罩里传出来。

陶然被绕进去了：“也对……”

马奔奔的确是说给医护送花，还说恰好她是医护。

陶然看了一圈车里的同事们，一个夜班下来，大家都很疲惫，说是一个班，但前期的准备和后期的消杀，其实这个班是十几个小时，此刻，随着车摇摇摆摆地向前行驶，伙伴们都靠在椅背上睡着了。

这花啊，写明了是送给最可爱的人，那大伙儿都是最可爱的人。

于是，在车到宾馆的时候，陶然第一个下车，守在车门处，每下来一个同事，她就抽出一枝花送出去。

苏寒山就站在她身边，看着她手里的花越送越少。

最后剩下两枝，陶然把其中一枝送给了大巴司机，人家每天接送他们也很辛苦。

她留下最后一枝向日葵是打算给自己的，向日葵多好看啊，阳光的味道，夏日炎炎的气息，一看就会有好心情。但她再一看，咦，苏老师还没有啊？

她犹豫了一下：不然这枝给苏老师？相信他不会收的！花一定还会是自己的。

“苏老师，”她把花递了出去，笑眯眯地道，“花送给你，希望你每天多笑一点儿。”

苏寒山的目光落在了花上。

陶然见苏寒山并没有伸手，觉得自己预料准确，苏寒山一个大男人，怎么会跟她一个小护士抢花呢？

她刚打算把花收回来，眼前一晃，向日葵就到苏寒山手里去了。

“那就谢谢了。”苏寒山拿着花，慢悠悠地往宾馆走去。

“苏……苏老师……”陶然的手僵在空中，她傻眼了。

“怎么了？还不回去休息？不累？”苏寒山停下了慢悠悠的步伐，等着她。

“哦……”陶然跟上去，瞟了一眼向日葵，算了吧，苏老师喜欢就行！

苏寒山今天走得实在有些慢，陶然都感觉到了。莫非昨晚苏寒山特别累？也对，他参与抢救的，必然累。

她只好配合着他的步伐，慢慢地走，和他隔着安全距离，忽听得身边的人说了一句：“陶然，你还有挺多秘密的？”

“嗯？”她完全不明白苏寒山在说什么啊！“苏老师，你说什么秘密啊？”

“没什么。”苏寒山晃了晃手里的花，“以后少管小豆和高正浩的事。”

"为什么不管？高老师太凶了！我怕小豆受委屈，我跟小豆可是姐妹！"

"……"

然后，就没有然后了。

陶然也不知苏寒山为什么不再说话了，不过苏寒山本来也不是话多的人。

直到进了电梯，电梯到达四楼，苏寒山要出去了，陶然猛然想起那天她因为没跟苏寒山道别他卡在门口不出去的事，赶紧补了句："苏老师拜拜。"

苏寒山还是卡在电梯口没走。

陶然心里有点儿发怵，苏老师又怎么了？她都说"拜拜"了啊？

苏寒山回头看着她。

戴着口罩看人是什么感觉呢？

陶然觉得如果苏寒山没戴口罩，那她一定会因为苏寒山好看的脸被分去一些注意力，而今人人戴着口罩，她所有的注意力就集中在苏寒山的那双眼睛上了。

苏寒山的眼神，莫名让人打了个寒噤是几个意思？

"苏……苏老师……"她无处安放的小心脏和小手脚都有些无措。

苏寒山只看了她一眼，很快就扭过脸准备出去了，出去之前问了一句："你很喜欢吃驴肉火烧？"

"没……没有啊……"都怪那个马奔奔，老叫她什么火烧！"那个马奔奔……"

准备出去的苏寒山听见这个名字又停了下来。

他这意思是等着她继续说？

"那个马奔奔老搞错我的名字……"陶然也很是无可奈何呀。

"搞错？陶然？火烧？"苏寒山念着这俩词，"有容易混淆之处？"

“没……没有……”陶然该怎么说？她越发结巴起来：“是马奔奔……太笨了。”

这个解释的确有点儿牵强，再怎么笨的人也不会搞错“陶然”和“火烧”这俩词。

陶然自己都不信，如果苏寒山再追问的话，她真的不知道该怎么回答了。

还好，苏寒山没再说什么，拿着向日葵出了电梯，就是眼神看起来不太和煦的样子。

陶然百思不得其解，每日三省：苏老师到底怎么了？

电梯门渐渐合上，陶然隐约还听见不知哪个医生问：“咦，苏主任，你哪儿来的菊花啊？”

陶然撇了撇嘴，那明明是向日葵，哪里是菊花了？

又是一天过去了。

陶然消杀完就到了中午，还得吃饭，还得睡一觉，没几个小时又要去接下一个班，休息时间是很宝贵的。

但是陶然好几天没和家里人通话了，这几天舅舅也没来医院接医护，大概被派遣去别的医院了。

她这个点通话倒是不会打扰爸妈休息。

陶然给蓝女士发送了视频请求。

屏幕上很快出现了蓝女士的脸，精神，喜庆，看起来特别好。

陶然的情绪也被蓝女士感染了，她欢欢喜喜的。

蓝女士问了一大堆问题，从陶然每天吃什么到尿几次，一贯爽朗的声音快把屏幕震裂了。

陶然也由此得知，蓝女士已经不再给医院的医护送饭了，因为各家医院的医生、病人的伙食都有专门的食堂供应。

陶然觉得这样也好，毕竟爸爸身体不太好，尤其肺功能不好，她不希望老陶同志太劳累。

“女儿，我女婿呢？”

陶然就知道，蓝女士的话题是绕不开苏寒山的。

她真是后悔啊，什么叫自作孽不可活？她这就是！当初嘴欠撒什么谎？

她举着手机转了一圈，握着拳头问蓝女士：“妈，我在宾馆房间里！你是什么想法觉得苏寒山会和我共住一个房间？”

这是亲妈吗？

蓝女士啧啧了两声：“还真是，你就跟你爸一样㞞。”

那可不，她怎么比得上蓝女士威武雄壮？

这天是聊不下去了。

陶然草草收场。

那边蓝女士对着关掉的视频恨铁不成钢地道：“这㞞样，是我生出来的吗？”

老陶同志在一旁为女儿说话：“这终身大事，可不得小心谨慎？”

“还小心谨慎呢？再谨慎下去人就飞了！”蓝女士瞪了他一眼，“我就说闺女是随你，一个㞞样！当初如果不是我雷厉风行、当机立断先下手为强，你不得被哪个小妖精给勾搭走了！”

“……”老陶闭嘴了，怎么还有他的事呢？他这么老实一个人，能有哪个小妖精勾搭？

蓝女士犹自愤然：“真够没出息的！她都去北雅两年了，还没搞定！想当初老娘我一个星期就把你搞定了。”

一个星期就被搞定的老陶：“……”

陶然浑然不知自己在蓝女士那里被嫌弃值已达顶峰，休息好后，照样去医院上班。

每天几乎都是一样的生活，今天却有些不一样了。

医院门口有人在等。

“火——”

“烧”字还没叫出来，陶然就看见他了，恶狠狠地瞪了过去：“我叫陶然，陶然！”

“嘻嘻——”马奔奔一笑，一双大眼睛在他怀中的一大束向日葵后弯弯的，“叫习惯了，改不了。”

说完他把向日葵往她面前一送：“送给你啊。”

“怎么又给我啊？”陶然昨天的向日葵被苏寒山拿走了，这会儿又收到这么大一束，有种意外惊喜的感觉。

“希望阴霾早日过去，阳光明媚的日子早些到来。”马奔奔笑着说，“看见向日葵，心情都会明朗很多。”

这话说到陶然心坎里去了。

“希望给战斗在一线的你们，增添点儿阳光的气息。”

向日葵鲜亮的黄色在冬日里极尽明媚。

陶然暗暗叹息：“你说这向日葵多好看啊，你再说说你那审美……”

刚说到这里，陶然就感觉到有人在身边站定，扭头一看，是苏寒山啊！

她立即打住了自己不止一次的吐槽。

马奔奔不知，一如既往地嘿嘿笑着解释：“那不是你……”

“那个……马奔奔！”陶然赶紧阻止他继续说下去，“这是我们苏主任。苏老师，他叫马奔奔。”

“苏主任好。”马奔奔热情地打招呼，并且一双眼睛上上下下地打量苏寒山。

苏寒山点头示意：“你好。”

“苏主任你等一下啊！”马奔奔跑去打开车门，从车里捧了一束花来递给苏寒山，“苏主任，送给你。”

陶然对花并不了解，只看见一束混搭的花，花里胡哨的，啥颜色都有。

她的审美的确不怎么样，但是她万万没想到马奔奔在审美这条路上比她走得更远。她真的怀疑就马奔奔这样的，是怎么做到把一个花店开成多城市连锁的。

马奔奔完全感觉到了她嫌弃的眼神，誓死保卫自己的审美眼光，满眼认真地解释：“这花特别适合苏主任。来我们店里给长辈订花的人都是选这几种花的组合，表达对长辈的尊敬之情，这真的特别适合送年长的人。”

“是吗？”陶然眼睛里泛起了疑惑之色，但是这疑惑并非质疑“长辈”这俩字，而是：这花真的适合送给年长的人吗？

她悄悄看苏寒山一眼，只觉苏寒山的眼神黑沉沉的，看样子并不太欣赏这样的配色吧？

能喜欢吗？苏寒山气质清雅，审美在线，能喜欢这花里胡哨的配色？

不过，苏寒山有涵养啊，马奔奔的一番心意，他怎么会说不好看？而且他心理承受能力也强，毕竟艳红的天竺葵他都收了六年了……

所以，陶然只见苏寒山平静地接过花，还对马奔奔道谢。

“马奔奔，我们赶时间，就不多聊了，你别四处乱跑，尽可能待在家里啊！”陶然叮嘱他。

马奔奔特别愉快地点头：“我的花今天就送完了，没有了，最后一些想留给你，你喜欢向日葵呀。”

陶然也点头，觉得这样也好，这只三脚猫可以歇下来了。

马奔奔却接着道：“我以后来接送你上下班呀？”

“不用！”陶然赶紧摆手，“我们都有大巴接送，你啊，乖乖地待在家里少出门就好了。”

马奔奔有些羞涩地嘿嘿直笑：“火……不，陶陶，你是关心我吗？”

“当然关心啊！”陶然答得特别理所当然。她是医护，在这样的疫情环境下，能不关心传染风险吗？任何人她都会关心的，何况马奔奔还算得上是她的朋友了。

马奔奔更乐了：“好嘞，那我回去了！拜拜，苏老师拜拜。”

“再见。”苏寒山微微颔首。

陶然和苏寒山一人捧了一束花往病区走去。

她的向日葵，橙色明亮鲜艳，生机勃勃。

“苏老师，不然我的花跟你换吧？”也许苏老师更喜欢向日葵？

苏寒山语气颇为僵硬：“不用。”

陶然便为马奔奔说好话：“马奔奔这个人啊，的确是直男审美，但是他的心是好的。”

心是好的？尊重长辈的心？

“你跟他关系不错？”

“还行。”陶然可不是不讲义气背地里说朋友坏话的人啊，“马奔奔这个人，就是爱闹腾、傻乎乎、孩子气，但本性真的很好，也上进，年纪不大，生意做得不小。”

“他多大？”苏寒山的声音有些僵。

“二十六岁。”陶然浑然不觉，“只比我大一点点，刚开始开店的时候，他还是个大学生，厉害吧？”她很为自己有这样的朋友自豪呢！

“嗯，不错，年轻有为。”苏寒山加快了步伐。

“哎，苏老师，你慢点儿啊，等等我！”他怎么突然走得这么快，赶时间也不至于啊！

两束花最终都插在了休息区里。

不管花束配色如何，都如马奔奔所说，给病区增加了阳光的气息。

更衣室里，苏寒山正准备戴防护帽，旁边换衣服的黄医生忽然喊道：“别动，有好几根白头发！”

苏寒山僵住。

黄医生感慨：“之前我看你都没有，就这段时间变白的。”作势要给他剪掉。

苏寒山偏了偏头，将防护帽戴上：“不用了。还有，你每天都盯着我看干什么？”

黄医生大感冤枉，哪有盯着看？他忍不住反怼：“是啊，我盯着你，谁叫你帅呢？”

话音一落，他觉得旁边有奇奇怪怪的眼神是怎么回事？

陶然觉得苏寒山这两天有点儿奇怪，上下班都离她远远的，不，这么想好像不对，苏寒山并没有理由非要离她近近的啊？可是，自她来援医后，好像真的习惯了他就在身旁。

她什么时候来去医院，他都在她身边，为什么突然又疏远了？

她整个人蒙了。

莫非她太在乎苏寒山的态度，所以才患得患失地将每一个细节都看得不同寻常？也许对苏寒山来说，从头到尾根本就没有什么特别之处？

应该是这样吧……

不过她还是很喜欢和苏寒山同进同出的感觉。

还有个让她发蒙的人就是马奔奔。

她都跟他说了好几次了，没事不要瞎跑，把自己关在家里不出门是最好的防疫方式。但这个人不听，偏要来医院门口等她，还说什么他在这里人生地不熟的，就她一个朋友。

总之，苏寒山本来就离她远远的，马奔奔再和她说上两句话，基本她就再也赶不上苏寒山了。

这天下了晚班，正是早上九点多钟时，她换好衣服走出病区，又不见苏寒山的人影了，马奔奔也没来。冬日早晨浅淡的阳光艰难地穿透云层洒落下来，每一丝金色都显得细软而珍贵。

她居然发现了一个小男孩儿，看起来不过七八岁，戴着口罩和帽子，穿着件小雨衣，跳起来往病区内看。

小男孩儿本身并不稀奇，稀奇的是，在疫情严重如斯的情况下，怎么会有这么小的孩子单独出现在医院？

“小孩儿，”她向他招了招手，“你一个人在这里干什么？”

男孩儿听见后，像是被吓到了一样转身就跑，结果穿得笨重，又着急，摔倒了。

陶然着急地跑上前去，也不敢抱男孩儿，毕竟自己刚从隔离区出来，只能眼睁睁地看着男孩儿动作迟缓地爬起来。

还好冬天穿得厚实，他没蹭伤。

“痛不痛啊？”陶然蹲在一米开外，“你不要跑，我是护士，你告诉我来这里干什么？”

小孩儿一听，眼睛都亮了：“你是护士姐姐？”

“是啊！”陶然温和地冲他笑道，“你有什么需要我帮忙的吗？”

“我……”小孩儿忽然红了眼眶，“我想找妈妈。”

“你妈妈在这家医院吗？”

小孩儿点点头，又摇摇头。

“怎么了？”

“可能是，又可能不是，我记得不是很清楚了。”说完，小孩儿皱起小眉头，“应该是这里，没错，我认识‘南’字。”

小孩儿摊开手掌给她看，手心里写着四个字：南雅医院。

她也不知这四个字是什么时候写上去的，大约是为了保护字不被洗去，小孩儿都舍不得洗手，手掌脏兮兮的。

“这里就是南雅医院，没错。”陶然指指他的手掌黑乎乎的地方，“现在有病毒你知道吗？我们要勤洗手，洗得干干净净的，病毒才不会找上我们。”

小男孩儿点了点头。

“那你告诉我，你妈妈叫什么名字？”

陶然还没问清楚呢，身后就响起了声音：“在这儿干吗呢？”

苏寒山来了……

“这孩子找妈妈，咦……”陶然站起身来，话没说完，就发现小孩儿一溜烟跑远了。

陶然往前追了一段，小孩儿跑得飞快，转眼就不见人了。

“也不知道他妈妈是医护还是病人，一个小孩儿这么瞎跑，真让人忧心。”陶然皱起了眉头。

苏寒山是什么表情，陶然看不到，只听见他闷闷地应了一声“是啊”，就走了。

“苏……”她一句“苏老师”还没喊出来呢，两人的距离就拉开老远。

饶是她再迟钝，也觉得不正常了，她来北雅两年了，苏寒山还没这样过呢，就算她初来的时候，叫一声苏老师，他还是要答应的啊！

哦，她根本没能把这仨字叫出来，好像也怪不着他，但是这种感觉真的很奇怪啊，偏偏她又想不明白奇怪在哪里。

陶然满腹狐疑地大步去往大巴停车处，苏寒山始终和她离着三米的样子。

她小跑着跟上，上车后苏寒山坐下的地方，没有她的空位。

她恍惚间意识到一件事，好像自援医以来，但凡她和苏寒山同一个班，她总是坐在他身边的。

陶然默默地独自坐下。

这种奇怪的感觉，在她躺在宾馆的床上了，都还无解。

她忍不住坐了起来，趴到窗边看看底下，楼下的窗户关着。

思来想去，她坐到了桌边，上次用剩的草莓威化盒子还在，她把另一半裁成明信片大小，写上：苏老师，无论遇到什么事，都记得对着镜子笑一笑啊。

她还想到苏寒山最近一次笑是因为看见她丑丑的头发。

如果她的发型能让他开怀的话，她不介意牺牲一次形象。于是，她在纸上画了一个小人儿，小人儿咧着嘴大笑，短短的头发全堆在头顶迎风朝四个方向乱飞：苏老师，要像向日葵一样大笑哦！

她画了一朵向日葵，莫名觉得真的像菊花。

琢磨了一下，陶然给向日葵加上瓜子儿，还掉落几粒瓜子儿，自我觉得特别像向日葵了，才像上次一样，找了个塑料袋装着垂了下去。

她再回到床上时，才能安心地睡觉。

这一觉，她一直睡到闹钟响。

她迷迷糊糊地起来，第一件事就是去看那个塑料袋，结果往外一看，塑料袋还好好地垂在那里呢，根本没有人动过。

陶然的心情顿时也像那个塑料袋了，在风里晃晃悠悠的。

当天在医院的时候，她遇到苏寒山四次。

第一次，陶然换好防护服进隔离区的时候，他大步走在前面。陶然远远地只看见他背上的“苏寒山”三个字。

第二次、第三次，都是他来查房，除了严谨的科主任态度，没有半点儿其他眼神。

陶然心想，那次给36床病人上ECMO后紧紧抓住她的肩膀的苏寒山是她的幻觉吗？

下班的时候，陶然第四次遇见他。

他没打算离开医院，给她带来一张写给36床病人的字条，上面的内容一如既往，全是鼓励的话。

36床病人如今是昏迷的，并没有意识，但字条还是每天送来。

大伙儿称为“理哥”的男护士提过，要不等36床病人醒了再继续写？

苏寒山那时候摇头道：“每天都有的，醒过来发现缺了几天，病人会不安，也会怀疑。”

那一瞬，大伙儿都沉默了。

陶然已经跟理哥交接完毕，收了字条，谨慎甚至虔诚地放进盒子里。那薄薄的一张纸，不仅仅是一份鼓励，还承载着一个医生一生的职业信仰。

苏寒山还看了一圈四个病人的情况才走。

理哥催促陶然：“你也回去吧，这里交给我了。”

陶然点点头，两肩酸软，追随苏寒山的步伐而去。

按理苏寒山也该下班了，但是他没走，留在医生办公室。

陶然在门口蹭啊蹭的，一会儿就露出半个脑袋去看看。她是等苏寒山呢还是等苏寒山呢？

陶然感觉好纠结。

“小陶？等小苏呢？”

突然响起的声音把陶然吓了一跳，她下意识地就直接否认了：“没有，没有，没有。”

吓死人了，她的脸都红了！

看来，她必须检讨自己了，她把心事表现得这么明显吗？可千万别被人看出来啊！

周主任却一副了然的语气道：“等也是可以的。”虽然现在抗疫任务在前，但他作为科主任，也不会严苛至此，这些年轻孩子从来没经历过这样的场面，气氛沉重、悲壮，难道还不许他们相互支撑、相互鼓励一下？

然后周主任还好心地帮了个忙，直接冲里面喊：“小苏，小陶找你有事呢。”

陶然一听，麻烦了，周主任怎么不听她解释呢？她急得直摇手：“周主任，我真的没有啊，我跟苏主任不怎么熟。”

“不熟”这两个字，她都说腻了！

人生怎么这么难？

周主任也很伤脑筋，小苏在业务上是一把好手，怎么磨叽到现在，人家小姑娘还说跟他不熟？作为男人，他还真不咋好使！罢了罢了，等疫情结束吧，那时候自己再给他加把火。

陶然完全不知道周主任已经脑补了好几出大戏，而周主任的一声吆喝成功地吸引了苏寒山的注意。

“陶然，进来吧。”苏寒山说。

反正语气淡淡的呗……

“哦。”被周主任出卖的陶然认命地走了进去，拼死解释道：“苏老师，我真没有……”

“有件事跟你说一下。”苏寒山已经不想听她的下文了，“你遇到的那个男孩儿，我打听清楚了，是37床刘雁的儿子。他来找妈妈，是想看望生病的刘雁。”

陶然惊了：“你怎么知道的？”

苏寒山真的太厉害了，不过她马上想到一个问题，难怪这孩子能一个人跑出来，他爸爸也病了，在另一家医院收治，他是借住在亲戚家的。

苏寒山并没有回答她的问题，只道：“我估计这孩子还会再来，如果他再来，恰巧你又遇上，你可以跟孩子好好沟通一下，也可以留下孩子亲戚家的联系方式，我们在中间帮他和妈妈传话，但是劝他不要再出来到处乱跑了。”

“好。”他谈的是工作，陶然马上答应。

她继续站了一会儿，他已经开始忙碌了，戴着三层手套，敲键盘并不是那么方便，护目镜和面罩上都是水雾，他身体微微前倾，好像离电脑屏幕越近就越能看清上面的内容似的。

“苏老师，那……没别的事，我走了？”她小声问。

“嗯，好。”苏寒山目不转睛地盯着屏幕。

陶然还等了等，见他实在没有和自己说话的意思，抿了抿嘴，有点儿落寞地离开了办公室。

好吧，苏老师应该太忙吧？

在她转身的瞬间，苏寒山敲键盘的手停了停，而后继续敲打键盘。

陶然果然又见到了那个男孩儿。他还穿着那身衣服，在风里不知站了多久，大冬天的，冻脚了，站一会儿蹦一会儿。

男孩儿也看见了她，原本蹦蹦跳跳的，停了下来。

陶然走近。

男孩儿双手背在后面，一双眼睛又大又圆，眼神怯怯地看着她，眼尾周围有少许干干的黄白色结痂。

这孩子，脸都没洗干净就出来了。

她站在离孩子一米的地方，倒是想给孩子擦擦脸，但忍住了没动手，冲孩子笑了笑，哪怕戴着口罩，并不能看见她的笑容，可眼神是煦暖的，“你叫什么名字？”因为疲惫，她的声音有些发干，但还算柔和。

男孩儿默默地看着她，有些局促，脚尖在地上蹭来蹭去的。

陶然再度笑道：“你妈妈是不是叫刘雁？我是主管你妈妈的护士。”

男孩儿眼睛突然亮了，而后瞬间就涌出了泪水。

“你妈妈现在的情况很好，你不用担心。你现在啊，最重要的是照顾好自己，千万别再出来乱跑了，尤其不要来医院，病人多，传染风险高。你不是住在舅舅家吗？你把你舅舅的电话号码告诉我，我每天向你汇报你妈妈的情况，还可以把你想跟妈妈说的话转达给你妈妈，你看好不好？”陶然俯下身，和男孩儿平视。

男孩儿低下头，默然不语。

“怎么了？是有什么困难或者想法吗？你可以告诉我。”

男孩儿的脚尖交替地蹭着，他忽然抬起头，跑到她面前，把一个苹果塞进她手里，“请你帮我把它交给我妈妈。”

说完他立马跑了。

“哎！小孩儿……”她还没问到名字和号码呢！

男孩儿突然在远处停下，转过身，朝她敬了个队礼，转身继续跑远。

陶然低头，手里的苹果又大又红，洗过了，用一个小塑料袋装着，塑料袋里还有水珠。

她已经出来了，只能下次上班再把苹果带给刘雁。虽然刘雁现在还不能进食，但儿子亲手送上的红彤彤的苹果放在病房里，刘雁每天看着，心情也会明朗一些吧？

陶然把苹果带回了宾馆。

做完消杀后，她站在窗前，垂下去的小塑料袋还在风中晃悠。

她眯了眯眼睛。

古有鸿雁传情，现有小绳儿送信，只是这信迟迟没能到收信人手中。

收信这件事在如今这个年代其实好比收快递，迟迟不收只有一个原因，就是没看提醒，不知道快递来了。

陶然也是爱收快递的人，深谙此理，所以苏寒山肯定关着窗不知道有人给他发快递啊！

他拒绝签收？

不可能的！他绝不会货都没看就拒绝签收的！

等苏寒山回来，再次开窗通风的时候就会看见信啦，她且等一等吧。

然而她睡一觉起来，准备去接下一个班了，还没等到她的小快递被收走。

苏寒山一直未归。

陶然重回医院后才知道他连续在医院值班，而彼时他刚抢救完重症病人出来，护目镜下的眼睛黑沉沉的，连眼周都泛着青黑，整个人笼罩着暗沉的气息。

“苏老师。”陶然看他一副疲惫又消沉的样子，心想，是病人情况不好吗？也不知是哪一床的病人。

“嗯。”苏寒山的目光落在她手里的苹果上。

“是……刘雁的儿子让我带进来的。”陶然捧着苹果解释。

苏寒山点了点头：“他叫武晞。”

嗯？陶然怔了一下，才明白苏寒山说的他是指男孩儿，然而苏寒山说完就走了，她都没来得及问是哪个 xi 字。

此时当班的是小米，见她来了眯眼一乐，对 35 床的黄奶奶说：

“奶奶，你孙女儿来了。”末了，她告诉陶然，“盼着你呢！早餐也不肯吃，要等着你来。”

陶然微微一笑，先安抚黄奶奶：“奶奶，我先交班，然后给你喂早餐，还给你唱小调。”

她跟黄奶奶之间也是缘分使然，初来时的一句“我就是您孙女儿”，成就了这份依赖，之后她给黄奶奶的精心护理其实跟理哥和小米是一样的，吃喝拉撒、清洁卫生，无一不尽心尽力，但黄奶奶似乎格外黏她。

37床的刘雁是醒着的。

陶然捧着苹果走到床边，在刘雁眼前晃了晃红彤彤的果子，笑着说出一个名字：“武晞。”

听见这个名字的刘雁眼睛一亮。

陶然把苹果放在她的床头柜上，柔声说：“是孩子送给你的。你看，红艳艳的，多喜庆啊。你现在还不能吃，我把它放在这里，它代替孩子陪着你。你想想啊，孩子每天都盼着你快点儿回家，所以你一定要努力加油啊！”

刘雁听着，眼里湿漉漉的。

“武晞。”陶然念着这个名字，微笑道，“名字都起得那么好，一切都会有希望的，是希望的希吗？”

刘雁含泪的眼睛微微一弯，她示意陶然给她纸，她要写字。

陶然把纸和笔递给她，她缓慢而慎重地在纸上写了一个“晞”字。

“是这个字啊！”陶然笑了，“破晓。黑夜一定会过去，日出之后就是光明，更好了！”

刘雁欣然，显然也是同意陶然的说法的，想了想，又在纸上写：告诉孩子，妈妈一直在努力。

陶然握着她的手点头：“嗯！我帮你告诉他。刘姐，加油！我们和你一起努力！”

她这才和小米交班。

合力给病人们翻了一次身，交接完所有工作后，两个女孩儿相互比了个心，小米便走了。

陶然便坐下来给黄奶奶喂饭。

黄奶奶上着无创，离不了，陶然他们只能给她取下一会儿面罩，黄奶奶吃完一口马上戴上去呼吸一会儿，再继续吃。

一顿饭他们至少得喂半个小时，不能有半点儿马虎。

今天黄奶奶却不配合了，怎么也不肯吃，陶然劝她，劝着劝着黄奶奶还流眼泪了。

平时如果黄奶奶情绪不好，陶然唱支本地小调，她就能好，这一次黄奶奶却示意不要听。

“不喜欢听小调了吗？”陶然琢磨着新方法来哄。

结果猜了半天陶然才弄明白，黄奶奶是不想听她唱：“那奶奶，你是有特别喜欢的戏曲演员吧？”

这下黄奶奶不否认了。

“那……奶奶喜欢的戏曲演员是不是男的？”陶然纯粹就是胡猜的。

黄奶奶也没否认。

不多时，门外响起了男声唱小调的声音：“山水无弦心有韵，谁人识得伯牙琴……”

是她常唱的那首小调，却是苏寒山的声音。

她觉得自己真是愧为苏寒山的粉丝，竟然不知道苏寒山会唱歌，还能唱得这么好听，顿时与有荣焉，骄傲得不得了。那可是她的苏老师，什么不会？什么不好？你听听，就连几个关键字的本地口音他都学得如此准确。

黄奶奶显然听入了神，听着听着眼泪哗哗直流，人却平静了下来。

之后虽然黄奶奶不再闹情绪，却恹恹的，始终没有斗志，不像刘雁和何奶奶，不管多痛苦，总透着一股“我一定要活下去”的精气神，最配合的38床病人，眼里更是写着求生欲。四个病人，黄奶奶的情况最好，却是最耗心力的，时不时还要闹一出拔管，然而除了好好哄着，他们还能怎么样呢？

陶然一直在琢磨黄奶奶的心理症结到底是什么。要听小曲儿，不要听她唱？男声是谁，能给她活下去的动力？

带着这个任务，理哥来接班后，陶然去查了一会儿资料，联系到黄奶奶所在的社区，看能不能找到黄奶奶的家人，找到答案，给黄奶奶解开心结。

社区的人现在忙得连轴转，只记下了问题，说有了消息再回复陶然。

苏寒山已经不在病区里了，有医生说看见他刚走，陶然立刻离开。

没想到的是，在医院门口，她遇到了两个男孩儿——一个小男孩儿，一个大男孩儿。

小男孩儿是武晞，大男孩儿嘛，嘿嘿，是她的大男孩儿，或者应该说老男孩儿更贴切？

一大一小两个人坐在医院门口的圆墩子上，远远看过去，南方依然葱茏的冬日里，画面莫名地充满了故事感。

“苏老师、武晞。”她快步走了过去。

武晞抬头看了她一眼，眼神既委屈又气愤。他还穿着前一天的衣服，脸上更脏了，额头、眼周都黑乎乎的，戴着的口罩也蹭得脏兮兮的，像流浪的小孩儿。

“这是怎么了？”陶然完全不明白眼前这一幕是闹的哪一出。

俩男孩儿都不出声，苏寒山严肃地看着武晞，武晞垂下头盯着自己的脚尖，鼻子一吸一吸地往回吸着鼻涕。

“武晞，”陶然蹲下来，“不是说好了我和你舅舅家联系，你不要再出来了吗？”

武晞还是没说话，头却埋得更低了。

苏寒山终于开了口，语气少见地严厉："被我发现藏在树丛里，问他什么都不肯开口，还想跑，现在怎么不跑了？"

"是找不到舅舅家了吗？没事，我从你妈妈那里问到你舅舅的电话号码了，我给你舅舅打电话，让他来接你，我和医生哥哥……"陶然想了一下，觉得这个称呼对苏寒山不合适，又赶紧改了，"我和医生叔叔在这里陪你等。"

末了，她还介绍苏寒山："他姓苏，是治疗你妈妈的医生叔叔啊。你别怕，他就是看起来凶，人其实可好了，他也是担心你到处跑，加大感染的风险。"

陶然说完，感觉到苏寒山的目光从她的脸上掠过，带着奇怪的意味。他是不喜欢她说他凶吗？她赶紧讨好地冲苏寒山笑了笑，心里有一个声音在吐槽：本来就凶啊，还不让人说！

她拿出手机准备打武晞舅舅的电话。因为武晞瞎跑，她没能问到他舅舅的联系方式，后来在病房和刘雁交流时问到的。刘雁把号码写在纸上，陶然硬记下来的。

一直沉默的武晞却突然激动起来："不，我不去舅舅家！我不要去！"

电话已经打通，那边传来男人的声音："喂？"

武晞还在一旁嚷着不去舅舅家，眼看电话接通拔腿就想跑，苏寒山沉声斥道："你跑？你再跑试试？"

也不知道苏寒山使过什么法子，他这么一喊，武晞就不跑了，但扭着脸，梗着脖子，满眼不情愿。

陶然这边接着说："喂，您好，我是南雅医院的护士，请问您是武晞的舅舅吗？"

"是。武晞怎么了？病了？确诊了吗？"武晞舅舅的声音听起来很焦急。

"没有，没有。"陶然赶紧否认，"他在医院门口，可能找不到家了，您能过来接一下他吗？或者您说个地址，我们把他送回去。”

那边便陷入了沉默，随后响起一阵咋咋呼呼的女声，陶然听不清对方在说什么，紧接着，讲电话的人便换成女的了。

“武晞不是在他叔叔那里吗？跟我们家有什么关系？找他叔叔去！”这语气跟炝了辣椒似的，又炸又燥。

这突如其来的变化完全出乎陶然的意料，她怔在那里，不知如何反应。

那边的动静更大了，像是武晞的舅舅来抢手机，两个人吵了起来，一片混乱。

“拿来，我的手机！他是我姐的儿子！”

“那又怎么样？他姓武，又不是跟你姓刘，姓武的人都不管，要你个外姓人管？”

“什么外姓不外姓，那是我亲外甥！”

“亲外甥？我还说是病毒呢！”

“你……你这张嘴也太刻薄了！孩子没有病！行，我不要手机了，我现在去接。”

“接什么接？已经把他送去他亲叔叔那里了，不归我们管了！”

“他叔叔不是没管吗？好好管了能让他跑出去？”

“你给我站住！你……你今天敢把他接回来，我……我就跟你离婚！你不为我着想，也要为自己的孩子着想吧？武晞他爸爸妈妈都是重症，他会没病毒？”

“孩子做了检测，阴性……”武晞的舅舅争辩的声音都显得无力了。

“那时候阴性怎么了？现在就没可能是阳性了？总之，我不准你把人接回来祸害儿子！不行就是不行！你要带武晞回来，我们娘儿俩就走，你自己选！”

电话到这里中断，陶然也不知道武晞的舅舅到底会不会再来接孩子，握着手机，对面梗着脖子的武晞眼里流下两行泪。

眼泪越滚越多，最终爆发成号啕大哭，武晞哭得上气不接下气：“我不去……舅舅家，也不去叔叔家，我哪儿也不去……他们……他们……”

他到底只是个七八岁的孩子啊……

陶然眼睛发酸，她在武晞面前俯下身道：“那你都住哪里呢？”

武晞仰着头，眼泪把脸上的污黑冲出两条泪沟，他抽噎着，话都说不顺畅：“住……住自己……家……里，钥匙……掉……掉……了，回不去……”

七岁的武晞完全不明白这个世界突然之间怎么了，爸爸和妈妈相继住进了医院，说是生了很严重的病，周围的很多人生病了，痛苦的喊声和哭声割裂了他原本无忧无虑的天空。听说有人病死了，进了医院就再也不能出来。

爸爸托人把他送去舅舅家，舅舅又把他送去叔叔那里，甚至只把他送到小区门口，是叔叔来接的他。而这回，他连叔叔的家门都没能进。婶婶关着门，说什么也不让他进去，还说叔叔再不进门，就连叔叔也不要再进去了。

最终叔叔把他送走了，送回了他自己家，给他买了半车的方便面、饼干、牛奶和零食，告诉他怎么泡面，怎么自己生活。

其实叔叔并不知道，他会煮饭，只要插上电，把米放进锅里，加上水盖上盖子，按下按钮就行。

他不怕自己一个人在家，只是害怕再也见不到爸爸妈妈，怕他们也和有的人一样，进了医院就再也回不来了。

爸爸说，在舅舅家等，乖乖听舅舅、舅妈的话，爸爸妈妈病好了就会接他回家。

他就在家乖乖地自己煮饭吃，每天都光吃白米饭，有时候煮出来还和生米一样硬，有时候煮出来是软软的粥，可他都吃两碗。妈妈说过，他要吃得饱饱的才不会生病。

他等了好多天，也没能等到爸爸妈妈回来。他越来越害怕，小小的他或许从前对“死”这个字不明白，但现在有了懵懵懂懂的理解。死就是世上没这个人了，像他上幼儿园时养的一只小黄鸡，有一天躺在那里一动不动，不会叽叽叽地要米吃了，他怎么叫它都不醒。妈妈说它走了，去了很远的地方，后来他把它埋进了花园的泥土里，它再也没有回来。

他不想爸爸妈妈去很远的地方不再回来，那样他就没有爸爸妈妈了。

可是他连爸爸妈妈在哪里都不知道，小区里的叔叔阿姨说，妈妈住在南雅医院，他请人把这四个字写在手上，一路问着去找。

没有车，街上也没什么人，他走啊走啊，好不容易遇到超市有人出来，一问，还走错了方向。

可是他就这样走走问问，终于被他找到了南雅医院。他蹲守南雅，还遇到了给妈妈治病的医生和护士。

他终于找到妈妈了！

但是在给妈妈送完大苹果回去以后，他却发现钥匙不知什么时候丢了。

想到这一点，武晞哭得更大声了。

“如果医生叔叔没有发现你，你打算怎么办？一直在树丛里待着吗？你吃什么？”陶然问他。

武晞哭着摇头：“不知道……”抽噎了一会儿，他继续哽咽道：“我……就想……守着妈妈……算了……”这样也好，离妈妈最近，就是肚子会饿。

说着，武晞的肚子发出了咕咕咕的声音。

陶然起身看着苏寒山道：“苏老师，我们把他带回去吧。”

苏寒山听了，目光落在武晞身上，神色严肃。

武晞听了，退开好几步：“我不用跟你们住，我一个人可以的。”他眼里还是有伤痛，像是怕被人嫌弃，主动远离。

“是吗？”苏寒山看着他，“你住哪里？树丛？你有钱吗？吃什么？树叶？”

武晞语结，垂下了头。

陶然给苏寒山使眼色，让他别这么凶，见他没反应，忍不住跺了跺脚：“苏老师！”

她的眉眼间全是她自己都没察觉的嗔怪，她上班熬得眼皮都有些发红，粉粉的颜色，眉目流转间像是春樱初绽。

苏寒山默默地移开眼。

他们当然是把武晞带回去啦。

“男子汉就要承担起男子汉的责任，要知道自己该做什么，不该做什么。你爸爸妈妈有没有跟你说过，闭门不出是最安全的？

“你自己住一个房间，进房间以后就不能再出来了，会有人给你送饭……”

同时，苏寒山开启老干部教育模式，陶然不知道武晞听晕乎没有，反正她没有。对她来说，苏寒山说什么都好听。

苏老师，你说什么都对！

武晞皱着小眉头，好像在努力记忆，小鸡啄米似的不断点头，眼里闪着光。

陶然很为武晞着想，提出难题：“他还是小孩儿呢，一个人在房间里什么也不能做，多无聊啊，可不能成天看电视，眼睛会坏。”

苏寒山马上为武晞解决了这个难题：“没关系，他可以写作业、练字、写毛笔字吧，一天写一个小时。”

作业没带出来？

“没关系，可以从网上下载打印出来。一天做两套，两天一检查。”

“他才七岁，字都不认得几个！”

“我三岁就开始练字。”

陶然：“……”

苏老师是怪兽！谁能跟怪兽比？

对不起，武晞，姐姐的本意真的不是这样。

陶然一脸抱歉地看着武晞，这还是个七岁的孩子啊，他记得他自己读几年级不？就要被题海淹没了。

武晞还很懂事，一本正经地跟她说：“姐姐，我可以的，以前妈妈也让我练字来着，我在上书法班呢。”

终于有地方可以收留他，不会再被赶来赶去，也不用每天吃很难吃的白饭，他高兴还来不及，作业和写字算什么？

末了，他扭头对苏寒山说：“医生叔叔，我都记住了，我会认真做题练字的。”

姐姐？叔叔？

他好想再加两套题！

陶然悄悄打量苏寒山，这位同志还背着手走路呢，更像老干部了！而且他和武晞一大一小走在一排，莫名地很有父子感。

陶然算了算他俩的年纪，惊觉也是非常合适的。

苏寒山二十七岁有孩子都能算晚婚！

难怪苏寒山训武晞的时候这么有父亲的样子，他是真的很缺孩子了。

“眼睛疼就回去滴眼药水！”苏寒山的声音突然响起。

“啊？不疼啊！”她从“34—7”等于多少的算术题里被拔了出来，再细细打量苏寒山，心里涌起些些心疼之意。好像来援医的这段时间里，他真的变老了些，鬓角居然有几根白发，不细看还看不出来，眼角也有淡淡的纹路了。

她的目光黏在他的眼角，带着灼热的温度，像小时候在太阳底下玩放大镜，能把他眼角那个点烧起来。

苏寒山饶是再冷静的人，也无法在这样的注视下淡然自若，尤其面对一个问她“眼睛疼”她还回答“不疼”的憨憨，他只好再问得直白些：“你到底在看什么？”她能不看了吗？

陶然的回答从来不会让他失望。

她指了指他的眼角："苏老师，你多了皱纹了，还有这里……"她又指了指他的鬓角："好像有白发，是反光吗？我再好好看看。"

满目心疼……谁要心疼？

苏寒山绷着脸，当然，戴着口罩，谁也看不见他绷着脸，陶然只觉得他的眼神冷冷的，全然没有医院形象照里的煦暖。

她又不是直女，当然看出苏老师不高兴了。她自我检讨了一番，觉得是自己的错。谁都不喜欢别人说自己长皱纹、生白发吧？她这嘴实在是太快了，她得赶紧补救！

"苏老师，虽然……但是，你还是很帅啊，北雅第一帅非你莫属！你比宁主任帅！真的，皱纹和白发都不能拉低你的颜值，你看宁主任不也有白发了吗？"

宁主任比他大……

武晞是个小机灵鬼，一听二人的对话就明白这其中的重点是什么，马上点头："医生叔叔，你不老，你的白发和我爸爸的差不多，你看起来和我爸一样大。"

陶然可找到帮手了，忙问："你爸多大？"

"四十……"武晞挠了挠头，"几来着，忘了，好像是四十。"

四十几已经不重要了，光这个"四"字就大事不好了。

在陶然还等着武晞说四十几的时候，苏寒山已经迈开大步走远了。

自认为不是直女的陶然拍了拍自己的额头，完蛋，她再也掰不回来了！

武晞一副呆呆的样子看着陶然：我说错什么了吗？

陶然叹了口气："孩子，我估摸着你以后每天要练仨小时的字了……"

陶然他们住的宾馆还有空房间，陶然也不知苏寒山具体怎么协商的，反正让武晞住进了五楼末尾那间空房。

武晞住进去之前还要消杀，于是陶然先去了四楼苏寒山的房间拿消杀用品。

那是她第一次见到苏寒山房间的样子。她没进去，只站在门外等着。

苏寒山只在门口取了东西就出来了，但就这开门的短短瞬间，陶然看见了苏寒山床头放着的东西——一个蓝胖子闹钟。

她惊了好一会儿。苏寒山居然喜欢这么幼稚的东西？这和他一点儿也不搭呀！

大约苏寒山也注意到她的目光了，很快把门关上，将那个蓝胖子闹钟隔离在她的视线外。

两人一起将武晞安顿了下来，还教了他清洁消杀的过程，难为他小小年纪，一步一步也记得很清楚。

不过，他能不记清楚吗？苏寒山一双记不住就不放过他的眼神。

陶然很是为苏寒山以后的孩子担忧。

从武晞的房门口离开，陶然送苏寒山去乘电梯的时候欲言又止。

一般欲言又止的剧本不该是苏寒山追问她到底想说什么吗？但苏寒山没有。陶然就忍不住了，追着叮嘱道："苏老师，你等一下回房间要记得开窗通风啊！"

那他就能看见她写的明信片了。

苏寒山顿了顿脚步，到底还是忍不住回头："又画了什么？"

陶然嘿嘿一笑道："你看了就知道了。"

苏寒山想起那个至今悬在他窗口的小塑料袋，再看着眼前这双年轻干净得近乎稚嫩的眼睛，幽然道："陶然，你有没有想过，我为什么没有看你放下来的塑料袋？"

陶然点头："想过啊！"而后她不假思索地说："我知道你很忙，不过没关系啊，它会一直在那里等你的。"

就像我一直在守候你一样。

原来她只是以为他忙……

苏寒山没有说话，只是看着她。

她便冲他一笑，眼睛弯弯的，眼神坦诚而纯净。

“陶然。”他移开目光，“你知不知道，有些事一开始就没有回头路可以走？”

“嗯？”陶然睁大了眼睛，什么事？

苏寒山被她这反应一噎，忽然什么话都说不出来了。

“没什么。”他终究叹了一声，进了电梯。

“苏老师！”虽然不知道他说的是哪回事，但她还是朝气勃勃地冲着他的背影道，“无论什么事，只要想开始就能开始，只要开始当然就要勇往直前啊！”

就像她十八岁那年决定爱他，就始终坚持地走向他，至今没有想过回头。

她分明不是回答，却给了回答。

苏寒山回身，看见她含笑的眼睛渐渐消失在电梯门外。

傻乎乎的丫头。

他想起他少年时也有过叛逆期，那时候极想要一款游戏机，但父母无论如何也不给他买，他便一直想着，想了很久，后来终于自己存够了钱，兴冲冲地买了回来，结果发现自己并不是那么爱打游戏。

喜欢，只是一直仰望却得不到而已。

当东西到手以后，就会发现不过如此，甚至自己都不知道当时喜欢它什么。

苏寒山回到房间，隔着窗帘都能看到窗外晃晃悠悠的一团影子。

在他做清洁和消杀的过程中，那团影子一直在晃。

一个小时以后，那个东西终于还是到了他的手中。

丑版明信片第二期：要像向日葵一样大笑。

大笑是怎样一种体验？他好像忘了。

倒不是他生活得多不好，只是太平淡而已，平淡到寡淡，没有大悲，也没有大喜。

她倒是个喜欢大笑的丫头，和小豆在一起好像常常有说不完的话，笑起来的样子就像阳光下的向日葵，明媚而蓬勃。

“苏老师！苏老师！”有脆脆的声音在叫他，显然来自窗口。

他端坐着没动。

但那声音就没有停下来的打算，他再僵持着，只怕整栋楼的窗户都要被她叫开了。

他起身走到窗前，向上望去，她探出头来，一副笑嘻嘻的样子，阳光在她的头顶，整个天空明媚得炫目。

她冲他傻笑，却不说话。

怎么有这样傻的丫头？

“苏老师！”傻丫头再次叫他。

他仰着头，眯着眼。

“苏老师，想不到你也喜欢哆啦A梦啊！”

他喜欢吗？那个闹钟对他而言当然不只是哆啦A梦。

“我小时候可喜欢了！特别想拥有一个哆啦A梦，这样我想去哪儿的时候，打开一扇任意门就能去哪儿，考试记不住知识点可以吃记忆面包，还能戴着竹蜻蜓在天上飞。只要我想要的东西，哆啦A梦都能给我！”

是吗？她看哆啦A梦的时候是这么想的吗？他好像没看几集，是没有时间还是没有兴趣，他已经记不得了，毕竟那是很多年前的事了。

“苏老师！你的愿望是什么？”

苏寒山微微拧眉。愿望？他好像多年没去想这个词了，似乎也没有什么个人愿望。

“苏老师，你等等！”

头顶上的人扔下这么句话就缩回房间里去了。要他等，等什么呢？

不多时，他的房间门被敲响。

他打开门后，就见外面站着的人戴着顶帽子，把她的头发包得严严实实的，手背在后面，只看见她一双笑眯眯的眼睛。

“给你！”

他眼前出现一个方便面盒子，封口用透明胶缠了一圈，顶上的盖子被挖了个一元硬币大小的洞。

所以，这又是个什么玩意儿？一如既往从不让人失望地……丑。

“心愿邮箱啊！”她声音脆脆地说，眼睛亮亮的，特别明媚。

“心愿邮箱？”他不太懂这玩意儿。

“嗯。”她用力点头，“你有什么心愿，就写好了投进去。”

“就能实现吗？”他不禁失笑，小孩儿玩的玩意儿。

“能！”她的语气特别肯定，“我小时候想要一个帮我实现任何愿望的哆啦A梦，我爸爸就送给我一个心愿邮箱，只要投进去的愿望，就没有不实现的。”

苏寒山笑了：“你的哆啦A梦就是你的父亲吧？”

他想到她父母热情真诚又爽朗的性格，也难怪把她养得这么简单明媚，只有特别幸福的家庭才能将她保护得这么好。

她嘿嘿一笑道：“是，也不是。”

小时候，她的哆啦A梦是爸爸妈妈；十八岁那年，则是一个叫苏寒山的医生，因为那年她投进去的心愿是爸爸快点儿好起来。

依着苏寒山的性格，他是不会去玩这么无聊又幼稚的游戏的，但这个笨拙而丑丑的心愿盒，在两人说话间已经到他的手上了。

陶然笑眯了眼：“苏老师，愿你心中所愿，都能实现。”

愿你心中所愿，都能实现。如今，这就是她的心愿了。

“是吗？”苏寒山透过那个硬币大小的洞往里看，里面的面和调料都被掏出来了？他下意识地跟了句，“又没有我的哆啦A梦。”

他的父亲是严谨的治学派，更不会陪他玩这傻乎乎的游戏。

陶然想都没想，脱口而出：“有啊！我就是啊！你写好愿望以后，还放在袋子里，绑在绳子上，我看见了就帮你实现！苏老师，我就是你的哆啦A梦啊！”

空气出现短暂的安静。

苏寒山的目光落在她的脸上，幽深而带着莫名的意味。

陶然感觉热度自耳根开始迅速蔓延整张脸。

“我……我的意思是说……我……是送礼人啊，怎么能只送礼物不管售后呢是吧？”她觉得自己找到了特别合适的理由，“对！我是个负责任的送礼人，随礼赠送售后服务！”

“是吗？”他还是那样别有意味的眼神，“那……这个售后的期限是多久？”

“这个……嗯……”她好想说一辈子啊，但是不可能的呀，等苏老师有了女朋友，她就没资格再帮他实现心愿了，“一年……或者两年……”

一两年之后苏老师肯定解决个人问题了吧？那时候，她就默默地退到一边，把守护苏老师的任务交给另一个人。

也不知道谁会那么幸运地成为苏老师的守护者，她好羡慕啊。

陶然心里泛起浓浓的酸楚。

“一年？两年？”他反问。

“或者……半年？”她心里凉凉的，难道一两年也太长了吗？也对，苏老师的年纪都这么大了，不能让他再耽搁下去了，“那，不然就……到疫情结束吧？”

能陪他走过这段艰难的时光，她已经很幸运了呢。

人不能太贪心。

“呵。”苏寒山笑了笑，也听不出这笑里是什么意思。

陶然却很开心，多日不笑的苏寒山笑了，不管是她的哪句话取悦了他，她所做的一切都没有白费呀。

苏寒山却忽然道：“那如果我想续保呢？”

“啊？”

苏寒山这弯拐得太快，陶然完全不明白他在说什么。续保的意思……是她想的那个意思吗？

“我说，如果我希望延长售后时间怎么办？怎么充值？”

陶然还是十分迷惘：“那个……你想……延长多久啊？”太久了怕是不行，她不会当“小三”的。

苏寒山看着她，目色柔和地道：“十年？二十年？五十年？如果生命允许，更久？”

她浅浅地皱起了眉头：“这么久啊……”

“不行？”他的声音都绷紧了。

陶然的眉头皱得更深了：“苏老师，当然不行啊……”

苏寒山手里的方便面盒子一晃，差点儿掉到地上。

陶然浑然不觉，接着说：“等你结婚了，我就不可以当你的哆啦A梦了，那样不好。”

“结婚？”这个词蹦得真突然。

“是啊！”陶然的愁绪已经写进眼睛里了，可她还是要微笑呀，“苏老师，等疫情结束后你真该考虑结婚了。”那样就有人照顾你了。

苏寒山若有所思地道：“的确是该考虑了。”

陶然一想到他将跟别的女孩儿共度一生，心里顿时难受极了。她这是怎么了呢？不是说好了做他的小粉丝就足够了吗？

“苏老师，我走了，再见！”她真怕自己再待下去，会难过得承受不住。

“等等！”

陶然停住了脚步，却不敢回头。

苏寒山望着前方女孩儿的背影，心里有东西像藤蔓一般生长，可也有一股力量用力地把这藤蔓往下按。

他一向克制而理性，没有什么能与他的意志力抗衡。

可这“等等”二字还是冲出了口。

他苦笑不已。

“陶然。”他觉得这声音远得不像自己的，“结婚这件事……如果不是某个人，我应该是不会结的。”

他这是什么意思？

陶然飞快地转身。苏寒山站在她对面三米远的地方，背着光，她看不清他眼里的微微的光芒。

某个人？陶然默默地思忖着这三个字。他生命里出现过的“某个人”只有一个于沁。所以，他这句话的意思是，他这辈子都不打算结婚了吗？

难怪，他这么大年纪了还一直单着。

“苏老师。”她心情初时十分复杂，为他将一生孤独而感到心疼，却又因不会再有人跟她抢苏寒山而喜悦。最终，她觉得自己的自私获得了胜利，尽管她知道这样不好，但还是愿意苏寒山一直单着，自私就自私吧！

她向苏寒山冲过去，满心欢喜。

苏寒山下意识地张开了手臂。

陶然一头扎了进去。她就是想抱抱这样孤单的苏寒山，想告诉他，如果一辈子孤单，她陪他一起孤单，两个人的孤单就不寂寞了呀。

他身上的洗衣液和消毒液的味道蹿进了她的呼吸里，很快将她包围。她感觉眼眶有些发热：“苏老师，那我就当你一辈子的后援团团长！”

苏寒山笑容淡淡地道：“只是……后援团团长？”

“还有哆啦A梦啊！如果你一辈子不结婚，我就是你一辈子的哆啦A梦！”

一辈子不结婚？苏寒山原要将她围住的手臂半途僵住，眉心也浅浅地皱了起来。他低头看着自己怀里的人。

陶然的手机在兜里响了起来。

她从他怀里退开，拿出手机一看，喜道：“是马奔奔！”

他便看着她接电话。

“啊？你到宾馆楼下了？你怎么能找到？好，我下去……”

她一边说一边和苏寒山挥手，而后进了电梯。

苏寒山回到房间，双眉微敛。

坐了一会儿，他打开手机搜索：后援团、后援团团长以及粉丝的心理、偶像对粉丝来说意味着什么，粉丝有跟偶像结婚的想法吗？

搜完后，他将手机扔回了桌上。

苏寒山走到窗边，正好可以看见宾馆楼下的小广场。马奔奔和她坐在花坛边上，中间不知放了一袋什么东西，两人隔得远远的，各自拿了罐饮料干杯，而后小心地揭一点点口罩，喝一口饮料又戴好。

两人都是花样的年纪，朝气蓬勃的，画面怎么看怎么养眼。

他刚才百度的那些字眼在脑海中复现：正向的偶像、信仰、崇拜、激励……

“我现在帮着周围的社区买菜送菜，没时间常常来看你了，怕你忙得没时间买零食，今天凑巧有空儿，就给你送点儿来。”马奔奔笑眯眯地捧着一罐茶饮说。

陶然眨了眨眼，算了，也不劝马奔奔老老实实地待在家里了。

马奔奔果然知道她要说什么，抢先道：“不是我不能待在宾馆，而是大家都在为这次疫情而努力，我不做点儿什么心里不踏实。你看看你，比我还小，却这么勇敢，奋斗在最前线，我能不做点儿什么吗？我也做不了别的，没啥技能，就一辆车、两条腿，给大家跑跑腿，需要用车的时候出出车，我还是可以的。”

“火烧。”马奔奔的眼里闪着光，“我们再干一杯，祝一切都快点儿好起来吧！”

“好！干杯！”陶然欣然地和他碰了碰罐子，“希望阴霾早日散去，期待阳光明媚的日子！”

“火烧……”马奔奔欲言又止，耳根染上了浅浅的红色。

“嗯？”陶然等着他的下文，“怎么了？”

“嘿嘿……”马奔奔笑得有点儿傻乎乎的，“等一切结束吧，等我们回去，我再和你说。”到时候，他必定要筹备一个浪漫的仪式。马奔奔现今脑海里就有画面了，他是卖花的，会给她准备铺天盖地的花。

“哦……”陶然不知所云，点了点头。

其实她心里存有一个疑问，一个一旦想起心就扑腾扑腾乱跳的疑问。

她瞪着马奔奔看了好一会儿，再瞅瞅四下里无人，小声问马奔奔：“那个……马奔奔啊，你是男人对吧？”

马奔奔一听就瞪她：“什么话？我不是男人是什么人？”

“……”陶然自觉用词不当，“不是，我的意思是，你作为一个男人，来帮我分析一下，如果一个男人要求续保，就是售后服务，要二十年、五十年甚至更久，是什么意思？”

“那就是终生售后了？”马奔奔一听就抓住了关键词。

“差不多吧！”陶然皱着眉头做思忖状，“你说是啥意思呢？”

“这还不简单！”马奔奔满口“我是商人，早已看穿这些把戏”的语气，“这人就是要讹人呗！这样的人啊，人品不行……”

陶然瞬间就变脸了：“你说谁人品不行呢？你才人品不行！你人品坏得透透的了！”说苏寒山坏话者，一律拉黑！

她气鼓鼓地起身就走。

马奔奔急得在她身后喊：“哎，别走啊！你又没说个明白，我怎么知道你说的是什么人啊？喂！你的零食啊！”

陶然回头，气哼哼地把整袋零食拎走，留给他一句：“回头算钱，我把钱给你！”

“不用……”

“用！不然绝交！”

好吧，马奔奔也是无奈了。

算吧算吧，等以后你成了我的人，我再把钱还你，不，是把所有家当都给你！

马奔奔想了想美好的未来，算钱都算得笑呵呵的。

陶然的心情却十分复杂。

她又不是直女对吧？对二十年、五十年、一辈子这样的约定怎么能不多想？

苏寒山说要续保几十年这样的话到底是什么意思呢？他有没有一点点，嗯，那种意思？不会吧？苏寒山绝对不可能喜欢她的。比如，常常有很好的朋友会做这样的约定：等我们都四十岁的时候，你未婚我未嫁，我们就在一起。

但这种不是爱情啊，只是友情而已。

所以，苏寒山这话的意思和这种约定同理吗？还是真如马奔奔所说，苏寒山想一直讹着她？

哎哟，真是愁死人了！

她按住自己的心口，怎么也无法让里面那怦怦乱跳的东西安静，慌乱得在电梯里死命蹦了好几下。

算了，就算苏寒山是因为友情这样说，她也认了，哪怕如马奔奔说的那样，苏寒山要讹她一辈子，她也愿意。

只要她这一辈子是和苏寒山在一起，管他是哪种关系呢！

只要那个人是苏寒山，她就愿意！

毕竟苏寒山是她心尖尖上的人啊，他那么那么好。

想到这里，陶然心里软软的，整个人飘飘忽忽的，随着电梯上升，仿佛飘在了云端。

陶然忍不住打开手机，找出苏寒山的照片来看。苏寒山眉目俊朗，笑容温和，真是她的宝贝。

这样的宝贝，让人好想亲一口！

她面红耳赤，反正电梯里也没有其他人……

陶然悄悄拉下口罩，对着照片噘起了嘴。

吧唧一声后，她整张脸红透，像喝醉酒一般，顿时晕乎乎的。

然而让她晕的事情还在后面呢，只听一声轻响，电梯停了，门打开来，门外站着苏寒山。

陶然傻住了，嘴依然噘着，手机还停留在苏寒山的照片上。

短暂的对峙后，陶然瞬间反应过来，啊了一声，指着自己的嘴："我……我上火，照……照镜子，看看嘴起泡没有……"

为了表明自己的狡辩比较具有真实性，她干脆将嘴噘得更高，凑近了给苏寒山看，"苏老师你看，真的火气挺重的。"

苏寒山只看见粉嫩的唇，有着淡淡的柔光，像小时候吃的樱花味水晶果冻，在他眼前晃啊晃的，晃得他有些眼晕。

他移开目光，咳了两声，视线落在她的手机上，"想不到，我还有镜子的功能？"

陶然一看手机，暗暗叫苦：完蛋完蛋！可她又能怎么样？还不得继续硬着头皮狡辩？

"是啊是啊，苏老师，对着您的照片照镜子就好像您亲自在给我诊断，照得特别清楚……"她好想扇自己一巴掌，这狡辩，她自己都不信！她只能觍着脸用更无耻的举动来论证自己并没有那么猥琐。

于是她努力噘着嘴给苏寒山看："苏老师，你看，我现在看得可清楚了！"可她刚刚的行为真的很猥琐啊，她好想摔桌！

苏寒山只在她的唇上扫了一眼就跨进了电梯，冷冷地丢下一句："口罩戴上。"

"哦……"陶然赶紧把口罩拉上，可是又不甘心，誓要将狡辩进行到底，"苏老师，我真的上火！"

苏寒山嗯了一声："看出来了，脸都通红。"

陶然摸了摸自己不争气的脸，果然烫得吓人。唉，脸啊脸，我到底还要不要你了啊？你忒给我拖后腿了！

“我是真的……”

“知道了，你是真上火。”

陶然暗暗叹息，这话她当真不是狡辩，只是此上火非彼上火，不然她也做不出刚才那样的举动。

“真上火就喝点儿菊花茶，或者吃点儿降火的药。”

陶然默默摇头，大可不必，她这火不是区区菊花茶和清火药能灭的。

“摇头？”苏寒山的声音从头顶传来。

她依然处于晕乎乎的云端没能下来，觉得苏寒山的声音很远，远得她叹了口气：“唉，苏老师，你的处方不对症啊！”你总给我错误的处方，是因为你没找到我的病因。

“哦？我倒是另有一个清火的方子。”

陶然仰起头：“什么？”

苏寒山的头微微下倾，刚好就在她的上方，她可以清楚地看进他眼里很深很深的地方，那里有她的影子。

陶然忽然就觉得呼吸变得困难，是口罩捂得太紧了吗？她那颗本就不安分的心跳得更加狂乱了，简直就要从喉咙里蹦出来！她只要踮起脚，是不是就能碰到苏寒山的鼻尖？

电梯再度一响，苏寒山直起了身。

五楼到了，苏寒山走出了电梯。

陶然浑浑噩噩地跟上：“苏……苏老师，你来五楼干啥呀？”

“给武晞送点儿东西。”他在前面大步走着。

陶然赶紧跟上：“苏老师，你刚刚说的清火方子是什么？”

苏寒山走过了她的房间门，朝着末尾武晞的房间走去，远远飘来一句话：“就是你想的方子。”

她想的方子？

她想什么了？她这一路云里雾里的，净想着亲他了，哪里还想了别的哦！真是要命！

她烦恼地一边开门一边对苏寒山的背影喊："苏老师，我刚刚真的在照镜子，你相信我啊！"

"嗯，相信！"

陶然舒了口气，总算把这件猥琐事给糊弄过去了。还好苏寒山是个正直的人，比较容易糊弄……

第五章 总会有人给你拥抱

冬日的夕阳沉入地平线，只留给灰色的天空淡淡的金色尾巴，暮色随着天幕徐徐卷来的墨蓝，一点点将城市包裹住。

苏寒山的房间窗帘遮得严严实实的，一丝光也透不进来。

他躺在床上，拿起手机看了看时间，暗暗叹息。不用睡了，要不了多久他又得起床接班了。

他失眠了。

在如此高强度工作后，他居然还能失眠，而且连续失眠好一阵了！

他闭上眼就是粉嫩的唇瓣，泛着果冻一样的晶莹光泽，看上去又甜又软。

每次折腾到好不容易迷糊地睡过去，他就会做梦，梦到小时候吃果冻的情景，微凉而甜软、Q 弹的果冻在唇边弹啊弹的，怎么样也吃不到，整个人却被撩得心痒难耐，一急之下往往就会醒过来。要命的是，他醒过来的时候偶尔还会有一摊尴尬痕迹需要他收拾……

看来需要清火的人是他！

深夜，他顶着两个黑眼圈下楼搭大巴，在大厅里遇到了陶然和小豆两个人。

厅里灯光很亮，陶然一眼就发现他眼圈黑得厉害，颇为惊叹：“苏老师，你怎么了？比睡觉前还显得憔悴。”

苏寒山能跟她解释清楚吗？

小豆十分理解地点头：“苏主任肯定没睡好，我没睡好的时候眼圈就特别重。”

陶然肯定同情苏寒山啊，忍不住问：“苏老师，你都想什么呢？”工作这么累，你要好好休息！

苏寒山停住脚步，看着眼前这两双瞪得大大的眼睛，深吸了一口气：“我想……”

陶然和小豆两人眼睛瞪得更大了，眼里全是认真等待答案的虔诚。

苏寒山生生将这口气憋住了：“我想……揍个不听话的小人！”

陶然和小豆面面相觑，谁又得罪苏老师了？

小人？

陶然灵光乍现，追上去求情道：“苏老师，是武晞调皮了吗？你别揍他啊，他还小呢，爸爸妈妈也不在身边……”

苏寒山：“……”

新的一轮换班开始，医护们鱼贯进入隔离区。

陶然和苏寒山一前一后地走着，前方迎面而来的是梅护士长。

“护士长！”陶然主动打招呼。

护士长却没答应她，步伐也渐渐慢了下来，而后手按住腹部，整个人缓缓地往地上倒。

“护士长！”

陶然和苏寒山加快步伐冲上前，赶在梅珊倒地之前扶住了她。

梅护士长双眼紧闭，隔着护目镜都能看清她紧皱着眉头，似乎痛苦极了，而后血浸染出来，护士长的口罩渗出了红色。

她吐血了……

陶然大惊，看向苏寒山。

“马上送抢救室。”

很快，梅护士长被送去急救，陶然等人则马上就要投入自己的工作，暂时无从得知梅护士长的消息。

“她太累了。”陶然望着被抬走的梅珊，心里很难受。

作为护士长，梅珊是他们这帮援医护士的头儿，是大伙儿的主心骨，能力超强的她，还是目前驻南雅医院仅有的两名呼吸治疗师之一，个子不高，却担负着多重重任。

在陶然的记忆里，护士长美丽又温柔，眉宇间的微笑充满亲和力，可是也刻着淡淡的疲惫。

是的，无论是在北雅还是来到南雅，陶然总是能隐隐感觉到护士长的疲惫，无论实际上护士长工作起来多么麻利干脆、雷厉风行。

武晞托陶然带一幅画给 37 床的刘雁。

他画的是一家三口在樱花树底下野餐的画面，画得很用心，连野餐吃什么都画得特别清晰，还画了个生日蛋糕。

武晞告诉陶然，妈妈的生日就在樱花开放的季节。

刘雁看得眼睛微弯，还要笔写字给陶然看：一看就知道他画画的时候心里净想着吃的。

陶然笑了，没有告诉刘雁如今武晞和他们医护住在一起，就让刘雁继续以为武晞住在舅舅家吧。

“刘姐，武晞说了，你的生日正是樱花开放的时候，他在外面会乖乖听话，等你的病好了，一家人一起给你庆祝生日。”陶然柔声转达了武晞的话，“刘姐，春天就快到了，赏樱花的日子也不远了，你加油，快点儿好起来啊！”

刘雁眼中涌起淡淡的湿意，即便身患重症，眼里的柔软和希冀也泛着柔光。

真好，每个病人情况都正常，作为医护，陶然觉得再累都值得了。

当然，35床的黄奶奶照例要使小性子，这不要那不肯，各种不配合，但陶然已经有经验了，好好哄就是，她如今哄黄奶奶是非常擅长的。

只是她托社区打听黄奶奶家人的情况还没有回音，如果跟黄奶奶的家人联系上，相信对黄奶奶情绪的安抚更有帮助。

陶然下班以后知道了护士长的情况——胃出血。

护士长病倒在异乡，无亲无故的，又处在这样的特殊时期，陶然和护士小姐妹们聊起这件事的时候，大家都挺为护士长担忧。

大伙儿商量了一小会儿，决定不当班的时候，轮流去护理护士长。

小豆很同意这个提议，点头道："必须啊，护士长那么好，这时候一个人孤孤单单的，我们不去陪谁去？而且听说第二批医疗队马上要到了，到时候我们应该不会这么忙了，会有更多的精力。"

于是大家私底下开始排班，排特别的班——轮流照看梅护士长。

排好后，小豆看了眼，提出异议："不行，不行，陶然，明天你就不要去了，明天你过生日呢。"

陶然这才想起自己的生日就要到了，但这样的时候，还过什么生日啊！

她马上表示不用考虑这个问题，明天就是她去。

但是她到底没能说服众小姐妹，她的轮班时间被换到了生日后一天。

"那，谢谢你们了。"虽然并没有庆祝生日的计划，她还是感激地说。

"生日蛋糕的事，包在我身上！"小豆很义气地拍了拍胸脯。

陶然笑了笑道："心领了，真的，不用麻烦。"现在上哪儿去弄生日蛋糕啊？一个生日而已，年年过！

"这你就别管了！"小豆挥了挥手。

因是特殊时期，小姐妹们只能提前祝她生日快乐，明天各自有各自的工作，不会有聚餐，大家也不一定能再遇上。

当天，陶然下班后就和小豆一起去看护士长，第一个照顾护士长的班就是小豆的。

护士长的脸都是青灰色的，眼眶深深地陷了下去。她躺在病床上，单薄得被子像是平的一样，闭着眼睛，眼周全是倦色。

陶然和小豆轻手轻脚地走到病床边，护士长立即就发现了，睁开了眼。

"对不起，护士长，我们把你吵醒了。"陶然不好意思地道。

护士长却摇了摇头："我本来就没睡着。你们俩来干什么？今天病人们的情况还好吗？"

"好，都挺好的。"为了不让护士长担心，即便有个别病人情况出现反复，她们也不敢说。

护士长却一个个地细问，问陶然35床病人今天情绪怎么样，36床病人ECMO的情况，37床病人吸痰的情况，38床病人吸痰不适的症状还严不严重等。

她问完陶然又问小豆，对她们管的每个病人个体差异记得十分清楚。

陶然和小豆听着心里可难受了，护士长都这样了还放不下病区里的事。

护士长叹了口气，勉力笑道："也是，你们都长大了，一个个的都很优秀，有你们在啊，没什么不放心的。"

她俩不敢聊太多，怕影响护士长休息。护士长也怕累着她俩，没多久就赶她俩走，小豆怎么也不肯，这是她的"班"呀！

但护士长发起威来也不是她俩能承受的，自打进医院她们就怕护士长，最后俩人灰溜溜地被护士长赶出去了，而且护士长还说，不准他们任何人来照顾自己。

两人只好一块儿出医院搭车。

“咦，那不是苏老师吗？还有那谁？马奔奔！”小豆指着医院门口的停车处道。

陶然一看，可不是吗？

苏老师和马奔奔在一块儿说话呢！

他俩什么时候这么熟了？

陶然赶紧跑过去：“苏老师、马奔奔，你们在说什么呢？”

马奔奔嘿嘿一笑道：“火烧！你来了！正好，我还拜托苏老师转告你呢。”

马奔奔是刻意来等陶然的，左等右等也没等到人，结果等到了苏寒山。

“火烧你还没走啊，苏老师刚刚说你已经回宾馆了，我还说呢，我掐着你的下班时间来的，怎么会错过呢！”马奔奔十分庆幸的样子。

陶然瞟了眼苏寒山。是吗？苏老师明明知道她去看护士长了呀！难不成苏老师年纪大了记错了？

苏寒山看着别处，像是完全跟他无关的样子……

算了！不管这个了，陶然笑问：“马奔奔，你找我有什么事啊？”

马奔奔却有些沮丧：“本来有事的，现在没了。”

“怎么了？”

马奔奔叹道：“你明天不是上早班吗？我本来想问你下班后有没有时间，一起吃晚饭啊，可你们苏老师刚刚说了，你们晚上还要开会。”

他们要开会吗？她怎么不知道？她又看了眼苏寒山，他还是那副表情。

难道医院临时决定要开会吗？

她只能噢一声，再说了，就算不开会她也不会跟马奔奔去吃饭啊，现在是约饭的时候吗？

马奔奔转眼又笑了："不过没关系啊！以后我们回京了多的是机会！对了，苏老师、火烧，你们的大巴是不是开走了？我送你们回去啊！"

这个提议三人都没有反对，连苏寒山都没有，果断利落地就要乘车。

马奔奔亲自打开副驾驶室的门，一副笑嘻嘻的样子，既是对陶然说，也是对自己这一行为解释："请苏老师坐前面吧，咱们要尊敬师长。"

陶然觉得马奔奔说得很对，而且她本来也打算和小豆一起坐后排的。虽然她对苏老师心怀不轨，不，心有所向，但她不能为了男色不讲义气啊，对不？

什么时候她都要和姐妹站在一起！

四人都上车了，苏寒山从头到尾没说什么话。陶然坐在后面，偷偷瞄了瞄苏寒山在反光镜里的脸，反正眼神不怎么温和就是了。

到了宾馆，马奔奔又屁颠屁颠地下车给苏寒山开门。

苏寒山说了声"谢谢"，下车就往前走了。

马奔奔舒了口气，对陶然道："可把我给紧张坏了，在你们苏老师面前，我大气儿都不敢出，你们苏老师怎么这么严肃啊？"

陶然笑了，她承认苏寒山严谨，那是对待工作的态度，可严肃嘛，她从前也这么认为，但现在觉得还好："那是你没跟我们苏老师相处，相处时间长了，你就会知道他这个人有多好了！"

哼，反正谁都不能说我苏老师半个字不好。

什么？严肃不是贬义词？

那也不行！

还处呢！他可不想跟苏寒山处在一起！气氛太紧张了！但这话

马奔奔是不会说的，只笑了笑："是呢，可能是不熟的缘故，不过我对长辈一向很尊敬。"

"看见啦！"可不嘛，上车下车他都给苏寒山开门。

两人正说着呢，陶然看见了马奔奔身后的苏寒山。

苏老师怎么又回来了？

"我那是为了什么你知道吗？"马奔奔浑然不觉，神秘地眨了眨眼，"我还不是为了你？你想啊，我对你的苏老师好点儿，以后你在苏老师手底下，日子也好过点儿不是？等回京以后，我再给你苏老师送点儿好东西！"

虽然陶然并不理解马奔奔"他对苏老师好点儿，她就能好过点儿"这个逻辑是怎么来的，但送礼这事可不行，她连连摇手："别，别，我们苏老师可不收礼！千万不要！"

哎哟，可别说送礼的事了，马奔奔，小心被苏老师连人带礼扔出去！苏寒山最烦这套了！

马奔奔连连点头，教她："那你自己平时多注意啊，在单位里面可不要风风火火的，不着调，尤其要尊重老同志，只要你礼貌到了，苏老师再严肃也不能苛待你。"

陶然完全不懂马奔奔从哪里得来的苏老师会苛待她，苏老师明明很好。眼看苏老师已经在马奔奔身后站定了，她只想求求马奔奔别说了，赶紧敷衍道："知道了，知道了，你快回去吧！"

"好！"马奔奔眯眼一笑，"那我走了啊，明天见。"

马奔奔边挥手边道别，结果一回头，看见苏寒山戳在后面，大吃一惊："苏……苏老师好。"他还给鞠了个躬。

苏寒山点了点头："忘了点儿东西在你车上。"

"哦哦，您拿，您拿。"说完马奔奔又殷勤地给苏寒山开门。

苏寒山再次道谢后，和陶然以及小豆往回走。

马奔奔也上了车，准备回去，看着他们的背影挠了挠头。不管陶然怎么说苏寒山人好，他都没有感觉到，什么温和，什么亲切，通通没有，反正在他面前，苏寒山不是这样的！

小豆边走边想着明天的事，怎么要突然开会呢？那陶陶的生日怎么办？她忍不住问：“苏老师，怎么明天要开会了啊？我们都没接到任何通知。”

“嗯。”苏寒山淡淡地应了一声。

好吧，小豆无奈地点了点头。

小豆是真以为第二天要开会的，那可能就没有时间为陶然举行庆生仪式了，于是当天进隔离区的时候就给了陶然一个惊喜。

她在防护服上写了一行字：祝陶然生日快乐。

于是，大伙儿都知道陶然过生日了，几个小姐妹见状，也相互在防护服上写上字。

陶然心里当然是觉得温暖的，可是她又有点儿担心，这样高调是不是不太好啊？

然而，当每一个和她擦肩而过的人都对她说一句“生日快乐”，像接力棒一样，祝福一个又一个地传递到她这里，就连丁院长和周主任都祝福她的时候，她才放下心来。尤其丁院长还和蔼地对她说：“我们的孩子又长大了一岁，真棒！等回北雅以后，我还有你们周主任都补你一份生日礼物，谢谢年轻的孩子这么勇敢、这么优秀。”

周主任却笑了，对丁院长说：“这生日礼物啊，咱们两个老家伙就别操心了，到时候有人会送！”

“谁啊？”丁院长还不明白呢。

周主任却卖了个关子，偏不说。

陶然自己也不懂周主任说的是啥人，也没时间多想，很快就进病房了。

谁知道，37 床的刘雁找她要笔写字。

陶然以为刘雁要问武晞的情况，一边说一边把笔递给她：“武晞很乖，今天跟我汇报了，写了一版大字，做了两套卷子。”

刘雁却把写好的字给她看，只见纸上写着：生日快乐，你是天使，谢谢你。

陶然愣住了，继而内心充满感动。

她把字条收起来，小声说："我最大的快乐就是你们都好起来。"

所有人都快点儿好起来，阳光明媚，春暖花开。

刘雁握住了她的手，眼里柔光涌动。

尽管她浑身插满管子，陶然仍然能感觉到她是在微笑。握着陶然手的那只手不够有力，不够温暖，她却是在答应陶然，她会加油，会努力健康地活下去。

而35床的黄奶奶，作为四个病人里情况最好的一个，在陶然给她喂饭的时候，也抽空儿对陶然说："孙女儿，下班去吃顿好吃的。"

"好。"陶然甜甜地答应着。

朝夕相处，她和这四个人已经不仅仅是护士和病人的关系，她经手着他们的一切，吃喝拉撒、专业护理，他们有情绪，她陪着疏导；他们恐慌焦躁，她耐心安抚。

她是护士，也充当着家人、朋友的角色。

在这个与世隔绝的重症病房里，医护真的是他们的唯一，也是他们的一切。

自进入疫期以来，病房里的气氛就是沉重、紧张的，好像头顶笼罩着重重乌云，让人透不过气，小豆掀起的"生日快乐"接力棒仿佛突然让乌云破了一个口子，阳光渗透进来，病房的气氛都轻松了不少。

"生日快乐"这四个字，从早上延续到了下午，来接班的医护们遇见了她，一准儿开口就是"生日快乐"，好像所有人都给了她祝福，只除了一个人——苏寒山。

陶然心里还是有一点点失落的。

她收到了全世界的祝福，却独独没有他的。

他不知道今天是她的生日吗？这怎么可能？小豆穿着写有字的防护服进隔离区的时候，他就和她们在一块儿。

可是她转瞬就想开了，毕竟她又不是苏寒山的什么人，不能绑架别人给她祝福啊。

于是她和小豆老老实实地等着开会。

谁知没有任何开会的迹象。

陶然就去找周主任问了："周主任，今天在哪儿开会啊？"

"开会？"周主任全然不知情，"没有会议啊。谁说的开会？"

"苏……苏老师说的啊……"陶然迷糊了，难道苏寒山真的年纪大了，开会时间也记错？"那……那我现在可以回去休息了？"

"可以啊！"周主任爽快地道，"快去吧！别让人等急了！"

"哦，好的。"陶然根本没想过这个"等急了的人"是谁，觉着是大伙儿吧，还有司机，一车的人呢，就等她和小豆俩人了。

小豆听说不用开会了，顿时和陶然商量起来。这会儿回去食堂还能吃上饭，她还能给陶然一个小小的仪式。嗯，她还要想办法折腾个简易蛋糕出来。

小豆正琢磨呢，有人叫她："林晓窦！"

"啊？"她回头一看，脑袋下意识地一缩。糟了，高老师啊，她再转念一想，咦，她今天又没出错，怕什么怕？于是小豆十分理直气壮地伸直了脖子道："我今天没错，昨天没错，前天没错，除了那一次，我再也没出过错！你别找我！"毕竟被高老师找上就没好事。

陶然都被小豆吓了一跳，小豆哪里来的胆子这么怼高老师啊？她都不敢！高老师可是连主任都敢凶的人！马奔奔说苏寒山严肃可怕，那是他没见过高老师啊！还是见识少！

高正浩被小豆这么一怼倒也没有生气，只是重复着她的话："别找你？"当然，如果是寻常时期，还能看清高正浩的眼神和表情，那就会发现，高黑脸这个外号不是白叫的，这会儿他的脸可是特别黑。

高黑脸，不，高正浩示意道："林晓窦，你过来，我跟你说件事。"

高老师找她能有什么事？小豆一脸迷惘，陶然一脸担心。

"我陪你过去。"陶然满脸有福同享有难同当为朋友两肋插刀的义气。

"不用，你等我就好，我没做错事不怕的。等我！"小豆则满满壮士一去不复返的悲壮。

高正浩被这两人弄得哭笑不得。他有这么可怕？

小豆来到他面前，他咳了两声，站正了，有点儿教导的意思："你等一下就不要跟陶然混在一块儿了……"

他这话一出，小豆就不答应了："为什么呀？跟陶然在一起违反院感守则哪一条了？"

"……"高正浩实在觉得头疼，"跟院感没关系，你听话就行。"

小豆奇怪地瞪着他："跟院感没关系那你凭什么管我？今天是陶然的生日！我怎么能不陪她？"

高正浩更觉头疼了："就因为是陶然的生日才不让你去，你跟我走。"

"那可不行！我是陶陶的姐妹你知道吗？一声姐妹大过天！我跟你去算什么？"小豆还有一句话没说出来：你算老几。她好歹记住了眼前这个人是谁，这话不能随便飙。

高正浩也懒得跟她啰唆了，直接黑了脸："跟我来！你自己来查查你今天的操作，看有没有问题。"

"没有！"小豆信心十足地道。

"我有记录，你过来看！"

"……"小豆迟疑了，真的有问题吗？他怎么还带记录的？她从来没听过这回事！

且不说小豆是如何一步三回头地被高正浩带走的，陶然最终只能一个人搭车回去。

苏寒山也在大巴上，陶然一上车就看见他了，而且他身边的座位空着，她直接走过去坐下。

“苏老师，”她忍不住问，“你不是说今天开会的吗？”

“嗯。”他仍然没有否认，而且语气十分笃定。

“谁说的啊？我都问周主任了，他说没这安排！”

“不是周主任安排的。”

“不是？”她更不明白了，难道她还要下车开会？“那……是谁主持的会？几点开？”

“就今晚，具体时间等通知，到时候我叫你吧。”苏寒山并没有回答她的第一个问题。

陶然这才不问了，寻思着应该是回宾馆开会。

至于生日这回事，她已经忽略了，靠着座椅，疲惫涌了上来，渐渐开始打瞌睡。

到宾馆的时候，她睡得迷迷糊糊的，被苏寒山叫醒后，两人一起回房间。陶然一路打着哈欠，差点儿跟着苏寒山在四楼就下了电梯。

回房做完消杀后，她正打算去食堂吃点儿东西，手机响了。

她的舅舅来了！

“陶啊，生日快乐！”舅舅在电话里说。

陶然嘿嘿一笑道：“谢谢舅舅。”

她寻思着，舅舅不会给她送吃的来了吧？

结果还真被她料中了，舅舅让她赶紧下楼，他给她准备了吃的。

夜幕已深，蓝舅舅的车停在宾馆楼下，车灯在黑暗中一闪一闪的。

她小跑着过去，舅舅从车里出来，双眼含笑，递给她一个大塑料袋子，还有一个蛋糕盒子。

“哇，还有蛋糕啊！舅舅你自己做的吗？”舅舅的厨艺也是相当了不得的，她家小餐馆后来不开了以后，舅舅还接手了一段时间呢，不过他做蛋糕应该是第一回吧？

蓝舅舅笑着点头："可真不容易，浪费不少面粉，你舅妈和你弟弟说，再也不想吃蛋糕了。"

"谢谢舅舅！"可惜现在这特殊情况，她也不可能请舅舅和她一起吃蛋糕了。

陶然看着舅舅的车离开，直到车灯变成一个小亮点才回身，低头看着手里的塑料袋子，是几个餐盒，应该是舅舅做的拿手好菜吧。

她两手拎着东西，口袋里的手机又响了。

又是谁啊？

她只好将东西都一手拎着，空出手来接电话。

这回是苏寒山啊！

他是要通知开会了吗？

她一接电话，还真是！苏寒山声音低沉地说："下来，来食堂。"

"开会吗？"陶然问。

苏寒山顿了一下："嗯。"

"好，稍等啊，我上去放个东西就去。"

"你在哪儿？"苏寒山的声音蓦地高了些。

"我……我就在大厅啊，准备搭电梯呢，我一会儿就好！"

苏寒山却道："不必上去了！直接来食堂吧。"

食堂就在一楼，如果不是她提着蛋糕，肯定就直接去了，可……

她想了想，算了，还是开会重要，别耽搁了。

陶然就这样去了食堂。

食堂就是宾馆餐厅改的，此刻用餐时间已临近结束，几乎没什么人了，而事实上是，就算有人陶然也注意不到，她的目光完完全全被中间那张餐桌吸引。

餐桌上铺了白色的餐布，亮着烛光，而苏寒山穿着件黑色毛衣，烛光映在他的脸上，他虽然戴着口罩，但光影全落在他的眼中，倒是显得他的眼睛更亮了，像夜空里的星星。

这是什么会啊？

她走近后看得更清楚了，一朵花形的蜡烛浮在杯里，随着水波浅浅地摇曳，更重要的是，桌上还摆着一个蛋糕，很漂亮，雪白的奶油堆积成皑皑白雪，上面点缀着几颗草莓。蛋糕旁边压着一张小卡片，陶然拿起雪白的卡片，发现就是A4纸剪裁而成，但边角整齐，干干净净。她打开来，里面是碳素笔画的一个小女孩儿手里举着一个小牌子，上面写着：我二十五岁啦。

卡片空白处，特别漂亮的字体一本正经地写着：祝陶然生日快乐。

落款：苏寒山。

陶然觉得心里咕嘟咕嘟冒着甜蜜的气泡，笑得眼睛都眯成一条缝了，坐下来小心翼翼地问："苏老师，莫非你说的开会，是给我开生日会？"

苏寒山目光幽深而柔软，烛焰在他的瞳孔深处跳动，他一向温和的眼神仿佛都有了火的热度。

陶然被他这样的目光看得脸上发热，连说话的声音都变得黏稠起来："苏老师……"

"生日快乐。"苏寒山忽然低声道。

他还真是给她庆生啊！

"谢谢！"她欢喜极了，再次把卡片打开来看。

这就是简约却精致到极点的卡片。

难怪别人总说大道至简，苏寒山可是将简约之美发挥到了极致，卡片的气质完全贴合他这个人。她送给他的卡片跟这一比，就跟小学生简笔画似的。

早知道会有今天，她小时候学学画练个书法就好了。

陶然思及此，眉眼都耷拉下来了。

“怎么了？不高兴？”他注意到这丫头的神色萎靡了下去，实在是这丫头喜怒变化都写在眼里，太明显。

陶然摇了摇头，啧啧赞叹道：“苏老师，你这字和画真的太漂亮了，而且你是怎么做到将一张白纸保持得这么平整干净的？”她看了眼蛋糕，打了个比喻，“就跟早上起来打开门，满世界新下的白雪似的，完美得都让人不忍心去破坏。”

她说完，沮丧的情绪又上来了：“不像我画的那些，一看就觉得很草率，可那明明是我很用心制作的。”

她话音一落，苏寒山忍不住笑了。

他这么一笑，陶然心里更没底了：“你看你看，你又笑是不是？我……我写的明信片……的确很丑吗？”

苏寒山笑而不语。

他这是什么意思？这不就是“的确很丑”的意思吗？

陶然脸上挂不住了，气鼓鼓地道：“那你把我以前写给你的明信片还给我得了！”

苏寒山却看着她笑道：“那可是……没法再还了。”

陶然心都凉了：“是……给扔了吗？”

不过她又自动给苏寒山找了理由：她又不是他的什么人，画的也不是啥艺术品，丑丑的东西，他看了就扔掉也没啥大不了的。

苏寒山却道：“没有。”

“没扔？”她愣住，那怎么不能还了？

“没扔。”

“那……”

苏寒山微微叹了一声：“怎么会有这么傻的姑娘？”

“什么……傻呀？”一句“你才傻呢”险险就蹦出去了，还好他是苏寒山，她控制住了自己。

苏寒山看着眼前这双懵懂的眼睛，只好说：“我收起来了。那不是你送我的吗？送出的东西哪有往回收的？”

陶然原本还有些低落的心情忽然蹿得老高，转眼笑意便盈满双眸："真的？可是……我画得那么丑啊……"

"你也知道你画得丑？何止画得丑，字也丑！"苏寒山毫不留情地道。

"那……那……"陶然又想往回要明信片了可怎么办？"那你留着干什么？"

苏寒山都愣住了，一口气卡在胸口，上不去下不来。这天聊得比当年啃一米多高的医学书还难。

他平复了一下情绪，呼出一口气，再缓缓地说："我得找宁主任来了。"

"啊？为啥？"

"或者叫任主任来。"任主任是心内科主任。

"任主任在北雅没过来呢！"陶然蒙了一瞬后，顿时着急了，"苏老师，你哪里不舒服吗？"

苏寒山微微摆手，表示没事，而后闭了闭眼，捋了捋思路。他明明已经计划好怎么说的，这话题是怎么越来越偏的？又是怎么越来越乱，现在他拉都拉不回去的？

"你送我那些……"他觉得还是有必要试着将话题再往回拉一拉，"我打算留下来，以后给孩子看。"

"啊？"陶然愣了愣，转瞬笑了，"苏老师，你是要拿我做反面教材吗？"

"对，我会告诉他们，如果不从小好好写字，以后长大了写出来的东西就是这么丑，追对象都不好意思拿出手。"

"不行不行！"陶然急了，"你应该给孩子正面教材，比如拿你自己写的东西给他们看，让他们看看你当初是怎么追到他们的妈妈……的……"

陶然说到最后几个字的时候，手里正举着苏寒山的卡片给他看，忽然意识到自己说了什么虎狼之词，声音顿时越来越小，羞得满脸通红，胡乱摇手，“不，不，不，苏老师，我不是这个意思。苏老师，吃蛋糕吧，我们吃蛋糕……”

她手忙脚乱，只想躲避苏寒山的目光，最好能找个地洞把自己埋起来，慌乱之下还忘了桌上有一个蛋糕，低头之间把舅舅送给她的蛋糕提了上来。

她抬起头，便遇上了苏寒山似笑非笑的目光。

她的脸热得快烧着了：“呃，苏老师，我忘了你准备好蛋糕了……”她好想把话题从刚才的虎狼之词上岔开啊，“苏老师，这个蛋糕是你……做的吗？”

嗯，她说蛋糕吧，说蛋糕……

“是！”

陶然觉得这蛋糕也有苏寒山的气质，莫名有种冰雪红颜的感觉，极简至美。

她干脆把舅舅送的蛋糕的盒子也打开，对了，聊聊两个蛋糕的不同不就把话题岔开了吗？

“苏老师，你的蛋糕呢，画面简洁，仿佛是大画家随意几笔勾勒出的一个世界，每一笔都有点睛的作用，每一笔都精妙，没有一丝一毫多余。都说字如人、画如人，这蛋糕设计也如人，我们说一花一世界，一叶一菩提，苏老师你这个蛋糕表现的正是你至真至简的内心……”

苏寒山听着她一本正经地胡说八道感觉有点儿头疼，又想把宁主任叫来了。

“你不许愿吗？”他打断了她的话。

“许……许啊……”陶然正酝酿长篇大论呢，被苏寒山给打断了。她觉得有些遗憾。她从来没有夸人夸得这么有文采。

看着桌上的两个蛋糕，陶然笑了笑，把蜡烛点上：“苏老师，我许一个愿，你也许一个愿啊！”

苏寒山没有反对。

于是陶然闭上眼睛，默默许愿：第一个愿望，希望疫情早日结束，一切恢复正常；第二个愿望，希望家人身体健康；第三个愿望……她悄悄睁开一只眼睛偷看苏寒山，只见他已经许完愿了，正盯着她，她吓得赶紧把眼睛闭上，心里扑腾扑腾乱跳，第三个愿望……嘻嘻，如果可以，希望苏寒山也喜欢她……

这个愿望许完，她顿时羞得不行，捂住了眼睛，耳根子都红了，一张嘴却咧得合不拢。还好有口罩遮着，不然这表情让苏寒山看见，他一定会认为这是一个傻大姐吧？

“许了什么愿？”苏寒山的声音忽然响起。

在忘我境界里自顾自地羞耻的陶然被这声音唤醒，变脸似的立即绷住了笑，十分正经地坐直了，咳了两声，把前两个愿望说了。至于第三个愿望，她死也不会说出来的！她要脸！

“苏老师你许了什么愿？”她又问。

彼时，杯子里那盏烛火还亮着，烛焰摇曳，在他脸上投下或明或暗的影子。他一身黑衣，与这昏暗的环境融为一体，显得沉静而安宁。烛火的映像在他眼中流动，像是元夜流淌的清河，波光流动，推开盏盏灯火。

“我希望啊……”

宛如在梦里一般，他起了个头，陶然只觉得听见的仿佛是大提琴琴弦被拨动的声音，那么好听，余音震得她的心都跟着颤抖了一下，震得他眼里的光散落成星河。

她屏住呼吸，听他继续说。

她放在桌上的手机却在此时极不识趣地响起，手机屏幕上出现三个字：马奔奔。

苏寒山眼睛一瞟，就看得清清楚楚。

“苏老师，对不起，我接一下电话。”陶然忙道。

电话里，马奔奔的声音欢腾得不行：“火烧、火烧！我在你的宾馆楼下，你快下来！”

马奔奔怎么还是来了？

怎么她过生日大家伙儿都来了？！

她只好站起来对苏寒山说：“抱歉啊苏老师，我出去一下。”

眼看她跑得飞快，苏寒山的目光沉了沉。

食堂的落地窗正对着小广场，他不用挪动位置，坐在原处就能看到外面的情形。

他看着她像一只欢快的小鸟儿一样飞奔向马奔奔，看着马奔奔把一盆不知什么植物递给她，再看着她宝贝似的把它抱在怀里，最后看着马奔奔拥住了她，两人贴在了一起……

苏寒山移开目光，口罩下的脸已绷得很紧，胸口起伏的频率和幅度都增加了。

窗外的小广场上，陶然低着头问：“你擦干净没有？”

“等一下等一下，马上就好。”马奔奔拿了张消毒纸巾，在她的后脑勺处擦，“你这都沾了什么东西在帽子上？是奶油！你的后脑勺还要吃呢？”

“我怎么知道啊？”陶然嘀咕道，想了想，可能是因为刚刚反戴帽子，拆舅舅送的蛋糕时不小心沾上的，毕竟那时那么慌乱。

“好了，擦干净了。”马奔奔低头看着她，笑了笑，“生日快乐啊，小火烧。”

“谢谢！”陶然先道了谢，举了举花盆，“很喜欢，不过别叫我小火烧啊，我不比你小多少。”

“小一天也是小孩儿！”马奔奔笑了，“好了，来给你送礼物的，本来想跟你吃饭，但是你要工作就算了，现在也太晚，你早点儿休息。”

“嗯，好，还是谢谢你。”

马奔奔冲她挥手：“晚安，二十五岁的小火烧，等你二十六岁生日的时候，我们一起过。”

“那可不一定呢！我们通常是姐妹几个一块儿庆祝生日，全是女孩儿，你要来？”陶然抱着花盆道。

马奔奔笑出声来：“傻姑娘！”

“……”陶然就不明白了，一个个都说她傻是几个意思啊？“你才傻呢！你傻穿地心了！”她不敢骂苏寒山，还不敢骂马奔奔吗？

“好，好，好，我傻，我先走了，咱们……明年再说！”马奔奔钻进了车里，开车离去。

陶然在苏寒山的注视下抱着花盆回到座位，莫名觉得苏寒山的眼神好像不一样了，没有了刚才清梦压星河的宁静与温度，似乎冷淡了不少，都结了冰的感觉。

她再一看，原来是蜡烛熄灭了，难怪呢……

“苏老师……”陶然笑了笑，把花盆摆在桌上，“我们吃蛋糕吧？”

她完全忘了刚刚是要问他许了什么愿。

一盆水培粉掌已经开花了，粉嫩嫩的两朵很是鲜艳。

陶然先切的苏寒山的蛋糕，一刀下去，感觉怎么没有寻常蛋糕的绵软？

她忍耐住异样的表情，用力一刀下去，才切到底，而后好不容易切出两块，先给了苏寒山一块，剩下一块给自己。

在美食尤其是甜食面前，她是毫无抵抗力的，拿起小叉子就开吃。

结果……这是什么品类的蛋糕？竟然这么难嚼？

怎么说她也是苏寒山的忠实小狗腿，为了苏寒山不仅能两肋插刀，还能插姐妹两刀，但是在美食这等大事面前，她也只能插苏寒山两刀了。

她嘿嘿一笑道：“苏老师，这蛋糕可真好吃，你的手艺太棒了，我再尝尝我舅舅做的。”

她将舅舅做的蛋糕切下小小一块，好吧，这才是正常蛋糕的味道吧……

苏老师，我求求你，还是好好搞事业吧，别练厨艺了，好让我继续崇拜你……

她自以为表情控制得很好，但她那双眼睛的反应，哪里瞒得过苏寒山？

苏寒山冷冷地看着她："哪个蛋糕好吃？"

"当……当然是苏老师你做的啊！"为了苏老师她都能插小豆两刀了，睁眼说瞎话算什么？陶然一边说，一边把剩下半口舅舅做的蛋糕吃进嘴里。

话说她还真有点儿饿了，她还没吃晚饭呢！舅舅做的蛋糕太好吃了，再吃一口吧，结果她吃了一口又一口……

苏寒山却呵了一声，听起来莫名有点儿嘲讽的意思，好像还有怒气。

陶然不怕死地继续睁眼说瞎话："苏老师，你做的蛋糕真的太好吃了，完全做出了蛋糕的另一种意境。这么好吃的蛋糕，我舍不得吃，我带回去留着慢慢吃。"

其实她是为苏寒山着想啊，如果苏寒山知道他做的蛋糕这么难吃，一定会难过的对不？她将蛋糕带回去毁尸灭迹，苏寒山就不知道了。

苏寒山看着她一边说着他的蛋糕好吃，一边不停地吃她舅舅的蛋糕，终于忍不住冷笑道："陶然，我还真没看出来，你是个两面三刀、心口不一的骗子！"

"啊？什么……"陶然打算继续切蛋糕的手停了下来，她明显地感觉到苏寒山真的很生气，而且跟以往任何一次生气都不同，却不知道他为什么生气。

苏寒山也叉了一口蛋糕送到自己嘴里，当然，是他做的那款，结果……

他原封不动地把蛋糕放下，起身抬脚就走，椅子都被他带得发出哐啷一声。

“苏老师，苏老师你等我！”陶然真的不知道苏寒山到底怎么了，为什么发这么大的火。

她想快点儿追上去，但又要提袋子，又要搬花，还要收拾蛋糕……

她只有两只手啊！

最后她放弃了蛋糕，拎着塑料袋子，抱着花，跑步往前追去。

好悬！她终于在电梯口追上了苏寒山，电梯门都快要关了，她死命地挤了进去。

苏寒山绷着脸，一双眼冷冰冰的。

陶然真的从没见过这样的苏寒山，瘆得慌，小心地一点点往他身边挪，试探着喊他：“苏……苏老师……”

“是不是忘记了安全距离至少一米？”苏寒山忽然回头怒斥。

陶然被他凶得一下就弹到了电梯壁上，还撞疼了手肘，担心玻璃花盆破裂，赶紧仔细查看。

“忘记了就把守则抄一百遍……”结果他还没说完，发现陶然的注意力在那盆花上，“陶然！”

他气得……真的需要任主任了，如果不是他有涵养，那盆花此时应该只剩尸体了。

陶然被苏寒山这一声大吼吓得都快哭了，完全手足无措，不知该如何是好。

看着她这样的表情，他勉勉强强地把怒气压了下去，目光在她的两只手上掠过，再次落在粉掌的花瓣上，怒火又变成了冷笑：“你说要把我做的蛋糕带回去珍藏，留着慢慢吃的？”

陶然吓得话都不会说了：“我……我……”她这不是急着追他吗？大不了她先把东西放回房间，再下楼一趟收拾不就得了……

“你？你又想怎么狡辩？”

“我没想狡辩……”陶然真的要哭了，声音都带了呜咽，泪水在眼眶里打转。上次她因苏寒山而哭还是两年前她给他扎针，可那回他都没这么凶……

苏寒山真是头疼，怒气在五脏六腑里窜了好几个来回，最后还不得不逼进自己的肺里去：“别哭了！”

陶然更委屈了，可又不敢哭出声来，抽抽搭搭的，样子显得越发可怜。

苏寒山闭了闭眼，缓缓呼出一口气，这个动作不知不觉已经要变成他的习惯动作了……

“你到底有几句是真话有几句是假话？什么时候是真话？什么时候是假话？小骗子。”他的话语在怒气中又带有无可奈何。

“我……我什么时候都是在说真话啊……”陶然隐约觉得苏寒山的语气没那么凶了，哭丧着脸把塑料袋子放在地上，从里面掏出一个苹果递给他，一副讨好的狗腿模样，“苏……苏老师，你别生气了，你……吃个苹果消消气。”

苏寒山没动，陶然还把苹果往他手里塞。

苏寒山拿着苹果，忽然转过身。

陶然被他吓了一跳，以为他要动手揍自己了，眼睛一闭就准备挨揍，结果忽然没了动静，呼吸里属于他的清爽又带着消毒液的气味浓了起来。周遭一片安静，她好像听见他的呼吸声离她很近、很近……

她小心翼翼地睁开眼，只见他双手分别撑在她的两耳耳侧，他的脸近在咫尺，她……在他的手臂圈成的环里，一如电视剧里的名场面——壁咚。

她的脸噌的一下红透，心跳如擂鼓，她自己都能听见扑腾扑腾的声音了。

“苏……苏老师……”她吞了吞口水，莫名觉得有些口渴，“注……注意安全距离……”她伸出手指隔在她和他之间，指尖都快触到他的毛衣的绒毛了。

苏寒山的眼神更沉了几分，好不容易软和下来的口气又多了几分凌厉，“你跟我就知道保持安全距离了？跟……”他的年龄和素养都让他及时打住，没继续把后面的话说下去。

她贴紧了电梯壁，站得端端正正的，一动不敢动，明显地感觉到苏寒山的怒气又上来了。

她那双圆溜溜的眼睛因为带了惊恐，睁得大大的，又因为委屈，眼角还挂着泪痕，睫毛上也沾了泪珠，颤颤悠悠，眼神像极了家里那只加菲闯了祸不知所措，蠢萌蠢萌又让人生气的样子。

苏寒山将目光往下移，落在她的口罩上。

如果没有这口罩，她的嘴只怕也委委屈屈地扁下去了。

“苏……苏老师……”为什么别人的“壁咚”背景音乐都自带粉红泡泡特效，她这“壁咚”……她莫名想给配上恐怖片特效？

苏寒山的目光黏在她的口罩上就移不开了，眼前开始晃动她噘起嘴喊他看火气泡的样子，粉嫩而带着糖果香、水晶果冻一样柔亮的唇瓣在他眼前晃啊晃的……

陶然觉得苏寒山的脸正慢慢向她压近……

凭她看了这么多偶像剧的经验，通常这种剧本的走向是男主开始吻女主了，可是她跟苏寒山怎么会成为偶像剧的男女主啊？苏寒山怎么会吻她？

她全身绷得紧紧的，不知该如何是好，此时脑子高速运转，不得不说，她的脑子一向好使，简直让她骄傲！不管苏寒山是不是要吻她，这样的姿势，她不吻他都天理不容！

什么叫天时地利人和？

这就是！

她就亲这一次！不管后果，不顾一切！算是了结夙愿！

她闭上眼，单手往苏寒山的脖子上一绕，踮起脚就往苏寒山的唇上贴去。

她！贴！到！了！

咦？怎么硬邦邦的？不对劲啊！

她睁开眼，只见一个苹果怼在她的嘴上……

苏寒山竟然用那个苹果把她挡住了。

她顿时沮丧极了，这无异于千载难逢的机会啊！她就这么失去了，还让苏寒山看穿了她的用心……

她又羞又窘，心里更是乱糟糟的，飞快地把绕在他脖子上的手臂收回来，低着头不吭声。

苏寒山的声音在她的头顶响起："想吃苹果？还戴着口罩呢！怎么吃？"

"……"她刚刚哪里是想吃苹果？他都把苹果怼她的嘴上了，难道不明白她想干什么吗？还是说他在给她留面子？但明显的是，苏寒山的声音听起来慢悠悠的，他应该已经不生气了。

"傻姑娘。"苏寒山轻声道，"会吃到的，别急，但不是现在。"

陶然猛然抬头，心突突地跳，苏寒山说的"会吃到的"是她理解的那个意思吗？她刚刚想吃的明明是……

"就是你想的意思。"苏寒山一手拿着苹果，一手伸过来，在她的头顶揉了揉。

她的帽子……

陶然看着地上的帽子无语，一定是刚刚她动作太大帽子掉了，所以在这么一个重要的时刻，她又是顶着这丑出天际的发型吗？

哦，不！她的重点怎么又偏了！什么头发不头发的，他们在说吃苹果的事呢……

"小丫头，生日快乐。"他帮她拾起帽子，给她戴上的时候，朝她靠近。

她感觉到有什么东西在她的额头上碰了一下，而后飞快地，帽子重新被戴好，他退开按了电梯。

电梯上上下下的，不知已经是几个回合了。

"记着，"他说，"至少一米安全距离。"

"……"

“还有，院感手册罚抄十遍，后天交。”

嗯？迷迷瞪瞪的陶然这时候清醒了：“不是，为什么啊？”

“没有为什么。”

“你又不是院感老师！你凭什么罚我？”

“凭我是苏寒山。”

电梯到四楼，门打开，他走了出去。

陶然不知道自己是如何回房间的，整个人如在云里雾里。

一路上她都觉得脑门上好像贴着个什么东西，她摸了又摸，却什么都没有，于是后知后觉地想，苏寒山到底在她的脑门上干了什么？

她抱着花盆进了房间，对着镜子仔细照着。

她知道她什么也照不出来，可是这种异样感到底是怎么来的？

猛然间，她想起一个可能：苏寒山当时凑过来是不是在她的脑门上亲了一下？可他是怎么亲的？他戴着口罩呢！还能留下烙印一样的感觉？

这个猜测腾空而出以后，她在房间里就无法安安分分地坐下来了，来来回回地晃荡了几圈。这个问题不弄清楚，她今晚，不，以后都睡不着了！

在她看来，苏寒山亲她的可能性几乎等于零，可是他的的确确还说了一句：会吃到的，别急。

这句话的意思，只要她想起就会心跳如擂鼓。

最后一圈，她晃荡到了门口，手搭在了门把手上，短暂停留后，深吸一口气，猛地拉开门冲出了房间。

有些事，一辈子只有一次，她不能再㞞下去！错了……就当是个错误好了！

苏寒山的房间。

那个苹果已经搁在了桌上，熟透的苹果红得可人。

他坐在床边的小沙发上，背靠沙发，姿势慵懒，一双长腿伸直了搭在脚凳上，目光始终盯着那个苹果。

他一向很能控制自己的情绪，自少年时就是如此。

今晚的他却有些失常。他觉得这样的自己实在莫名其妙，他都三十多岁的人了，居然还心浮气躁的，想到电梯里的那一幕，他暗暗皱眉，伸手捏自己的眉心。

呵，他实在是不该啊！即便年少的时候，他都没有这样过。

而此时响起了嘭嘭的敲门声，声音很大。

他大致猜到会是谁，起身去开门。

陶然在用力敲门。

她怕自己拍门的力气小了，勇气也消失了。

门开了，苏寒山站在她面前，他已经换了衣服，穿着宽松的黑色卫衣卫裤。

原来他居家的时候是这副模样，虽然仍然穿的是黑色衣服，但看上去随意不少，眉眼间不再那么严厉端正，有几分慵懒。

他这样子打扮显得年轻许多。

她心下琢磨着，眼睛却黏在他身上看呆了。

“好不好看？”苏寒山的声音骤然响起，似乎带着幽幽的叹息。

“啊？”陶然的脸热了起来。

苏寒山有些无奈，眼睛黑漆漆的。他说：“你来敲我的门，就是专程来看我的？”

“……”想好的话陶然就这么说不出来了。

苏寒山便站在那里，也不着急，一副随便她怎么看的模样。

陶然伸出手去把他拉了出来。

走廊橘黄的灯光下，他的眼神显得很柔和，和刚才在食堂发怒的他判若两人——尽管陶然现在也没弄清楚他为什么发怒。

可是，现在发怒这个问题已经不是重点了，她踌躇了一会儿道：“苏……苏老师……”

“嗯？”

她又哑声了，迟迟不说话。他也不催她，耐心地等着，好像有很多时间等着她慢慢说。

“苏……苏老师……”

“嗯，我在呢。”

“我……”陶然舔了舔唇，恨自己的尿劲，当下眼一闭，豁出去了，“苏老师，我想问问你，刚才你给我戴帽子的时候是不是……是不是还对我做了别的？”

回答她的是沉默，若不是她的手指还拈着他的衣袖，她会以为他已经走了。

她睁开眼，看见的是苏寒山的眼睛，他正静静地看着她。

“是……是不是？”她的任性劲忽然就上来了，她抓着他的衣袖，非要问个明白，“你是不是……亲了我？”

最后几个字，声音已经小到几乎听不见了，脸上也烧得滚烫，眼睛都不敢再看他了，她垂着眼，目光四下游移。

她听见他轻叹，而后问她：“陶然，你知不知道我比你大很多？”

“知道啊！”那又怎么样？她还老实不客气地把具体数字说了出来，“九岁零八个月，约等于十岁。”

“……”苏寒山一噎，那点儿幽幽的情绪倒是被她整没了，苦笑道，“那你知道我是怎样的人吗？你了解我吗？不是医院主页上介绍的那些东西，而是生活里的我是怎样的人，我也有缺点，你了解吗？或者说，你有心理准备吗？可能真实的我会让你失望，并非你想的那样被光环笼罩。”

“我了解啊！”陶然揪着他的衣袖不放手，“我……我从十八岁……”

她忽然就说不下去了。

她从十八岁开始就奔着他而来，其间不知经过多少日子的寒暑奋战，如今回头，那些辛苦早已淡若云烟，他早已站在她面前。可是她从来就没有准备过，也从来没有想过，有一天可以这样牵着他的衣袖，执拗地问他有没有亲过她……

她不争气地就这么哭了起来，眼泪大颗大颗地往下掉，抽噎着断断续续地说："我……我这么……辛苦都走过来……了，这么久，一个人……都走过来了……"

一个人这么辛苦都走过来了，如果有两个人，她还会怕吗？

他抬了抬手，想抽出衣袖。

她却以为他要甩开自己，生平所有的无赖劲都用在了此刻，死死抓住他，怎么都不肯松手。

他无奈，只好往前走了一步，单手托住她的头，微微俯身。

陶然这一次是真的清清楚楚地看清了他的每一个动作，清清楚楚地感觉到额头上轻微的触碰，很轻很轻的一下，一触即离开，而且他还戴着口罩，碰到她的额头的都不是他的唇，只是口罩，可是感觉已经足够强烈，强烈到像是有电流通过，震颤得她全身都在微微发抖，他碰触过的地方，酥麻感随着电流漫延开去。

她不知道真正的唇齿相依是怎样的感受，可这样的回答，就是她想要的答案。

"苏老师！"她不顾一切地扑进他怀里，抱着他的腰，眼泪像是开了闸的洪水一样停不住。

念书时她跑 3000 米，跑完两圈就不行了，但周围的同学都在喊加油，最后她拖着沉重的脚步挪到终点，那种历尽千辛万苦抵达目的地的感受，只有经历过的人才懂。而此时此刻，她却比跑完 3000 米更加百感交集，因为 3000 米的终点就在那里，她可以看到，而追逐他的路是没有终点的，更没有人为她加油，她一路孤军奋战地走到今天，除了眼泪，除了抱着他大哭，她找不到言语来表达自己的情绪。

苏寒山缓缓地拥住她，揉着她的头发，想要安慰她别哭了，却听得她在他怀里哽咽着继续说："苏老师，我不怕。不管是医院网站上满页光环的你，还是生活中真实的你，我都喜欢。我知道你有缺点，可是没关系啊，以后如果付主任能给你治好当然好，如果不能，我也不在乎那个……”

等等，她在说什么？画风简直突变！

“谁告诉你我的缺点是这个？”苏寒山把人从自己怀里拎出来，瞪着她，控制着自己拍她几巴掌的冲动。小姑娘家家的，脑袋里成天装的是些什么废料？难道他现在要证明他不需要付凯？那是用语言还是行动来证明啊？

陶然正沉浸在自己的感动里呢，被苏寒山这么一瞪，很是茫然。她又说错话了吗？不过她很快反应过来了，对，她怎么老戳苏寒山的痛处呢？男人谁喜欢老被人揭这种短？于是她赶紧补救：“苏老师，不是，我以后不提了，咱不治，不治也行……”

苏寒山放开她，暗暗咬牙：“院感手册，抄二十遍！”

说完他转身进了房间，将房门一关，直接将她关在了门外。

“不是，苏老师你听我……”她伸出手，随即怔然。话说，刚才这番话，算她的表白了吧？为什么别人的表白到最后都是两人拥抱亲吻，甜蜜撒糖的结局，到她这儿就这么怪怪的？

哭？她倒是想继续哭来着，不过是为了抄二十遍院感手册哭，别人投怀送抱能换来什么她不知道，但换来加十遍罚抄，她是独一份了吧？

看着紧闭的房间门，她沮丧地挠了挠头发，蔫蔫地往电梯走去。这是史上最失败的表白有没有？

谁知道电梯门一开，里面还有个气鼓鼓的小豆。

“陶陶！”小豆一见她就苦大仇深地准备一吐为快的样子。

“小豆……”陶然眼角还挂着泪，“你现在才回来啊？高老师找你干什么？”

小豆就是想跟她吐槽这件事的，气得叉腰道：“陶陶，你说高老师是不是看我不顺眼啊？我根本没有出错，他还说记录里有我的错！结果他没找到我的错，把我留在那里考院感手册！他一条条问我！我背得滚瓜烂熟了好不好！他简直就是故意刁难我！害我都没时间来陪你过生日。对不起啊，陶陶，你今天生日怎么过的？”

陶然长叹，她们这都是什么“难姐难妹”啊？

“别提了，苏老师罚我抄二十遍院感手册！”

“陶陶！”小豆惊叹，这才发现陶然还哭过，“我们这都是跟院感手册杠上了吗？陶陶你太可怜了，今天是你的生日啊，苏老师简直是禽兽！”

谁说不是呢？唉……

原本谁说苏寒山的坏话陶然定要扎上两刀的，此时也不想扎了，经她本人认定：苏寒山就是禽兽！

蓝女士直到第二天早上才来电祝她生日快乐。

陶然正发愁那二十遍院感手册呢，愁眉苦脸的。

“怎么了？工作太累？”蓝女士关心地问她。

她摇了摇头，跟蓝女士撒娇：“我的生日都过了，你不爱我了……”

蓝女士笑了笑道：“那不是不想打扰你和女婿吗？怎样？生日过得开心吗？”

别提了！

陶然耷拉着脸：“不开心！”

“怎么呢？”

“他啊，太讨厌了，凶我！”陶然就不是个能憋住话的人，立马就嚷嚷开了。

蓝女士寻思了一会儿，觉得女婿是个稳重的人，而且又比自己的女儿大那么多，看着也不像会欺负女儿的，当即问陶然：“是不是你不乖？”

“我哪有不乖？”陶然不服，蓝女士这心都偏到天上去了！她太委屈了！忍不住就要吐槽，“我过生日呢，我巴巴地抱他，还亲他，结果他罚我抄二十遍院感手册！”

蓝女士原本十分疲惫，听了她这话也忍不住笑了，她终于亲了啊！不过自己这女儿哦，嘴也太没遮拦了！“他让你抄你就老老实实地抄啊？”

陶然五官都快挤一块儿了：“那不然呢？等明天要变成三十遍了。”

蓝女士又是好笑又是无奈：“傻姑娘，你不抄他能把你怎么的？”

“他……他……”她从没想过她不抄会怎样，“他是主任老师啊……”她能不听他的话吗？

“那他还是我们家女婿呢！你还是他的对象呢！你就不会撒撒娇，把这事给混过去？”蓝女士简直发愁，自己到底生了个什么铁疙瘩哦，跟她爸一样是坨铁，“你到底会不会谈恋爱啊？不会你给我好好学，这么好的女婿，别在手里还没煮熟就飞了！”

陶然更委屈了：“谈恋爱这个事，又没人教过我，我不会能怪我吗？上学的时候，老师和你们不都三令五申不准早恋吗？从来没有过经验，现在要我突然会谈恋爱，我怎么会？”不过，她撒撒娇真的能不用抄二十遍院感手册吗？

陶然忍不住叹气。她还没太适应苏老师的对象这个身份，再说了，她现在算苏老师的对象了吗？昨天她那番行为应该是表白吧？那她算表白成功了吗？

真是愁死人了……

蓝女士也愁啊，谈恋爱还用人教？得，她还是让女婿自己教去吧！谁家媳妇儿谁头疼，她可不想为这么个憨憨伤脑筋了！不过她还是含笑问了陶然近期好不好，吃得怎样，不外乎是万千个妈妈牵挂女儿的那些话。

挂断视频后，蓝女士缓缓放下手机，叹了一声，满面愁容。

陶然却陷入了新的烦恼中：她到底算不算苏老师的对象啊？

好在陶然虽然憨，但如今已经不怕丢人了，反正昨晚都丢到家了，再丢人点儿也无所谓。

不怕丢人也不“憨”的陶然冲到食堂，见苏寒山和黄医生正坐在食堂的长桌边吃早餐。

她快步走过去，苏寒山和黄医生同时看着她。

“小陶，早啊。”黄医生还跟她打招呼。

虽然黄医生和苏寒山之间隔的距离还挺远，但陶然要说的事必须不能让黄医生听见。

于是她拉了拉苏寒山的衣袖，示意他跟她走。

黄医生是个识趣的人，一见这场面马上端着餐盘起身：“得，我知道自己是个障碍物，就不在这儿招人嫌了！”

黄医生一走，陶然也就不客气地坐下了，两把椅子之间隔了一米来宽。

“怎么了？也不去拿早餐吃？”苏寒山问她。

陶然就想着撒娇这件事了。怎么跟一个男人撒娇，她也没撒过啊。回想她在家里跟蓝女士撒娇的方式，她坐着不动：“你……你去给我拿！”

说完她都觉得自己膨胀了，竟然敢使唤苏寒山了！

而苏寒山看了她一眼，没说什么，果然站起身来。

陶然一直盯着他的背影，看见他真的去取餐了，心里顿时像喝了蜂蜜水一样，甜蜜的滋味润得整颗心都在冒泡，身体里还有个小人儿在欢呼跳跃：苏寒山真的去给她取早餐！他竟然真的给她拿早餐！

苏寒山真的把早餐盘放到她面前，还问她：“是你喜欢吃的吗？”

她嘿嘿一笑道：“苏老师，就没什么东西是我不喜欢吃的。”

苏寒山点了点头：“嗯，早看出来了。”

“苏老师，你可真有能耐，怎么什么都能看出来啊？”她笑嘻嘻地取了个馒头，眨了眨眼，又问，“苏老师，那你看看，我现在心里在想什么？”

苏寒山看了她一眼：“在想怎么才能不抄那二十遍院感手册。”

陶然睁大眼，暗暗咋舌：“苏老师！你也……太强大了吧！你会读心术吧？”

苏寒山的眼角泛起淡淡的笑纹：“读你，还不需要读心术。”

“那苏老师，你这话的意思是我们心意相通吗？所谓的心有灵犀一点通？”说完陶然觉得自己瞬间升华了。谁说她不会谈恋爱？她谈得多好！

苏寒山正干吞馒头呢，差点儿被噎到，忍笑道：“那你看看我心里在想什么？”

陶然怔住了，刚刚才吹了心有灵犀一点通，此刻若是不通，那她多没面子？可她哪里看得穿苏寒山在想什么啊？！

不过，这也不算事，话说从小蓝女士教的应考知识就是考试绝不能空题，蒙也得蒙一个，蒙不一定对，但不蒙就一定不可能对了。

她想了想，小声问：“苏老师，你是不是在想免掉我抄二十遍院感手册的可能？”

苏寒山没否认也没承认，反问她：“你觉得有可能吗？”

“有啊！”她下意识地提高了声音，眼看有同事看过来，忙缩了缩头。

“哦？”苏寒山放下馒头，看着她，“那你说说，哪种情况下我能免掉你的二十遍罚抄？”

陶然心里是有想法的，但是特殊时期，实行不了啊，她想了想，忽然灵机一动，从口袋里掏出一支笔，取过他餐盘里的鸡蛋，在蛋壳上画了一个小人儿，末了把自己的餐盘里的鸡蛋也画上五官，然后把两只鸡蛋放在一起，嘴碰嘴，她自己也下意识地嘟起了嘴。

“好不好？”她嘟着嘴问，“等可以的时候。”

“这是我？这是你？”苏寒山指着鸡蛋问。

陶然点了点头。

苏寒山若有所思道：“看起来是我吃亏的事啊，怎么就要免掉你的惩罚呢？”

陶然顿时沮丧了，一手拿着一只鸡蛋：“那……那你就吃一点点亏不行吗？”

苏寒山终于绷不住笑了起来，只能庆幸没在吃东西，不然一定被呛到。

“苏老师……”她挪过去点儿，拉着他的衣袖晃了晃。

“嗯。”

“嗯是什么意思？”她喜上眉梢道，“是答应了吗？我不用抄了是吗？”

“嗯的意思是，我就吃点儿亏吧。”

“啊呀，我不抄了好吗？你看你都笑了……”

不得不说，小豆是真姐妹！

下车后，小豆把陶然拉到一边，从包里掏出一个本子塞她手里，小声说：“快，拿着，别让苏主任看见。”

“这……是什么呀？”陶然翻了翻，里面全是手写的院感手册的内容。

“院感手册啊！手都写酸了，只抄了三遍！苏主任给你期限没有啊？今天回去我再努努力，给你凑几遍！”小豆甩着手说。

陶然简直感动极了。这是什么姐妹？这是钢铁姐妹啊！

不过她还是把手抄本还给了小豆：“我用不着了小豆，你拿着吧，万一哪天高老师想不开也罚你呢？”

小豆连啐了好几声：“陶陶，看在我这么为你辛苦罚抄的分上你就不能盼我点儿好啊？话说你怎么就用不着了？难道你一个晚上就抄完了吗？”

“不是……我今早好好求了求苏老师，他同意我不罚抄了……”

“哇！”小豆一听就激动了，“你怎么求的？下次我也求求高老师去！”

陶然难道要说她牺牲色相求来的吗？她倒是想实话实说来着，还来不及说呢，小豆看见高正浩了，将本子往包里一塞，梗着脖子拉着陶然傲气十足地从高正浩面前走过，连哼带咒地道：“哼，就他这样的，我赌他一辈子找不到女朋友！”

至于怎么求这件事，因为接下来很快进入忙碌的工作，姐妹俩都给忘掉了。

第二批医疗队于这天抵达，这次是苏副院长带队，苏寒山父子齐齐来到一线。

下午，医疗队就分配工作完毕，医护们各自去了所分科室，以最快的速度投入工作。

苏副院长带着一队骨干医护进入了重症病区，开会、交接以及熟悉这里的工作。

苏副院长是北雅二院的院长，其实陶然见过他的次数并不多，从前也没有特别留意，但现在她身份不同了，至少她自己是这么认为的，所以再见苏副院长，心情也不同了，总之，全程那叫一个激动。

她怎么能不激动呢？那可是她爸！

至于她时不时咧着嘴傻笑的样子，幸好大家都戴着口罩，没人瞧见她那咧得合不拢的嘴。

但苏寒山看见了啊。

苏寒山早就瞥见她放光的眼睛，时不时笑得都眯成缝了。至于他老爹讲话时她两手捂着心口，宛如看见男神的激动模样，他简直要怀疑他爸才是她的偶像了。

会议结束，工作交接清楚，他俩下班时，苏寒山忍不住问她：“你刚才激动个什么劲呢？”

陶然揪着他的衣袖一个劲地跳脚：“我发现啊，咱爸讲话可真有水平！”

“咱爸？”苏寒山蒙了一下，转瞬笑意溢出眼角。

陶然一歪头，皱眉道：“错了吗？怎么不是咱爸？苏老师，我可不是随便的女孩儿……我们亲都亲了，那就是正正经经地处对象，是要结婚的，你说是不是？”

“是……是……”苏寒山失笑，只是他还从没见过这样的速度，前一天含含糊糊的都还没完全把关系定下来，今儿就叫上“爸”了。莫非这是当下年轻人的速度？他这颗老年人的心脏，还真要好好适应一下才行。

陶然自己其实也觉得和苏寒山进展很快，快到她现在还有点儿不敢相信。她竟然和苏寒山处对象了？苏寒山真的变成她的对象了？不能吧？该不是她在做梦吧？

但一想到这真真实实发生的事不是梦，她又笑得整个人都飘起来了。

苏寒山见她乐得那小模样，忍不住笑：“见到我爸，不，咱爸就这么开心呢？”

“当然了！见家长了！”

“……”苏寒山差点儿脚下一个趔趄，实在被她逗得不行，“这……这就叫见家长了？”

“怎么不是？你早就见过了！”苏寒山在蓝女士和老陶那里早就通过啦！

苏寒山憋不住笑逗她：“那接下来不是就到结婚这一步了？”

“必须啊！”陶然点头，都不带犹豫的。

这个傻丫头啊！苏寒山不由得摇头笑问：“这就答应结婚了？不用我求婚？彩礼什么的都没谈呢！”

陶然看了看他，然后眯着眼继续笑。

苏寒山摸了摸脸，他的口罩戴得规规矩矩，脸上也没啥问题吧？“这么好笑？”

陶然一副有秘密要告诉他的样子。

他稍稍凑近，就听她小声跟他说："苏老师，我跟你说，我十八岁时就想跟你结婚，都想了六年了，心里早答应你一万遍了，还用你求吗？"

说完，她自己有些不好意思，嘿嘿笑了笑："至于彩礼嘛，上天愿意把你给我，就是最好的彩礼啦！"

苏寒山将目光落在她的眼睛里，许久都挪不开。

那里面，有光。

"傻丫头……"他嗓音有些哑，牵住了她的手。

两人朝着护士长的病房走去，今天轮到陶然看护护士长。

苏寒山一双大长腿，步子迈得又大又稳，陶然则被他牵着，一路不是蹦就是跳，没个安分的时候。没办法，只要一想到苏寒山终于是她的对象了这件事，她就忍不住要跳。

陶然这姑娘吧，其实就是一根筋的性子。

六年前十八岁，她喜欢上一个人，就一门心思地喜欢，并且不顾一切地努力往他身边靠。

好不容易做到了，她终于来到他身边，却始终认为苏寒山喜欢她是一件完全不可能的事，于是将暗恋进行了个彻底，憨憨地和苏寒山越走越左。

如今天降大饼，把她给砸中，苏寒山突然就这么糊里糊涂地成了她的对象，虽然她时不时地还怀疑这件事的真实性，但处起对象来也是一根筋。

两人来到护士长的病房门口时，听得里面有男人说话的声音。

陶然很惊讶，往里一看，陪在护士长床边的竟然是护士长的老公。

"戴晟跟着第二批医疗队一起来的。"苏寒山小声跟她解释。

原来护士长的老公叫戴晟。

苏寒山跟戴晟是认识的，一进去戴晟就和他打招呼。

陶然从前没见过护士长的老公，戴晟看她跟在苏寒山后面，认为她是护士，也很礼貌地和她点了点头。

护士长看起来脸色还是很差，陶然要留下来照顾她，今天是陶然的班，反常的是，护士长并没有像昨天赶小豆那样反对陶然留下，瞧这意思，是想要陶然留下来的。

那陶然当然要留下啊！

戴晟就有些尴尬了，看着苏寒山。

苏寒山暗暗扭开头，真想说：我不认识这丫头……

但他能怎么办？自己带来的笨丫头不得自己负责带走？

“咯咯，陶然，时间不早了，我们不打扰护士长休息，走吧。”他一边说还一边跟她眨眼睛。

陶然很不以为意：“我要陪护士长呢！”护士长都说了需要她的。

戴晟苦笑，苏寒山也是无语极了，直接板起了脸：“你出来，我有话跟你说。”

陶然这才出去了。

到了外面，苏寒山忍住了戳她脑门的冲动，问她：“我给你使眼色你没看见？”

“我看见了啊！”陶然十分理直气壮，“可是这样不行啊苏老师，我们不能这么做！护士长多好的一个人，我怎么能在她需要我的时候扔下她不管，跟你谈恋爱去呢？”

“……”苏寒山愣是被陶然说得半晌说不出话来，看着她一本正经的小眼神，最后哭笑不得，“你以为我让你跟我走是让你和我去谈恋爱的？”

“不……不然呢？”陶然这会儿也有点儿不确定了，“难道……不是？”

苏寒山真的服了这小东西，直接拉着她走人了。

“我……我们还没跟护士长打招呼就这么走了……”陶然忍不住

回头看。

“看什么看？”苏寒山拉着她走得飞快，“人家戴晟来了，还要你戳在那里碍什么事？”

“可是……那不是……护士长说让我留下的嘛……”陶然自己也觉得气短了，越说声音越小。

“那是……”苏寒山都不知道怎么跟这块铁解释了，“总之那是护士长和戴晟两个人的事，你就别去瞎掺和了。”

两人说着话，就到了门诊外的广场上，陶然猛然站住脚，指着前方：“看……你看……”

苏寒山一看，忍不住笑道：“看什么看？不是咱爸吗？”

苏副院长也看到了他们，在那边等着呢。

于是两人径直走到苏副院长面前。

“爸。”苏寒山喊了一声。

苏副院长点了点头，目光落在陶然身上。大家都戴着口罩，他也不知道这是哪位护士。

陶然很激动啊，热切地看着苏副院长，两眼放光，支吾了一会儿，喊了一声“苏伯伯”。

苏寒山当下就笑了，被陶然狠狠地瞪了一眼。

苏副院长经历大半辈子风云，什么没见过？他立刻就知道是怎么回事了。但这也来得太突然了，他没怎么准备好，这么个小姑娘，看起来也太小了，该怎么面对？他僵硬地嗯了一声。

苏副院长便和苏寒山开始说疫情的事，讨论目前重症区使用的治疗方案。陶然便不敢插嘴了，老老实实的，从医院到宾馆全程都很乖。

直到最后下车，苏副院长才走了。

陶然悄悄地走到苏寒山身边，拽住他的衣袖，有点儿着急，小声问：“苏老师，是不是……咱爸不喜欢我啊？”

苏寒山忍笑道：“我以为你刚才会叫爸呢。”结果她叫了苏伯伯。

陶然瞥他一眼："人家会害羞啊！"

"你还会害羞？"苏寒山笑了。陶然这个人，他算是见识到了，没熟之前，畏首畏尾的，好像很拘束，一旦熟了，就肆无忌惮的，特别逗，这点参看她和小豆的相处模式就知道。

陶然急得跺脚："你还笑，咱爸要是不喜欢我可怎么办？就结不了婚了！"

苏寒山忍不住笑出声来："这点你放心，我还能做主。"

"啊呀，你别笑了行不行？笑得我都不好意思了！"陶然的脸都红了。

苏寒山笑得更大声了。

笑声惹得走在前面的苏副院长回头看了一眼，陶然赶紧放下拽着苏寒山衣服的手。

吃晚饭的时候，陶然跟武晞一起下去的。

一出电梯，她就听见楼梯间传来男人说话的声音，听上去像是苏寒山。

她拉着武晞躲起来，仔细一听，果然是苏寒山和苏副院长在说话。

"那个小姑娘是怎么回事？"这是苏副院长的声音。

"就是你想的那么回事。"

"什么时候开始的？"

"昨天，或者说，今天。"

"……"苏副院长半天没能说出话来。

苏寒山笑了笑，自己也觉得难以置信。

"多大年纪？"苏副院长问。

"刚满二十五。"

"……"苏副院长又不怎么想说话了。

苏寒山有点儿尴尬，其实他自己也是有顾虑的，但是，谁知道会这样呢？

苏副院长疑惑地问：“是个什么样的姑娘？”

苏寒山想了想，也不知该如何形容，笑道：“有点儿死心眼，还有点儿傻乎乎的，但是有我看着呢。”

苏副院长瞥了他一眼：“这就护上了？”

苏寒山笑了笑。

“你放心，我懒得管你这些事，我就是好奇，这不是你的行事风格。”按照苏寒山的风格，应该一切按部就班，一步一步，有计划、有节奏地进行，就像当初和于沁一样，两家都觉得合适，两人性格、学识、兴趣爱好都接近，然后水到渠成地走到一起。至于适合苏寒山的人，他也以为会是年龄相仿、稳重知性的姑娘，亦即于沁那一种，没想到会是个比苏寒山小十岁的小姑娘，好像还没长大。这样的小姑娘，和苏寒山能有共同语言？

“我也觉得不是我的风格，但是，它就是这么发生了，像……一阵龙卷风。”苏寒山用了个词来形容，觉得挺合适。

苏副院长最终叹道：“罢了，你好自为之。总归你能开心就好，好多年没见你笑了，今儿倒是笑了好几回。”

苏寒山再度一笑：“就是挺逗的一个人。”

陶然拉着武晞匆匆地走了。

而后陶然在食堂再遇苏寒山时就鼻子不是鼻子眼睛不是眼睛的。

苏寒山觉得挺可乐，果然是熟了就胆子大了，居然敢给他脸色看了。

“好像有人还差二十遍罚抄吧？”他们吃完饭，一块儿往外走的时候，苏寒山慢悠悠地说。

陶然一听差点儿跳起来：“你早上答应我不用再抄了的。”

“是吗？我可没有说，有人对我吹胡子瞪眼的，我还要免她的惩罚？”

“我……我又没胡子。”陶然小声辩了一句，决定把自己的不满倒出来，“还不是因为你，你为什么在咱爸面前说我傻？你才傻呢！你说我傻，咱爸还会喜欢我吗？”

原来她是因为这个不高兴……

武晞仰着头听他俩说话，一会儿看看这个，一会儿看看那个，鬼精灵似的把前前后后的事都联系起来，很快就把其中关节打通了，此刻插言道：“这有啥，就好比我爸爸不喜欢小鸡，但是我喜欢，我爸爸也就喜欢了。就算叔叔的爸爸不喜欢你，只要叔叔喜欢，叔叔的爸爸就会喜欢了。”

陶然一听，就像一个鼓鼓的气球被人放了气，瞬间瘪下去了，红着脸轻斥武晞：“小鬼头，你知道个什么？”

“这么简单的道理，还用长大才知道吗？姐姐，你太笨了！”武晞笑嘻嘻地道。

“说谁笨呢你？”陶然假装要敲武晞。

武晞抱着头躲到苏寒山身后求救命。

苏寒山目光融融，护着武晞，一副似笑非笑的样子，看着陶然道：“还没个孩子看得明白。”

陶然红着脸，老鹰抓小鸡似的要去抓他后面的武晞，结果一扑直接扑到他怀里。

武晞还在后面笑嘻嘻地羞羞脸，陶然再次去抓他，他小短腿却跑得飞快，陶然拔腿就去追。苏寒山在后面看着，宛如看见两个孩子在闹，只觉得自己这具身体实在沉重。他这样的年纪，再不可能有这样追追打打的行为了。

夜，寂静无声。

陶然躺在床上，已从一小段睡眠中醒来。

她看了下时间，才睡了半小时。

她尝试着再睡，却再也睡不着了，闭上眼脑子里就会出现刚刚梦里的情形——苏寒山的婚礼，但新娘并不是她，她可怜兮兮地去拽苏寒山的袖子，却怎么也拽不到，分明都抓到手里了，手上却空空的，什么都没有。她站在苏寒山和新娘面前大声喊：“苏老师，你的新娘是我，是我！”可苏寒山什么都听不到，欢欢喜喜地给他的新娘戴上了戒指。

黑暗中的陶然有点儿蒙，分不清梦境和现实。

她真的和苏寒山在处对象吗？她是在做梦吧？到底哪个是梦，哪个是现实呢？

她手里握着手机，忍不住打开和他的聊天界面。

距离她和他的聊天，已经有好些天了，界面上的文字，一点儿也没有男女朋友之间对话的痕迹。

她有些不确定了，她是在梦里和苏寒山处对象吧？

她惴惴不安地输入：苏老师，你现在真的是我的对象吗？

她输完后，老毛病又犯了，开始犯㞞，不敢发送。纠结了一会儿，她准备一字字将其删去，然而人恍恍惚惚的，不知怎么碰到了发送键，这条消息嗖地就发出去了。

她呆了一会儿，还是惯用手段，马上撤回，结果悬着的这一口气还没落下呢，视频请求来了……

她吓了一跳，难道刚刚撤回的消息被他看见了？

她的㞞包属性又上线了，视频请求的声音一直在响，她简直是闭眼接受的，苏寒山便看见暗黑的屏幕里，一张闭着眼睛的脸。

一张小圆脸肉肉的，下巴骨的形状都不甚明显，鼻头也圆圆的，那双眼睛若是不闭着，也是圆溜溜的，使得她看起来比实际年龄还要小。

就这么个稚气未脱的小东西……

他苦笑道：“怎么？把我叫醒又不看我？”

听见声音的陶然睁开一只眼，视频里苏寒山的脸映入眼帘。

她好像有很久很久没看苏寒山的全脸了，平时他都戴着口罩。

她还带着些梦里的情绪，微微嘟起了嘴，伸出手指轻轻地去触摸他的脸，从眉毛到眼睛，再到脸颊……一点儿一点儿地细细描绘他的轮廓。

“怎么了？”他冲她笑了笑，轻声问。

她歪靠在枕头上，小声说：“好看，想把你画下来。”

“这么好看？”苏寒山笑问。

原来，他笑起来是这个样子啊。

她真的很少见他这样笑，这样的夜里，目光温柔，像是一轮满月，明亮而温暖。

她认真地点头：“嗯，特别好看，全世界最好看。”

这样直白的夸赞他当真没听过，饶是他比她大十岁，也有些经受不住，喃喃地道：“哪有你说的这么好？”这小丫头，看他总是带着偶像滤镜，也不怕终有一天生活落实到吃喝拉撒上偶像滤镜会破裂。

“就有这么好。”她小声道，有些慵懒的鼻音听起来又黏又糯。

苏寒山握着手机的手紧了紧：“陶然……”他的声音竟然嘶哑了。

“嗯？”

她一脑袋乱蓬蓬的头发，好像每一根都有自己的个性，在白色枕头的衬托下，可谓飞扬不羁，却一点儿也不丑，搭配着她圆圆的脸，倒像是漫画里的人，像睡眼蒙眬的洋娃娃。

“苏老师，刚刚的问题你看到了是吗？”她相信他看到了，不然不会这么快打视频过来，可是他还没回答她呢。她手指轻触着屏幕，轻触着他温暖的眼睛：“这么好看的你，真的是我的吗？”

问完，她转头把整张脸埋进枕头里，没羞没臊是一回事，也担心听不到自己想听的答案。

苏寒山看着她，想到那个白天“咱爸咱爸”叫得特别顺口的丫头，此刻倒这么羞涩了……

“陶然。”

她听见他在叫她，可不愿扭过脸去。

他失笑道："你都叫过爸了，还能不是你的？"

陶然将脸埋得更深了，还闷闷地发出娇柔的声音："不许笑我。"

于是，良久后，她都没再听到声音了。

她以为苏寒山关了视频，赶紧回过头来看，结果看见苏寒山的笑容依然在屏幕里，依然温暖。

"苏老师……"她瞪了他一眼，怪他悄悄看她的笑话。

苏寒山笑道："傻姑娘，睡觉了，早点儿休息。"

陶然有点儿舍不得，现今能看到他的脸的机会太少太少了，每天都包得严严实实的。

苏寒山似乎看出她不愿意挂视频，柔声说："那我看着你睡。"

"不关视频吗？"陶然惊讶地问。

"嗯，不关。"

陶然这才欢喜了："那好，苏老师晚安。"

说完晚安之后，她又做了一件特别猥琐的事，嘟着嘴飞快地在屏幕上亲了一下，然后立马闭上眼睛装睡觉。不管不管，反正亲都亲了，你要笑就笑吧，我看不见……

在苏寒山的一声轻笑里，她渐渐红了脸，心里蜜一样荡漾着一句话：苏老师就是我的对象！没错！不是我做梦！

她这样想着，倒是很快就睡着了，像是格外安心，睡得很沉。

苏寒山凝视着她的睡颜，耳边回荡着她的那句话：特别好看，全世界最好看。

他不禁再次失笑。

他的样貌也许还行吧，他打小也是被夸大的，不过大家都是夸他成绩好、听话、自律、多才多艺等，就连于沁说他，也是欣赏他专业能力突出以及品格端正，这么孩子气地夸相貌的，只有她这么个小东西，这么把他捧起来仰视的，也只有她。

她太不成熟了，连带着他竟然也不成熟起来。

就像父亲所说的那样，这完全不是他的风格。

以他的风格，他就该是和于沁在一起时那样，先有很长一段时间的相互了解，发现彼此人品端方、性格相投、世界观相似，有着共同的理想和追求，目标都是为医学事业奉献终生，相处时有讨论不完的专业话题，会为了一个学术问题争吵辩论，为了说服对方再花几天几晚的时间去查文献，最后来论证到底谁对谁错。

一切都有条不紊，按部就班，就好像四季更替一样，春华秋实，遵循规律，到了秋天瓜熟蒂落谈婚论嫁。

他从来没生过于沁的气，即便两人有争论，那也是学术讨论，跟生气沾不上边。于沁那样成熟端庄、知性聪慧的女子，怎么会有让他生气的行为？

哪像这么个不成熟的小东西，他永远不知道她下一秒会出什么幺蛾子，就像他不曾想到他们之间这层窗户纸这么艰难却又轻易地捅破了，而捅破之后，他所有的顾虑、担忧、循序渐进的情感方式都被狙击、打破，闹得他措手不及，像是平地里起了龙卷风，刮得他晕头转向，仿佛不是他自己了。

时而烈日炎炎，时而寒冬腊月，时而春光明媚，他生平不曾有过这样剧烈的情绪波动，喜怒突然就不受控制了。

呵，他还是棵三十四岁的老铁树吗？

想到以后和她在一起不会有什么学术讨论，也不用聊什么专业突破，而是会常常听她比较哪家的奶茶好吃，哪家的小龙虾入味，或是做她的黑暗厨艺的小白鼠，这种感觉……

他想了想，只要不让他拿瓶瓶罐罐帮她做实验，分析每家店的奶茶的配比，他觉得也还可以。这些原本无聊的事，配上她生动的表情也能变得有趣。

当然，此刻的苏副主任怎么也想不到，很久以后会有自己系着围裙在厨房配比奶茶的画面……

医院。

黑暗中的病房里静得没有一丝声音。

忽而，病床上的人发出轻轻的哼声，很小，尽管在安静的夜里也是细微的一声，转瞬就没了，但是已经足够惊醒床边的人。

戴晟立刻警醒，躬身握住梅珊的手："怎么了？不舒服？疼？"

梅珊没出声。

戴晟摸了摸她的额头，觉得烫手，刚想去拿湿毛巾给她擦擦降温，只听梅珊轻轻呛了一声，又有血从嘴里流出来，少量喷射出来的血还溅到了他的脸上。

她又吐血了！

戴晟急忙打开灯，用力按床头铃。

深夜的一番急救开始，戴晟在急救室外焦灼地走来走去，手机却在此时响起。他一看号码，没有接，来电人却紧接着发来了信息："听说你去W市了？你还好吗？"

戴晟没有回，当电话再一次打来的时候他直接关了机。

梅珊从抢救室出来时是几个小时以后了，虽已醒来，意识却有些不清晰。

回到病房后，梅珊便有些昏沉沉的，好似要睡过去。

"珊……珊子。"戴晟握着她的手，轻轻唤她，"别睡啊，珊子？"

梅珊在他的唤声中微微睁开眼，低喃道："甜甜……"

"甜甜在家呢，跟姥姥、姥爷在一块儿，好着呢，昨晚还发视频过来了，我给你看。"戴晟打开手机，里面传出女孩儿甜甜的声音："妈妈，你今天忙不忙？累不累？我今天乖乖地在家里练了钢琴，写了作业，还看了电视。电视里，叔叔阿姨都穿着和你一样的衣服，我认不出里面有没有你。妈妈，你什么时候回来？我想你了……"

梅珊听着女儿的声音，眼泪溢了出来。

戴晟轻轻给她擦去眼泪："珊子，不怕，我来陪你了，等你好了我们就回家，甜甜在家等你呢。"

梅珊却偏开头，躲开了他的手指。

"珊……"

“你回去吧。”梅珊轻轻一句话打断了他。

“珊，你病着，又是一个人在这里，我怎么可能丢下你回去？我是来照顾你的，听话，我们不吵了，再也不吵了。”

“我没和你吵，早就不想吵了……”

一阵手机的振动声打断了梅珊的话，梅珊疲惫虚弱的脸上出现一丝嘲讽之色，她闭口不再说话，也闭上了眼睛。

戴晟皱着眉拿过手机，看了看后如释重负地朝她笑道：“是我妈。”

梅珊仍然没理他，戴晟转身接电话，那边传来他母亲焦虑的声音：“你怎么跑去W市了？现在那边多危险你不知道？你可真是，走之前也不跟我们说一声，简直就是儿大不由娘。你这么走了，设身处地地为我们两个老的想过吗？梅珊实在是太不懂事了，在家里成天跟你闹也就算了，这特殊时期，她在病毒中心还要把你闹过去，有这么当妻子的吗？”

戴晟怕梅珊听见心里不舒服，任凭自己的妈在那边说什么他都没回话，只静静地听着。

梅珊虽然还有些混沌，但也知道他妈妈肯定没说什么好话，闭着眼，权当与她无关。

陶然醒来的时候手机还在枕边，已经锁屏，但解锁之后，仍然是视频的界面。另一端，苏寒山的视频也没关闭，可惜她看见的是白花花的天花板，屏幕里并没有苏寒山的身影，却有水流的声音。

他在洗漱。

他真的开着视频陪了她一晚，在她睡觉的时候，他也在均匀地呼吸，这种感觉莫名地奇妙。

她觉得有些遗憾，还是自己太不争气，不然就能看见他睡觉的样子了！话说，他看见她睡觉的样子了吗？她睡觉的时候会不会很丑？

带着诸多疑问，早晨在食堂遇见他的时候，她不停地用小眼神瞟他。

苏寒山想起了她上次像只昂首挺胸、明明胆小却强行壮胆的小狐狸一样支使他取早餐的情形，所以，她这是在暗示他吗？他很是自觉，站起身就去取餐。

“不是不是……”她熟练地揪住了他的衣袖。

“不用我拿？”他好笑地去看捏着自己衣服的那只手，却看见她的手背上的疹子，“给你的药没擦手？”

陶然也看了眼自己的手，密密的红色疹子还挺丑，她缩了回来：“不用擦，反正擦了马上又会有，再说大家都一样……”说完她又用小眼神瞟他。

“有话就说，我又不是老虎。”他有什么可怕的？每次她都用学生做了坏事偷瞄老师脸色的眼神看他。

陶然就不客气了：“苏老师，下次你看我睡着的时候，你叫醒我。”

“为什么？”苏寒山不理解了，不让她好好睡？

她眯眼笑道：“不告诉你。”

苏寒山笑了笑：“你昨晚睡着的截图，我有好几张。”

“……”陶然奓毛了，他这是先发制人啊！她还没来得及截他的呢！“你……你给我看看！我要看看！”

苏寒山没搭理她，稳稳地吃着早餐。

“是不是黑照？”陶然急得不行。

苏寒山慢悠悠地道：“黑……是必然的。”

陶然倒吸一口气。她知道自己睡觉一贯不怎么老实，可怎么能让苏寒山知道？！

而后她便费了九牛二虎之力也没能从苏寒山那里把黑照要过来。

苏寒山见她不甚开心，便道：“迟早会让我看到的事，想开点儿。”

“啊？”苏寒山话里的意思是她理解的那个意思吗？

陶然的脸唰地变得通红，她可以确定，苏寒山说的就是她想的那个意思。哎呀，好让人害羞有没有？她赶紧跑路："我给武晞送饭去！"

武晞这次给妈妈折了一颗星星，还请陶然带给妈妈一句话："妈妈，别怕，星星就像小晞的眼睛，在你难受的时候看着你，你只要想想小晞在想你，就不会害怕了。"

陶然慎重地把星星收好，承诺武晞一定会把话带到。

武晞的星星是用彩色玻璃纸折的，不知他从哪里弄来的纸，对着亮光的时候，星星会折射出七彩的光，很可爱，很美。

当她举着星星给刘雁看的时候，刘雁无神的眼睛里好像也映着彩虹一样的光。

刘雁给陶然写字：好久没看见星星了。

陶然将这颗星星放进刘雁的手心里，握住她的手，小声说："外面的星空很美，武晞很乖，每天都在等你回家，加油，很快你就能跟武晞团聚，就能和他一起看星星了。"

刘雁眼角微微一弯，手指用力，握紧了那颗星。

陶然一直坚信，只要足够努力，大家一起努力，病魔就会被击退，刘雁一定会好起来，武晞一定能在樱花开的时候等到妈妈回家，全家人一起给刘雁过生日。然而，就在陶然把星星交给刘雁后的两天，在陶然值班的那个晚上，刘雁的情况急转直下。

那晚陶然接班的时候一切都还好，陶然和理哥一起给病人翻了身，理哥走后，她还给刘雁清理了一次排泄物，监测也尚且正常，然而几个小时后，刘雁突然不好了，血氧饱和度开始急降。

陶然紧急呼叫，很快苏寒山就带着人来抢救。

陶然在北雅呼吸与危重症科工作已有些时日，不是没见过生死，可是无论经历多少次，眼睁睁地看着在自己的照顾下努力求生的人在最痛苦的一刻拼命挣扎仍然会心痛如绞。

刘雁说不了话，但用最后的余力握住陶然的手，眼里全是哀求。

陶然想起她初来接管病房的时候，刘雁写在纸上的字：不想死，救我，求你。

她曾经答应过刘雁，一定会努力，一定会救刘雁，可是……

眼眶刺痛，陶然却拼命忍着不要流泪，不能流泪，护目镜花了她就什么都看不清了：刘雁，挺住啊，再努力一次好不好？再努力一次……

刘雁在她的手心里画着，陶然初时不知道是什么，后来猜到了，是数字“9”。刘雁仍然在向陶然发出求救信号，请医护们救救她，她想活下去。

陶然红着眼点头：“我们会努力的，会努力的，你也要坚持啊，我们不会放弃，你也千万不要放弃！”

刘雁却越来越痛苦，手无力地指着某个方向。

陶然知道，那里存放着武晞送给刘雁的东西，他画的画、写给妈妈的信，还有折的星星。

陶然把存放礼物的盒子取出来，拿出星星放进刘雁的手心里。

刘雁握住了，在痛苦的挣扎中仍然握住了，像是握住了最重要的东西。

然而情况越来越糟，刘雁似乎也感觉到了什么，不再在陶然的手心里写“9”字，眼泪从她的眼中滑落下来，曾经坚定的求生眼神也变得灰暗而绝望，但她仍然想表达，想说话，却什么也说不出来，只艰难而颤抖地张开手，展示那颗星星。

星星却因挣扎中的她握不住而滚落在地。

刘雁突然变得激动起来。

陶然赶紧帮她把星星捡起来，重新放回她手里，似乎也明白了刘雁想说的话，哽咽着问她：“刘姐姐，你是不是想武晞？”

刘雁的泪突然决堤而下。

她想武晞。

她知道她不好了，比从前任何时候都不好。

她一直很努力地活下去，闯过了一次又一次难关，可这一次，她痛苦却清醒地感觉到自己闯不过去了。

她不想就这么离开这个世界，这个世界多好啊，春天的花、夏天的风，她还没有领略够，还有她的小武晞，他还那么小，她走了，武晞怎么办？以后他放学回家再也没有妈妈可叫了，她答应了他一定会回去的，他每天都在等她回家，却再也等不到了，他该多失望啊……

可是她也不想啊，她真想回家啊。

她想离开这里，自由自在地呼吸。她有多久不能好好呼吸了？家里阳台上的茉莉还是武晞帮着她一起种的，小小的孩子，玩得满手满脸都是泥，花开的时候，满屋子都是花香。

空气里的花香，真好闻啊……

把茉莉花穿起来送给她当手链戴的小武晞，笑得像小太阳的小武晞，对不起，妈妈食言了，不能如约回家了，可是你要相信妈妈，妈妈多么想陪着你长大，多么想看着我的小男孩儿戴上红领巾，再戴上团徽，多么想有一天能送你离家从此踏上属于自己的人生，多么想看到很久以后你领个姑娘回来告诉妈妈那是你心爱的人，多么想握着你俩的手把你郑重地交给她……

可是妈妈再也看不到了，对不起，是妈妈不好，妈妈坚持不下去了……

她不停地流眼泪，窒息的痛苦将她吞没。她听见医生们围在她身边说话的声音，知道他们还在努力，他们一直很努力，她很清醒地记得他们每个人的名字，曾想过，她要记住他们，等她好了，要好好感谢他们。还有那个总是给她带武晞礼物来的护士，此时此刻还在给她鼓劲，给她念武晞信里的话语，和武晞一起给她加油。

那些话语啊，她在心里念了不知多少遍。

“妈妈，今天花园里的花骨朵开花了，不知道它叫什么花，有红色的，白色的，很好看，你看了也一定会喜欢的。妈妈，我很听话，没有下楼乱跑，就在窗口看的，我请姐姐帮我拍下来了，留着等你出院的时候看。妈妈，我留了很多好东西等你出院……”

她的武晞，哪里在舅舅家呢？舅舅家倒是有姐姐，却没有能看到花园的窗口啊。

武晞，妈妈看不到你的好东西了……

她真的还有很多很多话想要说给武晞听，也想要说给武晞的爸爸听，她要他无论如何都要坚持下去，千万不能像她一样，否则，她的武晞往后孤零零一个人要在这个世上颠沛流离……

可是她说不出来，也见不到他们。

她真想再见他们一面啊，哪怕一面，哪怕说一句话……

刘雁最后一次感受手里的星星，只愿能化作天上的一颗星，照耀这人世间，看着她的武晞不被人厌弃，陪伴她的武晞一路成长而不孤单……

“妈妈加油！太阳出来了，我们又胜利了一天，妈妈一定要加……”陶然一边监视着仪器，一边熟练地反反复复背着武晞信里的句子，希望给刘雁安慰和鼓励，那些话，她多次念给刘雁听过，早已记得滚瓜烂熟。

她不知道此时的刘雁还能不能听到，只看见刘雁的泪水不断地从眼角流淌出来。所以刘雁还是能感知外界的一切是不是？自己一定要让刘雁知道，千万不能放弃，武晞需要她，武晞还在等着她，为了武晞她一定要挺住。

所以，陶然一遍一遍地念：“妈妈加油，最后的胜利一定是我们的，妈妈一定要……”

她的声音卡住了，随着仪器曲线的跳跃归于平静，世界静止。

随即，她哭出声来：“刘姐，加油啊，你一定要加……”

陶然再也说不下去，只剩一片低泣声。

所有人都低着头，哭泣的声音通过他们的层层防护服传出，分不清是谁的声音，也不必分清。

默哀、鞠躬，最终他们是要将刘雁送走的。

那个前一刻还在拼命抗争，一心要活下去的鲜活的人，变成了一具任由消毒的遗体，密封好以后被运走。

武晞折的那颗星星，被永远地封在了刘雁的手心里，陪伴着她，终将和她一起化为灰烬。

37 床空了出来。

病房里的气压低沉得有些可怕。

36 床的病人是没有意识的，但 35 床和 38 床的人却知道发生了什么，好像都被吓到了，尤其 35 床的黄奶奶，每天都要闹一闹，需要护士耐心哄，此刻突然也安静下来。

大晚上的，大家都不睡，病房却静得可怕。

陶然全身都绷得紧紧的，咬着牙关继续工作，至于为什么咬着牙关她也不知道，也许这样就能避免自己情绪崩溃哭出来吧。

她不能哭，还有三个病人需要照顾。

直到早上要交班了，她和小米要帮 35 床的黄奶奶翻身，黄奶奶抓着她的手，忽然开始号啕大哭。

陶然知道，黄奶奶害怕。

她也想哭，小米更是眼眶通红。

小米来接班才知道噩耗，愣了好久才怔怔地说出一句："我还答应刘姐姐等她好些了就给她带水果吃呢……"

黄奶奶又开始闹，说不治了不治了，要回家。

陶然和小米心情压抑，忍着情绪劝着奶奶，然而黄奶奶哭着表示："就算死也要见家人最后一面，要死在家里啊！"

陶然和小米差点儿泪崩。

"治不好的，我知道治不好的，我要回家，让我回家！"黄奶奶的心理防线彻底崩溃了。

安慰和鼓励此时此刻都已经没用，黄奶奶甩掉呼吸面罩，拔掉了监护仪。

陶然和小米赶紧控制住她，苏寒山也赶来了，给黄奶奶打了镇静剂，黄奶奶才慢慢平静了。

重新给她上了监护仪和呼吸机后，陶然握着她的手，字字是泪地道："奶奶，在这个病房里，你是病情最轻的，你的情况和刘姐姐不一样，隔壁病房的爷爷和你的情况差不多的，已经转去普通病房了，你要相信自己，你一定会回家的，而且是健健康康地回家。"

黄奶奶不知在想什么，只流泪，不说话。

陶然见病房情况差不多稳定了，和小米把工作交接清楚，手里抱着刘雁的遗物准备下班。

这个袋子里的遗物，经过消毒，最终要交还给武晞。

陶然从病房里出来，脚步沉重得几乎迈不开。

"陶陶！"对面走来穿着防护服的小豆，胸前蓝色的名牌上写着她的名字。

"陶陶！"小豆抱住了她。

陶然今天经历的，是小豆曾经经历过的，所以小豆对此感同身受。

"陶陶，你还记得你对我说过的话吗？一切都会好起来的！一定会啊！"

陶然僵直地站着。

"陶陶！"小豆急道。

陶然终于点了点头。她知道啊，一切都会好起来的。可是她也是此刻才如此深刻地体会到，等一切都好起来以后，逝去的人却永远逝去了，她再也没有办法还给小武晞一个妈妈……

"陶陶，我要进病房了，答应我，回宾馆好好吃一顿，好好睡一觉，我下班就去陪你。"小豆唯恐她想不开。

第二批医疗队队员来了以后，重新排了班，陶然和小豆的班总是错开，小豆现在陪不了陶然，很是焦急。

陶然在小豆耳边蹭了蹭，当然，只是防护服蹭防护服："我没事，你放心吧。”

她怎么会没事呢？

和小豆分别以后她就没再说一句话，眼前晃动的全是武晞双眼亮晶晶的模样。

“姐姐，你帮我跟妈妈说加油了吗？”

“姐姐，我妈妈今天给你写了什么字？要和我说什么？”

“姐姐，替我送一朵花给我妈妈吧。”

“姐姐，我妈妈还有几天能出院？”

“姐姐……”

她不知道自己是如何回宾馆的，下车后，却发现宾馆小广场的花坛上坐了个男孩儿，她停住了脚步，走不过去了。

“姐姐，姐姐！”武晞却看见了她，朝她飞奔而来，在离她一米多的地方站住了，这是陶然和苏寒山教他的最短安全距离，他记得很牢。

他两眼还是亮晶晶的：“姐姐，我妈妈今天留了什么话给我？”

陶然抱着装着遗物的袋子，哽咽得说不出话来。

“姐姐……”武晞期待地看着她，眼睛隐隐泛红。

“你怎么出来了？”陶然身边响起略微沙哑的声音。

“叔叔。”武晞眼里泛起了亮光，“我晚上做了一个梦，梦见妈妈跟我说再见……”

陶然和苏寒山都沉默了。

“姐姐、叔叔……”武晞看着他们，莫名地害怕起来，“你们……为什么不说话？”

“武晞……”苏寒山始终开不了口，而陶然连武晞的名字都没法喊出来，只怕自己一张口就绷不住哭出来。

“是不是……我妈妈病得更重了？”武晞猜测着，声音有些发抖，“是……是吗？”

“武晞。”苏寒山蹲了下来，“梦里妈妈还对你说了什么？”

“妈妈说……”武晞微微一扁嘴，眼里的泪珠快挂不住了，“说：‘武晞，妈妈要和你说再见了，你是男子汉，不能哭，要好好照顾自己，听舅舅的话……’”

陶然微微仰起头，溢出的眼泪从眼角滑下。

苏寒山也扭开头，好一会儿，武晞再次叫他了，他才转过头来，哑声问：“那武晞做得到吗？”

武晞呆住了。

“武晞……”苏寒山似乎在斟酌着用词，多年前的那个晚上，是谁通知他那个噩耗，又用了怎样的措辞？

“武晞！”陶然却突然打断苏寒山的话，眼眶微红，冲着武晞笑道，“妈妈好着呢，她就是想你了，你看，我把妈妈的东西都带来给你了。”

她把怀里的袋子递给了武晞。

苏寒山看了她一眼，默然不语。

武晞眼睛一亮：“真的？”

“真的。”陶然点头，心里难受极了。

武晞笑了，眼泪却忍不住流了下来，捧着陶然给他的袋子，抽噎着道：“叔叔、姐姐，我……我是男子汉，可我……我想先哭一会儿再当男子汉……行吗？我有点儿忍……忍不住……”

梦里发生的事实在太难过了，妈妈在云里面笑着和他说再见，慢慢地越飘越远，现在姐姐说妈妈好好的，明明是高兴的事，不知道为什么，他却更想哭了。

武晞的眼泪大颗大颗地往下掉，目光看向同样是男子汉的苏寒山。

苏寒山沉默着，片刻后张开了双臂。

陶然微微惊讶，他不是一个感情外露的人，至少在这之前从来没有跟人抱抱这样的举动，就连对她，拥抱都少之又少。

武晞哭着问他：“可以吗？叔叔可以抱吗？”

“你也张开双臂啊。”苏寒山轻声道。

一大一小两个男人，隔着一米的距离，在冬末的风里隔空拥抱，手指尖滑过的全是风的声音。

“武晞。”苏寒山的语调在风里轻柔而温和，“男子汉当然是可以哭的，哭并不丢人，哭过之后勇敢地担负起自己的责任就是真正的男子汉。

“武晞，你要记得，无论发生多么难过的事，这个世上总会有人愿意给你拥抱，温暖永远在你身边。”

陶然听着，眼泪夺眶而出。那年丁香树下红着眼眶的他是不是也想要一个拥抱？十八年前还是少年的他，又是谁给了他拥抱？

武晞开开心心地回了房间，脸上泪痕未干，却已笑逐颜开，跟陶然和苏寒山挥手道别，手里抱着妈妈的东西，好像拥抱着全世界。

陶然脸上的笑容僵了、酸了，她终于看到房门关闭，终于，可以不用再笑。

“苏老师，我是不是做错了？”陶然的声音幽幽的，像是在飘。

苏寒山不置可否，早知道晚知道，武晞总会知道的。

“我是想，晚点儿告诉他吧，现在正是防控紧张的时候，我们又忙，没有那么多时间看着他，万一照顾不周，孩子跑出去做出什么冲动的事来可怎么是好？等等看，等他爸爸康复了，那时候再告诉他，至少他还有爸爸在身边……”她说着，信心却在动摇，他爸爸……会康复的吧？她张了张嘴，这个问题却没有问出口。

“嗯，那就……晚点儿再告诉他吧。”苏寒山站定。

已到陶然的房间门口，气氛依然沉闷，陶然想说点儿什么，却不知从何说起。

“早点儿休息。”苏寒山轻声道。

“嗯。”

陶然看着他转身往电梯走去，冲着他的背影忽然喊道：“苏老师。”

“嗯？”苏寒山回头。

陶然张开双臂：“苏老师你要记得，无论发生多么难过的事，这个世上总会有人愿意给你拥抱，温暖永远在你身边。”

说完，她一头钻进自己的房间。

苏寒山在电梯门口站着，看着她的方向，那里已经没有人了，空空的。

电梯到了，他却不知道，门开了又关，他才突然被惊醒似的，急忙按键。

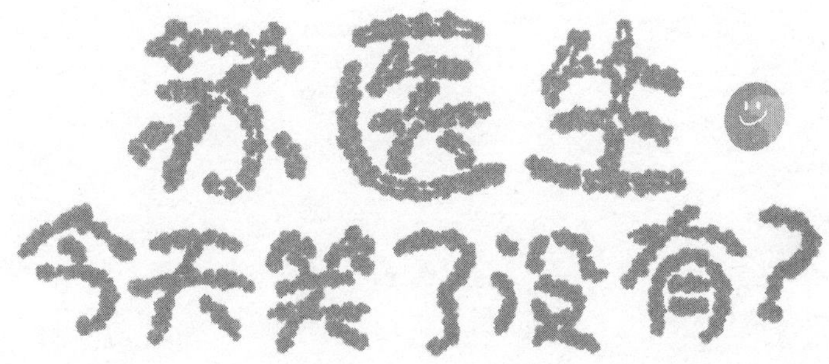

吉祥夜 著

下
册

青岛出版集团 | 青岛出版社

第六章 我爱你

陶然睡得很不踏实，一直做梦，混乱的梦。

她听见了小豆的声音，小豆哭着求她："陶陶，求你了，别把我封起来，我还活着，我不是尸体，我想活着，想和人说话……"

可是躺在她面前的人是刘雁。

刘雁没有死，伸着一只手想要抓住她，从来不说话的人，竟然流着泪朝她喊："护士，护士，救救我！救救我啊！我不想死，我想活着，我舍不得武晞，你带我去见武晞……"

她也去抓刘雁的手，可是眼睁睁地看着两只手都握在一起了，她握到的却是空气。刘雁痛苦地挣扎着，始终向她伸出一只手，最后气若游丝地道："求你……帮我照顾武晞……求你……帮我照顾他……"

"求你，帮我照顾他……"声音突然一变，陶然眼前的女人也变了样，不再是刘雁，是她没见过的陌生女人，看上去却又有几分熟悉，穿着医生的白大褂，躺在刘雁躺过的地方，痛苦地喘息着，向她伸出手。

“你是谁？”她去握女人的手，仍然握不住。

忽然，响起孩子的哭声：“妈妈，妈妈，你不要我了吗？妈妈，你回来啊……”

这是武晞吗？

画面一转，她看见坐在花坛上的武晞哭着朝她奔过来，她用力地把他抱住，然而抱在怀里以后，却发现不是武晞，是陌生的男孩儿。陶然浑身僵硬，一声不吭。

她心里一惊，猛然醒了过来，呼吸急促。

枕头湿湿的，全是眼泪。

她是在做梦，可一切都那么清晰，清晰得此刻她的心口仍然是痛的，枕畔的泪痕也全是真的。

她最深刻的仍然是刘雁在她面前痛苦哀求的画面，还有那些无端冒出来的刘雁从来不曾说出口的话：“求你帮我照顾武晞，帮我照顾他。”

陶然只要合上眼，这个画面就会再次出现。

她没法再睡了。

抹去眼角的泪，她拿起始终充着电的手机，手机界面停留在视频通话上。对苏寒山说完那句话后，她就一头扎进了房间里，那时候心情无法言喻，像是一只承受着雨打风吹的鸟儿，很难过，却又想和另一只鸟儿结伴取暖，于是在睡前打开了视频，两人却什么都没说，好像只要看着彼此就够了，看着就能读懂对方的悲伤，看着就有继续走下去的力量。

她是看着他睡着的，至于他什么时候睡的，她不知道。

此刻的他，应该还睡着吧？

她轻轻擦了擦屏幕，手机那端一片黑暗，不知道他的镜头对着什么地方。

陶然靠在床头，紧握着手机，梳理着情绪，梳理着她的梦和现实。

如果可以，她真的希望一切都只是梦。

刘雁和武晞都只是她梦里的人，病毒也是她梦里出现的，她没回W市，还在北雅，忙着和小豆吵架，忙着给苏寒山投票……

忽然，手机里多了声音。

她惊坐起，确认自己没听错，声音的确是从手机里传出来的，像是喘息，像是呜咽，像是挣扎……

“苏老师？苏老师！”她大声喊道。

那边的人没有回应。

她急得跳下床开门出去。

苏寒山也在做梦，梦见长长的医院走廊，他还是个小男孩儿，曾经无数次地走过这样的走廊去找母亲。

走着走着，他忽然长大，身处抢救室里，病床上躺着他的病人。

他看不清病人的脸，不知道那是谁，心里只有一个念头：抢救！抢救！抢救！

忽而他身边多了好些病床，每张床上都躺着痛苦不堪的病人，呻吟、嘶吼、哭喊着，将他包围。

他在一张又一张床边打转，忙得手足无措，听见他们在喊他：“苏医生！苏医生！苏医生救我！”

他看见了陆明，看见了刘雁，看见了一张张似曾相识的面孔，他们都在向他求救，都在把手伸向他。

但他顾不到那么多人了，拉着他们的手，眼睁睁地看着他们离去，最后也只能和他们一起呜咽。

可他怎么拉得住呢？陆明的病床消失了，刘雁也消失了，那些表情痛苦的脸随着一道道白光闪过，一张张地在他面前消失。

他听见有男孩儿的声音在喊：“妈妈，别走，别走啊，妈妈……”

那像是武晞的声音，好像又不是。

有女人的声音在回答："小山，妈妈下班就回来，你看着这个闹钟，过了十二点妈妈就下班了。"

然而他在那一个个痛苦挣扎的病人里发现了母亲，他急得去抓她的手，她身上却浮起了白光。她在白光里若隐若现，声音也像飘在空中："小山，妈妈要走了，你是男子汉，要照顾好自己，不能哭……"

可是他想哭。他很难受，想说：我是医生了，我能救你，你不要走！我现在是医生了……然而喉咙像是被卡住一样，什么都说不出来。

母亲最终还是消失在那一团白光里，不管他如何想要费力抓住她，都没能留住。

他听见自己的声音终于爆发出来："妈，我是医生了！我真的能救你……"

但母亲终不能再给他回应。

"苏寒山……"又有人喊他。

他看见于沁从白光中升起，转瞬即逝，什么也没留下，只远远飘来她的声音："苏寒山，你要加油啊！"

"于沁！"他刚跨出一步想要去追她，却听见身后传来嫩嫩的声音："苏老师……"

他回过头去，只看见白光中的病床，躺在上面的人却是陶然……

"苏老师……苏老师救我……"

"陶然！陶然！"他跑过去将她抱在怀里。她怎么那么轻，轻得像没有重量一样？

"准备抢救！人呢？护士？准备啊！"

她在他怀里一直在喊："苏老师，苏老师……"

他亲她的额头："不怕，我会救你的！我一定会救你的！"我绝不会再让你也离开！

“苏主任，你离她远点儿！你没有防护！会被传染！”有人来拉他。

可他管不着了，他一定要在她身边！不会再让她一个人孤零零的！

“苏老师，苏老师！”

“不怕，苏老师在这里，苏老师会救你！”一定会！

“苏老师！苏老师！”

一直有人在喊他，还有砰砰砰的声音。

他十分艰难地睁开眼，只觉得亮光刺眼得可怕。

他用手挡住光，听见喊声仍然不绝：“苏老师！苏老师你在吗？苏老师你开一下门！”

他拿开手，光依旧刺眼。

他条件反射般从床上跳起，直奔窗户。

好了，终于好了，不会再有刺眼的亮光，不会再有人半夜把他叫醒，告诉他他不想听的噩耗。

他靠着窗户，不敢睁开眼，慢慢往下滑，最终蹲在窗边捂住了头。

脑海里仍然全是白光，刺眼的白光，有人在耳边不断说：“小山……小山，醒醒，你妈妈去世了！小山……小山，醒醒！”

他不要醒，不要睁开眼，不要见到光，也不要听……

梦里所有的声音都围绕着他，挥之不去。

“苏医生，救救我。”

“苏医生，我不想死。”

“老苏，告诉她，把孩子打掉……”

“小山，妈妈要走了……”

“苏寒山，加油啊……”

“苏老师，苏老师……”

砰的一声，门被打开了，杂乱的声音中断，世界安静，小小的惊呼声从门口传来，替代了一切声音："苏老师。"

陶然久敲门不开，心中担忧，找宾馆工作人员拿来房卡开了门，看见的却是昏暗的房间里，苏寒山抱着头缩在窗帘底下。

她不想把他和"被遗弃的孩子"几个字联系在一起，但是此刻的画面让她想到的就是这几个字，跟她见到的那个从树丛里爬出来的脏兮兮的武晞一样。

这是苏寒山吗？真的是吗？

苏寒山是高山明月，是青松苍柏，高远得让人只可仰望，挺拔得从不弯折，怎么会是这样？

不过她反应很快，挡在门口，回头对工作人员说："谢谢，没事了。"而后她进屋，飞快地关上了门，将这样的苏寒山关在了他人的视线外。

"苏老师？"陶然来到他面前。

苏寒山看着她进来的，目光还有一些迷惘。

陶然觉得光线实在太暗，第一件事就是去拉窗帘，结果才透出一条缝的光，他立马抬起胳膊挡住了眼睛。

陶然敏锐地注意到他的反应，马上把窗帘给拉上了。

"苏老师。"她蹲在他面前，不知道该说什么。她嘴笨，每一个重要的时刻都不知道该怎么表达。但这样的他，让她觉得既陌生又心疼。

她下意识地将他抱住。

没想到他反抱住了她，而且越抱越紧。

"苏老师。"她不知道他这是怎么了，小声地叫着他。

苏寒山其实已经渐渐恢复清明了，只是还有些心悸，梦里她躺在病床上向他呼救的画面太清晰，他只有紧紧抱着她，才能驱散那些画面，告诉自己那只是梦，梦里的一切已经过去，现实的她好好地在他怀里，无伤无损。

他抱得那么紧，好像她是他的依靠一样。陶然心里酸酸的，摸着他宽阔却瘦削的背，语气有种发誓般的郑重：“苏老师，我会保护你的。

“苏老师你要记得，无论发生多么难过的事，这个世上总会有人愿意给你拥抱，温暖永远在你身边。

“苏老师，我会保护你的。”

这些话怎么都不像孩子似的她对他说的，苏寒山听着，已然平复的心像是浸泡在温水里，他又不禁觉得好笑：“这些话，该我对你说才是。”

“是我给你拥抱，温暖你、保护你才对啊，傻孩子。”

陶然却很执着：“不！我要保护你！我六年前就想保护你了！”她的表情坚定却偏偏又带着点儿孩子气的执拗。

苏寒山只觉得胸口像是被温软的一团东西哽住，说不出话来，只是更抱紧了她。

只听她在他怀里又道：“苏老师，你不要小看我啊，我虽然看起来小，但我可能扛事了。我爸爸生病那会儿，我妈妈都支持不住了，全靠我给她力量。我就是不太会说话，但我的精神力是很强大的。所以，苏老师，虽然你看起来好像比我大一辈，但是每个人都有脆弱的时候啊……”

陶然说的是实话。她想起六年前的事了，那会儿他是医生，是给她爸爸治病的人，妈妈那时候都让她叫医生叔叔来着，他可不是大一辈吗？

苏寒山听着她前面的话还挺感动的，但听着听着这味儿就不对了，“大一辈”这个词怎么就这么奇怪呢？

好在他已经熟悉她的说话风格了，如果每回都生气，他这两片肺真禁不起炸，但心里那点儿因梦而起的阴影倒是被她这番嘀嘀咕咕彻底驱散了。

苏寒山只觉气也不是，笑也不是。

他还能怎样呢？

他牵着她起身，拉开了窗帘。

陶然惊讶地道："苏老师，你刚才……"

"没事，一下不适应光线，刺眼而已。"他一向克制，跟朋友促膝谈心之类的事，从来没有过。从前他和于沁在一起，也只会谈专业、谈人生理想，如今面对一个比他"小一辈"的小朋友，就更没想过要如何揭开自己的心理创伤这种事了，就连他今天的失控，也是第一次被人看见。

陶然知道他撒谎，他有事不愿意说，可是她并不在意。他心里的事是什么不重要，重要的是他从刚才可怜兮兮的状态里走出来了。

只要他开心就好了。

她小心地观察着他的眼睛，发现他眼神平和如常，脸上再找不到一丝丝刚才的慌乱，心里一松，牵着他的手不放："苏老师，我们聊聊天吧？"

他难过，她就陪着他聊天好了，说些开心的事逗他笑。

"好啊。"他也没问她为什么突然来找他。

陶然便说一些小时候的事，拣有趣的说，比如蓝女士和老陶的日常二三事，小陶同学和街坊小伙伴的二三事，小陶同学记忆中的童年美食四五例。

"苏老师，我真的会画糖画，我小时候非缠着我爸给我熬糖，我来画，每次都画云朵。为什么？因为别的我不会画啊！

"我上一年级就当上班干部了呢，负责管班上的一盆花，是我们班的小花仙，我还是那年唯一一个被评为优秀小花仙的孩子，因为就我养的花还活着，别的小花仙都把花给养死了。为什么我这么能干？嘿嘿嘿，因为我每养死一次，就让我妈给买盆新的带到学校去换……"

苏寒山是真的被她逗笑了。

她很爱说话，一些平凡无奇的小事经她说来就能变得格外生动有趣。

“我现在还记得那花叫什么名字呢，你猜是什么花？”

“……”这问题可真够无聊的，他怎么知道是什么花？但他还是很配合地捧哏：“什么花？”

“凤仙花啊！我们小女孩儿最喜欢的花了，花瓣可以给指甲染色，染成粉红色，可漂亮了。”她伸出手。

一双护士的手是再不可能染指甲的，又因洗手消毒次数过多，长出红红的疹子，始终不曾消退。

她把手收回去，小心地打量着他：“苏老师，我说这些话题你是不是不爱听啊？”

苏寒摇头：“不，我爱听，很有意思。”有一种说不出来的烟火气，原来小女孩儿的世界是这样的，他从来不知道。

陶然心里便松了口气，其实她今天也因为刘雁的去世而心情很低落，和苏寒山聊这么一通，至少有短暂的时刻她是忽略了悲伤情绪的。

她的目光落在早就注意到的蓝胖子闹钟上，几度想问的她终于还是忍住了。

不问，不管是谁送的，她都不问。

“苏老师，说说你吧，全是我在说。”

苏寒山有些不习惯跟人说自己？他从不曾这样过，但面对她充满期待的、圆溜溜的眼睛，他也无法拒绝。

“我啊……”他回忆道，“我前半辈子过得很平淡，没什么精彩可说的。”

“你还平淡啊？”陶然咋舌，“你看看你的履历，都快吓死人了。”他这也叫平淡的话，她只能叫平庸了。

他微微弯了弯嘴角。他说的平淡和她说的不是一回事。

“苏老师，你会游泳吗？”陶然干脆自己问他。

“会。”不过他是在游泳馆跟老师一本正经地学的，蛙泳、仰泳、自由泳都学得很标准，不像她，在长江边蹋过水。

“那……你还有什么爱好？”

“爱好？”

“对啊，比如我小时候还学过跳舞，我跳得可好了。”

苏寒山笑了笑：“知道。”

“这你也知道？”陶然惊了。

“嗯，我看过视频。”

“……”陶然瞬间明白了，“是我妈给你看的吗？”蓝女士真是的，自己在苏寒山面前还有没有秘密了？

苏寒山点了点头：“让我找找你是哪一个。”

“那你找到没？”她双眼发亮。

苏寒山想了想，说了实话：“找到了。”

“你能认出小时候的我？是因为特别可爱吧？”

苏寒山终于忍不住笑了：“的确……很特别。”一堆小娃娃里，唯一一个总是慢半拍的人，再加上她那不听话的四处支棱的头发，他估摸着就是她了。

陶然浑然不觉，犹自得意地道：“我打小学跳舞，一直跳到高中，每到一个班都是文艺骨干来着，舞蹈队尤其少不了我。”

苏寒山想到那个慢半拍的小陶然，忍着笑不吐槽她们舞蹈队老师的眼光，不过，这就是她啊，对喜欢的事情，就满腔热忱地去做。

“苏老师，你呢？有啥爱好？”

如果这些算爱好的话，那他也有：书法，他三岁开始学写字，五岁开始每天至少练一个小时。

“哇！”陶然惊叹，“我就知道，你的字那么漂亮，肯定练过的。还有吗？”

“学过小提琴，画过画，拜过围棋老师……”他跟所有孩子一样，被望子成龙的父母推着去过不知多少兴趣班，但在他看来，那些都是课程，所以算不算他的爱好，他倒是没想过这点。不像她，他能看出来她是真心喜欢跳舞，纵然总是跟不上节拍，却是全场笑得最灿烂的一个。

陶然再次惊叹："苏老师，你是全才吧？"

"不是，只是学过，并不精通。"

"苏老师，我从来没听你拉过琴。"她嘟哝，他拉小提琴的时候一定特别帅吧？

"拉得不好，回去拉给你听。"

她微微叹了口气。怎么能不好呢？他做什么都是最好的。

他却察觉了："怎么了？"

陶然摇了摇头，继续和他聊别的话题，聊他那些她不曾来到的时光里的事。

"苏老师，我认识你太晚，如果我早生十年就好了，那我就可以跟你做同学，和你经历一样的事，跟你认识同样的人，陪你度过一样的时光。苏老师，你知道吗？其实我很羡慕于沁……"

两人聊了很久，从来没聊过这么久，到后来陶然说话的时候已经昏昏欲睡了，说出了自己之前叹气的理由，也说出了从不曾说出的名字，只是嘟嘟哝哝的，还没说完，就靠在墙上睡着了，头一歪，倒在了苏寒山的肩上。

苏寒山低头看着自己的肩膀上这个发丝凌乱飞舞的毛茸茸的脑袋，也是微惊。原来她知道于沁，她竟然知道于沁？

短暂的惊讶过后，眼里涌起淡淡的柔光，他忍不住抚上她乱蓬蓬的头发，想一点点给她理顺。但她的头发实在是特别得很，真是每一根都有自己的想法，压下去又弹回来，他怎么都理不好，还吵到她睡觉了。

她哼哼了几声，伸出双手将他整个抱住，像抱娃娃一样，头更是自动寻找更舒服的地方，直到搁在他的颈窝里，觉得舒服了，才又安静地睡去。

他僵硬了好一会儿，呼吸里全是她的发丝间洗发水的香味，她那不听话的头发一根根地竖着，蹭着他的下巴，有些痒。

他是何时睡着的，他也不知道了。

闹钟将苏寒山闹醒的。

他睁开眼，房间里依然有光。

拉开的窗帘没来得及拉上，大片的亮光倾泻进来。

苏寒山先醒，首先便习惯性地惊慌，第一个反应就是要起身去拉窗帘，然而刚刚一动，怀里一团软乎乎的东西也跟着动了，一只胳膊绕上了他的肩膀，毛茸茸的头发在他的颈间蹭，还有个声音在迷迷糊糊地梦呓："小豆，今天食堂又有猪蹄，你去刘师傅那个窗口打，他给得多……"

"……"原来他怀里多了个丫头，而这丫头梦里回到北雅吃猪蹄了。苏寒山安安稳稳地坐住了，惊慌、梦悸什么的，全没有了。光？亮着吧。

只是下一瞬，他的胳膊就被人咬住了。

他原想忍忍的，可这丫头的牙齿……实在是属食肉动物的，咬得人忒疼！

陶然觉得鼻子痒痒的，醒过来后迷迷糊糊地看见苏寒山，人还蒙着，脱口而出："我的猪蹄……"

苏寒山没说话，一脸"你看看你咬的哪儿"的表情等她清醒。

陶然不负所望地清醒了，先是震惊自己为什么靠在苏寒山怀里，等她想明白两人聊着天就靠着墙壁睡着以后再震惊自己又把苏寒山的胳膊当猪蹄了。

"不是，苏老师，你听我……"

"不用解释也不要狡辩！"

"……"陶然拍拍他衣袖上的口水，"那……好吧，我……先回房间去了。"

此刻苏寒山的电话却响了，但只响了一声就挂断了。

他一看来电，是一串数字。

陶然也不经意间看见了，还是一串她熟悉的数字。她顿时站起身，手忙脚乱地道："完了完了，我妈找我来了。如果她知道我跟男人同居一室，还睡了一觉，她要打断我的腿！苏……苏老师，我真的走了啊，你就说没看见我，我没和你在一起啊！"

说完，她差点儿连拖鞋都没穿就跑出去了。

苏寒山看着她慌慌张张跑出去的样子未免觉得好笑，同时将电话拨了回去："喂，我是小苏……"初时他脸上还带着淡淡的笑，继而变得严肃。

又要去医院了，陶然原本稍稍放松的心情重新变得沉甸甸的。

她在苏寒山的房间里度过的几个小时，像是忙碌中打盹时做的一个梦，一扇房门，将他们与外面的世界隔离开来，给了他们短暂的忘却时光。但梦总归是要醒的，病房里的生与死，他们总是要去面对的，尤其武晞专门等着她，把一个香蕉交给她的时候，她心里更是难受。

武晞说："姐姐，今天的香蕉我没吃，你帮我带给妈妈，我妈妈最喜欢吃香蕉了。"

陶然将香蕉拿在手里，眼前是武晞充满期待的闪亮眼睛，她哽得实在说不出话来，强笑着点了点头。

谎言总有一天要被戳破。对不起，武晞。

苏寒山在前方等她，她不敢再看武晞的眼睛，低头朝苏寒山走去。

"陶陶。"苏寒山第一次正式叫她的小名。

陶然感觉有点儿别扭，可是在这种心情下也无意对这个称呼有什么反应。如果是平时，她应该会小小地悸动与欢喜吧？

她还是强笑道："苏老师。"

苏寒山注视着她，泛着红血丝的眼里神色莫名，最终移开了目光，声音低沉地道："陶陶，我们要面对的不仅仅是今天，你要记得，不管我们面对的是什么，我们是第一道屏障，不能退，不能倒。我们倒下了，他们就更加失去了保护。”

他话里的意思，陶然觉得自己应该是明白的。

他是怕她在刘雁去世之后有心理压力吧？

她不会。

难过肯定会有的，但是她知道，前方还有更艰巨的路要走。

她点了点头，表示自己听进去了，倒是想起他给蓝女士回电话这件事来：“我妈找你说了些什么？”

苏寒山眼睛微眯：“没什么，就问我你现在好不好，怕你不说实话。”

陶然再次点头，这倒是挺符合蓝女士的风格，心一贯偏在苏寒山那边：“他俩呢？好不好？”陶然也就是随口一问，其实生日那天她才和蓝女士通过话，他二人每天待在家里，一切正常。

苏寒山果然说：“都好，你不用担心。”

过了一会儿，苏寒山又说：“陶陶，我们是第一道屏障，我也是你的后盾。”

陶然微惊，抬头看他，只看见戴着口罩的他的那双眼睛此时此刻也专注地盯着她，好像眼里只有一个她。

可是她知道，他眼里怎么会只有一个她呢？他胸怀大志，心系病患，此时更打着一场硬仗。而她也在这场没有硝烟的战争里和他并肩作战，和他一起成为保护亲人、朋友、所有认识和不认识的十几亿民众的一员。

她明白了他的意思，心情和他是一样的：我们为了信仰、为了责任去打这一场仗，我们的身后是无数人的安宁和健康，可在这没有硝烟的第一线，你也是我要保护的人啊……

她是直来直去的性子，在这种时候绝不会落后：“苏老师，我也是。我也是你的后盾。”

苏寒山看了她好一会儿，心中终是微叹：“上车吧。”

37 床有新的病人住了进来，重症，没有意识。

没有更多的时间留给他们来缅怀刘雁，昨日陶然亲手给刘雁的病床消毒，抹去一切属于刘雁的痕迹，那一刻起，就注定他们只能继续前行，迎接下一个挑战。

理哥说 35 床的黄奶奶情绪很不好，又打了一次镇静剂才安静，38 床的病人也有些躁动，归其原因，都是刘雁的去世给他们的情绪带来了负面影响。

38 床的病人还好，理哥帮助他和家人取得了联系，但 35 床的黄奶奶的安抚工作却真的很难做，他们一直没联系上家人。

“等奶奶醒了，可能要辛苦你再好好哄哄她，她最听你的话。”理哥交班的时候说。

陶然倍感压力。她现在也有些黔驴技穷，黄奶奶越来越不“听话”，她理解，老人家孤零零地在这里每天面对病痛和死亡的威胁，家人消息全无，心里怎会没压力？

陶然也很着急，为黄奶奶忧心。

没想到的是，陶然在下班的时候却发现手机有新的留言，她之前联系的黄奶奶所在社区的工作人员回复她，找到黄奶奶家人的消息了。

陶然精神一振，立即联系对方，那边的工作人员也很高兴，告诉陶然，黄奶奶的孩子在国外，黄奶奶平时跟老伴儿曾老先生在本地生活，老先生也生病住院了，之前在种种原因下联系不上。就在昨天，曾老先生和社区工作人员联系上了，请社区帮忙询问奶奶的病情。

工作人员还把曾老先生的联系方式和他的主治医师、主管护士的联系方式都给了陶然。

陶然马上联系护士，把事情说清楚后，护士也特别高兴：“太好了，可算联系上了，老先生治疗的过程中就一直惦记着老伴儿呢，特别特别焦急，说老伴儿没有他不行，几次要出院找老伴儿去，我们好不容易劝住。”

曾老先生没有黄奶奶的病情严重，住在普通病房，护士直接让她和曾老先生对话。

“护士姑娘，我家小黄给你添麻烦了。”

陶然还没开口呢，老先生先说了，叫黄奶奶小黄。

陶然忙道：“爷爷，你客气了，照顾她是我们的工作，能找到你就好了，有你的鼓励，奶奶的情绪会好很多。”

曾老先生听起来很着急：“姑娘，小黄是不是不肯吃药？是不是怕打针？是不是睡觉也睡不好？我跟你说，都是我的错，你不要怪她，是我给你们添的麻烦，我来跟她说，她会听我话的。”

陶然觉得曾老先生还真是挺了解黄奶奶的，不过她怎么会怪奶奶呢？

只听曾老先生又着急地说道：“她不是不讲道理的人，就是有点儿娇气，吃药和打针都要哄，睡觉怕黑，我不在她更怕了。你把我的话带给她，她会乖的。”

陶然很惊讶，曾老先生对黄奶奶的态度看起来好像对孩子似的，老陶和蓝女士都不再用这样的口气对她说话了，老先生对奶奶该有多好啊。

曾老先生在护士的帮助下录了个视频给陶然，录的时候剃了须，还让护士把头发和衣服都整理整齐了，要用最好的面貌给奶奶信心，而后对着手机录像，叫黄奶奶的小名：“小丫，不要怕，你一直都很勇敢，在我心里你是最勇敢的。你看我，听护士的话，吃药打针，已经好很多了，你也要乖乖的。你乖，我就唱曲儿给你听，怕黑的时候，想着我给你唱的曲儿就不怕了。我现在虽然不在你身边，但我心里一直想着你、挂着你，我想早点儿看到你。小丫，加油，就算为了我，你也要加油，我等着你好了带你去吃好吃的，天天唱歌给你听。我们说好的至少还要活五十年，每年完成一个愿望，你别忘了呀，今年的愿望是什么你告诉我，等你好了，我们就一起去完成。小丫，我爱你，你如果爱我，就好好地听医生和护士的话，记住了吗？要乖……”

曾老先生居然叫黄奶奶小丫，还果真唱了一段小曲儿，唱得很好听。

陶然听着，沉甸甸的心渐渐被暖意包围，像沐浴在南方暮春的雨季里，依然沉重，却温暖湿润。

“我爱你”这三个字，她只在影视剧里听过。蓝女士一生风风火火，老陶木讷内敛，她作为女儿没见过他们这样直白地表达感情。而她自己……

她已经出隔离区了，不便再返回给黄奶奶看视频，于是把它转发给小米，小米即将在六小时后来接现在这位护士的班，到时候让小米想办法尽快给黄奶奶看视频，让黄奶奶尽快得到安抚。

我爱你。

也许这是再寻常不过的三个字，但在这样特殊的时候，这三个字变成了一种力量。

她忽然就很想找到那个人，跟他说一声：我爱你。

然而她就耽搁了这么点儿时间，苏寒山却不见人影了。

黄医生跟她说：“苏主任让你先回宾馆，他有个病例需要会诊。”

这样的事也很正常，她刚来那会儿，苏寒山总是到宾馆了还在忙着回复各种诊断咨询消息，时不时就从宾馆被叫走。

她点了点头，打算一个人去看看护士长。

她刚到病房门口，就听见里面哐当一声脆响，有东西掉到地上了。

她敲了敲门，叫了一声“护士长”，然后推门进去，只见护士长的老公戴晟正弯着腰在倒水，回头见到她笑了笑：“小陶。”

地上有被打碎的杯子。

陶然赶紧帮着收拾碎瓷片，戴晟让她别动，待会儿等他来，但陶然手脚利落，马上就清理好了。

护士长看起来已经好了不少，反而关心陶然，问她最近累不累，是否害怕，问她病房里情况怎样。

护士长一向都是这样，严厉又温柔，业务上严厉地鞭策着他们这些年轻护士成长，业务之外处处是温柔和暖心之举。

这么好的护士长，怎么会婚姻不幸福到要闹离婚呢？

陶然暗地里打量了一下戴晟。这人看上去比苏寒山还要成熟，而且是那种刻着阅历的成熟，虽然她眼里除了苏寒山再容不下其他男人，但客观上她不得不承认，护士长眼光不错，戴晟比苏寒山也就差那么一点儿吧……

陶然和护士长聊了会儿才知道，护士长这是打算出院重新回到岗位上去了。

戴晟求助似的对陶然说："小陶，你劝劝她吧，她要工作我肯定支持，可也得等好齐全了，现在就去工作我怎么放心？"

这件事，陶然当然是站在戴晟这边，极力劝阻护士长。

护士长看她的眼神和看戴晟的截然不同，目光柔柔的，正是陶然熟悉的护士长："谁不累呢？傻孩子，你们不累吗？苏主任他们不累吗？谁不是在坚持？谁不是在竭尽全力地工作？"

"可是我们……"

陶然还待继续劝说，护士长微微一笑道："苏主任呢？今天没跟你一起？"

虽然陶然性子直，但还是有点儿脸红了："他还要会诊。"说完又认真地道，"我等一下跟苏主任说，苏主任同意你回去就回去，苏主任说不行就是不行。"反正她不能让护士长这么快返回岗位。

"这么快就对苏主任唯命是从了？"护士长的语气带着点儿揶揄意味。

"啊？"陶然的脸更红了，但她还死要面子地道，"我才没有！

病人要听医生的话，这不是天经地义的吗？”

护士长看着陶然有点儿憨又有点儿害羞的模样，微微一笑，这就是年轻人的样子啊……

没有什么比鲜活的生命更让人心生希望了。

陶然眼看着护士长真的好转了，陪了一会儿就不再打扰护士长休息，告辞离开。

戴晟坐在床边，俯身用纸巾轻轻擦着枕边的水渍：“你要喝水就叫我，跟我还客气什么？”

护士长闭上眼，没说话。

“梅珊。”戴晟叫她，终究欲言又止。

沉默片刻后，梅珊闭着眼睛道：“你回去吧。”

戴晟看着她道：“回不去了，出不了城了。”

梅珊忍不住睁开眼，发现他眼里竟然带着一种类似赖皮的笑，好像在说：我回不去了，你能把我怎么着？

这人简直了！

“何必呢？”她重新闭上眼。

戴晟握着她的手，轻声问她：“我来几天了？”

几天？一周吧？所以他是急了吗？又没人要他来！

“梅珊。”他又道，“我来七天了。”

是够久了！他腻烦了？有人催他回去了？梅珊转过脸，心里微涩，却听他的声音再次响起：“这几天我突然想到一件事，我们从来没有在一起连续待这么长时间。”

梅珊怔住。

好像的确是这样。

她和他经人介绍认识，平稳地相处了一年多，见过彼此的父母就结婚了，不曾有过轰轰烈烈的恋爱，也不曾有过死去活来的分分合合。婚后他忙于他的事业，她在医院工作也忙。他忙到什么程度呢？她休了婚假做好计划和他度蜜月他都能临时有事，于是改了计划带着她飞赴另一座城市，他去忙他的，她一个人在酒店住了一个星期……

后来，忙碌便成了他们的生活常态。

再后来，他终于事业有成，两人本以为总算是跑到了终点，没想到，也的确是到终点了……

“梅珊，我们走得太快了。”戴晟说。

梅珊不知道他到底是什么意思，只觉得心里潮潮的，胀疼。

他真的走得很快啊，从那个蜜月期都带着她卑微地跑业务的青涩男子到如今众人瞩目，快得没有时间回头看看她，看看女儿，看看这个一地鸡毛的家，快到不断有青春逼人的女孩儿想去抓住他。

“珊……”他好像发现她眼角有闪亮的液体，电话却在此刻响起。

他看了一眼，挂断。

来电人却锲而不舍地再次打过来。

“接吧，让我清净一会儿。”梅珊冷冷地道。大半年了，这夺命连环电话总在他回家后的夜晚响个不停，睡到半夜突然醒来发现他在回消息的感受太不好了，可她都到这儿来了，他还跟来干什么呢？他去跟那个人讨论人家的儿子的教育不好吗？他干脆给别人养儿子不好吗？

“不是，我……”他再看一眼手机，笑道，“是妈。”

“出去接！”梅珊闭着眼睛道。是婆婆又怎样呢？对方除了念叨二胎和男孩儿，还能有什么说的？自从她生下女儿，婆婆眼里就没有过半点儿欢喜之色。

戴晟坐下来，把手机递到她的眼皮底下：“真要出去接？睁眼看看是谁？”

梅珊下意识地睁开眼，原来是她妈妈……

晚上陶然在宾馆餐厅吃饭时终于遇到苏副院长。

苏副院长就站在门口，刚跟一个医生说完话，转头就瞧见了她，然后就戳在那里不动了，看起来好像专等着她过去似的。

她前前后后不知挪了多少个来回。到底去还是不去？这个问题着实让人纠结。

而苏副院长一直站在那里，说没看见她简直都没法让人相信。陶然把心一横，得，去呗，怕啥？

她大步流星地走过去，朝气十足，在苏副院长面前站定，响亮地喊了声："苏院长！"虽然对方是二院的院长，她这么叫也是没错的。

苏副院长看着她，忽然来了一句："不是叫爸的吗？"

啊！

陶然简直如遭五雷轰顶，脸唰地变得通红。

"不是……我……那个……"刚才还雄赳赳气昂昂的陶然顿时像只泄了气的皮球，蔫头耷脑的，心里对苏寒山满怀怨气。真是的，他怎么什么话都往外说！

苏副院长咳了两声："进去吃饭吧。"说完他就往外走了。

"陶陶！"小豆也来吃饭，看见了她大喊，"可算遇上你了。"

小豆回头看了看，小声问："刚才你和苏副院长说啥呢？"

陶然正沮丧着呢。她怎么回答？难道要说和苏副院长讨论叫不叫爸爸的问题？

小豆一直记挂着她，见她情绪不高的样子马上转了话题："陶陶，还记得你是怎么安慰我的吗？我都挺过来了，你也可以的！我们不能灰心丧气！"

来援医这段经历对他们来说，不会那么容易忘却，其间的艰苦和压力并不是主要问题，残酷和悲痛才是他们需要时间慢慢去消解的。

刘雁这个名字，也许要很长时间才能渐渐在陶然心里淡去，但此时此刻，她倒并没有小豆担心的消沉，或者说曾有过，但已经过去了。

“小豆，放心吧，我还好。”陶然冲她笑了笑，把刚才的尴尬抛到脑后。

小豆松了口气：“陶陶，你比我勇敢多了，我真的……”小豆现在仍然常常做噩梦，常常在夜里惊醒，大概梦多了，也习惯了，从噩梦中醒来，再自己蒙着被子睡。

“小豆，你也很勇敢啊！苏老师说，我们是第一道屏障，我们的身后是数亿人的幸福和安宁，我们只能勇敢，决不能退缩！”

小豆点头，眼眶有些红：“苏老师这话说得太对了。”

两人吃完饭，小豆是要去医院的，匆匆和陶然道别，陶然则回了房间。

陶然房间的窗户正对着宾馆小广场，透过窗户，她可以看见所有进进出出的人。

她在窗口站了好一阵了，苏寒山还没有回来，路灯清冷的灯光洒在地面上，整个宾馆乃至整座城市都安静极了。

她想要质问他一个很重要的问题来着：怎么能把她胡说的话说给苏副院长听？

但是她不断上涌的疲倦终是盖过了气鼓鼓的不忿，她打着哈欠，等不下去了。

之前用来传递信息的绳子还盘在窗口，她带着怒气，把这个质问写在纸上，还用原来的方法垂了下去。

她必须让他知道，这个问题很严重！

陶然起床的第一件事就是去窗口看有没有回信。

她探头出去一看，绳子挂着的袋子都不一样了！

她赶紧拉了上来。

素白的信笺，漂亮的书法，朴素至简却又好看得宛如艺术作品般的回信，正是他的风格。

信笺上写了一行字：咱爸盼很久了。

咱爸……她喜欢这个词。

她把信笺贴在心口，好好地感受了一番这个词后，小心地把它收起来，快速梳洗，下楼去叫苏寒山一起吃饭。

苏寒山眼眶泛青，眼内布满红血丝，眼神有些严肃。

这是陶然在苏寒山开门后见到他第一眼时的样子。

她原本弯着眼在笑的，看到这样的他笑容凝固，小心地问："苏老师，我是不是吵到你睡觉了？"她想起他这回会诊时间有点儿长，也许回来还没多久。

"没有。"他垂下眼眸，再看她时，眼神清明了不少，"走吧，去吃饭。"

电梯里，陶然叽叽喳喳地跟苏寒山说着话，好像隔了这段会诊的时间没见，就隔了许久一样，有许多事要跟他说。尤其说到她在苏副院长面前表现得有点儿迟钝的事，她颇为担心，苏副院长会不会不喜欢她？

苏寒山的目光却黏在她的脸上，虽然在口罩的遮蔽下他看不见全脸，但那双鲜活的眸子、活泼的眉眼都看得他心里有点儿难受。

"苏老师，你说呀！"她微皱着眉头，觉得苏寒山没在听自己说话。

"嗯？"他确实失神了，没听见她在说什么。

陶然跺脚："苏老师！我问你呢，你说，苏副院长会不会不喜欢我？"

他微微一笑，集中注意力："怎么可能？你这么可爱，谁都喜欢。"

"真的？"她可没这个自信。

"真的。"

陶然满意了，见他神色不对，关心地问："你是不是太累了？那我不吵你了。"

“没有。”苏寒山想伸手揉揉她的头发，发现她戴着帽子，“我不累，你说吧。”手心存有记忆，是她四散的头发扎着的感觉，痒痒的。

“我也没什么可说的了，到了，吃饭去吧。”他们到一楼了。

苏寒山看着她的背影，眼中的温和散去，眉心微蹙。

他要怎么告诉她，她舅舅已经感染，而她父母都曾接触过舅舅，目前结果未知？又或者，他干脆什么都不说吧，说了也无济于事。

吃饭的时候，苏寒山都在想这件事，耳旁回响的也是陶然的母亲给他打电话时慌乱的声音。

“苏老师？”陶然再次叫他。

“嗯？”苏寒山回神。

“是不合胃口吗？你都没吃。”陶然看着他。

“哦。”苏寒山笑了笑道，“没有，我在想，你煮的热干面是什么味道？”

“嘿嘿。”陶然笑了笑，“不是我吹牛，就我煮的面，小豆每次能吃两碗，最多一次，她吃了四碗！”当然，小豆是分两顿吃的，“我的技术深得我爸的真传！苏老师，等这段时期过去，我让你尝尝我的手艺。”

“好。”苏寒山拿起筷子，开始不动声色地吃饭。

“我还给咱爸煮！让他知道我能干着呢！”她要挽回一下形象！

“好啊。”他一应地只说好，假装不知道热干面的真相，是她逼着小豆吃的。

她说的“我爸”，是指她的父亲，“咱爸”则是指苏副院长，他现在能区分得很清楚。

“苏老师，快吃，我着急去医院，想看看黄奶奶的情绪是不是好些了！”她把找到黄奶奶老伴儿的事情仔细地跟他说了，“本来昨天想跟你说的，你眨眼间就不见了。对了，昨天你会诊的病人怎么样？”

他看着她，微微一笑道：“挺好的。”

她什么都不知道，一心记挂着她的病人，她最亲的人却变成病人了。

他放下筷子，起身道：“走吧。”

“苏老师，你就吃这么点儿？”

“嗯，我吃饱了。”走出食堂的时候，他给她整了整帽子和衣领，今天的天气有点儿冷。

陶然很满足，戴着口罩笑，眼睛弯成月牙儿：“苏老师，我不冷。”然后她指指心口，“这里很暖和，因为……你住在里面啊！”

苏寒山想笑，却笑不出来。这个直来直去的丫头，总是把男人该说的台词给抢了。

她说完心里当真觉得暖烘烘的，想跟苏寒山更亲近一些，却又怕人看见，小心地捏着他的一点点衣服，和他并排往前走。

捏着他的一点点衣服，她感觉心里就好像都充盈了，像阴森的密林照进了阳光，铺满圆圆亮亮的光点。

黄奶奶真的变乖了。

小米不负所望，把曾爷爷的视频和歌声都播给黄奶奶看了，之后黄奶奶就很听小米的话，吃饭认真，戴面罩配合，连吸痰都一点儿不用做工作，今天完全用不着镇静剂了。

陶然松了一大口气，黄奶奶抬起手碰了碰陶然，又碰了碰小米，虽然戴着面罩不能说话，但黄奶奶弯着眼睛的样子，像儿科病房里的孩子。

蓝女士总跟她说，老小老小，老人家年纪大了，有时候就像个孩子。

能被当孩子哄着的老人，也是幸福的老人啊。

陶然柔声地对黄奶奶说：“奶奶，你看，爷爷在等你吧？快点儿把病治好，你就能出去和爷爷团聚了。”

黄奶奶眼里泪光一闪，微微点头。

35、36、37、38，自踏进南雅以来，陶然就与这些床的病人为伴。哪怕能为他们做一点点事，能帮到他们一点点忙，她都是特别开心的，只是她能做的事实在有限，不然刘雁也不会走。

走了的刘雁，新来的37床病人，未来的日子还要与他们一起战斗下去，她真的希望能亲自送他们每一个人走出这里，能为他们多做一些事。

38床的病人如今的情绪比黄奶奶更加不稳定一些，陶然为他清理了一次便后，他拉着陶然要表达诉求。

他要住单人病房。

现在哪里来的单人病房？病房都不够用！

他却表示他有钱，可以付双倍甚至多倍的价钱。

这根本就不是钱的事！

陶然耐心地把医院现在的情况跟他解释清楚了，他明显没有被劝服，但是也没有办法，他是病人，说话都难，能怎么样呢？

陶然怕他情绪不稳，问他是否要和家人联系，她可以提供帮助。

38床的病人无可奈何地点了点头。

陶然和其他三位轮班护士都帮着38床和他的家属联系——他妻子是轻症，住在普通病房，会托护士递信或者视频过来，有时候还带来几枝花。

因为38床病情较重，他们会给他念他妻子写给他的信，而他递出去的信，他们抱着尊重他隐私的想法，并没有随意拆看。

但是，这样的安慰对38床来说并没有起太大作用，他依然焦躁。

35床黄奶奶心绪浮动的时候会听曾爷爷唱的曲儿，用护士给她准备的耳机听，但医院太安静了，安静得即便用耳机仍有轻微的声音出来，很小很小，轻柔得几不可闻的曲调还是吵到了38床。

38床原本静静地躺着，突然抗议起来，他的抗议方式是用他并没有多大的力气拼命捶床，动静没闹出多大，却会影响输液，更重要的是，他的呼吸机以及身上的各种仪器连接线可能会脱落。

陶然赶紧去看——已经移位的连接线要复原，针头歪了得再次注射。

黄奶奶虽然娇气，但并不蛮横，唯恐影响别人的治疗，再不敢听。38 床却情绪崩溃，开始哭，大哭，不肯配合陶然，手无力地乱舞，还一巴掌挥在陶然的面罩上。

医生已被惊动，苏寒山疾步走进来，见状大惊，立即查看她的面罩，所幸 38 床基本没什么力气，并没有将她的面罩打落。

然而，这一挥似乎让38床找到了发泄的方式，他开始乱挥手臂，最终，医生不得已给他用了镇静剂，但陶然下班前，38 床在睡梦里又哭了出来。

一个 45 岁的男人，吃喝拉撒无法自理，全靠护士护理，尤其陶然和小米还是年轻女孩儿，生命的尊严在此刻荡然无存不说，病痛的折磨更是不堪忍受。

对于一个 45 岁的男人在睡梦里也哭出来这种事，陶然心里也很难受，所以，无论他怎么暴躁地对待她，她都能忍着。

那天，陶然从隔离区出来的时候已是晚上，医院外面一盏亮着的路灯下停着一辆车，车里下来一个黑乎乎的身影。陶然根据车牌才认出这人是专程来这儿等她的马奔奔。

马奔奔整个人看起来情绪十分低落，站在车旁，不像从前那样会欢呼着奔向她，叫她“火烧”。

“马奔奔！”她觉得好像很久没见他了。

“不要过来。”马奔奔指着前面的空地，让她就站在那里说话。

陶然当然知道他的意思，原地站着，冲他一笑，尽管这笑容藏在口罩后，实际上马奔奔什么都看不见。

马奔奔看着她，欲言又止。

“怎么了？”陶然问道。

他半天都不说话，直到陶然一再逼问，他才吞吞吐吐地说道：“没……没什么……就是来……看看你。”

陶然疑惑地笑：“哪儿值得这样？你又不是没来看过我。”

“万……万一以后见不着了呢……”马奔奔小声说，眼圈一红。

“啊？”陶然在这个特殊时期敏感极了，大惊，“马奔奔你……你……是来检查的？有症状？”

马奔奔摇头，远远地凝视着她：“我没有，但是，谁知道哪天就中了呢。像蓝舅舅，明明很小心，可不知道是哪个环节不对，还是……”

陶然觉得“蓝舅舅”这个称呼很熟悉，蒙了一会儿，主要是她不能把马奔奔和她舅舅这俩八竿子打不着的人联系起来，待心里犯了疑，她才急切地问：“蓝舅舅……是说我舅舅吗？”

“是啊！”马奔奔不假思索地回答，以为她必然已经知道了，“蓝舅舅明明防护做得很好的，怎么会呢？”

陶然还是蒙的，或者说，她不愿意去相信，思维停滞在那里，整个人看起来有点儿呆。

马奔奔在那儿继续叨叨：“我跟蓝舅舅在一个志愿者群里啊，我们组成了一支车队，哪儿需要我们就往哪里奔，最近我们都在送菜……”

他似乎怕陶然数落他，着急地解释：“我也知道这个时候应该待在家里，那样是最安全的，可是，我们也想为这个世界做点儿什么啊！你看，你一个小姑娘都在最前线，我们有什么理由躲在后方？这话是蓝舅舅说的。我们没你们医护人员有本事，但这个世界总有我们能做的，哪怕微小，哪怕没有人知道，只要有人需要，我们就想要出力，陪你们一起，陪所有为这个世界努力的人一起……”

“陶然！”另一个声音响起。

陶然惊醒，回头看见苏寒山疾步朝她走过来。

“苏老师。”马奔奔小声叫了一声，因为心里装着事，所以显得怯怯的。

醒过来的陶然把这两人给忘了，心里像有一只手在用力地拉拽、撕扯。

她走到一边，手颤抖着，把手机拿出来，立即给蓝女士发视频。

第一遍，蓝女士没有接。

她心里如同火烧。

她再拨，蓝女士终于接了，她的眼泪夺眶而出：“妈妈。”

“陶陶……”蓝女士眼睛泛红，眼神慌乱，而后又叫了声：“小苏。”

苏寒山站到陶然身后，也出现在镜头里。

“妈妈，舅舅病了？”陶然对着镜头哭，眼泪直流。

蓝女士哭着点头，却说不出话来。

“妈妈，你们呢？你们怎么样？”陶然发现，蓝女士的背景并不是家里，但她也不知道那是哪里。

蓝女士的目光落在苏寒山脸上，微不可察地停顿后，她哭道：“我们没事，你放心好了，我和你爸爸都好好的，我就是……就是担心你舅舅。”

苏寒山的手搭在陶然的肩膀上，陶然毫无知觉，只追问：“那舅舅呢？舅舅的病情怎么样？严重吗？现在在哪里？”

“你放心，放心……”蓝女士一连说了好几个“放心”，“舅舅还好，现在在医院，你不用担心！”

陶然怎么能不担心呢？可是，她也不愿意表现出来让妈妈更焦虑，好在蓝女士和老陶都没事，老陶的身体本来就不好。

她好好劝解了妈妈一番，还问清了舅舅所在的医院，才把视频挂断了。

苏寒山在她身后说：“舅舅的情况我会关注的，别哭。”

陶然这才感觉到那只搭在她肩膀上的手，也听见了他那句“别哭”，可是她做不到啊……

从小，舅舅就把她放在心尖上疼，她这么大了，过生日舅舅还专程做蛋糕送来给她吃，在舅舅眼里，她永远是那个喜欢甜食的小丫头。

她转身，靠在他怀里，默默地、紧紧地靠着，泪水却沾湿了他的衣襟。

“好吧，实在想哭，那就大声哭出来吧。”苏寒山拍着她的背。

他这么一说，倒是提醒了她，此刻他们就在医院门口。

她从他怀里出来，低头掉泪。

“怎么了？”苏寒山握住她的肩膀。

她摇摇头：“别人看见不好。”

她和他在恋爱，可是好像一直在偷偷恋爱，下班时悄悄勾过手指，在食堂眉目交流，但好像没有在大众场合这么抱过。

她不知道他是不是愿意公开，特别是在这样特殊的情况下，会不会影响不好？

她听见苏寒山略沉的吸气声，而后再一次被他拥住。

陶然抬头，看见他被口罩遮住的下巴，口罩下方是他的喉结，喉结滚动处，隐约可见青青的稀稀疏疏的胡楂。

目光再抬高一点儿，她勉强能看见他的眼睛，他也正好俯视下来，看着她。

她湿漉漉的眼睛里，除了伤心，还有疑惑。

目光四下里打量，看见来来往往的人，她再次往后退，迟疑着：“还是……别……”

但是她没能退开，她觉得苏寒山握住自己肩膀的手力气大极了，还听见苏寒山在她头顶斩钉截铁地道：“如果你难过的时候，我都不能给你靠一靠，那我这个对象有什么用？”

莫名地，眼泪哗地就决堤了，陶然比刚才哭得还凶。

她贴着他的胸口，泣不成声。

他的情绪从来不这么外露，从来都是她，从最初竭尽全力去接近，想方设法去隐藏，到后来毫不保留地表达，直和白都是她的事，他总是温暾的，淡然的，在那里，不远不近的样子，让人感觉抓不住。

她帽子的纤维擦着他颈间裸露的皮肤，他闭了闭眼，眉头皱得紧紧的，她蹭在他外套上的泪，好像穿透重重衣物，穿透皮肤，滴在他的心口，大片大片打湿了他的心。

她不知道，他们还有更严重的事没有告诉她。

他真的没办法开口告诉她，刚才她妈妈也选择了沉默和隐瞒。

那就这样吧，他比她大那么多，她说他的时候总说“你们大人”或者“上一辈人”如何如何，那就让他们大人暂时一条战线，先扛下来再说吧……

他也不知道到底能扛多久。

换班的医护来来去去从他们身边走过，马奔奔早就不知去了哪里，陶然还没有忘形，只在他怀里感动了一小会儿。

她还记得他们的班车，他们要回宾馆，不能让大家等。

她松开苏寒山的时候眼角还有泪痕，低着头不敢看周围。有人正经过，一定看见她和苏主任拥抱在一起了，会不会有什么想法？

但是她多虑了，途经的两个护士大大方方叫了一声“苏主任”、一声“陶然”就走了，没有任何异状。那她们是什么都没看见吗？

苏寒山暗暗叹息：有一种误会叫掩耳盗铃，她以为瞒着所有人，但其实只有她自己被蒙在鼓里，哦不，还有小豆。

不过，他眼下也没有心情来笑她，只牵了她的手，朝大巴走去。

陶然妈妈和女儿视频完就完全绷不住了，边哭边往家去，身上穿的是上回去看陶然时穿的羽绒服，收腰款，那时候穿在身上刚好，现在腰上却空空的，多出好大一圈来。

但她也只哭了这一路，进单元就止住了。

这情景何其熟悉，六年前她就经历过一次。

那时候以为走到绝境了，她背地里不知道哭过多少次，可哭过之后，面对奄奄一息的丈夫和高考在即的女儿，她还得强装笑脸，坚强起来。

那回终究绝处逢生，遇上北雅，遇上女婿，老陶被从死亡线上拉了回来，这回呢？她也想坚强，也想不害怕，可是小区里那个每天早上在花园练太极的老头儿就在前几天去世了，从前开店时老街上叉着腰和她对骂的婶子也去世了……

他们走得那么突然，突然得她简直无法相信。她总觉得第二天早上她和老陶去过早（武汉方言：吃早餐），还能看见老头儿在花园里打拳，老头儿还会打招呼，第一千次劝说老陶跟他学太极，说这能强身；走在路上，好像下一秒就能遇见老婶子，风风火火的，不知又在骂谁，转过身却抓了一碗咸菜给她，让她炒了寄给陶陶，说陶陶喜欢吃……

就在12月，他们还给女婿投过票呢，尽职尽责的，每天在群里帮她提醒大家，积极性一点儿也不比她低。

可这些人都不见了，甚至等不及她请他们吃饭——当初说好的，把女婿投进前三，她过年请大伙儿好好吃一顿。

这顿饭她永远地欠下了，再没有机会还。

他们平时看起来生龙活虎的，却突然就这么悄无声息地走了，留给这世间的，只有他们的名字在群里传来传去："你听说了吗，×××走了。""你听说了吗，×××也病了……"

她不知道哭过多少次了，为那些熟悉的名字。

可如今老陶呢，也要变成被别人传来传去的名字了吗？

她不知道自己是否还能像六年前那样坚强。

胡思乱想着，她已到家门口，打开门，客厅里没有人，卧室门是关着的，她上前敲门：“老陶，我回来了，我这就给你做吃的。”

匆匆忙忙做了一顿饭，煮了两个荷包蛋，蒸了一尾鱼，她做起来驾轻就熟——据说要多吃高蛋白才有抵抗力。

她再次去敲门：“老陶，开门，出来吃饭了。”

门没开。

“老陶？”门是反锁的，她扭不动。

陶然爸爸在里面听见她扭门的声音，终于有了反应，用嘶哑的声音火急火燎地道：“别动！你别动门！赶紧消毒！门把手消毒！”

陶然妈妈差点儿又掉泪：“哪里就至于……”

“至于！你没看新闻吗？”

“那你出来吃饭。”

陶然爸爸沉默了一会儿，叹气：“你把饭放门口。”

陶然妈妈眼泪一涌：“我想看着你吃！我要看着你！我要陪着你！”

里面，陶然爸爸也满脸是泪：“不行！其实，你最好不要回家了……”

“我不！”陶然妈妈终于忍不住哭出声，“我把饭放门口。”

可是，她并没有在老陶取了饭进去以后远离这扇门，而是端了把小凳子，就这么守着，无论老陶怎么说她，她都不肯去另一个房间。

“我都陪了你一辈子了，我还怕什么！这辈子反正都是你的人，好也好，歹也罢，横竖是要和你一起的，是死是活就是这么回事了！”陶然妈妈坐在门口，努力忍住哭腔。

陶然爸爸在门内泣不成声。

入夜，陶然妈妈还在门口和老陶说古，说陶然小时候的事，说他们年轻时候的事，忽地，她咳了几声，声音在安静的空间里分外刺耳。

她捂住嘴，眼里闪过惊惶。

然而，她越想捂住越捂不住，又有几声从指缝里溢出来。

陶然爸爸已经听见了，在里面惊恐地叫她：“小蓝！”

“我没事，我没事，我说话说多了，桑子痒而已，我喝点儿热水就好了！”她忙道。手机却在此时响了，是苏寒山，屏幕上跳动着“女婿”两个字。

陶然妈妈按住胸口，拾起手机，盯着屏幕上的名字，手指动了动，往绿键上滑，但眼泪一涌，手指又放下了，屏幕上的字渐渐模糊。

手机一直在响，陶然妈妈看了看紧闭的门，听得卧室里面有轻微的动静，到底还是接听了。那边传来苏寒山询问的声音，她赶紧回：“我们没事啊，小苏，我们都挺好的，你放心，真的没事……”

苏寒山一再询问，陶然妈妈都坚持说没事：“老陶就是个普通感冒，虚惊一场。”

电话在陶然妈妈憋红了脸的坚持下结束，一放下手机，陶然妈妈就憋不住了，一阵猛咳。

陶然爸爸在房间里着了急，用力拍门。

陶然妈妈好不容易平息下来，隔着门安抚：“老陶，我就是喉咙痒，我刚刚去看了，真的没有事啊，你不要担心。”

门内传来陶然爸爸压抑的呜咽：“都是我不好，拖累了你们……”

“你不能说这种话！”陶然妈妈急得就要开门进去，但陶然爸爸在里面反锁了，陶然妈妈急得直哭，“老陶，你不要瞎说啊，你开门！你不能有这种想法，你是我和陶陶的支柱，你知道吗？”

“我哪里是什么支柱啊！”陶然爸爸呜咽着回应她，“我本该是你们娘儿俩的支柱，可现在我就是累赘！跟你在一起几十年，也没让你们娘儿俩过几年好日子，拖着不中用的身体，害你们娘儿俩劳心劳力，我不配当这个家的支柱，我愧为丈夫，愧为父亲，小蓝，我对不住你啊！”

“不许胡说！不许你这么说！老陶！老陶！你听着啊，你是我和陶陶最重要的人，只要你在，我们心里就有依靠，你可不能胡思乱想，你听见没？”陶然妈妈急切地拍着门，“你开门，开门让我进去！”

陶然爸爸始终不开门，陶然妈妈更着急了，开始用脚踹门，一头本就湿乎乎垂散粘在脸上的头发随着踹门的力量更加凌乱。

“别，你别踹了……”里面终于有了动静。

陶然妈妈听见他的声音，松了一口气，像是力气耗尽，趴在门上，无力地低泣：“老陶，你要好好儿的……”

她顺着门缓缓滑落，瘫在地上，靠着门坐着，脸上泪水和头发混在一起，眼中疲惫、惊惶、恐惧、迷惘交错，却又透着别样的坚定。

“老陶？”每隔几分钟，她都要这么叫一声，听得里面传来“嗯”的一声回应，她才放心。

简短到极致的对白，隔着门，一声呼喊，一声回应，问答之间的意义却是：你还在，我也在。

希望亦在。

这样的一问一答不知进行了多少个回合，夜幕降临，夜又深了，陶然妈妈渐渐疲惫，迷糊间又叫了一声：“老陶？”

门内有人答：“嗯。”

陶然妈妈心里一松，沉沉睡去。

苏寒山当晚睡得迟——和陶然视频的时间有点儿长，因陶然舅舅的事宽慰了她许久，直到手机里传来轻微的鼾声，他才放下手机。

视频仍然开着，大约是太累的缘故，她的鼾声越来越大。

若是平时，他可能会把鼾声录下来，第二天放给她听，逗她玩儿，看到她气急败坏的样子他会乐很久，但此时此刻他却没有这个心情，心里像绷着根弦，在她忽高忽低的鼾声里，他也时醒时睡，睡眠时深时浅，直到黎明将至，天边露出一丝灰白色的亮光。

他猛然坐起，喘着气，后背大汗淋漓。

他又做梦了，梦到母亲去世的那个夜晚，刺眼的白光，冰冷的骨灰盒……

他捧在手里的骨灰盒突然掉落，坠下去的瞬间，他心急如焚，俯下身去接……

梦到这里结束。

他有没有接住最终成为一个谜。

因为他每次梦到这里就会醒来。

他每次梦到这个片段，都会有不好的事情发生。

第一次，于沁去世。

第二次，他负责的病人在重症监护室停止了呼吸。

这一次呢？

他坐在床上，用力抹了把脸，脑中有什么东西轰然一响。

他瞪大了双眼，脑子里轰隆轰隆的声音不绝。

瞬间，他像是被什么刺了一下，跳下床，飞快地穿上衣服，跌跌撞撞地冲出房间。

天边那一抹细细的灰白仿佛被地平线上破土而出的亮光推着，一点儿一点儿，渐渐挤进无边无际的黑暗里，将那海一般的黑色冲淡、推远。慢慢地，那黑色被推得越来越远，颜色也被洗得越来越淡，最终溃败而逃，将整个天幕都交给了这光、这亮，天际模模糊糊的灰白色被喷薄的金光穿透，变得清澈透亮起来。

陶然妈妈醒来，正对着窗户的她，眼睛敏锐地感觉到了窗外的黎明白，人还混沌着，只是下意识地喊了一声：“老陶？”

没有人回应她。

她以为他没睡醒，又叫了声：“老陶？”

他还是没回应。

她敲了敲门，耳朵贴着门听里面的动静，但里面死寂死寂的，一丝声音也没有。

她心里突然生出强烈的恐惧感，开始用力地拍门，而且越来越用力，伴随着她因惊惧而嘶哑的喊叫，动静实在是大得惊人。然而，即便这么大动静，也没能把里面的人唤醒。

陶然妈妈更加慌乱，抬脚用力踹门，连踹好几脚后，门纹丝不动。这时，大门却被人嘭嘭地敲响。

她停下来听了下，外面的人一边敲一边喊："蓝姨！陶叔叔！是我，小苏！"

此时此刻听见他的声音，陶然妈妈好像突然找到了主心骨，立即把门打开了。

楼道的灯亮着，苏寒山站在门外，裹得严严实实。

"小苏，快，帮我把门砸开！"顾不得问他怎么一大早到了这里，她实在急得承受不住了。

苏寒山二话没说，跟着进屋，一脚踹向锁着的门。

他的力气比陶然妈妈大多了，连续几脚后，门锁直接崩落，卧室门大开，但卧室里的情形却让人大吃一惊：陶然爸爸躺在床上，床单染红了一大片……

"老陶！"陶然妈妈眼前一黑，扶住门框，才没有跌倒在地。

后来发生了什么，她整个人都是恍惚的。苏寒山做了什么，救护车是怎么来的，又是怎样去医院的，她都懵懵懂懂，也没看见桌上陶然爸爸留下的信笺，上面写着：小蓝，对不起，我留下来除了拖累你，除了把病传染给你，没有一点儿用。我先走了，你和女儿的日子也会轻松些。你好好过，别伤心，我在下面等着你，到时候就是我照顾你了，像从前那样给你煮面吃，炒好吃的油爆虾给你吃。别哭。

陶然早上在食堂里没遇上苏寒山，上车后车里也没有他。

她暗暗疑惑，问同行的黄医生，黄医生也说不知道：“也许是晚上突然有重症，把他叫走了。”

陶然觉得这个可能性挺大，不是第一次出现这样的事了。

她点点头，不疑有他，和黄医生一起上了车，路上还聊到她管的几个病人的病情。

刘雁去世以后，陶然萎靡了很久，但这两天看着35床和38床状况好起来，她心里舒服了许多，尤其，黄奶奶在曾爷爷的安抚下情绪不再低迷，38床也和家人联系上了，病房里每天不再被绝望的氛围压着。

“一切都会好起来的。”这话黄医生好像在对陶然说，又好像在对他自己说。

陶然再次点头。

和所有人一样，她相信一切都会好起来的；也和所有人一样，希望不要再有任何遗憾，不要再付出任何代价。

空旷的街道上，大巴畅通无阻，不久就到了医院，陶然和往常一样，下车就往科室走。

到了隔离病区，人便少了，但有两个人在空地上站着，东张西望，像是在等什么人。

他们径直而行，经过那两个人身边时，那俩人主动上前来问：“请问你们是来看病人的，还是医生？”

“我们是医护。”走在前面的护士回答。

那俩人眼睛便亮了：“那我想找你们负责人，怎么找？”

“请问有什么事吗？”黄医生也走到他们面前，驻足问。

那俩人却含含糊糊的，不肯说清楚。

“你们是有亲友在住院，还是有人生病了需要看医生？”黄医生又问。

“我老公在住院。”其中一个女人马上道。

大家对这种情况很是理解，陶然连武晞这样的小家属都遇到过。

黄医生接着问："是在这家医院吗？"

那女人用力点头。

"病人叫什么？有什么需要我们帮助的，您可以跟我们说说，我们会尽力而为。"黄医生又道。

他们就连黄奶奶的曾爷爷都帮着联系上了，就在这家医院的病人，要找可容易多了。

"叫……雷刚。"女人道。

黄医生回头看陶然："这不是你管的病人吗？"

陶然也听见了，走上前来："是，是我管的38床。您是雷刚的妻子啊？"

"是，我是。"女人点头。

"啊！是您啊！"陶然还跟她通过话，顿时笑道，"您今天还亲自过来了，是有什么东西需要我们带进去吗？"

"不是……"

其他医护见没什么事了，只当是病人家属来问情况，跟陶然打了声招呼后都先走了。

"那是有什么需求需要我转达吗？"陶然继续笑道。

女人看着她，急切地道："我想给雷刚换间病房，换个单间给我们吧。"

又是这事啊！

陶然只好耐心地跟她解释："对不起啊，现在单人病房真的没有。您也看到了，门诊那边病人人满为患，都是等着住院的，我们的病房根本不够，实在无法满足您这个要求。"

女人更急了："可是，病房里死了人，他害怕啊！求你了，他心里怕对治病也不利啊！"

陶然理解，在这样艰难的环境里，谁没有心理阴影呢？小豆有过，她自己也有过。她于是道："既然是这样，我们可以协调一下，给他换别的病房，我们也会尽力给他做心理疏导，您看行吗？"

“不行不行不行！”女人摇头，“别的病房也死过人啊！而且，谁知道睡着睡着会不会又有人死去？这太可怕了！我们要单人病房！”

“这个真的很难办到……”

“不难不难！”那女人示意身旁的男人，“我们懂的！只要你答应给他换间单人病房，我们不是不知趣的人！”

那男人便把一个折叠的信封往陶然手里塞。

陶然大概猜到这是什么，赶紧后退几步：“不不不，不能这样！你们千万别来这套！”

那男人追着她塞信封，她只好小跑起来，边跑还边说：“真的，你们完全不需要这样，只要我们能做到的我们都会尽力去做！不管病人在哪间病房，我们都会全心全意地照顾好……”

眼看陶然要走进住院楼了，女人急了，猛地跑过来把她拽住：“不准走！”

陶然有点儿蒙。

女人唯恐她跑了，把她拽得紧紧的：“我们要住单人病房！你必须给我们单人病房！没有的话，你可以把别的病人挪到其他病房去！我们多给钱就是了！”

“这不是钱的问题……”陶然不知道该怎么说服对方，想把手抽回来，但女人拽得太紧，一道来的男人又堵住了她身后的路，她挣了挣，没挣脱，但还是想解释清楚，“这位姐姐，现在全城医院是什么情况我们大家都清楚啊，只有病床不够的，哪儿有单人病房？还有多少人等着住院，住院楼走廊上都住了病人，不可能……”

“照顾我们一下不行吗？我们多付钱就是了！”女人打断了她的话。

陶然实在无奈：“不可能的……”

“怎么不可能？”女人突然激动地尖叫起来，声音又尖又细，“我们又不是不付钱！”

这时，一同坐大巴来的同事还有一部分没上楼，听见了这边的动静，纷纷看过来，黄医生则直接朝她走来："陶然，怎么回事？"

紧跟着黄医生的还有几个人。

那女人见这么多人过来，突然就像受了刺激一样冲着陶然尖叫起来："你这是什么态度？不是为人民服务吗，不是为病人服务吗，你们就是这么对病人的？一间病房里住好几个病人，这病毒是会传染的！你们医生倒好，穿着防护服，戴着口罩，全身都包得密不透风，还天天在电视里卖惨，这不容易那不容易！有什么不容易的？病人呢？什么都没有！本来就身体虚弱容易感染，还要时时刻刻担心被别的病人交叉感染！"

黄医生到了，一边想把陶然往回拉，一边解释："女士，不是您想的这么回事……"

但他哪里有雷刚的妻子嘴快，才说了半句，那尖细的声音像利器刮玻璃一样响起："那是怎么回事你告诉我！你们是不是包得严严实实百毒不侵？你们就是站着说话不腰疼！你们怎么不和病人一样？要么你们把防护服给病人啊！他们更需要防护！你们倒好，把自己保护得好好的，让病人处在病毒的包围中！然后你们还卖惨！你们有多惨？有死去的病人惨吗？有生离死别的家庭惨吗？有每天活在死亡恐惧中的病人惨吗？世界上没有感同身受！你们知道病人的痛吗？"

黄医生用力把陶然从雷妻手里扯了出来，雷妻急了，突然一伸手把陶然的口罩扯掉了，同时一把扯下自己的口罩，对着陶然猛哈了几口气，急声尖叫："你别想跑！我是密切接触者，没准儿我也有病毒！不给我换，就大家都传染好了！"

在场所有医护的脸都白了，他们同时围上来，把陶然和黄医生围在中间，有人阻隔雷妻，有人赶紧给陶然戴上备用口罩。黄医生更是把陶然挡在身后。随同雷妻而来的男人拉着雷妻，劝她不要这样。推搡惊动了保安，暴躁的雷妻马上被制住，但她嘴上仍不饶人，骂医生不负责任，骂护士黑心。

黄医生看着这一幕，额角的青筋一突一突的，想说什么，但终于忍住，转过身，和大伙儿一起回科室，眼睛却红了一路。

陶然故意离他们远远的，落后好几步。

黄医生左右找不到她，回头，发现了小心翼翼的她，眼眶再度一红。刚才那个女人的声音还在耳边回荡，他想说的是：“世界上没有感同身受吗？医护真的不懂病人的痛吗？你口口声声指责的不负责任、卖惨的护士，她的父亲此刻在生死一线，而她还不知道……”

但他没有说，也不能说，只是站着。

陶然却以为他在等她，于是她站在那儿，微微摇头：“你们先去，去和主任报告一下，我今天怕是要请假了……”

这一天对陶然来说有点儿难熬，早上那一幕发生的时候她都没反应过来，等她想明白后才觉得背上生寒。

感染的可能性不是没想过，来援医之前她就做好了这个准备，谁不是抱着“无论生死”的心来的？可是，她没想过这个可能性会在这种情况下到来。

不是没有委屈，但此时此刻，她哪里顾得上委屈。

她只能等，等结果，等人来宣判。

无论结果是什么，她其实都不那么恐惧，等待的过程反而更煎熬。

陶然手里拿着手机不断地刷着，想缓解心里的不安与焦灼，但刷到的内容她一个字也看不进去。

她的手指不止一次从微信里苏寒山的名字上滑过，但也仅仅是滑过，并没有停留。

今早没看见他，她就觉得好像很久不曾见他了，其实不过隔了一晚而已，前一天晚上她还看着他的样子入睡。

但他现在肯定在科室里忙着。

他知道今早的事了吗？应该知道了吧。他一定很担心，希望他别告诉老陶和蓝女士，老人家一旦晓得了，只怕焦灼得日夜不安。

手机在她手里就像她此刻无处安放的心一样，拿起，放下，再拿起，再放下。

最后，她索性不看了，坐在那儿一任思维发散，想他，想父母，想各种凌乱纷繁的事。

时间慢得像在爬。

苏寒山来的时候已经是下午了，彼时她正坐在那儿发呆，靠走廊的窗户外出现了人影都没发现，直到听见有人叩窗，她回头一看，才看见窗外站着的人。

先是一阵狂喜，继而心里却莫名一酸，她猛冲过去，把坐着的椅子都带翻了，而后站在窗边，看着玻璃那头的他，未语先凝噎。

她不知道该说什么，也不知道怎么说。她好想抱抱他，可是她抱不到，只能隔着窗户，双手撑在玻璃上，傻傻地看着他。

他指了指门。

这是要她开门的意思吧？

她眼眶一红，拼命摇头。

然后，她就看见他的眼眶红了，不，一直是红着的，只是此时潮潮的，隔着玻璃，陶然像是看到了液体的光泽。

“苏老师，我没事啊！”她忍住自己的泪意，用力冲着他笑。自己一定要把笑容放到最大，不让他担心。

结果，他的眼眶更红了，他掏出手机来，指指手机。

“哦！好！”她立马反身去取手机。她可真傻，怎么就没想到用手机说话呢？

她的手机已经在桌上振动了，她赶紧拿起来，接听后，却没有传来声音。

她诧异地回身一看，只见苏寒山站在窗外，怔怔地看着她，什么都没说，见她望过来，他还微微转开头。

他一定很难过吧，难过得说不出话了……

她揣测着，笑着朝窗户走去："苏老师，我没事啊，你不用担心，我好着呢。"

终于，他回过头来，沙哑的声音响起："有哪里不舒服吗？"

"没有没有！一点儿都没有！"她大声说，"苏老师，我跟你说，我运气可好了！今天的事一准儿是虚惊一场！真的真的，从小到大，有好多回，我眼看着就要倒霉了，结果都安然无恙！这回肯定一样！"

她眼里闪着微光，唇角始终向上翘着，唯恐他不信，还给他举例说明："真的真的！我小时候有一次上学，走到半路突然下暴雨，我以为我要淋成落汤鸡了，结果，我舅舅一大早去买菜，看见我顶着书包在雨里跑，就把我送去学校了。还有一次，早上要交作业，我的作业却不见了，怎么也找不到，我吓坏了，结果，你猜怎么着？我妈给我送来了！可能你觉得这些都是小事，但我在大事上也是走运的啊！你看，我爸当年都病成那样了，我们都以为没有人救得了他，可是，我们遇到了北雅，遇到了你。还有啊，我喜欢你，很喜欢很喜欢，从六年前你蹲在我面前告诉我一定能治好我爸爸的时候就喜欢了，可是你离我那么远那么远，我像只蜗牛一样一点儿一点儿地爬，命运没有亏待我，不但让我来到你身边，还把我不敢想的事变成了现实。苏老师，我是你女朋友了呢！你说说，这得多奇妙多幸运才能实现啊！你说我是不是一直很幸运？"

苏寒山上午就知道这事了。

其实他一向是个慢热的人，即便到现在也是如此。

他和她，像一个成年人在幽深密林里跟随一只小松鼠，他步履蹒跚，跌跌撞撞，缓慢谨慎，只偶尔被松鼠的利爪挠得心神微紊，也有时，小松鼠横冲直撞地撞开遮天枝叶，阳光穿透密林照到他身上，灼目，耀眼。

他常常迟缓，偶尔冲动。

但这一天，他切身体会到一个词的含义：烈火灼心。

他以为她这个时候应该在哭，毕竟见过那么多痛哭哀号的病人，而她其实还那么小，才20岁出头儿，还是个小姑娘，遇上这么大的事怎么会不怕？他记得上学时有女同学连课桌上有只毛毛虫都能哭很久，可是，她却这样坚强，对他笑，还来宽慰他。

他想，她应该是怕的，只不过因为很喜欢很喜欢他，才能在自己明明很怕的情况下还这样笑，笑容像她送给他的那枝向日葵，明亮又耀眼。

她将手掌心向着他，手按在玻璃上，小小的，五个手指头全都脱了皮，变了色，隐约可见手背上的红色疹子，有些破了，有些结了痂。

他烈火灼心一般的胸口温度渐渐降下来，脉脉流淌的是酸疼和温软。

他伸出手，隔着玻璃，向她的手贴着的位置贴了上去，和她掌心相对，显得她的手更小了。

“陶陶。”他轻轻叫她的名字，声音有些哑，“其实，是我幸运，才遇上你。”

“嘿嘿嘿！”她露出标志性的十分有个性的笑，“那可不！我们班同学以前都叫我‘吉祥物’呢！跟着我的人，周周评优秀组，次次挨罚都逃过。”

没戴口罩的她，笑容真好看啊！

他想用手指碰碰她的脸，可是他碰不到，只能和她掌心相对，轻轻摩挲：“这次你也会幸运的。”心里却有一丝痛划过，另一个声音说：“无论结果怎样，这一次，我都不会让你有意外。”

“当然了，苏老师！”她继续嘿嘿笑，“你这么好，我可舍不得便宜别的小妖精。”

苏寒山苦笑，这都什么时候了，她还不忘逗他笑。

“苏老师，你也舍不得我呀，是不是？”她朝他挤挤眼睛，活力四射的样子。

“当然。”他哑声，顿了会儿，又补充了一句，“我也舍不得你。”

陶然眯眼一笑，凝视着他的手——此刻正和她的手隔着玻璃相贴。

想起小时候和同学玩游戏，在对方手心里写字来猜，她忽然起了小小的心思，笑道：“苏老师，我在你手心里写字，你猜好不好？输了的人要受罚！”

然而，当指尖抵在他手心的位置时，她才意识到，她和他隔着玻璃，他根本感觉不到她手指的触摸啊，怎么能玩游戏呢？

他似乎看明白了她这一短暂迟疑的意思，果断地说：“你写。”

她抬头看了他一眼，抿嘴一笑：“那好。”

她在他手心里画了个“我”字，再抬头看他，听见他的声音从手机里传过来：“我。”

她惊喜，用力点头：“对了！”

而后她悄悄瞟他一眼，继续写，写完小声说：“你猜。”

“我爱你。”

“啊？”她不可置信地看着他。

“我爱你。”他凝视着她，再次重复，“你想写‘我爱你’。”

陶然的脸渐渐红了，她的确是想写这个，但是被点破了就有点儿不大好意思：“你……你怎么知道我要写这个？不行不行，这个太容易猜了，我再写个难的！”

“……”苏寒山有点儿蒙，所以，她是认真在玩游戏？他连说两遍的那句话不那么重要？

她果然皱着眉头认真地在他手心里继续写。他盯着她的笔画，猜出她又写了个“我”字，但是他没急着说出自己的猜测，而是看着她继续写下去——应是写了“喜欢”两个字。

“我喜欢你。”他道。

她瞪他一眼："不是！我不是写的这个！"她是想写"我喜欢喝奶茶"来着！

"就是我喜欢你。"他眼里有种莫名的意味深长。

可能、大概、也许是因为隔着玻璃吧，她没有收到信号，坚持和他争执："真的不是！苏老师，你输了可不能这么赖皮！"

输？所以，这个时候她想的是输赢？苏寒山缓缓吐了口气："好，那你说，你想写什么？"

"我想写，我喜欢喝奶茶！"她使劲儿强调。

"……"输赢也很重要，奶茶也很重要，他懂了。

"真的！"她还要重申。

"不。"他直直地看着她，"你写的就是，我喜欢你。"

"不是……"陶然这才觉得有点儿不对劲，这声否定有些底气不足。她靠近玻璃，认真地去看苏寒山的眼睛。妈呀，她突然觉得苏老师眼睛里好多内容啊！

她挠挠头，有点儿不知该如何应对："那个……"

她的脸越来越红，不是羞红的，是被自己蠢红的！

"等以后，一切都好起来以后，我要写本书。"苏寒山道。

"什么书？"哎哟，话题转到写书上了？气氛终于不尴尬了。

苏寒山忍了忍，但看着玻璃那边她巴巴的眼神，终是没忍住："《女朋友是油盐不进的铁憨憨直女怎么破》。"

怎么还是绕回来了？苏老师真是太坏了，骂人都绕着弯儿的！她才不是铁憨憨直女呢，铁憨憨直女是她这样的吗？明明怪玻璃！"这玻璃挡着，你还戴着口罩，我都看不清你的样子，怎么知道你不是在和我争输赢？"

"……"他一个老男人和她争输赢，还是在这样的时候？他还要说什么，微信通话却中断了，有电话打了进来，他赶紧接听，那边的声音火急火燎的。

陶然虽然听不见他说了什么，却能猜到应该是科室叫他回去，所以，待他匆忙接完电话，她赶紧挥手，“你快去吧，我没事的。”

他点点头，目光微微迟疑。

陶然真舍不得他走，他只陪着她这一小会儿，她就几乎忘了自己所忧心的事了。

深深地看了他一眼，陶然招手让他靠近。

她踮起脚，将自己的脸凑过去。

他这会儿心有灵犀，和她的唇隔着玻璃轻轻一碰。

只一碰，她便迅速退开，转身挥手，让他快走，不然她又舍不得他了。

陶然在心里默默数了五秒，再回头，果然已经没有了他的身影。

她的情绪再度低落下来。

唇上冰冰的，残留着玻璃的温度。那不是他的唇的温度，虽然她不曾感受过唇和唇真正相贴，但她知道一定不是这样的。

她捂住心口，用力吸气。不管等待她的是什么，哪怕是最坏的结果，她都会勇敢去面对，为了这么好的苏寒山，她不会怯懦。

她想知道，真正亲在他唇上是什么滋味。

“苏主任来了！苏主任来了！”

苏寒山走得飞快，到病房的时候，里面已经围了一圈医护。

“氧合 67%，呼吸到 80 了，血压测不出来，大小便失禁，急查血液，结果显示炎症风暴。”

“必须血液置换！”

“需要紧急气管插管，但是患者的身体条件……”

主治医生一句一句简短而急促地跟苏寒山汇报情况。

苏寒山是清楚老陶的身体状况的——本就不好，又刚被从死亡边缘拉回来，现在的身体条件不一定能承受气管插管过程中的风险，何况还要血液置换。可是，如果不进行气管插管，炎症风暴随时会引起多器官衰竭，从而导致死亡。

“插管！联系血液净化组。”他当机立断。

“好。”

不插管随时会死，插管还有机会活，不管这概率是多少，他都做不到眼睁睁看着人去世，无论患者是老陶还是其他病人。

但因为是老陶，他内心的起伏更加剧烈。

他是在上午老陶抢救过来后才离开的，那会儿老陶已醒，抓着他的手，虚弱地哽咽着求他：“小苏……请你帮我照顾陶陶。陶陶这孩子……太懂事，你别看她爱笑……可越是爱笑的人……越喜欢把脆弱藏在心里……她总是怕我们担心……一个人偷偷承担……”

那时候苏寒山还不知道陶然已经在隔离室里，反握着老陶的手，请他放心，非但答应他照顾陶然，还安慰他：“陶叔叔，不要害怕，也不要气馁，您不是一直都很相信我吗？您要继续相信我，我现在比从前更加成熟，更有能力了，我会陪您一起努力，还有陶陶，我们一起，一定能好好儿地走出医院。陶陶和蓝阿姨都不能没有您，您一定要坚强！”

谁知道，他才走出抢救室，就听说了陶然的事情，而现在老陶又……

只是微微一闭眼的瞬间，他心里已过尽千帆。

他曾经答应母亲：“妈妈，我等你回家。”

他也曾答应于沁：“我等你回来。”

他的承诺，在命运最关键的时刻，总是这么苍白无力。

这次，历史还会重演吗？

他没有把握，可是，这一次他至少有拼尽全力的能力。

血液净化组迅速到位，紧急插管他亲自上。

他托起老陶的下颌，放开气道，用呼吸囊辅助呼吸，再放入喉镜，插入气管插管……

这一系列动作，他在从医生涯里已经不知做过多少次了，不过几秒的时间他就熟练地完成了。然后助手快速上好了呼吸机。

血液净化组也迅速出手，采用热循环双重血浆置换术、EC-

2A20 膜型血浆分离器行 CVVH、血浆透析滤过多种血液净化模式，清除炎症风暴因子。

整个抢救过程持续了 6 个多小时，血氧饱和度终于回到 98%。

苏寒山松了口气，静静地守在一旁，不敢离去。

老陶还昏迷着。

这样的情形似曾相识，像是多年前春天的某个时刻，又像是多年来的很多个时刻。

很多人经他手站起，健健康康地离开；也有人握着他的手辞世，带着遗憾与不甘。

陶叔叔，请你一定要醒过来！

他眼眶微湿，待了好一会儿，看到老陶渐趋稳定才放心，此时他才感到背上一片凉意，最里面那件衣服应是湿透了，紧贴在背上。

苏寒山出病房后，黄医生告诉他："没事了，陶然没事！ 38 床的妻子撒谎了，她没感染，也不是密接，她就是故意恶心人的！检查也做过了，两人都没事！"

黄医生的眼眶有些红，他很内疚，觉得自己早上就在陶然身边都没保护好她。

苏寒山脚下一软，整个身体都是虚弱的，差点儿承受不住防护服沉重的重量。

有人从身后撑住了他，同时传来的还有轻柔的声音："没事了，这次，我们不会再失去任何一个人！"

苏寒山听得熟悉的声音，回头，看见的是护目镜后梅珊的眼睛。

"小陶没事，小陶的父亲也会没事！"梅珊松开手，温柔的目光中透着肯定。

梅珊懂的。

他来北雅时梅珊就已是护士长，他母亲在世时她初入北雅，她知晓他的过去，也目睹了他的现在，心细如发的她，能敏感地体会到每个人的情绪。只是，她不是还在住院吗?

“你怎么就回来了？”苏寒山已经稳稳地把情绪压了回去。

梅珊笑了笑：“好了就回来了。”

“不是，你现在……”

“别说了。”梅珊轻轻地道，“她们都是一群孩子，我不放心，我在，她们才有主心骨。”

苏寒山于是不再多说。梅珊说得没错，科室里那些小姑娘开口闭口“护士长”，每天谁不得念叨几回？

“再有，现在呼吸治疗师多缺，我怎么能休息？”梅珊又道。

这也是事实，梅珊倒下后，科里就一个呼吸治疗师了。

“辛苦您了。”

“大家都一样。”梅珊再度轻描淡写地道，“你回去吧，去见见小陶，小姑娘今天被吓得不轻，你好好安慰安慰她。”

他早就该下班的，现在已经多加了个班，但他并没能回宾馆，梅珊话音刚落，就来了紧急病例，他和黄医生还有梅珊一起再度忙碌起来，这一忙，就忙到了天亮。

陶然是晚上得到正式通知她可以解除隔离的，这一整天的惴惴不安只是一场虚惊。

她不知道如何形容彼时的心情，“劫后余生”四字尚不足以道尽。

她坐在那里，许久都说不出话来，想笑，却掉下泪来。

老陶、蓝女士，我没事了。

苏老师，我们来日方长的约定啊，它还能继续！

抹了好久的泪，她才穿上外套，听从安排回宾馆，第二天一早，她还要来正常接班。

回去的脚步尤其轻快，她从没有哪个时候像现在这样，觉得每天的正常交接班都是件幸福到能让人落泪的事。

她没在宾馆见到苏寒山，但是小豆在大厅门口等她，一见到她就冲了上来，一把将她抱住，那股大力把她撞得退后了好几步。

小豆抱着她，号啕大哭起来。

“我没事了啊！”陶然抱着她，也想哭。

“吓死我了！你吓死我了你知道吗？”小豆哇哇哭着，吐词不清地说。

“我现在不是回来了吗？你别哭了啊！”陶然能感觉到小豆的害怕，抱着穿羽绒服的小豆都能感觉到她在抖，“别怕，我好好儿的呢，我们大家都会好好儿的。”

说着，陶然自己也哽咽了。

小豆抱着她哭了很久，其实也不仅仅是因为这次的虚惊一场，还因为这么多天来积压的负面情绪在这件事的触动下突然爆发了。

哭过以后，小豆又觉得有点儿难为情，抹着眼泪说：“我可不是因为害怕才哭的。”

“是是是，是因为你担心我，我们姐妹情比金坚！”

“才不是！我只是悲伤我这辈子再也没奶茶喝而已。”

“这跟奶茶有什么关系？”

“我……我发誓了呀！我跟老天爷说，用我一辈子不喝奶茶来换你没事。”

陶然琢磨了下：“你傻啊，这可怎么办？”

“没事啊，我以后再也不喝奶茶啦！你也要陪着我一起，从今以后，谁喝奶茶谁是狗！”

“那……不如我们偶尔‘狗’一次？”

“不行！”这可是跟陶陶生命攸关的誓言！

“哎哟，不如这样，我把我后半辈子的奶茶分你一半，我们每次点一杯，我来点，我喝一半，你喝一半，这就不违背誓言了啊！”

“这样可以吗？”

“当然可以！我说可以就可以！我的命我做主啊！”

“……”这样到底行不行啊？太愁人了！

“哎哟，小豆你可太实诚了，发誓也不能发这种毒誓啊！你换一个，比如用‘高老师一辈子不吃肉’来发誓多好！‘高老师胖二十斤’这种也行啊！”高老师无肉不欢，而且光吃不胖，力气全用来训小豆了，甚为恼人。

“哎，我怎么没想到啊？我还是比你笨了那么一点点。”

“不知道我们现在跟老天爷说换一个誓言行不行？”

老天爷没说话，只扔下一串轰隆隆的雷声。

“啊？”两个姑娘大叫一声，手拉手飞快地跑进宾馆。

第七章 那光，叫希望

淅淅沥沥的小雨下了一夜，第二天早上地面全是湿的，有风，就是一个再平常不过的南方冬末的早晨。宾馆外那些常绿乔木也寻常得很，满眼的暗绿色在冬日的南方随处可见。

然而，在陶然眼里，每一片树叶都在闪闪发光。

夜雨的残痕在叶片上凝成的水珠像是黑夜回家时忘了把漫天星斗带回，任其随甘霖散落人间，肆意玩闹，还在不经意间把尚且躲藏着的嫩嫩的芽苞挤了出去，新绿眯着迷蒙的双眼，浅浅地冒出头，懵懂地迎接这个新的世界。

“看！树都发新芽了！”不知是谁欣喜地叫道，“春天快到了！”

是啊，没有一个春天不会到来。

一切都会过去的。

陶然的心情有些急切，她想见苏寒山。他知道她的事只是虚惊一场了吗？她迫不及待想要告诉他，却一直没能见到他。

大巴到医院以后，她第一个下车，往科室急奔，希望能多争取到哪怕一分钟的时间，和苏寒山多说几句话。

她一进去就看见苏寒山了，看起来他好像是准备下班，她暗暗庆幸自己来得及时，不然两人又得等好几个小时才能见面。

她是冲过去的，穿着防护服，圆圆胖胖的，体形更像一头小白熊了，在走廊上滚动，带着急切和几分雀跃。

她想在苏寒山面前紧急刹车，但没刹住，直直地撞进他怀里，被他双手扶住。

有太多话想和他说，陶然盯着他的眼睛，却不知从何说起，只有情绪在她眼里闪动，激动而喜悦，憋了好一会儿，她在千言万语中憋出一句："你胖二十斤好不好？"

"嗯？"他的眼里满是疑惑：这没头没脑的一句话是什么意思？

她的话匣子就此打开了：她经历了怎样一场虚惊，小豆又是如何姐妹情深用最爱的奶茶发誓，她不想小豆从此没有奶茶喝这么惨兮兮，只能帮她另想一个誓言，还想到了高老师，云云。

她语速飞快，叽叽喳喳一会儿就把事情都说完了，然后拉着他的手摇了摇："可是，我们跟高老师不熟，这么做显得忒不诚心了，是不是？"

苏寒山的眉心始终没打开过，心里沉沉的，压着事，而这事眼看要压不住了，但听她说了这许多，沉重又裂开了一丝缝，一种哭笑不得的苦涩自里面溢出来：又是不熟……如果高老师听见你们说"不熟"二字，只怕比听见咒他胖二十斤还不开心。

陶然见他不怎么开心的样子，以为他不愿意，赶紧补充："就算你胖二十斤，我也是喜欢你的，不管你变成什么样子我都喜欢你。"

苏寒山看着她一脸认真的样子，心里更是难受，不假思索地应了声"好"。

陶然笑了："你答应了？"

“嗯。”他点头，“你想让我变成什么样子我就变成什么样子。”

他不信什么发誓，但如果誓言有用，那他也立个誓吧。他合了眼，心里默默念完誓言。

“苏老师，你太好了！”苏老师这话也太温柔了吧！陶然嘿嘿嘿笑了一番，很是哥儿俩好的样子拍了拍苏寒山的肩膀，“那就这么说定了啊！对了，新来的病人抢救情况怎么样？你累坏了吧？”

“还好。”他不知道该如何跟她说清楚，新来的病人就是她的父亲。

“那我进病房了啊！”她说着，提脚就走，结果被苏寒山给拉住了。

“等等。”

“啊？”她不明所以。

苏寒山心中微叹：该说的总是要说的。

“新来的病人姓陶。”

陶然笑容一僵：“和我一个姓啊，这么巧……”

“嗯。”

陶然有种不祥的预感，姓陶，还刻意跟她说……

“是……我认识的吗？”她的声音在颤抖，但她觉得不可能，绝对不可能，蓝女士不是说他们好好儿的吗？也许是自己的某个亲戚？

“是。他叫陶坚。”

陶然抓住了苏寒山的衣服，眼前的一切都在旋转，她有些站不稳。

“苏……苏老师……”她说不出话来，喉咙涩涩的。

“陶陶……”苏寒山扶住她，想劝慰她几句，却发现护目镜下她那双眼睛微微弯起，这是她在笑的标志，只是，这会儿里面还含满泪。

陶然站直了，深深地吸了口气，果真在冲着苏寒山笑：“苏老师，你看，蓝女士的话果真标点符号都不能信！”说好的一切都好呢？

依然是重症监护室，依然是全身插满管子昏迷不醒的父亲，一切仿佛都和六年前一样。

蓝女士呢，是否也和六年前一样绝望？陶然永远忘不了，那时候，老陶到了北雅仍然每况愈下时，蓝女士是如何崩溃，那是她第一次认识到，原来大人也会失控大哭，原来大人也会脆弱不堪。

陶然想守在老陶床前，亲自照顾他；也想第一时间抱住蓝女士，告诉她别怕，女儿长大了，可以给她依靠，撑起整个家了。可是，最终，陶然只在老陶病房门口看了看，只是看了看，转身就走，护目镜后的眼睛里含了满满两包泪，而她却不能让它们流淌下来，因为护目镜不能湿，湿了就看不清了……

对面走来的人将她抱住，熟悉的温柔声音在她耳边说：“小陶，有我，有苏主任，有院长，有我们大家，我们都在，别怕。”

来的人是护士长？

模糊的视线里只看见白色的防护服，她寻思：护士长不是应该在住院吗？

“护士长，我不怕。可是，你怎么就回来了？”

梅珊自回到岗位以来，已经不知被问过多少回这个问题了，她拍拍陶然的背：“我回来了，你的苏主任没说不同意！”

陶然想起当时在护士长病房开的玩笑，这会儿却笑不出来。

护士长了解她的心情，握着她的手：“有我在，放心。”

陶然点点头，护士长再度抱了抱她，两人就走向各自的工作岗位。眼下这样的工作环境，她们没有宣泄感情的时间，哪怕老陶刚刚被从死亡线上拉回来。

陶然走进她管的病房，黄奶奶巴巴儿地看着她，小米一见她护目镜后的两眼，眼睛瞬间一亮。

小米应该早知道自己的事是虚惊一场了呀，那就是还有什么值得高兴的事？

“36 床醒了。”小米小声告诉她。

陶然一看，何奶奶明明还睡着呢。“现在是睡着了？”

小米点点头。

这可真是好消息，尤其在整体形势如此低迷的现在。

她和小米相视一笑。

黄奶奶已经迫不及待了，看着陶然，目光特别热切。

小米笑道：“你缺了一个班没来，奶奶特别惦记你，问了不知多少回了，问我，问理哥。”

陶然刚走到黄奶奶身边，手便被奶奶牵住了。

“奶奶怕你病了，怕你走了，怕再也见不到你了。”小米悄声说，“她光问我就问了不下十遍，都是同一个问题：你一定会回来的吧。”

陶然不知该如何表达，这几天的心情就跟坐过山车一样，但此时此刻手被奶奶的手握着，就好像一颗心也被一团暖意烘烤着，虽然仍然发酸，但是热热的。

“奶奶，我肯定会回来，不把您好好儿地送出院，我是不会走的。”她反握住奶奶的手，笑着。

黄奶奶也笑，眼里有泪花，示意等下要听小曲儿。

“好，我等会儿放给你听。”她补充道，“等下了班，我跟曾爷爷说，让他唱段新的给你听。”

黄奶奶却摇头，表示要听她唱。

“我？”她怔了下，想到那段无论她唱什么也哄不好黄奶奶的日子了，意外之余，马上道，“好，我现在就唱给您听。”她轻轻唱了两句，和小米一起帮黄奶奶翻身。

之后还有各床的翻身、日常护理、吸痰、仪器监控……

又将是马不停蹄的一天，会忙到让她没有时间想其他。自踏进病房的那一刻开始，她的名字就只叫“护士”了，跟陶然有关的一切都被隔绝在这间病房外，她的喜、怒、哀、乐都与她的身体割裂开来。

理应如此。

所以，当她和小米走到38床旁边时，她表情如常，一点儿情绪变化都看不出来，和小米一起准备给雷刚翻身。

陶然轻言细语和他说话，像是什么也没有发生过一样，雷刚的样子看起来有些别扭，但并没有不配合，陶然顺利地和小米完成了交接。

然而，后来的工作就没那么顺利了，无论陶然做什么，他的眼神都充满防备，尤其到了喂饭和给药的时间，他完全抗拒，找理由不进食，挂点滴瓶更是坚决不肯。

陶然不知他是怎么了，本着一个护士的本分耐心劝导，但无法说服他。她担心他的病情有变化，准备呼叫医生，雷刚却突然激动起来，不让她叫，还动手去打她按铃的手。挥手间，他把她的手臂一抬，陶然手里的点滴瓶脱手飞出，打在她的面罩上，继而又掉落在地，发出啪的一声脆响。

雷刚显然被吓到了，眼里都是惧色。

陶然起初惊了一下，实在是因为被雷刚妻子掀掉口罩的阴影还在，她担心面罩脱落，但发现它还好好儿地戴着，立马镇定下来，拾起点滴瓶。

铃已响，黄医生和护士长都赶了过来，正好看见她捡瓶子。

“怎么了？”梅珊疾步上前来问，而黄医生已经开始查看雷刚的情况了。

“没事。”陶然握着瓶子，把大致情况讲了下，“我担心他的情况有变。”她丝毫不提瓶子是怎么掉到地上的。

“你感觉有什么不舒服吗？”黄医生查看完问雷刚。

雷刚只是摇头，连续摇头。

“没什么问题。”黄医生看着护士长道。

雷刚却说："我……我要换病房。"

这人还在纠结换病房的事？

护士长再次解释："现在换不了病房，我们没有单人病房可以用。"

"不用单人病房……我反正要换……我不要在她主管的病房里。"这个"她"是指陶然，雷刚说这话的时候眼睛也是看着陶然的。

陶然心里涌起莫大的委屈。但她能怎样？难道她还能跟一个病人说理吗？

护士长按住她，并且把她往一旁推，意思是护士长亲自来和雷刚说。

陶然默默地走开，走到其他床位监控仪器，但还是能听见雷刚和黄医生及护士长的对话。

"你的情况目前很稳定，是这间病房里恢复得最快的，按照现在的发展，再过几天就能转去普通病房了，为什么突然不配合治疗了呢？"黄医生问他。

"谁知道再住几天我还有没有命出去……"雷刚嘀咕道。

"这话怎么讲？你的情况一天比一天好，你别太悲观了……"

"那个护士……我媳妇得罪了她，谁知道她会怎么对我。她肯定不会尽心服侍我了，不害我就算不错……要是在饭里……药里做点儿什么手脚，弄得我死不死活不活的，我……哼……"

陶然听见这话，震惊了，雷刚竟然以为她会报复他？震惊之后就是愤怒，忽地，她感觉手被轻轻一拉。

她低头一看，是黄奶奶。

黄奶奶碰了碰她的手，然后轻轻抚摸。

虽然黄奶奶没有说话，但陶然知道，黄奶奶这是在安慰她。

陶然心里酸酸的，眼睛再度潮湿了。

她冲黄奶奶一笑，黄奶奶虽然未必看得见，但能感受到。

这个黄奶奶啊，自从有了曾爷爷的消息，整个人都温柔了，又温柔又娇慵，像个小姑娘。

“我要换房……我不住这里了……”雷刚的声音再次传来，“不换的话，我就……投诉。”

“换。”护士长很干脆地答应了。

雷刚没有说话，似乎是护士长答应得太爽快了，他一时没反应过来。

“怎么？你是不是觉得我答应太快其中有诈？是不是担心换到别的病房去也会遭受不公正的待遇，毕竟我们医护是一边儿的？”

这个想法的确在雷刚心里冒了冒，他默然不语。

“放心，我们不会，给你换床只有一个理由，就是你想换。只要对病人的病情有利，对病人的心情有利，我们都会尽我们所能满足病人的要求，但如果是我们做不到的，就只能表示遗憾了。你稍等，我去协调一下床位。”护士长的语气一如既往地温和，即便她戴着厚厚的口罩、几重防护，光听她的声音就好像能看到她的笑容一样。

护士长说完就出去协调床位了，而黄医生还在里面。他昨天早上目睹了雷刚妻子的所作所为，担惊受怕了一整天，懊恼后悔了一整天，心中余悸还在，此刻心潮起伏。

他忍了又忍，最终还是没能忍住：“38床，有些话本来不该说，但是，我觉得还是说出来比较好。你爱人口口声声骂的‘站着说话不腰疼’的小陶护士，她疼得很，因为她的父亲感染了病毒，被诊断为重症。昨天你爱人在拉扯她的时候，她的父亲正在抢救室里抢救。被骂完的她，只来得及看她父亲一眼就回到这间病房，一如既往护理你们。刚才那位梅护士长，前阵子倒在科室里，吐了满口罩的血，身体刚刚恢复了一点儿，就回到岗位，因为这里需要她。我说这些，不是想说医护有多伟大，我自己是医生，我从来不觉得自己伟大，我只是做着我职业范围内该做的事。都说‘医者仁心’，我且不说仁心，就说良心吧，医者良心，穿上这身白衣服，在我们眼里，世上就只有两种人——病人和健康的人，我们所做的一切都对得起自己的良心，哪怕我们也会痛、会累、会怕。”

雷刚初时还绷着身体，慢慢地越来越平静。

护士长转了一圈回来，说已经协调好，可以换病房了。

雷刚迟疑了半晌，动了动嘴唇，却没说话。

护士长领着护士忙活了好一阵，才算真正把换病房的事落实，然后过来推雷刚。

雷刚躺在床上，在被推出去的过程中不时看陶然一眼，但最终还是一个字也没说，去了另一间病房——那边刚好转出去一个病人。

38床空了出来，但并没有空太久，下午就进来一个重症病人。陶然忙得汗流浃背，连自己是谁都忘了，眼里只剩氧合和各项生命指征数值的变动。生死当前，她哪儿还有心情关心鸡毛蒜皮的事？

因为这个病人，她没能按时下班。和来接班的理哥交接完毕，一身疲惫地走出病房，重新与外面的世界接轨，她才想起，她叫陶然，她还有个同样躺在病房里的重症父亲，她对母亲蓝女士此刻的情况一无所知。

老陶静静地躺在床上，无声无息，只有仪器波纹的跳动证明他还活着。

这是小豆主管的病房，此刻值班的人也是小豆。

“陶陶，相信我，我一定会照顾好陶伯伯的！你赶紧回去休息吧！”小豆拉着陶然小声说。

陶然不想走，她想守在老陶身边。她一直都忙着照顾别的病人，她多想守护自己的父亲！

“陶陶，你不用耗在这儿啊，有我就行了，你放心，我一定把陶伯伯当自己爸爸来照顾！”

“陶陶，你别忘了，你还有工作呢，你要先保证自己休息好啊！”

"陶陶，你真的不用在这里的。"

小豆很忙，陶然同为护士当然知道，这么忙的小豆还要顾着她。

护士长过来给病人吸痰，见她戳在这儿，也赶她回去："服从命令是最好的配合！我知道你能帮忙，可是你要帮到什么时候呢？帮到你自己接班，然后拖着疲惫的身体去上班吗？"

陶然默然。

"别戳在这儿碍我的事儿！"护士长最后连这话都说出来了。

陶然了解她们的心，到底还是走了，虽然依依不舍，且连"拜托你们"这样的话都没说，因为她太懂。

她心里还挂念着蓝女士。

从隔离区出来，她就尝试给蓝女士打电话，但不知为什么没打通。

连续拨打几次以后，陶然不知怎么就崩溃了。

老陶在生死边缘挣扎，蓝女士不知状况如何，是否也生了病，一个人在某处忍受痛苦？她是否会害怕？没有亲人在身边，她会不会没有力量抗争下去？

陶然蹲在墙脚，捂住脸，呜咽起来。

有脚步声响起，她却没听见。

直到有人在她面前站定，直到他蹲下来，轻轻抽走她手里的手机。

她泪眼蒙眬地瞪着眼前的人，模糊的视线里，画面似曾相识。

曾几何时，她也是这般蹲在角落里哭，穿白衣的人儿也是这般蹲在她面前。

她泪汪汪地看着他，带着最后的希望问他："苏医生，你一定能治好我爸爸的，是不是？"

现在，她还是泪汪汪的，还是叫他"苏医生"："苏医生，你一定能治好我爸爸的，是不是？"

她看不清他的表情，只听见他用斩钉截铁的声音回答她："是！"

“是！我一定能！相信我！”

陶然的眼泪就这么哗哗地流。

“你为什么一个人躲在这里？”

陶然摇头。

她不知道自己为什么躲在这里，她也不知道自己该怎么办，就像六年前一样，突然迷惘起来。

“你为什么不等我？”

陶然怔怔地看着他。等他？为什么要等他？

苏寒山看着她眼里的迷惘，心里一声叹息。

他握住她的肩膀，把她的腰背拎直：“你现在想做什么？告诉我！”

陶然更懵懂了。

“你想要我做什么？”

陶然想了想，带着哭腔：“我想去找妈妈。”

“好。”他将她拉起来，“用你那天早上要我去给你拿早餐的语气跟我说这句话！”

那天早上？哪天早上？

陶然想了一下，明白了，迟疑着：“那……那不是抖起来的语气吗？”她后来都觉得自己挺可笑的，怎么突然就神经质地这么跟苏老师说话呢？那一定不是她！

苏寒山却坚定地看着她：“对！就是抖起来的语气！”

陶然心里沉沉的，原本装着事，被苏寒山这么一说，还被他明亮又坚决的眼睛这样盯着，思维不由自主就跟着他跑了，情不自禁地道：“你……你带我去找妈妈！”末了，她又开始想哭，“我想去找妈妈！”

“来，跟我走。”苏寒山拉着她大步往外走。

出了医院，陶然发现他带她去的并非回家的方向。

“苏老师，我们去哪里？”

“我带你去找妈妈。”

“可是……”这不是去她家的路啊！

“蓝姨核酸检测结果是阴性，目前被安排在别的地方隔离，就在前面不远的地方。”

听见“阴性”这两个字，陶然紧绷的心松了大半，理智似乎也回来了，闷声跟着苏寒山走。

苏寒山本来就不是一个多话的人，她也闷闷的，一路自然都是沉默。

隔离地点果然离医院不远，不多时就走到了。

“就在这里。”苏寒山并没有带她进去的意思。

她点点头，也没打算进去，这点她还是有分寸的。

“在哪儿呢？”她看着这房子的一排排窗户问。

“就是那扇窗户。”苏寒山指了指。

陶然看见窗口挂着一条红丝巾。这倒是蓝女士的风格，这样五颜六色的丝巾，蓝女士拥有不下二十条，出街必备，旅游神器。

想到平日里风风火火神气活现的蓝女士，陶然想笑，眼泪却先掉下来了。

“我妈说，拍照没有丝巾等于没有灵魂。”她对苏寒山说。

苏寒山点头：“蓝姨有着十分有趣的灵魂。”

“我妈听你这么说一定很高兴，她啊，就怕被年轻人抛在时代后面了，一直走在潮流最前线。”陶然拿出手机，“我再打她电话试试。”

这次倒是打通了，熟悉的专属于蓝女士的大嗓门在那头响起，生龙活虎的。陶然的眼泪再次掉下来，这世上没有比听见妈妈的声音更让人安心的事了。

“妈，妈妈，你电话怎么一直打不通啊？”她甚至还想跟蓝女士撒个娇。

蓝女士在那头笑：“你妈笨的！手机没电了，我也没带充电器，不知道这房间的抽屉里就有充电器，我才找到！哦，对了，女儿，你还不知道妈妈在哪儿吧？女婿让我来的这里，让我隔离。我好着呢！吃饭啥的都有人管，伙食特别好，你放心啊！还有你爸爸那里，你也不用担心，想必你已经知道了，可你想，有女婿在呢，当年就是他救了你爸的命，这回也一定没问题！女婿说了，我们要好好吃饭，把身体练得棒棒的，才有力气和病毒打仗！女儿，妈妈不怕，你也别怕！病毒就是纸老虎，只要我们强，就能打败它，我们可不能先示弱了！还有，你帮我把这话带给你爸：他要是敢再这样向病毒投降，我饶不了他！让他想想我的外号是什么！”

蓝女士的外号是什么？陶然想想又想笑——整条街出了名的“蓝炮仗”，谁都不敢惹，惹了，蓝女士必然炸得人家人仰马翻。至于老陶，这辈子在蓝女士的“淫威”下就没抖起来过。

可是，这样的蓝女士真好啊，是不是？

至少，陶然此刻心里就不那么怕了，有蓝女士牛气冲天的气势撑着，好像天塌下来都能给它顶回去。

一旁的苏寒山也听到了蓝女士爆炸般的声音，算是明白总把“纸老虎”这仨字挂在嘴上的陶然师承何处了。

“妈妈……”陶然喊道，这样的蓝女士仿佛给她打了一针强心剂，她的声音都大了起来，“我知道您在哪儿，我就在外面，我看见你的窗户了，上面挂着你的红丝巾。”

马上，窗户上的红丝巾就舞动起来了，窗口出现人影，蓝女士的声音双重炸响：一个在耳边，一个在远处。

“乖女儿，我样样都好，你不用牵挂我！”蓝女士用力舞动着红丝巾大声说。

“嗯！”陶然也用力挥手，让妈妈看见自己，对着窗口大喊，“妈，我们一定会胜利的！加油！”

“宝贝儿加油！女婿加油！”

那音域辽阔的余音回荡在空中，苏寒山完全不必听手机，直接听从那边窗户飘过来的声音就行。

“回去！快回去吧！”蓝女士挥着丝巾赶他俩走。

虽然不舍，陶然还是和苏寒山往宾馆而去。

和来时飘飘忽忽的迷惘目光不同，陶然此时眼中虽仍然含泪，却聚了光，但疲惫也格外明显。

从自己无端被喷了几口气，到得知老陶住院，再到此刻，连续几天，身体和精神都紧绷到极限，现在见过妈妈，尤其被蓝女士的大嗓门这么一打鸡血，整个人松懈下来，她才发现脚都是软的。平坦的马路，没有坑，也没有石头，不知怎么的，脚却崴了一下，人也往地上跌，她下意识地抓住身边的苏寒山，才没有摔倒。

苏寒山立刻扶住了她：“怎么了？”

一问完，他就看出来她的疲惫和脱力。

他的眼前闪现出北雅时的她：蹦蹦跳跳，吵吵闹闹，除了怕他的票数落后于宁至谦，她就没有别的烦恼。

今年这短短的援医经历，硬是把一棵小嫩苗给催熟了。

成长太快是另一种残酷，其过程必然充满泪与痛。

“走不动了？”他轻声问。

“也不是……”她有些不好意思，“就是不小心……”

刚说完，她就发现苏寒山半蹲在她面前。

“苏……苏老师，你干吗呢？”她惊了。

苏寒山没回答她，直接拉着她的胳膊往他脖子上一绕，将她背了起来。

“苏……”

“陶然，”他没让她把那句“苏老师”喊出来，“你是不是忘了一件大事？”

“什么事？”她的视野范围突然变得又高又远，还没适应过来呢，以为自己犯了什么大错，急了，“我没有啊！消杀步骤一步也没少！工作更不可能出错！”

虽然38床的异动让她心里有过起伏，但她这点儿职业道德和职业素质还是有的，绝不可能让外界任何原因影响工作！

苏寒山原本要给她点清楚，见她这样，索性不直说了，只道："不是。"

不是？

陶然想起小豆和高老师的"恩怨"，顿时紧张起来，觉得苏寒山有高老师"附体"的前兆，她急了："苏老师，你可不能向高老师学习啊！"

这里面又有高正浩什么事？

"高老师怎么了？"

夜幕降临，冬末清冷的空气里，空无一人的街道上微光冉冉。苏寒山眸光温和，声音也像那些朦朦胧胧的光芒，隔着雾，隔着云，柔和得不像真的，像是从很远的地方传来，像是很久很久以前，小陶然从梦里醒来，懵懵懂懂的，听见老陶问她："小陶陶怎么了？"

陶然绕着他脖子的手臂微微紧了紧，脸贴在他宽厚的肩膀上，愤愤不平地道："高老师啊，太讨厌了，老找小豆的碴儿！"

苏寒山都不知道到底该同情高正浩还是该同情小豆了："高老师那样，叫找碴儿？"

"难道不是吗？小豆太倒霉了！"陶然为好友抱不平。

这可真说不准是谁倒霉。苏寒山试着引导："你们俩就没好好想过为什么高老师老要找小豆？"

"我们想过啊！"她俩怎么可能没想！

"哦？那你们得出什么结论？"

"小豆说她出发之前忘了上香。"

"……"

"我当然说不是啦。"

"那你怎么看的？"

“我就帮小豆分析啊，我觉得是小豆一开始就得罪高老师了，给高老师取外号，叫高老师‘高黑面’，没想到高老师这么小心眼儿，这就惦记上小豆，处处刁难！我还给小豆出主意来着，让她好好儿跟高老师道个歉，就说知错了，请高老师放过她。谁知道高老师听了，反而罚得更厉害了！你说有这样的吗？”

苏寒山都不知道说啥了，只能奉劝：“你啊，以后少给小豆瞎出主意！”

“我也想不出好主意啊！”陶然有些沮丧，“我觉得高老师的外号应该改改，‘高黑面’不适合他，应该叫‘高针尖’，心眼儿就跟针尖儿一般大！”

苏寒山忍不住道：“我倒是给你和小豆想到一个外号。”

“什么外号？”陶然突然来了兴趣，凑到他耳边问。

“钢铁姐妹。”

苏寒山说完就感到肩上挨了重重一击，陶然高兴的声音同时响起：“太对了，苏老师！这外号太适合我们了！我俩的情分就是堪比钢铁！等会儿我告诉小豆，让她也高兴高兴。”

高兴高兴……

那就，高兴吧……

只要你高兴就好。

“苏老师，你看那儿，你看。”陶然指着一处小广场，“原来这里不是小广场，但也是市民夏天傍晚来遛弯乘凉的地方。我小时候，我爸常带我来，每次回去的时候，我都困得不行，我爸就给我买根冰棍，让我吃着，背我回去……”

说到这里，陶然看着苏寒山的后脑勺，两边的街景在余光里随着苏寒山步伐的节奏起起伏伏，她突然有些不好意思：“苏老师，你累了吗？我自己走吧。”

“没事，不累。”

陶然其实也不太想下去，枕在苏寒山肩上，莫名的，心里一丝惧怕也没有，初闻父亲染病时的崩溃，对蓝女士下落不明的担忧，无端地都沉了下去，心里只剩一片安宁和源源不断的勇气。

六年前，年轻的苏医生答应她一定能治好她的父亲，她便相信他能。

六年后的今天，他仍然答应，她便仍然相信。尽管，作为一个成熟的医护，她知道所有的艰难与可能的后果，可她更知道，崩溃与焦虑在困难面前并没有用。前方是一座巨山，那就鼓起所有的精气神，努力攀爬不退缩，彼此协作，相互支撑，哪怕最后的结果不尽如人意，也要勇往直前，绝不回头。

陶然连续打了好几个哈欠，倦意渐渐上涌，贴着苏寒山的颈肩，消毒液和一种属于他的清冽气息从他的衣服、发间渗入她的呼吸，闻着莫名就觉得安心，意识也渐渐模糊："苏老师，谢谢你。"

她家的事如今她都知道了——老陶是怎么进医院的，蓝女士又是怎么好好儿地在这儿隔离的，全都因为有他。

"苏老师，我现在一点儿也不怕了。"她小声道。

她的短发扎在他颈间、耳后，随着她的呼吸蹭来蹭去，他说话的声音就软了一个度："你怎么不怕了呢？"

陶然一向大大咧咧的："因为有你啊，苏老师，有你在我什么都不怕了。"

苏寒山却是婉约派，什么话都先在脑子里过几遍，再绕几个圈子说出来才是他的风格，所以常常猝不及防被她一语惊到，虽然现在渐渐习惯了，但总有不曾防备的时候，所以，苏寒山在陶然直抒胸臆之后再次顿了顿，才继续他的话题。

"那你刚才为什么不等我，自己一个人在角落里哭？"他明明是要质问的，说出来的语气却完全配不上"质问"这个词，软得像他此刻的心。

"……"陶然眨眨眼，回答不上来这个问题。为什么不等他？她也不知道啊，当时脑子里压根儿就没想到他。

“下次不能这样了！”苏寒山有意加重了语气。这才是他说的“大事”，她到底懂不懂？

“哦……”陶然一脸茫然，反正苏老师说什么就是什么咯。

“任何时候，你都可以抖起来，让我干什么我就干什么。”他怕她不懂，强调了一遍。

“真的吗？”她的眼睛都亮了，大有“试试这好不好使”的架势。

“当然……是真的。”她抖没抖起来，苏寒山后脑勺没长眼睛看不到，但他的声音却抖了抖，隐隐有种不好的预感。

“苏老师！”陶然决定抖一抖，刚喊完“苏老师”，就觉得这个称呼不够显出自己的威风，这要抖起来肯定得换个叫法，于是她清了清嗓子，在他背上坐直了，粗着声音，十分神气地喊了一声，“苏寒山！”

苏寒山：“……”

陶然喊完之后，晃着小腿，兴奋得不得了：“啊呀，早就想这么喊了，这一喊可太神清气爽了！”

“……”苏寒山怎么听出来一种她长期被他压榨，如今终于大仇得报的意味？

“苏寒山！”陶然威风凛凛地手一指，“你去，把高老师教训一顿，告诉他，再欺负小豆你就给他好看！”

“……”苏寒山简直脑仁儿疼，他就知道，这个权力赋予她之后，她是不会用到“正道”上来的。

“你听见没有？”陶然抱着他的脖子急等他回答。

“这个不行。”

不行？陶然眨眨眼，只好再换一个：“那，你去跟高老师好好聊聊，就说小豆已经道歉了，男子汉大丈夫要心胸开阔。”他不能教训高老师，去跟高老师聊聊总行吧？

“这个也不行！我都跟你说了不要瞎掺和高正浩和小豆的事。”

神气活现的陶然顿时蔫了，重新趴回他肩膀上，嘀咕道：“这也不行那也不行，我就知道没这么好的事。”

苏寒山也无语呀，但总不能自己好不容易许个承诺，不到一分钟就毁诺吧。“再换一个，你好好想想。”

“不想了！没劲！”陶然趴在他背上，再次打了个哈欠。

别说，他背上可真舒服，就像小时候爸爸的背一样，又宽阔又安稳。

长街，灯火，心爱的人。

如果这是一条回家的路该多好。

“苏老师……”她真的困倦起来，声音都变黏糊了，“真想这一切快点儿结束，所有人都好起来，我想回家，想北雅了，想食堂的猪蹄，想医院的银杏树，想后门口的卤煮。我再也不说食堂的菜不合口味了，再也不怕下晚班回宿舍会遇到鬼了……”

没有什么事比回到正常的生活更幸福了。

苏寒山望着前方的路和绵延的灯光，轻声道：“会的，我们会回去的，很快就会回去。”

陶然迷迷瞪瞪的，却突然想到另外一个问题：“哎呀，回去也只有我一个人回去，你在这儿，我爸妈也都在这儿，怎么……感觉那你们是一家人了……”

“会在一起的。”他的声音更柔了，“你想在哪里，我就去哪里。你想回家，我就留下来不走了；你想继续在北雅，我几年后就回北雅，到时候把叔叔阿姨都接过去，我们大家全在一起。”

陶然心里满了，抿嘴一笑：“苏老师，我妈可凶呢，爱说话，嗓门儿也大，你会不会不习惯？”

“不会，我喜欢听人说话。”虽然他自己不爱说。

“也对……”陶然嘟哝道，“反正蓝女士宝贝你宝贝得不行，凶也只会凶我……”

苏寒山微微一笑，酝酿了好一会儿，才终于克服婉约派的障碍，低声道：“不会凶你的，有我在，以后蓝姨都不会凶你了，我会……”

他正说到紧要时刻，却听得身后传来轻微的鼾声。

“陶然？陶然？”他轻叫了两声。

好嘛，这丫头一下就睡沉了，得，他这番酝酿白做功了。

冬末的夜晚，背上背着一团热乎的“炭火”，他加快了步伐。

陶然做了一个梦，梦到疫情结束了，她和苏老师结婚，正举行婚礼呢，她羞羞地和苏老师并肩站着，三位长辈坐在上方，他俩给长辈见礼，老陶、蓝女士、苏副院长都乐呵呵的，每人手里捏着个大红包，等他们喊爸爸妈妈，红包就归他们啦！

陶然梦里都笑出口水来了……

此时，苏寒山已经走到宾馆了。

宾馆一片宁静，下班的医护都争分夺秒进入休息状态。虽然苏寒山并不害怕被人看见他和陶然的此情此景，但是，没有人看见也正符合他婉约派的心理。

他正庆幸着呢，一人从大堂走出来，还是他爸，两人，不，三人撞个正着。

苏寒山还是有点儿尴尬的，想挤出点儿笑来破除这尴尬，但想想那样子更傻，便傻呆呆地瞪着他爸。

苏副院长将他上上下下、前前后后打量了一番，呦了一声：“改性儿了！”

苏寒山觉得有必要解释一下：“不是，她这不是累了吗？”老头子是说他平时看起来挺肃穆一个人，也干背女孩儿这种事呀？

“我是说你改姓了！”苏副院长绷着一张脸，“什么时候改姓‘猪’了？”

苏寒山琢磨了一下，回过味儿来，忍不住笑出声，老头子还挺幽默。

这一说话一笑的，把陶然给闹醒了，陶然正梦到站在苏副院长跟前叫“爸”呢，一时也分不清是梦境还是现实，总之见着苏副院长戳在眼前，下意识地就麻利响亮地叫了声：“爸！”

时间停滞了一秒，四周顿时安静下来。

打破这僵局的还是苏寒山的一声喷笑。

陶然恍然大悟，闹了个大红脸。

苏副院长僵硬的表情也裂了缝，一张老脸竟然也红了。他点点头，应付地嗯嗯了两声，拔腿就走了。哎哟，自己终于等到有小姑娘叫“爸”了？高兴！可自己还得端着，不能让那臭小子得意！臭小子啊，我可算对得起你妈了！

苏副院长的眼眶竟然有点儿湿，耳旁响起多年前妻子柔和却坚决的声音：“我得去，这是我一个医生不可推卸的责任。我理解你，相信你也理解我。如果我真的回不来了，请你照顾好儿子。如果我们两人都回不来了，那……那至少，儿子会以我们为傲吧……”

阿芷，我和儿子始终以你为傲，现在，儿子也成为我们的骄傲了，你看见了吗？

陶然捂着脸跟苏寒山解释：“我刚刚以为做梦来着，我真没有这么虎的啊，苏老师……”在苏老师面前虎一下和在未来公公面前虎，她还是分得很清楚的。

苏寒山憋笑，往里走：“别狡辩了……”

“不是狡辩啊，苏老师，你听我解释……”

“不用了，我知道你想叫很久了。”

“不是啊，苏老师，你听我……我真的以为我在做梦……”

“这不就是说你做梦都想叫吗？”

“不是啊，苏老师……”

苏老师怎么可以这么直男？虽然她的确做梦都想叫，但是她也是要面子的好吗！

陶然没有害臊多久，很快就释然了：叫就叫了呗，反正她在苏寒山面前“翻车”早都翻成“名场面”了，这点儿事算什么。

这晚，陶然心里像是卸下了前几天压着的大石头，睡得还算安稳。

一切都会好起来的，这句从一开始就支撑着他们所有人的话，她是信的，尤其当她第二天去接班，36 床醒着，一双明明疲倦、病弱的眼睛却闪着微光看着她的时候。

那光，叫希望。

“何奶奶。”陶然握着她的手，哽咽了。

这些天提溜着心丝毫不敢大意的守候总算有了回应。

何奶奶眼睛里蕴着笑，拉着陶然的手，轻轻摇，像是撒娇，又好像在说：“我回来了，我只是去旅了个游，现在回来了……”

陶然的眼泪瞬间就涌出来了。

累过，痛过，怕过，哭过，但因为有这一刻，她付出的一切都是值得的。

何奶奶示意要纸笔写字，陶然仰仰头，把眼泪倒回去，拿了纸笔给她。

何奶奶在纸上写：我想你们。

陶然的眼泪又要崩了。之前还没有醒过来的何奶奶会有想念这个意识吗？可她愿意相信，何奶奶就是想的！

“我也想你，奶奶。”好像何奶奶真的只是睡了个长觉，梦里去游了好些地方，现在梦醒了，奶奶回来了。

何奶奶笑着，又写：孩子好不好？

孩子？

陶然想了一下，觉得奶奶说的是陆明的孩子。

她用力点头：“好！好着呢！陆医生也好好儿的。对了，他每天还是给您写信，我们都给您收着，等您醒来看。”

陶然把那个纸盒子拿出来，里面厚厚的一叠字条，折得整整齐齐的。

“奶奶，我一会儿给您念，好吗？”

何奶奶看着她，摇头，目光温柔，再写：不用，我以后自己看。

“好……好……”陶然心里滋味难言：以后再看，何奶奶就会知道有一大半不是陆医生写的了……

何奶奶似乎放心了，拍拍陶然的手，把纸笔还给她，让她去忙。

陶然点点头，眼圈红了。

何奶奶看着她的背影，轻轻合上眼，眼角却是亮晶晶的，心里有一个声音在说：“我怎么能长睡不醒？我一定要活过来，活过来对许多人说一声谢谢。谢谢，谢谢你们每一个人。”

后来，苏寒山进病房的时候，何奶奶一直盯着他。

苏寒山握着她的手，柔声说：“奶奶，您现在情况不错，我们考虑给您换鼻导管，那样您就会舒服些，能咳痰，也能说话了。”

何奶奶只是看着他，看着看着，又流泪了。

“奶奶，怎么了？”苏寒山看仪器都正常，便抽了纸巾给她轻擦眼睛，声音柔和极了，“是害怕吗？别怕，有我们在呢，我们会一直陪在您身边，陪您一起努力。您都不知道自己有多棒吧？您已经跨越了最艰难的时期您知道吗？以后只会一天比一天更好……”

陶然忙着，看不见他的样子，可他的声音在病房里回荡，像是忽如其来的一阵春风，吹散了医院的味道，整间病房都浸泡在暖暖的春潮里。

春，已不远。

何奶奶仍是摇头，用手指在苏寒山的手背上写下两个字：不怕。

苏寒山便笑了，面罩后的目光愈加温和：“我就知道，奶奶您是最勇敢的，嗯，咱不怕！”语气就像在哄小孩儿。

何奶奶一直拉着苏寒山的手不肯放，也一直盯着苏寒山，像是想要让目光穿透他的面罩，将他的模样拓下来一般。

“奶奶，还有什么事吗？”苏寒山柔声问。

见何奶奶一直不说话，苏寒山把纸笔递给她：“您是想和我说什么吗？”

何奶奶便写：陆医生和你一般高。

苏寒山一怔，随即笑道：“是的，我俩差不多高。”

何奶奶便把纸笔还给他，开始闭目养神。

“奶奶，有什么想法就跟我们说啊。”他轻声道。

何奶奶示意没事了，让他去忙。

苏寒山站了会儿，看了一遍她的各项指标才走，临走还交代了陶然一番每个病人的注意事项。

“我知道，苏老师，我记住了。”陶然半点儿不敢马虎。

他点点头，快步离去。

这就是她和他在医院的日常，并没有比与别人相处多出哪怕一秒的时间，也没能比别人多看对方一眼，事实上，如果不是有医嘱，他们连说话的时间都没有。

他们唯一可以共处的时间，就是每天往返于医院和宾馆之间这短短不到半小时，可陶然觉得这样已经很满足了——其他医护都离家和爱人远远的，只能在视频里见，最重要的是，她和他一起奋战在一线啊，她那么努力地追赶他的步伐，总算能与他齐头并进了。

下班的时候是深夜，陶然打着哈欠出来，看见前方不远处，苏寒山正和一个男人在说话。她再一看，那人不是护士长的丈夫戴晟吗？他还没回去？陶然再一想，这都封城了，的确是回不去了。

戴晟手里不知拎着什么东西，一边和苏寒山说话，一边往隔离病区看。

他在等护士长吧？

护士长就跟在她后边呢！

她回头一看，护士长人倒是紧跟着她，但眼睛分明就没往戴晟那个方向看。

不过，要出医院，必然要经过戴晟身边，她眼看着护士长目不斜视就要走过去，而苏寒山还在跟戴晟讲话。

她都急了，苏老师怎么这么不解风情呢？

她拉着苏寒山就走。

苏寒山还回头要跟戴晟说一声，她忍不住抱怨：“苏老师，你怎么变呆了？路灯亮得很呢，不需要灯泡！”

苏寒山：“……”

他竟然变呆瓜了？还是被她骂呆瓜？

他忍笑：“难得你懂事一回。”

她给了他一个小眼神，瞪他：“我一直就很懂事好吗！”

“好，一直懂。”她说懂就懂吧。

医院门口，戴晟拦在了梅护士长身前。

护士长脸上有着淡淡的疲倦：“我累了，想回去休息。”

戴晟把手里的东西递给她：“你拿着，赶紧休息去吧。”

那是一个密封得严严实实的东西，但梅珊知道是什么。

“没必要。”她说。

“怎么没必要？”戴晟把东西塞在她手里，“你刚出院，太硬的食物不能吃，你这个人又不喜欢给人添麻烦，只会委屈自己，在食堂肯定没吃几口，然后傻乎乎地饿着。你不能饿，你自己是护士难道不清楚吗？”

梅珊没说话，心里泛起波澜，微微酸楚。

“拿着。密封、消杀，我样样都做好了，咨询过你们苏主任。”他握住她的手，强迫她握紧了，“我厨艺还行的。”

梅珊原本已经握住了提盒，听了这句话，手又松了，提盒回到了他手里。

他的厨艺或许真的还行，只是，结婚这么多年，她一次也没尝过，倒是在别人的朋友圈里看到他给人家做饭。

护士长只身朝大巴走过去，戴晟在后面叫她的名字：“梅珊！”

她没有回应，上了车。

深夜的街灯下，戴晟拎着提盒站着，空旷的街道上，除了路灯将他的影子投在地上，再无其他人影。

大巴启动，渐行渐远。

陶然回头，戴晟还站在原地，街灯绵延，在黑夜的幕布上烫出两条迤逦的火线，光芒末端，寂静深处，伫立的人渐渐化为黑点，渐渐看不见。

陶然收回目光，扭头看向最后一排的护士长，暗黑的车内，只有淡蓝色的口罩分外显眼，其他一切都被遮掩在口罩之后，什么也看不见。

陶然心里莫名有点儿发酸，轻轻叹了口气。

“怎么了？”苏寒山问。

她摇摇头，又觉得不说也不舒服，看了看苏寒山。苏寒山目光深邃，正等着她说呢。

她叹了口气：“我不明白，两个人能在一起多不容易，为什么会变成这样呢？”她并不了解护士长和戴晟之间怎么了，只是觉得，像她，多么努力才到苏寒山身边，又多么努力才让苏寒山看见她，在她看来，两个人能在一起太不容易了。

苏寒山想了想：“大概就是因为……太容易了。”

陶然眨眨眼，不明白他是什么意思。

苏寒山笑了笑：“你总有空儿关心别人的事。”

“护士长是别人吗？”她给了他一个小小的白眼，“我看着就难受啊！护士长总是拒戴先生于千里之外，也不知为什么要这样，护士长自己也不开心。”如果护士长能开心一些，做什么她都支持，可是，生病初愈的护士长看起来总是郁郁寡欢。

“拒绝也是为了保护。”苏寒山跟她解释，“戴晟本来是想和护士长住一起照顾她的，护士长不让——这个时期，我们成天在医院，近距离接触毕竟不好。”

结果，这个解释又遭到陶然白眼：“我说的拒绝不是这个拒绝啊，苏老师，你的理解能力变得流于表面了，我说的是内心的拒绝。”

理解力被批判的某博士苏主任：“……”

一坨铁竟然还能透过表面看到内心了？

“喀喀。”“流于表面”的苏寒山清了清嗓子，“护士长的事你不用操心，你要知道，什么事旁人都能帮上忙，唯独感情的事只能靠自己。”

陶然点点头，表示赞同。就像她，全靠自己的力量奋斗到苏寒山身边，没有人可以帮她。

第二天，陶然就发现，护士长的饭是单独给的，和大家的都不一样。

护士长在看到饭的时候明显愣了一下，不过没说什么，到一旁吃去了。

陶然着急地把苏寒山叫到一边，问他：“看见了没？”

“看见了。”苏寒山忍笑。

陶然觉得他的眼神怪怪的，疑惑地问：“你看见什么了？”

“看见一只小老鼠偷糖吃。”苏寒山看着她衣领上的糖末。

“哎呀！”陶然赶紧低头，而后使劲拍前襟。老家有一种老酥糖，陶然特别喜欢吃，就是糖粉太多，每次吃都会洒得哪儿哪儿都是，“谁让你看我了！你看护士长啊！她的饭！”

苏寒山看了一眼：“嗯，戴晟干的。”

不说别的，戴晟这回是真心实意想照顾梅珊，变着法子让梅珊吃点儿软的，还通过他牵的线，把饭送到了宾馆。至于这样做对挽留这段婚姻有没有用，就不得而知了。

陶然眼里有点儿别样的东西在闪动。

“怎么了？”苏寒山以为她又在为别人的事操心。

陶然摇摇头，笑笑：“我想起我家老陶和蓝女士了。”

苏寒山以为她是担心父母的病情："别担心……"

陶然却再次摇头。电梯来了，她拉着他的袖子走进去："我不担心啊，真的。在我看来，什么情况是最可怕的？未知才是最可怕的。在我联系不到他们的时候，我不知道他们发生了什么事，不知道他们是生还是……死，那时候我才是最恐慌的。现在我知道他们的情况了，心里反而安定了，无论多么严重，咱们去面对就是了。"

"我不知道他们发生了什么事，不知道他们是生还是死……"

电梯缓缓上升，苏寒山耳边回荡着这句话。他微微合了下眼，短暂的黑暗中，仓皇的男生在昼夜不灭的灯光里握着一只蓝胖子，不知所措。

"我想的是另一件事情。"陶然轻松愉快的声音打断了这黑暗。

他睁开眼，撞进两汪盈盈春水里。他声音温和："是什么呢？"

陶然眉眼弯弯："我妈脾气火暴，一天能生三回气；我爸性格温暾，半天也表达不出一个字，我妈遇上他这样，只有更生气，可我爸也有妙招。"

"什么妙招？"电梯已经到四楼了，苏寒山看了下楼层指示灯，按下关门键。

陶然笑："我爸啊，就做一份好吃的专给我妈吃，我妈最多再硬气一分钟，就抵不住诱惑了。"

苏寒山也忍不住笑出了声。

陶然有几分愣神，拉着苏寒山的衣袖："苏老师……"

"嗯？怎么了？你想找我要吃的？"苏寒山的笑意还在眼角不曾散去。

陶然歪着头，盯着他："你的眼睛，弯弯的，会发光。苏老师，你在笑。"

苏寒山微怔，目光闪烁，避开她这样的直视："咯咯，叔叔阿姨很可爱。"

“嗯！”自家的瓜当然自家要夸，陶然用力点头，“别看我爸妈吵吵闹闹一辈子，可这辈子谁也离不开谁。我爸特别老实，没啥大本事，挣不了大钱，就连跟人红个脸的本事都没有，气急了话都说不出来的那种人，就会做吃的，而这唯一的优点啊，自打大病一场后都没了。在那之前，我家都是我爸干活儿；打那之后，我妈便啥也不让我爸干了。我妈自己都说，吃了我爸不到二十年的饭，结果要用后半辈子几十年的时间来还，这生意可真亏本。”

“可是，无论什么时候他们都没想过要分开啊。”陶然的语气里带了感叹。

苏寒山知道她在想什么，伸手揉了揉她的头发，忽然想起了什么，问她：“你知道我家那只猫叫什么吗？”

陶然皱皱眉，觉得苏老师这思维劈叉劈得真远，怎么说到猫上去了？不过，她的脑海里还是闯进一只胖乎乎的加菲形象，低头吃东西的时候只看得见毛茸茸的脑袋顶一拱一拱的。

“不是叫苏总吗？”她道。这还是她给取的名字。

苏寒山笑了笑，没有纠正她。

“不是？它原来有名字的？”陶然没有憨到底，准确地抓住了这段对话的精髓。

“嗯，有。”苏寒山笑道，“而且，我不想给它改名。”

这是否定了她取的“苏总”这个名字？“哼！”

“哼什么？不高兴？”

她倒是没有不高兴，只是，明明有名字，还让她取，不是要着她玩吗？

“以后养只狗，再叫‘苏总’。”

看来这猫的名字他还真是喜欢极了，一点儿都不愿意退让。

“那它叫什么啊？”

“回去你就知道了。”他继续揉她的头发，眼里的笑多了几许狡黠。

陶然看得舍不得移开眼，紧捏着他的袖子：“苏老师，你知不知道你在北雅的时候几乎没怎么笑过？”

苏寒山一怔：“是吗？”

笑和不笑，他还真没刻意留意过，可他记得自己在面对病人的时候一直都是态度温和、微笑以对的，那样的他在她眼里竟然是没笑过？

“是啊！”陶然晃了晃他的衣袖，盯着他的口罩，一副颇为惋惜的表情，“苏老师，可惜，我还是看不到你笑起来的样子。”

“喜欢看我笑啊？”

陶然点点头：“不过没事啊，来日方长呢！”

是啊，来日方长。

两人聊到这里，好像没什么话题可说了，但陶然还捏着他的袖子，不大舍得松开。但自己总不能一直拉着他站在这儿聊吧，他还得休息呢。

每天相处的时间实在太短了，自己真的太舍不得他了……

她抱住他的手臂，哼了一声：“真想把你拉进我房间一起睡！”

有种奇怪的气氛笼罩下来，苏寒山胳膊一僵，憋笑有点儿憋不住了。

陶然也觉得怪怪的，抬头对上苏寒山的目光，恍然大悟，赶紧撒开手，跺脚：“苏老师，不是，我不是这个意思，你听我解释啊！”

苏寒山强忍着笑：“我明白你的意思，不过，现在不行……”

“不是，苏老师，我说的意思不是你想的那个意思……”

“我知道你想的是什么意思，不行就是不行，赶紧回去睡。”他顺手又揉了一把她的头发，转身进电梯了。

“不是啊！苏老师，你不知道我的意思，我的意思真的不是你理解的意思……苏老师你听我说啊！”

电梯门已经关上，陶然伸着一只手，再次跺脚。

为什么她在苏寒山面前总要陷入“解释”这种奇怪的局面？苏老师到底明不明白，她真的只是想和他待在一起而已？她可单纯可单纯了！

陶然垂头丧气地回到房间，清洗消杀完，和蓝女士视频。

“乖女儿。”蓝女士中气十足地叫她。

听见蓝女士雄壮威武的声音，陶然放心了，但还是问道：“妈，你感觉怎么样？好不好？”

“好！我好着呢！你别瞎担心，好好照顾自己就行了。”

陶然打算把老陶今天的情况跟蓝女士汇报一下，才开口呢，蓝女士就道：“我知道了！全知道！”

“知道？”陶然诧异了一瞬，不过转眼就明白她是从哪儿知道的了，“蓝女士，我要对你提意见了。你竟然先联系苏寒山！我才是你闺女。”

蓝女士瞥了陶然一眼：“你懂什么？”末了，她神情严肃地道，“我有话和你爸说，你录下来，到时候给你爸看啊。”

“哦，好，你说。”

蓝女士酝酿了一下情绪，开始道：“老陶，还记得那年不？那时候还没有陶陶呢，我们店里来了几个混混闹事，你啊，平时看起来老老实实好欺负一个人，扛起凳子保护我，要我赶紧走。那些人凶着呢，你瘦瘦弱弱一个人，哪里是他们的对手。后来我问你怕不怕，你说不怕，但我晓得，你也是怕的，你说不怕，只是为了让我不害怕。可我那时候没有走，我知道我傻，你后来也骂我傻，你一辈子没生过我的气，就那一次，火气大得我都快不认识你了。但不管你怎么骂我，我还是那句‘我怎么可能扔下你走呢？’我说‘生一同生，死一起死’，那不是意气用事。

“后来，我们有了陶陶，生孩子痛的是我，差点儿哭瞎的人却是你。你说，我们娘儿俩就是你的命，你要用命来守护我们。

“再后来，你病了，命悬一线。你怕折腾我，想要放弃，我让你好好看看我，好好看看陶陶，我问你：‘陶陶还没长大，还没成家，你说拿命来守护我们，我们都没答应，你怎么可以轻易放弃你的命？’

“现在，命运又来考验你了……”

陶然听着，眼泪渐渐上来了，在她准备开口安慰蓝女士的时候，就听蓝女士话锋一转：“老陶，你给我听着，今时不同往日，乖女儿已经长大成人，有好女婿守护她了；我呢，你也知道的，蓝姐我就算老了，也是广场舞大妈里最美的大妈，你要这么不争气，再把你的小命不当一回事，那可别怪蓝姐我不讲义气，排队看我跳舞的老头儿粉丝都排到长江大桥上去了，你自己给我掂量掂量！”

陶然想哭的，听着听着却忍不住笑了，笑着笑着，却又忍不住哭，她对着镜头又哭又笑地喊：“妈，你到底是想救老陶，还是想气他啊？”

她真担心蓝女士这一剂药下得太猛，适得其反。

蓝女士手一挥：“给他听！”

“嗯。”陶然抽抽搭搭的，“妈，你要保护好自己啊。”

“放心，女儿，妈还没看到你和女婿结婚，死也不会闭眼的！”

“妈，求你了，”陶然软软地道，“别老说这不吉利的行不行？”现下这样的环境，她真听不得这个“死”字。

“真是比妈妈还迷信！”蓝女士批评她。

她抹着眼泪笑，语气撒娇似的：“妈，你爱老陶什么呢？”

炮仗蓝女士竟然羞了，训她：“滚滚滚，还拿老娘开玩笑了？”

“妈，你说说嘛，你老说老陶是坨铁，铁你咋还喜欢？”

“我生了你这坨铁，我不也喜欢你？”

“哎呀，我跟老陶怎么一样呢？你说说呀——”

蓝女士叹了口气，一边思忖一边说：“喜欢他什么？我也不知道啊，年轻的时候，乍一见他，觉得这小伙子清清爽爽的，又俊俏又精神，心里就觉得喜欢。那时候找对象，就图个老实本分，对人好，他虽然是坨铁吧，但心里有我，晓得疼我。那时候物资哪儿有现在丰富，但凡得点儿好的，他都留给我，我就这么被骗了，不知不觉跟他过了大半辈子。怎么说呢，这二十几年，虽然过的就是普普通通的平凡日子，但风风雨雨也算经历了，我和你爸都没想过要丢下对方。你爸这人嘴笨，不会说好听的，但人聪明，无论什么时候都在想怎么让我和你过上好日子。我俩双双下岗，我愁得跟什么似的，你爸就琢磨着开家餐馆养活这个家。后来他身体不好，餐馆开不了了，但我们有退休工资了啊，我让他在家闲着，他也闲不住，还给人守过门，修过电器什么的，得点儿小钱，不是偷偷转给你，就是上交给我。总之，陶陶啊，我们家，我和你爸，虽然没有给你大富大贵，但也不曾让你受过委屈。寻常人家，平安喜乐就够了，家人之间，互相是心里最珍爱的那个人，才最是重要。”

蓝女士一向大大咧咧，风风火火，陶然还是第一次听她说出这么细腻感性的话，听得陶然缩进被子，觉得被子又暖和又柔软。

“妈，那你一早就看准苏老师，是觉得他……嗯……也会珍爱我吗？”她小声地问，有点儿害羞。

“嗯？那不是。”蓝女士马上就否认了，“我是看女婿长得俊，正好可以改善一下外孙的基因，实在是我外孙他妈长得有点儿拿不出手，像她爸！”

陶然脑袋拐了几个弯，才理清楚蓝女士她外孙的妈就是自己，立马就不服了：“不对啊，你刚刚还说我爸俊俏又精神，我像我爸，怎么就拿不出手了？”

“谁知道这遗传基因怎么劈了叉，你爸好的你不捡，尽捡缺点了！”

“才没有！苏老师都说我长得可爱来着。”

“那是女婿哄你呢！女儿，我跟你说，男人的嘴，骗人的鬼，都是假话，你亲妈我才说真话。”

“那我就喜欢听假话，怎么着？”

斗着嘴能睡着的，也就蓝女士的宝贝女儿了。

看着女儿的睡颜，蓝女士微微一笑，手指在屏幕上轻抚，想帮女儿抹去脸上的泪痕，但触到的只有手机坚硬的屏幕。

处境难吗?

难。

能比当年还难吗?

也许。

可越难我们越要燃起斗志，笑着面对，不是吗?

四楼苏寒山的房间里，手机充着电，就放在床头柜上，安安静静的，一直没有动静。

第二天，苏寒山的眼眶有点儿泛青。

陶然没注意，因为自疫情开始，他的眼眶一直是青的，太累的缘故。

苏寒山给她讲了个故事，一个关于两只靴子的故事。

“一只靴子落了地，他就一直等着第二只靴子落地。这个故事我知道啊，小时候就听过了。”陶然打了个哈欠，瞪着苏寒山。

苏老师讲这个故事是什么意思?

苏寒山摆摆手：“没事，算了，就是突然想起。”

陶然挠挠头，觉得苏老师突然想起的事情有点儿多。

于是苏老师又突然想起一个故事，胖加菲的故事。话说这只胖加菲老去阳台上勾搭邻居家的小花猫，在固定时间固定场所唱“情歌”，等邻居家的小花猫习惯了，开始准点候着的时候，胖加菲不去了。

陶然听了，点评：“原来苏总还是一只渣猫啊！”

她仍然叫它“苏总”。

苏寒山看着她，眼神颇有深意。

“怎么了？”

苏寒山：“没事，我也深以为然。”

尽管如此，陶然面前还是出现了一块糖，酥糖。

“给我的？”陶然高兴地接过来，“为什么给我糖啊？”

“喀喀。”苏寒山勉强答道，“算是……奖励吧。”

“咦？奖励我什么呀？”

苏主任也被问住了。就这属钢铁的孩子，他实在不想奖励她什么，如果非要奖励，就当是因为她昨天给他讲述了老陶和蓝女士的故事吧。

“是奖励我工作尽职尽责吗？”

好吧，这点上她真的无可挑剔。

“嗯。”

“那我每天工作都很认真，岂不是每天都能得奖励了？”陶然一脸欣喜。

也不是什么贵重的东西，就这么一块糖，她就开心成这样。

面对她这个问题，苏寒山也是哭笑不得，想了想，道：“如果是冲这，你不该找我要糖吃，得找丁院长。”

某钢铁女子眨眨眼，先吓了一跳：“吓！我怎么敢找丁院长要糖吃？我连咱们家苏院长都不敢找，我就敢找你。”

咱们家……

词儿倒是用得不错。

“哦？”苏寒山眉梢微挑。她胆儿肥了不少，不怕他了。就在几个月前，她见了他还跟老鼠见了猫似的呢。偏偏，他还不敢惊扰她的小鼠胆，一只小老鼠好不容易探头探脑肯出来了，别又被他吓回去了。

陶然把糖纸剥开一点点，又好好包起来，舍不得吃。这可是苏老师给她的第一块糖。

她把糖搁到口袋里，认真地对苏寒山说：“苏老师，我可以不天天要糖吃，因为每天看到你，日子就比什么糖都甜啦！”

“……”哎哟。苏寒山浑身鸡皮疙瘩都起来了。你说这丫头，说她属钢铁吧，这时不时来个暴击真能齁死人。

“咯咯。”苏主任习惯性清嗓子，“每天给糖吃也不是什么难事。”

大巴等在眼前，两人一前一后上了车。

不知道为什么，车门一关，就好像把刚才和现在隔成了两个世界，车轮滚滚向前，去往的就是战场的方向，新一轮战斗就要打响，大家的心情总是沉重的。

车开到医院后，陶然遇到一个让她心情更加沉重的人——原38床雷刚的妻子，那个朝她哈气的女人。

那人也看见了她。

苏寒山自然也看见了，第一反应就是挡住陶然，身体呈防备状态，一路护着陶然往住院楼而去。

雷刚的妻子追上来几步，看见苏寒山回头，她又停住了，目光游移。

“你先进去。”苏寒山对陶然道，说完又冲同车来的医护示意：看着点儿陶然。

陶然哪里放心就这么扔下苏寒山一个人，被一众医护围着的她死死地盯着苏寒山。

那女人见此情形，扭头就走了。

“怎么回事啊？她想干什么？”心有余悸的黄医生问。

谁也不知道。

“进去吧。”苏寒山道，又问，“雷刚是今天转普通病房？”

“是的。”

有年轻医护替陶然委屈：“唉，就这么着，我们还得尽心尽力把人给治好，陶然刚受完委屈回来就去病房伺候他排泄，给他吸痰，这都叫什么事啊！如果他不转病房，我都替陶然难受。”

“话可不能这么说，治病救人是天职。”黄医生马上道。

“我知道是天职啊，我就说说还不行吗？我们也是有七情六欲的人啊，治病归治病，救人归救人，还不许我们心里难过一下吗？”

苏寒山走在陶然身边，侧头看着她。

陶然冲他一笑，虽然他看不见陶然的笑容，但能看到她温软潮润的双目。

一切尽在不言中。

其实这个问题没什么好纠结的，就想想到底是雷刚病好的喜悦带来的冲击大，还是雷刚妻子给的委屈带来的冲击大，就能想明白了。

无论怎样，他们都是希望每一个病人康复出院的，无关什么大义，就是一个医护最朴实的发自内心的愿望。

老陶醒了。

陶然得知这个消息已是晚上下班的时候。那时她和往常一样，裹着一身因汗湿而变得越发沉重的防护服出病房，准备在交接班之前去看看老陶，小豆告诉她："陶伯伯醒了。"

陶然一喜，两肩的沉重和酸疼瞬间都飞走了，她急切地走到老陶床前，和老陶目光相对的那一刻，陶然心里酸疼得厉害。

她指着自己的胸牌，哽咽道："爸，我是陶陶。"

蓝底白字的胸牌上写着"陶然 北雅医院 北京"。

老陶看着，眼眶渐渐泛红。自己的孩子，包裹得再严实也认得出来，只是，他差点儿就见不到女儿了。

陶然低头看着老陶的手，白色纱布尚裹着手腕，裹着伤口。

这道伤究竟是什么样，陶然一次也没看见过——她初次来时，手腕就缠好了。她只听小豆描述过："还挺深的，流了很多血，这儿，这儿，全都是血。"

小豆还比画给她看。

当时她心里就疼得不行。

当年那么难，老陶都没走这条路，现在还能比当年更绝望吗？

想着想着，陶然心里又痛了起来，握住了老陶那只割腕的手。

老陶知道她看见的是什么，心里也难受，他又何尝舍得她们娘儿俩?

“女儿，爸爸没有用。爸爸这辈子除了拖累你和你妈妈就没做过别的，现在还连累你妈妈被传染……”老陶想对女儿说出这些话，但是声音嘶哑，说出的话也含含糊糊的。

陶然几次叫他别说话：“爸，你现在不要说话，你想说什么我都明白。你是我和妈妈最重要的人，只要你在，我在外面无论多远，都会感觉自己还有根儿，我还有个能称之为‘家’的地方，妈妈也是这样。如果你不在了，你让我，让妈妈，以后回哪里去？”

她多想将脸贴在老陶的手心里，贴着老陶掌心粗糙的纹路和指间的茧，像小时候那样撒撒娇。那时候她只要这样撒撒娇，老陶就会心软，她就能实现自己的一切愿望。

然而，现在她不能，她只能握着老陶的手，隔着多层手套，连老陶手上的温度都感觉不到。那老陶呢，能感觉到他心爱的女儿在安慰他吗?

“可是，我除了拖累，什么都不能给你们……”老陶却还是那么激动，总是想把这句话说出来。

陶然知道，这世上，老陶只听一个人的话。

她含着泪，把妈妈说的那段转述给他听。老陶原本是红着眼的，然而，当说到蓝女士的粉丝排队排到长江大桥的时候，他又忍不住想笑，眼里的泪到底滚落下来。

“爸，爸爸，我想，想你好起来，看着我结婚，看着我生一个像我一样的宝宝，好不好？”陶然轻轻给老陶擦去眼泪。

老陶流着泪，微微点头。

“爸，那我们一起努力，你快点儿好起来。你不是最相信苏寒山吗？有他呢，他每天都在。”

“是的，有我在。”一个声音响起。

陶然都不知怎么说了，她费尽口舌的安抚抵不过苏寒山一句“有我在”，这上哪儿说理去？一直泪眼婆娑的老陶看见苏寒山进来，两眼都发光了。

这种“到底谁是亲生的”困惑，让陶然无语了。

苏寒山能把老陶劝好，她当然高兴，可是，还不允许她吐槽一下吗？

下班回宾馆的路上，陶然一直瞟苏寒山。

苏寒山哭笑不得，问她：“这是怎么了？”他还摸了摸脸，“是我变不好看了吗？”

那倒不是，苏老师这张脸就是颜值天花板，就算连日劳累有损他的美貌，旁人也仍难以企及。

当然，她现在也看不见他的全貌，只看见口罩以上这半截儿，而且这半截儿还受损严重，黑眼圈、眼袋、红血丝就不提了，还有被口罩磨出的血痕，被胶带贴破的皮肤，脱掉防护后露出的被压得全是印记的脸……

但这张脸仍然是好看的。

破损也仿佛变成了他的光环，让他有一种不一样的魅力，只要看一眼，就足以让她心情平复。

所以说，有的“鸡汤”说得还挺对：男朋友长得好看，生气的时候看一看他那张脸，气都能消不少。

陶然拍拍自己的胸脯：罢了罢了，谁让自己贪图他的盛世美颜呢……

苏寒山只见她皱着个眉头，也斜着一双眼睛打量他，里面各种内容都有，瞬息万变，也不知道就这短短几秒内心里上演了多少戏。

他不禁失笑。这孩子自打来北雅后在他面前就很沉默，还老低着头，可她那双眼睛总是出卖她——一看那双眼睛就知道，她的内心戏一刻不停。

陶然对于他眉梢眼角浮起的淡淡笑意只哼了一声，就扭开头，但忍不住又悄悄回过头来，偷偷看他一眼，结果被他的眼睛抓个正着。

她一闭眼，赶紧再也不看他了，却听得他的笑声轻轻响起。

风吹过耳朵，明明是冷的，却烫红了她的耳根。

两人在食堂吃饭的时候，蓝女士发来视频请求，问老陶的情况。

老陶的情况目前很稳定，陶然详详细细回答完蓝女士的问题，蓝女士却还要问她："女婿呢？女婿是这么说的吗？"

陶然看了眼远处正在取餐的苏寒山，忍不住吐槽蓝女士："妈，我数了下，就这么一会儿，你提你女婿就提了十次！"

好吧，她早就被蓝女士带歪了，女婿女婿的，完全不觉得拗口："我爸也是，我和小豆不知道劝了他多少话，他都提不起精神，你女婿一来，他就两眼放光！你女婿说什么他都爱听！"

蓝女士一点儿不觉得这有什么问题："女婿是医生，我们当然信医生的话。"

"我也是医护好吗？"陶然不服。

"人家老成啊！"蓝女士不客气地道，"人家比你大十岁，吃过的盐比你吃过的饭还多……"

苏寒山端着两份饭站在陶然身后，耳边回响着蓝女士极具特征的洪亮声音："人家比你大十岁，吃过的盐比你吃过的饭还多……"

苏寒山苦笑：这是夸我呢，还是……夸我呢？

陶然看见屏幕上的他了，回头，愁眉苦脸地跟他打招呼："来来来，你坐下，我妈正夸你呢！"

好吧，那他就当这是夸了……

蓝女士在那端认真地道："是夸，是真的值得夸。不仅要夸苏主任，也要夸我们陶陶，夸你们所有人。真的，看到你们，听到你们的声音，我们就不怕了，再难熬，再恐惧，只要想到你们来了，你们就在这座城里，和我们在一起，我们心里就安定了。"

"妈。"陶然听得心里软软的，吐槽的心全没了，"你今天好不好？"

蓝女士看着她，也看着镜头里的苏寒山，微笑：“好着呢，别担心。傻孩子，我这肯定就是普通感冒，我今天感觉没什么症状了。你们啊，好好工作，小心保护好自己！现在我们已经众志成城，就没有攻克不了的难关！加油！胜利就在前方！”

陶然看着妈妈，不知什么时候，苏寒山握住了她的手，还用力紧了紧，好像在回应蓝女士的话——胜利就在前方。

第八章 光芒

第一道胜利的曙光来自36床何奶奶。

那天陶然去接班时的第一感觉是天气暖和了不少，几天没留意，宾馆外的植物，那些稀稀疏疏的嫩绿好像突然之间丰富了起来，密密的一层覆在顶端，新鲜又青翠。

陶然细细一算，返汉不觉已经月余。

去医院的路上，苏寒山就在说36床撤机试验的事。迄今，何奶奶已经做过大大小小多次撤机试验，准备撤离ECMO了。

这是返汉以来最令人高兴的一件事。

那天是何奶奶去做CT的日子。

每隔7~10天，何奶奶就要做一次肺部断层扫描，这对何奶奶和陶然他们来说都不是一件易事，每次去都要有十来个人。

这次病房里是小米留守，陶然和另外九名医护推着何奶奶去另一栋楼的影像科，其中有护士长，有黄医生。

十个人，堪称规模浩大，却没有一个人多余。首先，将连着

ECMO 的病人这样移动本身就极为危险。其次，移动需要有人推床，需要带上 ECMO 机、呼吸机，还要带上备用氧气瓶，ECMO 的运转还要用电，这个过程不能出一点儿差错，不能耽搁一点点时间。

陶然帮着把何奶奶推出病区的时候，何奶奶的目光落在病区外花坛中一片黄灿灿的颜色上。

那是早开的迎春花。

何奶奶的目光一直胶着在那片颜色上，直到被推上救护车，车门要关上了，何奶奶指了指那片花，张了张口，却什么也没说出来。

陶然回头一看，大声道："奶奶，那是迎春花！迎春花开了，春天到了！"

车门关上，何奶奶盯着门，眼里渐渐浮起泪光，最终还是什么都没说，轻轻合上眼。

陶然以为她难过了，忙安慰她："奶奶，你看，冬天过去了，春天来了，迎春花开得多漂亮啊！您也熬过了最艰苦的时候，最难最苦的日子都和冬天一起过去了，您会越来越好，用不了多久就能出院，就能和家人团聚了！到时候樱花开了，万花争春，多美，多好啊，是不是？"

何奶奶的眼泪涌了出来，耳边响起一个声音："何奶奶，你看，这儿种的是迎春花。今天，我们把你送进重症病区，等迎春花开的时候，我们再一起从里面出来。说好的，一定一起！我们努力，你也不准放弃！你可别忘了，你答应了送我一幅画呢，我就想你画这迎春花。"

你看，迎春花终于开了呀……

这次的肺部断层扫描结果出来后，苏寒山还给何奶奶做了各种检查和评估，决定对她做最后一次撤机试验：关闭 ECMO 上的氧合器，观察 24 小时，看看何奶奶的血氧饱和度能不能维持住，如果能，就证明何奶奶的肺部功能已经恢复。

何奶奶没有让大家失望，在关闭氧合器的 24 个小时里，何奶奶的血氧饱和度一直都在 98% 以上。

何奶奶可以脱机了!

陶然兴奋地把这个消息告诉她，何奶奶倒是很平静，微微示意知道了——上一个护士就告诉过她了。这些时日以来，医生和护士付出了多少她再清楚不过，终于可以脱机，医护们看起来比她还高兴……

她应该高兴的啊，她怎么会不高兴呢?

她轻轻合上眼。

其实，死真的是相对容易的一件事，闭上眼，就什么都不知道了，难的是活着的人啊!

脱机之前，陶然取来每日的例行一信:“何奶奶，陆医生今天给您的信来了，他恭喜您今天脱机呢!我念给您听?”

何奶奶微微动了动眼珠，看着眼前这个陪伴了她月余，每天都朝气蓬勃的姑娘。

陶然以为何奶奶默许了，于是开始念:“何奶奶，苏医生告诉我您可以脱机了，太为您感到高兴了!您是最棒的奶奶，为您加油!”

陶然把信举到她眼前，大声说:“您看，陆医生为您高兴呢!这是他亲手写的字!”

他亲手写的字，因为病弱的关系，和她一样写得歪歪扭扭不成字体。

是啊，他肯定会为自己高兴的!何奶奶微微一笑，抬手接过信，细细看了，再还给陶然。

“我给您收起来!”陶然把纸放进盒子里，心里隐隐发酸:这个谎言，隐瞒不了多久了吧?

她笑着转身:“奶奶，我现在要帮您停掉抗凝药，别害怕，我一直都在您身边。”

何奶奶还是平静地笑笑。不害怕，一点儿也不害怕，越到这个时候，她反而越平静。

自上 ECMO 开始就固定在何奶奶床边的阿加曲班药泵停止了工作。

两小时后，苏寒山来了，还带着四名操作医生。

防护服左胸和平常一样贴着蓝色的名牌，写着他们的名字，不一样的是，苏寒山的防护服上还用笔写着好几个字：天佑何奶奶。

字毛毛糙糙的，旁边还画了一只圆乎乎的胖猫，胸口一个“吉”字，画得有点儿丑，但看上去的确喜庆又吉利就是了。

这画风明显不是苏寒山的手笔，是陶然今天换防护服进病区的时候给他画的。

何奶奶一眼就看到了，愣了一会儿，再一看，其他四名医生的防护服上也都写着字呢：

“何奶奶，加油！”

“何奶奶，你最棒！”

“何奶奶，胜利。”

“何奶奶，恭喜你。”

36 床何奶奶的目光逐一掠过他们的衣服，眼睛到底还是泛了潮，她含含糊糊地说了声谢谢。

苏寒山握住她的手，朗声道：“奶奶，我们现在要给您撤机，待会儿拔管的时候可能会有一点点疼，就一点点，别紧张，也别害怕，好吗？”

何奶奶微微地笑，手轻轻握住苏寒山的手。

“嗯，您待会儿就不要动了，不舒服可以告诉我们。”

苏寒山做何奶奶的思想工作的时候，医护们开始做最后的准备。

另一台 ECMO 机就放在一旁，万一脱机失败，医护会马上给何奶奶上新机。红细胞悬液和血浆也已备好，防止失血。

万事俱备，撤机正式开始。

整个拔管过程时间并不长，难度也不大，但是其中的凶险程度堪称惊人。

苏寒山先拆掉了管路缝合线，而后慢慢降低抽血泵的转速。其他四名医生各拿一把管钳——颈部和大腿各需要两把。

“ECMO 流量到零。”苏寒山道。

陶然于是停掉了 ECMO。

“准备！”苏寒山又道。

四名医生的管钳同时夹住了 ECMO 的管子。

苏寒山剪开管子，缓缓抽出何奶奶体内的导管，然后用纱布按压住穿刺点。

不过两分钟的时间，股静脉管就被成功地拔了出来。一分钟后，颈静脉管也被拔出。

陶然和其他护士赶紧收起管路，将 ECMO 机推开。

至此，撤机就算完成了，既迅速又顺利。医生们还在继续按压，同时，大家的眼睛一眨不眨地盯着何奶奶的各项指标。

原本在 95% 的氧合，在按压还没结束的时候突然开始下降，并且一分钟内降到了 60%。

何奶奶的呼吸越来越急促，眼神却很坚定，好像完全不知道自己处于怎样危险的境地，又或者已是真的将生死置之度外。

“高流氧 70。”苏寒山沉声道。

陶然立马调整。

“戴面罩。80。”

“是！”陶然半秒都不曾耽搁，给何奶奶戴上面罩，并调整氧疗浓度。

时间论秒默数，大家每一秒都看着氧合的变化。

一开始指数不动，但至少不再往下降了，而后开始一点儿一点儿往上升。

65%，68%，75%……

氧合最终升回 90% 以上。

所有人都松了一口气。

负责按压的医生松开了手，苏寒山面罩下看不见的紧锁的眉头也渐渐松开：“奶奶，好了，我们又闯过了一关。”他松缓的声音里透着微微的嘶哑。

不知为什么，听了他这句话，陶然只觉得一股热浪直往眼里冲。

但是她不能哭，不能哭出来，眼泪会花了护目镜，而她没办法擦。

不知什么时候，何奶奶轻轻拉住了她的手，眼里也含着泪花，看着她，看着她身后的苏寒山。

“奶奶。”陶然声音都是哽咽的，“不怕，最难的关我们都闯过了，以后，我们每一天都会更好的。”

何奶奶泪眼蒙眬，什么也说不出来，只是轻轻捏了捏陶然的手，以示回应。

ECMO 是撤了，但之后的每一秒仍然不能大意，每一个意外都有可能让何奶奶再次置于险地，甚至会威胁到她的生命，所以，每一个意外都必须预见到。

每一秒都是熬，对何奶奶是，对医护也是。

熬到陶然下班，何奶奶一切都正常。陶然跟接班的理哥交接之后还去看了看老陶，经过一扇又一扇门，一层一层脱换衣服。在隔离区外，她看见了苏寒山。

苏寒山在等她。

她拔腿就向他跑去，跑到他面前，莫名其妙就开始哭。

刚开始她还只是流泪，后来就哭出声来。她知道这不是哭的地方，也知道这么哭丢人，可就是想止也止不住。

她甚至想扑进苏寒山怀里，想抱着他大哭，但她只能站在他面前，捏着他的衣角，泣不成声地对他说：“对不起……苏老师……我……我也不知道为什么要哭……但我……我今天就是特别想哭……我在病房里的时候就想哭了……好不容易忍住……我真的不知道……”

“我知道啊……”苏寒山温和的声音在她头顶响起。

陶然吸了吸鼻子，抽泣着，断断续续地说：“我觉得，自己，回来后，变得，脆弱了，动不动，就想哭……可是，我今天是真的很开心，开心，但是又难受……”

苏寒山慢慢地往大巴停车处走，陶然捏着他的衣角慢慢跟在他身旁，就听他在一旁清晰而柔和地说着：“还记得六年前你爸爸在北雅住院那次吗？”

“嗯。”她瓮声瓮气地回答。

“那是我第一次遇到我解决不了的病例。找到你爸爸的病因后，我也躲在没人的地方掉了好些眼泪。”他顿了顿，“高兴的，但又不仅仅是高兴。”

陶然鼻子吸啊吸，泪止住了，眼角却还挂着一颗泪珠，她哆嗦着抽了一下鼻子：“我知道你那时候为什么难过。”

“你知道？”苏寒山明显感到意外。

“嗯……”陶然迟疑了一下，还是说了，“因为一个姐姐。”

苏寒山愕然，不过很快，他就用一种柔和、无奈甚至有点儿好笑的眼神看着她，“你个……小机灵鬼儿，还真是什么都知道。”

陶然在他面前伸出两根手指头。

“嗯？什么意思？”

“两回。”陶然晃了晃手指。

“什么两回？”

“我知道你哭过两回了。”还有一回就是在那棵丁香树下。虽然那次他们俩几乎没什么交流，但她知道那时他刚刚得知于沁去世的消息。

想了想，她又补充：“肯定不止两回。”

他并没有否认，只叹道：“你啊……”然后继续说，“在这场疫情里，不仅仅是你时而欢喜时而悲伤，大家都一样。告诉你一个秘密，我们家苏副院长也掉过泪呢。”

陶然吓了一跳，怎么也无法把威严的苏副院长和哭这件事联系起来。

“竭尽全力去救一个人，最后却只能眼睁睁看着一个生命陨落，那种感觉就好像整颗心被掏空，人非草木，怎么会不难过？何奶奶被救回来了，可那些已经逝去的生命呢？我们总是对病人说，加油，没有一个冬天不能逾越，没有一个春天不会到来，只要努力就能战胜病毒，就能和家人团聚。是，春暖了，花也要开了，可是，那些逝去的人却再也没有机会看到了，他们的家人也等不到他们回家了。每一个春天的到来必然要经历寒冬的酷冷……”

陶然听着，这些话正中她心里最脆弱的地方。

她觉得，苏寒山的话就是她想说的，只不过，她一时情绪激动，只会用哭来表达。

她和苏寒山，是可以悲欢与共的。

两人走到大巴前，陶然刚刚松开他的衣角准备上车，就听苏寒山的手机响起。

苏寒山一接电话，眼神瞬间变得严肃：“我马上来！”

这是有紧急病例了。

苏寒山甚至没顾上跟她交代一声，转身就往回跑，却不是往他们平日里工作的危重症隔离病区的方向。

“你先回宾馆！”跑出好长一截儿了，他才想起来，回头对她道，脚下却一步也没停。

苏寒山这一去，陶然直到第二天去食堂吃饭都没看见他的人影。

陶然心里还是有点儿沉重的，不知道这次是多严重的病例。他们的工作就是这样，前一分钟还在为好转的病人而欢喜，后一分钟又因新送来的重症病人而揪心。

她加快了吃饭的速度，三两下吃完后乘坐大巴去了医院。

出乎意料的是，她进病区以后，发现苏寒山已经在里面了，而且就在她主管的病房里，站在何奶奶病床边，手里拿着个什么东西要给何奶奶看。

走近了，她才发现那是病区公用的手机。

“是个女孩儿，长得很可爱。”苏寒山将手机屏幕放在何奶奶眼前。

陶然忍不住也看了一眼，屏幕上是一个刚刚出生的小婴儿，躺在暖箱里，皮肤还是红红的，眼睛闭着，小小的拳头举在耳朵边，睡得特别安稳，只是显得特别特别小。

“谁啊？”陶然的声音都不由自主压得低低的，好像生怕惊动了孩子，说完又觉得自己有点儿傻。

何奶奶比苏寒山还激动，已经撤机的她用模糊的声音哽咽着告诉她：“陆医生的孩子。”

陶然吃惊地看向苏寒山。

苏寒山冲她点点头，隔着面罩和护目镜，陶然都看见了他眼里的高兴。她也激动不已，伸过头：“我看看！我再看看！”

上次见吴雯，亦即陆明妻子时，对方裹着厚厚的宽大的羽绒服，个子又小，陶然实在没看出来月份，想不到她这么快就生了。

“早产，才五斤，但母女平安。”苏寒山跟她解释，每一个字都透着温柔。

就这点儿信息，陶然怎么可能满足？她很担心：疫情期间生孩子会不会增加风险？没有家人照顾，吴雯适应吗？现在全线的医护都在抗击疫情，产科和儿科不知道是什么情况……

她有太多问题，可是，转念一想，自己这不是瞎操心吗？苏寒山一夜未归，现今一副轻松的模样，自然是一切都妥妥帖帖的。

她呼了口气，让自己平静一些，但还是压抑不住心里的狂喜，念叨着：“太好了！太好了！”

生命的降生就是美好的啊！

病床上的何奶奶早已泪水四溢，也用含含糊糊的声音跟着她说：“是啊，太好了。”

陶然用力点头：“何奶奶，真的太好了！”她好像词穷了，只会说“太好了”。

苏寒山还掏出一张纸来，给何奶奶看："陆明今天给您写的信。"

信上写着：何奶奶，告诉你一个好消息，我当爸爸了。

何奶奶看着，眼神复杂。

"陆明告诉您，他当爸爸了，高兴着呢。"苏寒山补充道。

何奶奶这才回了神，用哑哑的声音说着："陆医生也知道了？"

"当然！"苏寒山朗声道。

"高兴得很吧？"

"可不是吗？他更有精气神了，就想早点儿出院抱孩子呢。"

何奶奶点点头，没说话，许久，才喃喃说了一句："太好了。"

陶然觉得，苏寒山说的"太好了"和何奶奶所言有些不一样。她看着奶奶合上的眼睑，以为何奶奶累了，于是从苏寒山手里接过信，小声道："奶奶，我帮你收起来。"

何奶奶像是睡着了，没反应，眼睛周围湿漉漉的，是刚才流出的泪。

陆明家多了个小天使！

这个消息的出现，在陶然所在的重症病区像是连续阴霾的天空中突然跃出一轮金灿灿的太阳，照进了每一个灰暗颓丧的角落，带着光明和希望，让每一个人都欢欣鼓舞……

大家忍不住在朋友圈转发了这一消息，配着苏寒山带回来的照片，写上：欢迎你，小天使。

整个朋友圈好像都被突然照亮了，暖箱里的宝宝萌得好像会发光。

苏寒山说，吴雯给孩子取了个小名，叫"三月"。

农历三月，春回大地，万物复苏。

科室里所有人都关注着小三月，见面问的就是："小三月今天有视频传过来吗？""小三月今天睁开眼了吗？""小三月笑了吗？""小三月今天喝了多少毫升奶？""小三月今天有没有吐奶？"

大家不方便去产科探望，便多和产科医护联系，开启云探娃模式，小三月的每一个笑容、每一点儿变化都牵动着大家的心。

就连蓝女士看到陶然的朋友圈都问她这是哪家的小孩。听了陶然讲的故事之后，蓝女士沉思了一会儿，认真而又坚定地道：“我跟你爸就你这一个女儿，再养一个孙女问题不大，虽然不能让她大富大贵，但像养你一样养还是不成问题的。”

陶然到底年轻，没明白蓝女士为什么这么说：“这是人家的女儿、人家的孙女，咱们接过来养合适吗？”

“你知道什么！”蓝女士在视频里瞪了她一眼，“没有了爸爸，妈妈自己养孩子辛苦加倍，我当然知道人家有自己的娘家、婆家，孩子有自己的爷爷、奶奶、外公、外婆，但你以为培养一个孩子长大是这么容易的事？人情冷暖，还不知道以后会发生什么事情呢。我只希望好人一生顺遂，但假如以后有困难，我们一个地方的，都是家乡人，绝不袖手旁观就是了。”

陶然冲着视频里的蓝女士嘿嘿一笑。这就是她的蓝女士啊，从来都是这样，又热情又霸气。

蓝女士继续瞪她：“傻笑什么？就会傻笑！陆医生因为什么牺牲的？狭义上是为了36床，广义上来说就是为了我们家乡的人民。谁都可能是36床，只是凑巧是何奶奶而已！人家连生命都能牺牲，我们还不能看顾着点儿他的孩子？”

“妈，您说得对。”陶然下巴搁在手臂上，冲视频里的蓝女士嘟嘴，“我没傻笑，我就是为我有这样的妈妈骄傲，亲亲！”

“一边儿去！”蓝女士哼道，一副“老娘我不吃你这一套”的表情，“就会讨好卖乖！”

陶然没想到，蓝女士说的“假如”这么快就来了。

小三月很争气，虽然是早产儿，但只在暖箱里住了一周就出箱了，而后在室温下观察了几天，医生就批准她出院回家了。

出院那天，交完班后可以下班的医护包括陶然和苏寒山在内都没走，远远地站着，打算就这么远远地送一送吴雯和小三月。

来接吴雯和小三月的共有两拨人，娘家和婆家都来了。

陶然原本挺为吴雯母女高兴的，虽然陆明去世了，但有亲人的关怀，在以后的日子里，吴雯不会那么艰难，谁知，看着看着，她就觉得情形不对。

虽然入春了，但气温还低啊，一个产妇，一个婴儿，就算包裹得严严实实，也不宜在室外待太久吧，这不赶紧上车还拉扯什么呢？吴雯怎么还要去抢孩子？

这是出事了吧？

陶然想着，她身边站着的苏寒山等医护已经往前走了。

他们也不敢太靠近，仍是隔了一段距离，但已经能听清这堆人的对话了。

原来，陆明家的人要把孩子接走，吴雯不同意，吴雯妈妈还劝她：“你反正也没有母乳，都是吃奶粉，接走就接走吧。”

此时抱着小三月的是陆家的人，她紧紧地把小三月护在怀里，一脸愤然：“我弟弟的孩子，我们当作宝的，容不得别人嫌弃！在我们心里，陆明也不是什么英雄，就是一个平凡的医生，就是我的弟弟，仅此而已！他牺牲在他的工作岗位上，这是他工作的一部分，我们在乎的，不是什么荣耀，而是他这个人。现在，他人不在了，他的孩子由我们守护，我陆珍就算自己不吃不喝，也不会让她受委屈，你们就不要假惺惺了！”

原来这人是陆明的姐姐。

陆珍说完，抱着孩子直接上了车。

陶然和医护们都蒙了，这是什么情况？可这样的纠纷，他们也不知该如何插手。

“宝宝！”吴雯突然尖叫一声，挣脱身边抓着她胳膊的人，往车门扑过去。

车门还没锁，吴雯拉开车门就上了车。

之前拉着吴雯的人看年纪应该是吴雯的妈妈，见了这情况，吴雯妈妈不由得急得跺脚：“你这丫头！我们还不是为了你好！你嫂子也是为你着想。”

吴雯妈妈旁边比吴雯年纪大的就是吴雯的嫂子，她马上接话：“是啊，妹妹，你还年轻，还要嫁人，你带着个孩子……”

车门是关着的，他们在外说的，吴雯已经听不到了。

吴雯妈妈和嫂子便去拍车窗，拍得啪啪响，不让车走，让吴雯赶紧下来。

车窗下落一小截，露出吴雯的帽子和一双眼睛：“妈，我懂你的意思，我也知道你是为我好，可是，你认为的好不是我想要的好，如果你真的为我好，就请你让我按自己想要的好来生活，行吗？”

吴雯妈妈眼睛都红了：“你这孩子哪里知道世道艰难，一个单亲妈妈带孩子多不容易，你知道吗？”

“我知道啊，妈，世道艰难……”吴雯看了眼车外的嫂子，眼里却是温和的笑意，“你看，现在不就开始了吗？”

温和，却又透着心酸。

吴雯嫂子一听，马上就瞪起了眼睛：“小妹，你说这话是什么意思？我这是好心没好报啊！我还不都是为你着想？”

吴雯点头，看着深色的车玻璃：“为我着想啊……嫂子，你也是当妈妈的人，你舍得把秋秋给人吗？”

“你这什么意思？有你这么当妹妹的吗？你这是咒你哥呢？”吴雯嫂子瞪着眼，瞬间就生气了。

吴雯摇摇头：“嫂子，我不是咒我哥，只是将心比心，当妈妈的心都是一样的啊！”

“随便你！反正我话说到这份儿上了，你要带着陆家的孩子，等过不下去的时候可不要来找我们！”吴雯嫂子脸一板，看向一边。

到这个时候，陶然算是听明白了，原来是吴雯家里人不想吴雯带着这个孩子……

“我跟你爸就你这一个女儿，再养一个孙女问题不大，虽然不能让她大富大贵，但像养你一样养还是不成问题的。”

陶然耳边响起蓝女士的话，浑身热血一冲，就要上前说话，结果胳膊被人拉住了。

抬头看见苏寒山的眼睛，她急得跺脚，小声说："我有话要说！"苏老师真是的，怎么这个时候拖后腿呢？

苏寒山还是死死地拽住她，她急得没法，只能不断地瞪苏寒山。苏寒山觉得，再瞪下去，这双眼珠子都要瞪出来了，还有手里拽着的那条不安分的细胳膊，每一秒都在表达它的不满和愤怒……

那边，吴雯还在和她嫂子对视，一句"等过不下去的时候可不要来找我们"让原本闹哄哄的场面冻住了，一旁吴雯的妈妈呆了好一阵才反应过来，拍着吴雯嫂子的胳膊："你怎么说出这么绝情的话呢？雯雯是你妹妹，有困难不找咱们自己人找谁？"

吴雯看着她嫂子，眼神平静，整个人好像静止了，一颗泪从她的眼角滑落，打破了这静止的画面。

"怎么？"她嫂子梗着脖子，"还真的指望靠我们啊？也不是我无情，但是谁家的钱都不是大风刮来的，我和你大哥要养两个孩子，还要养你爸妈……"

"嫂子。"吴雯平静地打断了她，"我今天就在这儿把话说明白了，我吴雯今后就是讨饭，也不会讨到你家门口去的。"

这话一说，吴雯妈妈的眼泪就下来了："怎么说得这么难听呢？怎么就至于讨饭了？你真要带着宝宝，你还有妈妈啊，妈妈怎么也不会不管你……"

"妈……"吴雯满眼含泪，"我知道，我什么都知道。我和大哥各自都成家了，再不是小时得一块饼干也要掰开一人吃一半的时候了。我不怪大哥，一家有一家的难处，我都明白，但是，要我离开三月是绝对不可能的，现在不能，以后不能，无论什么时候都不能。她那么小小的一团，又软又乖，从到我怀里那一刻开始，不，从她选择在我肚子里长大那一刻开始，就注定我和她这一生都将牢牢绑在一起，绝不会分开。"

吴雯拿出手机，把一张小三月的照片放在窗口，含泪而笑：“你看，她多可爱，眼睛、眉毛像陆明，鼻子像我，笑起来跟陆明一模一样，好看极了，好像全世界都亮了，你说，我怎么舍得放下她？我舍不得啊……”

陶然听着，心里一酸，眼泪就哗哗地冲了出来。同样冲出来的，还有不知从何而来的力气。她用力挣脱苏寒山的手，冲到车前，对吴雯大声道：“吴雯姐，你还有我们啊！我们都是小三月的爸爸妈妈……”

她回头看了一下，见苏寒山居然没有跟来，当即气得不行，回身拽住苏寒山，把他拉到车前，指指他，再指指自己：“他，我，我们，都是小三月的爸爸妈妈，你别怕，我们会和你一起抚养小三月的！”

她身后的医护都跟了上来，纷纷安慰吴雯：“小三月就是我们大家的孩子，你放心。”

“是啊，这些日子，我们每天都要看看小三月的照片，在我们心里，早就把她当自己的孩子了。”

还有人当即就要转账，以实际行动表示支持。

吴雯阻止了大家，眼泪滚滚而下，比刚才被嫂子嫌弃的时候流得还多：“谢谢，谢谢大家，可是，我很好，真的。我自己有工作，我和陆明这些年也有积蓄，我们有房子，有家。决定留下这个孩子的时候，我就已经计算过，我能自己养大她，而且不会过得太差，所以，谢谢大家的好意了。”

“吴雯姐……”陶然看着她流泪，自己也难过，劝道，“吴雯姐，你别哭啊，我妈妈说，月子里哭对眼睛不好，以后眼睛会见风流泪。”

陶然也没查证过这到底有没有医学依据，但这不重要。

“好啊。”吴雯在车里看着她，眼里含着泪，眼睛笑成了两弯月牙儿，“我不会哭的，我也一点儿都不害怕，真的，陆明在天上保佑着我们呢，他希望我们母女过得开开心心，我和三月以后都会笑着生活的。”

“嗯！”陶然用力点头。

“谢谢你。”吴雯又看向她身旁的苏寒山，“谢谢你，苏主任。”

吴雯坐在车里，关上车门，对开车的陆明家人说：“我回自己家，谢谢。”

陆明姐姐叹了口气：“你这性子……你放心，陆明的孩子，我们不会不管的。我和你姐夫今天来接孩子，本来没指望你能跟着，既然你舍不得三月，我们也觉得窝心。你看看吧，要去我们家吗？我家里什么都准备好了，方便。”

吴雯在沉思，也不知道听见陆明姐姐的话没，并没有回应。

陆明姐姐便道：“那就去你家，我和你一起住进去，月子里哪儿能没人照顾呢。开去陆明家里。”最后一句是对陆明的姐夫说的，说完又对吴雯补充道：“我们都是绝对健康的人，你放心。”

车就这么绝尘而去，医院里剩下的站着的人也各自散开。

吴雯妈妈早哭得不成样子，跟着车跑了一阵，没能追上，便要走路去吴雯家。

吴雯嫂子数落了她一阵，句句不中听，吴雯妈妈就哭着训斥她：“你说为雯雯好，我还真当你存了这么好的心，你就是怕雯雯给你们添麻烦！你们也太没良心了，陆明和雯雯当初对秋秋多好……”

随着陶然和苏寒山渐行渐远，吴雯妈妈和嫂子的话渐渐听不见了，陶然也没心情听，此刻正忙着瞪苏寒山呢，走几步就瞪他一眼，等苏寒山看她时，她又赶紧把目光收回去，过一会儿又瞪。

苏寒山哭笑不得，忍不住道：“你要瞪我就光明正大地瞪，这是什么意思呢？”

陶然哼了一声，上车了。

就她那直白得一眼就能望到底的眼睛，苏寒山估摸着这是对他刚才拉扯她不满，他在她心中成拖她后腿的后进分子了！你看，你看，她现在都不和他坐一块儿了，中间隔了老远不说，还时不时扔来一个埋怨的眼神。

他暗暗摇头，示意她过来点儿，结果，她头一扭，又转开了。末了，感觉到手机一振，他低头一看，她给他发来一条消息：苏老师，你别影响我，我需要静静。

好吧，她还静上了。

苏寒山琢磨着，是要哄哄她的。可是，他该怎么哄呢？

这一路苏寒山都在思考。

其实，陶然的世界对他来说十分陌生。一个包包里成天揣着零嘴儿，和小姐妹嘀嘀咕咕讨论哪儿的小龙虾好吃，哪家奶茶出了新口味的小姑娘，他该如何融入她的世界？

他对吃食没有太多讲究，她喜欢的那些他几乎不沾，而她还喜欢什么，他好像并不了解。

他们说起来认识了很多年，但，中间好像隔着一条河，两人各自走在河的两岸，平行而行，没有桥，而且似乎永远也不会出现一座桥，只偶尔，他会接收到来自她的凝望，他懂，却从来装不知道。

这趟援汉，两人的关系突飞猛进。

真的是飞的，没有任何过渡，也分不清到底是她跳到了他这边，还是他跳了过去，连互相自我介绍一下都没有。

当然，她知道他是苏寒山，他也知道她是陶然，但也仅此而已。

坐在窗边的她正看着窗外，后脑勺对着他，头发比刚剪时长了一些，更加毛躁了，奓毛似的，每根头发都有它的个性，但她好像没初剪时那么在乎了。

他失笑，眼前闪过一个又一个她低着头只能看见后脑勺的画面：在食堂吃饭时，从他身边低着头快步走过时，和小豆嘀嘀咕咕时……

他的思绪慢慢飘远。不知不觉，大巴到了宾馆，她还是低着头下了车，但走到花坛边的时候，她停住了，扭过头来瞪着他，也是在等他。

他再次失笑，大步走上前，再慢慢陪着她小步往前走。

两人每天在一起的时间很少很少，就只有往返于宾馆和医院之间这短短的一截儿路。去医院时赶时间，一刻都舍不得耽误，唯有回来这一程可以让脚步缓一缓，她每次便走得很慢。

这是唯一属于两人的时间，也是唯一可以让彼此互相了解的时间。

他不知道她能在这段时间里获取他的什么信息，但是他渐渐多了不少新发现，比如，她高兴的时候喜欢踮着脚走，一蹦一蹦的，纵然看不见她的脸，但她浑身上下透着的喜悦遮都遮不住，尤其她那头毛毛躁躁的头发，好像能在风里飞起来；她不开心的时候会沉默，喜欢皱眉头，也就是她自己说的“需要静静”，但她并非真的静静，而是自己一个人天人交战，一人分饰多角，内心演了一出又一出戏，然后自己就把自己给说服了，转眼又是阳光明媚的样子。

她真是一个自愈能力十分强大的姑娘。

所以，她这时停住等他，大概刚才那一会儿，她自己已经把戏给演完了。

他有种无用武之地的感觉。

“静出什么领悟来没？”他慢慢走着，问她。

果然，她点点头，但还是不住地瞟他。

“我是拖后腿的？”他低头问。

她的眼睛睁大了些，好像在说：你怎么知道我这么想？

“我冷血？”

她将眼睛睁得更大了。

他笑了笑：“永远不要理我了？”

这回她却忙摇头：“没有没有。”

“那你得出什么结论来了？”

“你不是！”陶然已经在坐车的过程中想通了，“你是最好最好的苏老师啊！有一次病人没有钱治病，你还给他垫付了住院费来着，而且这种事不止一次！还有这次疫情，全国各地的人都给我们捐款捐物，你也捐出去一笔钱……”

他笑了："你知道的还真多。"

她的步伐便轻快起来，眼眉间都是得意，乱七八糟的头发也支棱得更欢实了，她说："那可不，我是谁啊，我是出了名的'苏主任通'！所以，陆医生那里，你肯定有自己的打算和安排！"

"这么相信我？"

"嗯！我绝对绝对百分之百地相信你！我说了，你是全世界最好的苏老师！"

"那……万一我没有你说的这么好呢？"

"不可能！"

"万一我让你失望了呢？"

"绝对不可能！"

"万一呢？"

"那对我来说，你也是最好的苏老师！不管别人怎么看，你都是！"

苏寒山看着她神采飞扬的双眼，莫名的，心里痉挛似的酸疼了一下。

他牵住她的手腕，低叹："走吧。"

身边的她已经开始叽叽喳喳了："苏老师，吴雯姐姐出院了，我们以后还能常常见到小三月吗？"

"苏老师，吴雯家里以后真的不管小三月了吗？"

"苏老师，吴雯和小三月以后会好好的吧？"

"苏老师，你说话啊！"

她摇了摇他的手。

他低头一笑："当然会，会好好的。"

她眼眉飞扬地一笑。

她是真的欣慰。为什么不欣慰呢？自她回来，一路有痛有泪，但一切都在朝着好的方向发展：小三月出生了，36床好起来了，爸爸的病情也稳定了，蓝女士一切都好，哦，对了，35床黄奶奶明天就要转去普通病房了……

苏寒山的手机振动了一下，是短消息提示。

他看的时候，陶然不小心瞥到一眼，好像是银行转账记录。她猛一闭眼，赶紧不看了，这种隐私性的消息，她是绝对不会关注的。

苏寒山默默地把手机揣了回去。其实消息有两条，一条是银行入账记录；另一条来自吴雯，大致内容是：苏主任，谢谢你，心意我领了，但我现在不需要钱。

黄奶奶转去普通病房的时候十分舍不得，拉着陶然的手，非要和她合影，可照片拍出来后，黄奶奶却郁闷了，还生起了闷气。

黄奶奶是个娇气的性子，陶然不知道她到底怎么了，但担心她一闹别扭就不肯转病房了——这事黄奶奶真干得出来。

“奶奶，你看看，你拍得挺好的啊，精神着呢！”她以为黄奶奶不满意照片中的自己。的确，这是奶奶进院以来拍的第一张照片，整个人看起来很瘦，脸色也不好看，但这也没办法啊，毕竟大病了一场。

黄奶奶还是不高兴，陶然哄着逗着，好不容易黄奶奶才说了实话，她指着照片里的陶然说道：“你是我孙女不？”

“是啊，怎么不是？”陶然忙道。

黄奶奶眼圈都红了：“这么久了，你给我喂饭擦身，伺候我这样那样，亲孙女也就这样了，可是呢，我连我孙女长什么样都不知道。”

陶然恍然，照片里的她一身防护装备，包裹得严严实实。

是啊，不知不觉已朝夕相处月余，黄奶奶是真的没看过他们这些医护的庐山真面目，若不是胸前一张名牌，只怕都分不清他们谁是谁。

黄奶奶拉着陶然的手，眼泪汪汪的：“你们迟早要回去的，到时候我想你了怎么办？我要怎么找你？我都不知道你长什么样子……”

陶然猝不及防被黄奶奶这番撒娇给暖到了，暖中又泛着酸。

虽然她入行三年，照顾过许多病人，但这一个月的经历是她人生仅有，而以后她也不想再有，那种生死与共、同悲同痛的共鸣感，只有经历过的人才知道。

“奶奶。”她温和地道，“我有爷爷的联系方式啊，等我下班以后，就给爷爷发张我的照片，你就知道我是什么样子了。以后你和爷爷来北京玩儿，记得来找我。”

奶奶想了想，勉强觉得这个方案可行，末了，促狭地冲她挤眼：“还要找苏主任。”

“……”她又一次猝不及防：黄奶奶这话可是有暗示？

黄奶奶一笑：“别以为我不知道！到时候，你们俩都要跟我合影！”

“好啊，奶奶。”

这一声却是从门口传来的，原来苏寒山也过来了。

黄奶奶看他们的眼神便多了其他的意味，转而拉着苏寒山的手，上上下下打量他，末了点头：“是个俊俏孩子。”

“……”陶然也不明白，捂得严严实实的，黄奶奶怎么看出来他是个俊俏孩子的？

“你的小曲儿唱得好。”黄奶奶竖了竖大拇指，“不过，以后啊，你要多唱给她听。”

黄奶奶指指陶然。

陶然有些窘，她自觉掩藏得很好啊！

苏寒山却十分淡定，还爽快地答应了：“好！”

黄奶奶终于满意了。她是性情中人，又是一生被人捧在手心里，就喜欢看到自己喜欢的小年轻也一对一对地获得幸福。

陶然和苏寒山没能亲自送黄奶奶去普通病房，但后续的事陶然都知道。

听说，黄奶奶进入普通病房后，每天都能收到一份小礼物，有时候是一张小卡片，有时候是一朵小花，有时候是一块小饼干。

听说，黄奶奶还为饼干生过气：为什么只有一块饼干？不够她吃！

看见护士群里在讨论黄奶奶，陶然不由自主地笑，完全不用看就能想象出老奶奶气鼓鼓撒娇的样子。

苏寒山看她拿着手机都傻笑出声了，忍不住问她："看什么呢？这么好笑？"

陶然将手机一收，瞥了瞥苏寒山，觉得以后老了苏寒山绝对不可能像老爷爷那样还拿着花、糖果哄她，于是暗暗叹了口气，但她不死心，不由得又瞥了一眼，瞥见某个人清秀的眉眼，再想想他宛若老人家的生活习惯和他家里寡淡的装修风格，再一次肯定，自己老了没准过的就是咸菜白粥的生活……

她再一次摇头叹气。

苏寒山被她逗笑了："这看着我又是摇头又是叹气的，我不是北雅最好看了吗？"有个内心戏多的女朋友是什么体验？你每一秒都不知道她下一出会如何语出惊人。当然，戏多的女孩儿是不会让他失望的，下一秒她说的话果然惊人得很。

"好看当然还是最好看……"陶然还是叹气，"可人心是不会满足的啊！"曾经的她，将"到苏医生身边"视为人生第一愿望，只要到他身边就行。然而，真到了他身边，她又想入非非，有了进一步的想法。好不容易终于把他装进自己碗里，她又开始觉得别人碗里的菜更有滋味了……

陶然，你这样是不对的！

陶然愤愤地批评这样的自己。

苏寒山却将这个愤愤的眼神看在眼里，下意识地看了下不远处的宁至谦，不动声色，沉默了一会儿，还是忍不住道："我记得你和小豆两个从前喜欢喝雪家的奶茶，后来又改喜家了？"

"那可不！"陶然点点头，"谁老喝一家啊，会喝腻的！"

苏寒山觉得还是不要对这件事做评价比较好，但想了想，还是没能忍住，一本正经地道：“小孩子，心性不定，喜新厌旧。”

“不是……”陶然觉得自己很无辜，“这不叫喜新厌旧，这叫勇于尝试新事物！”

“……”苏寒山成功地被噎得再次闭了嘴。

然后陶然发现：苏老师这一路怎么都不说话了呢？不过，这也没啥，苏老师一向不爱说话。于是她自己叽叽喳喳地说开了：“苏老师，你知道吗，曾爷爷哄黄奶奶说，等疫情过了就带奶奶去迪士尼玩呢！

“苏老师，你说，等我老了，还去迪士尼玩，别人会不会觉得我是老妖怪？

“哼，等我老了，我不但要去迪士尼玩，我还要背迪士尼的小熊背包！我才不管别人怎么说。

“苏老师，你会怎么说？”

“嗯？”某苏老师被唤醒，“呃，好啊。”

“这可是你说的！”陶然满意了，心情不错。下车的时候和宁至谦遇上，她让宁至谦先走，还很有礼貌地问候：“宁主任好。”

宁至谦点点头，走了。

苏寒山和陶然走在最后，慢悠悠的，苏寒山憋了又憋，终是忍不住谆谆教导：“喜欢本身没有错，但还是要注意，不该喜欢的不要喜欢。”宁至谦已婚，你知不知道？

陶然忧愁了，苏老师这话的意思，是她年老的时候不该喜欢小熊背包吗？哼，苏老师也这么刻板？

她脚一跺，不开心了：“我偏要喜欢！我就喜欢！”

苏寒山眼看着她尾随宁至谦进了电梯，不由得想伸手摸摸自己的脸，但一想到自己戴着口罩，手就停在了半空。

陶然并不知道苏寒山这一系列心理变化，如果她知道，一定会皱皱鼻子，再瞟他：到底是谁戏多啊？有个戏多的苏老师可如何是好？

35床住进了新的病人，而黄奶奶后续的故事就和这日渐回暖的天气一样，越来越好了。

陶然听说，黄奶奶出院的时候，是曾爷爷开车来接她的，车里装了满满一车花儿。在这样特殊的时刻，不知曾爷爷从哪儿弄来这么多花，各种各样，色彩斑斓。不过，春天就是花开的季节啊！

曾奶奶的出院就像一个吉兆，之后一连串好事接踵而来。

蓝女士隔离期满，回到自己家中当天和陶然视频时，看到阳台上一盆茶花缀满红艳艳的花朵，蓝女士喜极，宛若看见奇迹，对着视频里的陶然惊奇地道："这么久没管它们，我还以为它们都活不成了，没想到，竟然还开花了！"

阳台上的一排盆栽，的确有几盆蔫了黄了，但这盆盛开的茶花是如此显眼。蓝女士眼泪都快出来了，连连道："陶陶，这是好兆头！好兆头啊！"

"嗯！"陶然用力点头。

生命的欣欣向荣总能给人鼓舞，让人看见希望。

形势果然像蓝女士说的那样发展。几天后，陶然听蓝女士说，在另一家医院住院的舅舅出院了。紧接着，老陶转入普通病房。

再一次重生的老陶又瘦了一大圈，整个人却是鲜活的。转走的时候，他情不自禁地抱着苏寒山，涕泪交加。

两度死里逃生，老陶完全是把苏寒山当恩人来仰视的，跟着科室里所有人喊"苏主任"，充满感激："苏主任，苏主任，您真是我们家的救命恩人啊！我……我该怎么感激您？您的大恩大德……"

科室里以北京医疗队为主，平常说话一口京腔，老陶耳濡目染，也学上了，开口闭口"您"啊"您"的，还大恩大德……

恰逢陶然下了晚班来送父亲去普通病房，听见这话，她不由得汗颜：幸好蓝女士没在场，不然又要骂老陶是坨铁了！

"爸！"她赶紧上前阻止，"爸，你别！时间差不多了啊，咱们该过去了！"老陶啊老陶，请你搞清楚，他是谁？你女儿的男朋友，蓝女士通信录里的女婿！“您”啊“您”的，您不怕他被雷劈吗？

老陶还数落陶然：“时间差不多了你也要懂礼数，该感谢的要感谢，来，跟爸爸一起……”

陶然生怕老陶说“来，女儿，跟爸爸一起给苏主任作揖”——这是蓝女士带着她去庙里的常用台词——赶紧再次阻止：“爸，他是苏寒山！苏寒山！你清醒一点儿！”苏寒山是啥辈分，你别忘记了！同时她拼命给苏寒山挤眼睛，眼里全是杀意：苏寒山，你跩起来了啊，还记得你是谁不？敢受我爸的礼？

苏寒山暗笑，扶住老陶：“陶叔叔，都是我该做的，现在我们的确该转病房了。”

“爸，你再不走，就要耽误人家的工作了！”陶然一本正经地道。

老陶似乎明白过来：哦，对，这么说来，好像的确有点儿不对劲。他看看眼前这位平日里威风十足的权威大恩人苏主任，再看看自己闺女，一时有点儿讷讷。

陶然再正儿八经地跟苏寒山道：“我爸是老实人。”她充满警告的眼神却在说：“你别欺负我爸老实，就尾巴翘上天了！”

苏寒山苦笑，以眼神回答：“不敢，不敢……”

陶然暗哼了一声，和小豆一起把老陶送去了普通病房。当然，老陶对小豆也谢了又谢。这些日子里，他的女儿在照顾别人，小豆却像女儿一样无微不至地照顾着他。

小豆的心情一直不平静，不仅仅是高兴，还有其他。

陶然懂。

去大巴的路上，两姐妹并肩而行，小豆眼眶都是湿的，吸着鼻子说：“陶陶，我没有辜负你。”

陶然觉得她压力太大了，轻声道：“小豆，咱们之间……”

小豆摇摇头，打断了她的话，眼中满是晶莹：“陶陶，没有第三个，我真的，又难过又高兴，你懂吗？陶伯伯不是第三个，没有第三个，不会再有第三个了……”

“小豆，我懂！”

我懂啊，小豆，没有第三个，不会再有了……

苏寒山在大巴上等着她，目光温和，好像含着浅浅的笑。

她哼了一声，和小豆坐一块儿去了，两人嘀嘀咕咕。

苏寒山暗暗好笑，这丫头是越来越抖起来了，这鼻子不是鼻子眼睛不是眼睛的频率高了不少。他只是不明白，为什么她和小豆在一起，总能有说不完的话呢？

回到宾馆之后，陶然和小豆还是肩并肩地走着，苏寒山莫名就升起了逗逗她的心思，板着脸叫她：“陶然。”

虽然口罩遮住了所有表情，但他眼睛里的严肃还是很明显的。别说，苏主任要严肃起来，那可是威仪十足，十分慑人，而小豆和陶然都天然对这种眼神十分熟悉，尤其是小豆，情不自禁生出被高老师支配的恐惧，扔下陶然就跑：“陶陶，我先回房间了啊，再见！”对不起，陶陶，咱们的塑料情真的不咋禁得起考验，被苏主任训这种事，你一个人面对就好啦！

陶然鼓着腮帮子瞪着朝她走过来的严肃的苏寒山。怎么着？因为她给了几个脸色，他就要训她不成？他在她爸面前摆谱还对了不成？

纵然口罩遮脸，苏寒山都能想象出口罩下她的腮帮子有多鼓，他忍住笑走到她面前。

陶然仰起下巴，迎上他的目光，更加严肃地瞪过去，眼神里满满的是挑衅。

他终于忍不住破功，笑了。

陶然蒙了，差点儿被晃晕：苏老师，拜托你别随便散发魅力好不好？这谁受得了？

“你……你想说啥？”训人就训人，他还来个糖衣炮弹是啥意思？

苏寒山不逗她了，目光含笑地看着她："我想说……"他顿了顿，"我也总算没有辜负你。"

陶然一怔，懂了他的意思，抿着嘴笑了。

两人并肩往宾馆大堂而去，藏起来悄悄关注闺密被训场面的小豆颇为失望。这就是苏主任训人吗？跟"高黑面"简直没法比！这么看起来，"高黑面"简直太没有人性了！哦，她绝不承认她藏起来是看闺密笑话的，她是关心陶陶啊，嗯，就是关心，需要的时候，她还是会冲出去救场的！

陶然和苏寒山各自回房间，陶然到五楼后却发现走廊尽头的房间门外站着一个男人。

最末一间房住的是武晞。

男人不断地在敲门："小晞，开门！小晞！"

陶然走过去，狐疑地问："先生，请问您……"

这个男人很瘦，眼眶都凹进去了，眼睛通红通红的，整个人看起来有点儿大病初愈的样子。

"哦，我是里面这个孩子的爸爸，我来接他回家。"男人赶紧自我介绍，"您是……"他知道是医护把武晞带来这里，给了他一个暂时的家，但不知道眼前这人是医护还是宾馆工作人员。

"我是医护。武晞他怎么了？"陶然也敲了敲门，"武晞，你开开门！"至于这男人是不是武晞他爸，她还得问过武晞，不能让武晞被随便带走。

里面还是没回应。

陶然不明所以，看着男人，暗暗起了防备之心。

男人被她的眼神看得有些无奈，苦笑："我跟他说了他妈妈的事，他接受不了，关了门不肯出来了。"

陶然愣住了。

刘雁……

是啊，她还肩负着把刘雁的结果告诉武晞的重任。她还来不及找到最恰当的时机、最合适的词句，武晞就这么知道了吗？

她于是和男人一起敲门，但武晞始终不回应。

陶然没了办法，给苏寒山打电话，把情况说给他听，让他上来看一下。

苏寒山却是认识这个男人的，上来后点点头，简单地寒暄了一句：“你出院了？”

陶然悄悄走过去，扯扯他的衣袖，小声问：“他是武晞爸爸没错？”

“是。”苏寒山配合她小声回答，朝男人走过去。

陶然放了心。虽然她并不知道苏寒山什么时候结识了武晞爸爸，什么时候和他联系过，但她相信苏寒山，苏寒山说“是”，她心里就安稳了。

“是，出院了。”男人苦笑着。

自己出院了，却已物是人非。

苏寒山再次点头，走到门口，叩门：“武晞？”

里面还是没有回应。

“武晞。”苏寒山轻声道，“我知道你听得见，我想给你讲个故事。”

他停顿了片刻，在等里面的反应。

如意料中的一样，里面并没有任何动静。苏寒山便继续说，缓缓的，声音微沉，像是打开一扇陈旧的木门，走进泛黄的旧光影里：“多年以前也发生过一场疫情，全城封城，人心惶惶，也有一个男生，一个人在封闭的家里过了好多天，只是，他的爸爸妈妈不是生病，而是去治病。他爸爸妈妈都是医生，疫情一起就去前线了，甚至来不及好好安排这个男生的生活，男生自己在家里，写毛笔字，做题，自己给自己做饭吃……还有，等爸爸妈妈回家。”

门咔的一声，但还是没有打开。

苏寒山微顿后接着说：“他觉得自己等了很多很多天，但终于还是等到了。那时候是晚上，他正在睡觉，被刺眼的灯光惊醒，家里来了人，告诉他，说：‘你妈妈感染病毒……’”

苏寒山一字一顿，说到这里，声音透着明显刻意控制的、艰难的平稳。

陶然鼻子一酸，眼泪哗地就冲进了眼眶。

紧闭的门终于打开一条小缝，露出一只含满泪水的通红眼睛。

门内的人和门外的人对望，世界在这个瞬间没有一丝声音，安静极了。

良久，沙哑、稚嫩的男孩声音响起：“那个男生是谁？后来呢？”

“后来……”苏寒山看着门缝后的那个男孩，目光悠远，早已不知落到了何处，“那人说：‘你妈妈感染病毒，牺牲了。’”

武晞抓着门把儿的手松了……

苏寒山却继续道：“男生不够勇敢，也不够坚强，会想妈妈，会害怕，那天晚上刺目的灯刺到的不仅仅是他的眼睛，也刺伤了他的心。从此，他独处时开始害怕灯光，睡着的时候忘记关灯他就会做噩梦，梦到那个夜晚，妈妈离他而去……”

武晞哭了，抽抽噎噎的，眼泪哗哗地流。

苏寒山眼眶微红：“那段时间，是男生一生中的黑暗时刻。他想有人抱抱他，跟他说别怕，跟他说妈妈永远爱着他，可是没有，他的爸爸仍然在前线抗疫，偶尔来电话，也是对他说，‘男子汉要坚强，不要辜负妈妈的期望’。他拥有的只有小时候妈妈送他的小闹钟，那段黑暗时刻，就是那个小闹钟陪伴他度过的，甚至在他后来的人生里，都是那个小闹钟陪着他，他抱着小闹钟，就好像能感觉到妈妈没有离去，她化作了风，化作了星星，陪伴着他，注视着他。他不会让妈妈失望，他永远记得妈妈说过的话，‘男孩子可以哭，可以害怕，也可以脆弱，但是，哭过以后，害怕之后，要擦干眼泪，鼓起勇气，继续前行’。”

终于，武晞号啕大哭，一直防御似的扒着门的手也完全松开了。

武晞爸爸眼看想上前推开门把儿子牵出来，苏寒山阻止了他："让他哭。"

哭的又何止是武晞？陶然在一旁早已经声泪俱下。

这一哭就哭了好一阵，直到哭累了，武晞才全打开门，从房间里走出来。虽然双眼红肿，但他已经努力地擦干了眼泪，换了新的口罩，从头到脚整整齐齐。房间里，地上、书桌上，码得高高的，是他这段时间练过的字、做过的题。

武晞站在苏寒山对面，低着头，一句话不说。

苏寒山从外套的大口袋里拿了个东西出来："武晞，我要对你说声'对不起'，我不该瞒着你。我那时还没想好该用怎样一种方式告诉你，才能让你不那么难过和害怕，但我骗你始终是不对的，作为道歉，我把它送给你。"

他把东西递了出去。

呈现在武晞面前的是他戴着手套的手，手上是一个消过毒、用塑料袋密封的哆啦 A 梦小闹钟。

"武晞，它陪伴了我多年，一直看着当年那个男生成长、成熟，看着他从一个胆小的男生成长为和他妈妈一样的医生。它很旧了，可那是因为它承载了太多太多回忆，太多太多爱与温暖。现在我把它给你，你如果不嫌弃它，就让它像陪着当年的男生一样陪着你，保佑你，好吗？"

武晞两只手在衣服上蹭了蹭才把小闹钟接过来，小心翼翼地捧在手心里，眼泪再次哗哗地流。

"武晞，跟爸爸回家，行吗？"苏寒山让开两步，把正对着武晞的位置让给了武晞爸爸。

武晞捧着闹钟，哭着点头。

武晞终于跟在爸爸后面，一步一回头地走了，在快要进电梯的时候，他忽然大声说："医生叔叔，你放心，我会好好保护小闹钟的！长大以后，我也要当医生！”

电梯门开了，武晞走进去，抬头和爸爸说：“爸爸，我要当医生。”

“好。”他爸爸也满眼通红。

苏寒山往前走了几步，最终停下，默然看着电梯的方向。

陶然看着他的背影，方始明白，原来那只哆啦A梦是他妈妈留给他的。

“那段时间，是男生一生中的黑暗时刻，他想有人抱抱他，跟他说别怕，跟他说妈妈永远爱着他，可是没有……”

他的话依然响在她耳侧，她的眼泪决堤般怎么也止不住，那个温和的、威严的苏主任背后，原来是这样一个脆弱的小男生……

她流着泪冲上去，从后面搂住了他的腰，贴在他背上，泪水打湿了他的衣服。

“苏老师，从今往后，我来保护你！”

第九章 笑起来很好看

那天，陶然下班的时候没见到苏寒山的人影，听别的医护说，是科室里转进来一个危重病人，苏寒山和护士长都没下班，和当班医生一起在抢救。

这样的事，陶然已经习惯了，苏寒山是骨干，护士长是呼吸治疗师，科室的运转根本离不开他们俩。

陶然和同事们回到宾馆，整理好后已经是晚上，手机还悄无声息的，看来苏寒山还没回来。

她趴在窗前，踮着脚往下看，楼下果然还没亮灯。

她忽然想起初来这里的时候，她用绳子传递下去的那些信。那时候，傻乎乎的她怀着一颗仰慕的心，敬他若天神，从来就不敢想象有一天他会变成属于她一个人的人。

看着楼下的窗户，那根传信的绳依然就在手边，她笑了笑，打算折只纸鹤放下去，里面再写一句甜甜的话，等他回来看见，会感觉到来自女朋友的温暖吧？

她越来越觉得这是个很棒的主意，然而，一张纸在手里翻来覆去叠得皱皱巴巴了，纸鹤还没叠出来。她懊恼地把纸揉成一团，却突然福至心灵，在纸团外又包了一张纸，然后用皮筋在中间一扎，一个简单的晴天娃娃就做好了。

苏老师，你看，我可不就是个小天才！

她用笔给娃娃画上五官：弯弯的唇，弯弯的眼睛，小圆点鼻子，嗯，还要画上一头随风自由飞翔的短发！

然后，她把娃娃放下去，让它在窗口随风轻轻地荡着。

苏老师，我等你回来哦！

她关上窗，躺下休息了。

陶然是被电话吵醒的。

那时候已经是深夜了，陶然睡着，隐隐觉得身上发冷，这时，手机铃声急促地响起。

她摸到手机的时候，顺手还摸到了被子，她一边把自己蹬掉的被子往身上拉，一边看清来电人是小豆。

小豆这么晚打电话？她迷迷糊糊，心里犯疑，闭着眼睛喂了一声，结果，听了电话，她好半天都呆在那里，整个人没有反应。

小豆的哭声震耳欲聋："怎么办啊陶陶？怎么办啊？我现在都特别特别难过，你知道了肯定更担心更难过，可是，我也不能瞒着你，瞒不住的，你明天就知道了啊，陶陶——"

陶然握着手机，怔怔地望着天花板，仿佛进入了另一个世界，小豆哭了些什么，喊了些什么，她都听不见……

小豆在那边也慌了，大声叫她的名字："陶陶！陶陶！陶陶你还好吗？陶陶你说句话！"

陶然被她炸雷似的呼喊给叫回了魂，面容还是呆滞的，声音微微嘶哑："你……说什么？再说一遍？"

小豆又哭了，哽咽着说："我说，苏主任和护士长下班的路上遇到一个危重病人倒在路上，给那个病人做了心肺复苏，那个病人是疑似，现在就在我们医院，苏主任和护士长已经被隔离了……"

陶然耳朵里全是嗡嗡嗡的声音，小豆的哭泣好似来自天边那么遥远，可是，这一次，她却真的听清了，不，其实，小豆第一次说的时候她就听清了……

深夜，街道仿佛静止了一般，没有人，也没有一个运动的物体，房子、路灯、树木都像是画上去的。

渐渐地，隐约有噔噔噔噔的脚步声响起，由远及近，慢慢清晰，慢慢地，人影也清晰了。

戴晟看清了，是个女孩——和梅珊同一科室的护士，叫陶然。

凌晨两点，她这样跑来的目的应该只有一个，和他一样。

陶然也看见了他，很着急，好像看见了亲人一样，猛冲过来，站在他面前喘着气："戴先生，你也来了。他们怎么样了？你见到他们了吗？"

戴晟看着她，穿着厚厚羽绒服的女孩，头发乱得像一堆草，头顶的短发四散，朝天冲着，显然刚从床上爬起来，没顾得上梳头，额头全是汗，上面粘着几缕汗湿的头发，羽绒服的拉链没有拉，里面是一件睡衣，小熊图案的。

这点和他一样，他的羽绒服里面也是一件睡衣。

他苦笑，谁不是知道消息吓得拿起衣服就跑？

女孩还在等他说话，他摇摇头："见不到。"

一扇铁门，将他们和里面的房子隔成两个世界，何况现在还是深夜。

以戴晟的阅历，这么跑来其实是很冲动的事，完全没有理智。这事发生在眼前这个小姑娘身上很正常，但他一个不惑之年的男人，竟然跟个毛头小伙子一样，头脑一热就跑来了，实在是……幼稚，这不是他的风格。

这事理智点儿应该怎么做？

自己半夜来这儿肯定是见不到人的，就该等到天亮，问医院检测结果，打电话或者发消息安抚梅珊，还要和梅珊配合，编织谎话安抚女儿和丈母娘。如果检测结果显示无事，那自己就等她可以出来的时候来接她；如果检测结果显示有事，那就配合医院好好治疗……

总之，自己大半夜冲动地跑来这里傻站着，是最没有用的应对方式。但，当他独自站在这里，站在被黑暗吞噬的街头，看着铁门内远处梅珊所在房间的那扇窗时，他无比庆幸自己来了。

是啊，他像个毛头小伙子一样傻乎乎地来了，傻乎乎地站在妻子的窗外，像极了大学里他极瞧不上的那些在女同学窗户底下唱歌的傻男生，可那又怎么样呢？他一辈子都没这么傻过，傻一次又何妨？

此刻，竟然还有一个和他同样傻的人来和他一起做同样的傻事。

陶然此时心里其实是崩溃的，她已经憋了很久了，从接到小豆的电话开始，到现在，她憋着一口气狂奔，一路上脑海里已经设想过一出又一出见到苏寒山时的情形。他会害怕吗？他会焦虑吗？他会坐立不安吗？就像她那次一样，她也是有过这样经历的人啊，她觉得她完全能对苏寒山此刻的心理感同身受。

所以，她一定要跑到他身边去！她要冲到他面前，抱着他，告诉他不要害怕！她也想到了，也许苏寒山不会见她，他们只能隔着玻璃说话，那她也要用自己手心的温度暖透冰冷的玻璃，安抚他焦虑的心，就像他上次那样。

她甚至连台词都想好了，可她忘了一个可能——她根本见不到他。

她看看戴晟，再看看铁门内黑洞洞的夜，突然哇的一声大哭了起来。

戴晟愣了一下，然后慌了。

怎么哄一个大哭的成年女性，他完全没有经验！

梅珊从来不哭，至于晓雅，倒是常常哭，可也是默默流泪，从来没有这样号啕大哭像个孩子。

“那个……”他嗫嚅了一下，就见陶然在墙脚蹲下了，蹲下了靠着墙继续哭。

他咳了咳，蹲在她旁边，却不知该说什么。她的心情他是懂的，他如今的心情就和她一样，她哭得这样悲切，哭得他心里也有些承受不住了。

他随第二批医疗队来到这里，亲眼见到接连不断的病人涌进医院，亲眼见到穿着防护服的工作人员把盖着白布的遗体装上车去火化，而那些遗体的家属很有可能还不知道他们再也见不到他们的亲人了。然后，第二天就会有人来医院哭，捧着遗物，抑或仅仅是为了来哭……

那些哭声已经深深植入他的记忆，他甚至不止一个夜晚在梦中被哭声惊醒，醒来才知，原来只是噩梦。

如今，陶然也在哭，记忆里那些哭声又开始翻涌，那些人，那些画面，交替在他眼前出现，最后出现的是梅珊的背影，走在他前面，忽而回头，冷漠地扔给他四个字：“你回去吧。”

他的喉咙有些难受。

耳边的哭声却渐渐小了，取而代之的是女孩抽噎的说话声：“你别难过，护士长不会有事的，苏主任也不会，我相信！”

他吞咽了一下，把喉咙里那种涩痛的异物感给吞下去，扭头看着她。

陶然一双湿漉漉的眼睛也看着他，用力点头，表示自己的直觉可信：“真的！相信我，我从小就是小福星，跟我接触的人运气也会好的。你看我上次不也虚惊一场吗？我也被隔离了，可最终那就是虚惊一场，我啥事也没有！护士长和苏主任一定也是这样，有惊无险！”

戴晟怔了一下，还有这种精神胜利法？他点点头：“但愿如此。”

“真的！一定是这样！”陶然强调。

“嗯，真的！”戴晟看着她认真的眼神，附和，这一次不是敷衍，他也发自内心地希望如此。

两人说着话，晚上负责值班的社区工作人员过来了，劝他们回去：“你们在这里守着干什么？没用啊！”

“我们……在这里，影响你们工作吗？”陶然怯怯地问。

“那倒没有。”工作人员也是好意。

“那，让我们待着吧？”陶然小声说。

工作人员也无法，只好由着他们。

倒是戴晟，也劝她：“你回去吧，我在这里看着，你白天不是还要上班？”

“我已经休息好了。”陶然盯着眼前的地面，“我知道待在这里没有用，可我在宾馆也是一样待着发呆，那还不如在这里，至少离苏主任近一些。等他早上醒来，就会知道我就在他身边，就在离他不远的地方，他就不会害怕了。”

陶然说完之后，忽然发现自己泄露了秘密，这不是等于告诉戴晟她和苏主任的关系吗？可他俩一直瞒着大家呢！

她惊得瞪大眼，赶紧补救：“不是，我跟苏主任就是普通朋友。”

戴晟摇头，若不是心里还挂着事，他能被她逗得笑出来：医院里谁还不知道她和苏寒山的关系啊！

“真的！”陶然强调。

戴晟发现这个小姑娘很喜欢强调，他不会跟一个小姑娘较真儿的，于是还是点头：“嗯，知道。”你说是，那就是呗！

陶然没有劝他回去，以己度人，觉得戴晟的想法跟她一样，也想在最近的地方陪着护士长吧。

这时，戴晟的手机屏幕一亮，却是梅珊发消息来了。

陶然只是下意识地瞥到“老婆”这个备注，眼睛一亮：“是护士长！”然后她又觉得自己好像在偷窥别人隐私，马上不好意思地道歉，“对不起，我不小心看见的……”

戴晟微微笑了笑：“没事。”心里却有个声音在说：“她怎么这么晚还没睡？”不过，转瞬他也想到了答案：就眼下这情形，哪里睡得着啊！

心里想好了安慰的话，他打开消息一看，就四个字：你回去吧！

这是回答他之前发的那条消息的，他在那条消息里说，他到了，就在大门外，有事可以打他电话。

你回去吧。

这四个字是他来这里以后，她对他说的最多的一句话，每次都像一盆冷水，无情地泼在他脸上，冻得他发怵。

他想好的安慰之词用不上了，他也忘了身边还有一个陶然，想起了多年前的一些事，直接发了视频请求。

起初梅珊没接，他发消息：女儿有话托我转告。

他再发视频请求。

这一次梅珊接了，视频里出现了一张憔悴的脸。

“梅珊……”他叫她的名字。

梅珊的表情是僵硬的，还是那句话：“甜甜说什么了？”

他不说话——女儿根本没有话带给她。

梅珊就有些生气：“戴晟，你又骗我？都这样了你还骗我？”

不知为什么，她的情绪有些激动，而且眼眶突然之间还泛了红。

“珊子……”他轻声道。

“没事你就回去吧！”梅珊的眼睛还红着，脸色又变得决绝起来，而且准备关视频。

“梅珊！”戴晟急了，大声喊道，“等下，我有话说。”

他生怕梅珊就这么把视频关了。这种情形不是一回两回了，每次他都用女儿做借口，跟她说说话，但只要关于女儿的事一说完，她就毫不犹豫地关掉视频。

但，这次还好，她的脸还停留在视频里。

他凝视着她，顿了顿，问出一句：“梅珊，你怕不怕？”

梅珊一怔，显然没想到他会问这个问题。

“珊子，你还记得吗，那时候你值晚班，医院的走廊又长又安静，听着自己的脚步声你都觉得是后面有人在追你，你其实一直都害怕，但是从不跟人说。后来，咱俩处上了，每个晚班我都去接你，你说，想到我在等你，你就不会害怕了……”

视频里的梅珊听着，忽然转开了脸，而后用力将视频关闭了。

戴晟这边的手机屏幕终于陷入黑暗，而梅珊在另一头抱着手机，眼泪哗哗而下。

是啊，那个时候，每个晚班他都骑着他的小摩托来接她。后来，他出息了，有钱了，给她买了车，她自己开着上班下班，再也用不着他接了，他也再没有来接过她。再后来，她从护士变成护士长，见多了生与死，似乎，也不再害怕了……

陶然在一旁看着这一幕，呆住了。

护士长在她心里的形象像是一张固定的脸谱——温柔，严谨，一丝不苟，没有悲喜，却原来，护士长也曾是小姑娘，也有过害怕的时候，也会红眼，也会流泪……

戴晟突然想起身边还有个外人，一时有点儿尴尬，靠在墙上，一声不吭，最后干脆慢慢坐到地上。

陶然更觉意外了，戴晟是成功人士，精致成熟，衣着讲究，不像是会这么随意席地而坐的人。

戴晟感到身边苏寒山的小姑娘好像在看他，回头，果然，她正一眨不眨地盯着他。

陶然有些难为情，赶紧收回了目光。

戴晟觉得可能是刚才自己和梅珊的视频吓到陶然了，他也有些讪讪的："不好意思，让你看笑话了。"

"不是不是！"她完全没有笑话他俩，反而觉得挺难过的，为这样的戴先生和护士长，她忙解释，"我只是……只是觉得你这衣服看起来挺贵的，就这么坐……"

她一向心里有什么说什么，说了一半又觉得自己这话也说得不妥，赶紧住嘴了。

戴晟倒是不介意，低头看了看自己的衣服，有些自嘲地笑，过了一会儿，他不笑了，声音便沉了下来："也不是没席地坐过。年轻的时候创业，一开始多难啊，辛辛苦苦一年，年底却收不到钱，人躲着不见我，能怎么办呢？我就坐在人公司门口等，保安轰，主管赶，我死皮赖脸赖着不走，梅珊心疼我，下晚班做了饭带着来陪我，我们俩就死乞白赖坐在门口讨了一个多星期，终于把钱讨到手了……"

戴晟慢慢地说着，慢慢地住了口，那些画面一一涌入脑海。梅珊是护士，要三班倒，白天没有班的时间就来陪他，累了就倒在他肩头睡着。后来，他拿到钱的第一件事，就是请梅珊到餐厅，点了她喜欢的菜，两人吃了一顿大餐。再后来……

再后来啊，十来年一下子就过去了。

十来年，应该是很长很长一段时间吧，怎么眨眼就过了呢？好像也没发生多少记忆深刻的大事，哦，不，细细想来，其实是有很多很多事的，每一天都有事，而除了工作，他所有的事都有梅珊参与，她是他生命里最重要的人……

陶然听他说话听得入了神，等着他说下文呢，结果没了，她小心地探过头一看，他眼里亮晶晶的，好像有泪光。

再如何迟钝，这都看见眼泪了，她也能体会到一些东西了。

她整了整口罩的绳儿，试探着叫他："戴先生……"

戴晟从沉思中回过神来。

"戴先生，你们……你和护士长，等疫情结束了，会和好吗？"陶然觉得，戴晟说起护士长的时候，眼里闪的那些泪光，证明戴晟并不是不爱护士长了啊，护士长也不像不爱戴晟的样子，怎么就这样了呢？

戴晟看向铁门内黑夜里那些和黑暗融为一体的窗户，喃喃道："会啊。"我会努力的，梅珊，老天保佑你，这次一定不要有事。

陶然心里一暖，为护士长感到安慰。她当然知道人和人之间应当保持适当的距离，她不该管闲事，可是，她总归是希望护士长幸福的。她原本想的是，不管护士长和戴晟最后是离婚还是和好，只要护士长开心就行，现在她得到戴晟肯定的回答，心里还是觉得，无论如何，戴晟终归是珍惜护士长的。

希望这场疫情赶紧过去，所有人都回到自己的位置，慢慢治疗各自或深或浅的伤口吧。

她也随着戴晟的目光看着铁门内黑洞洞的世界，即便是在跟戴晟说话的时候，她心里每一秒也都浮动着另一个人的影子。她很担心他，也想跟他视频一下，想问他好不好，怕不怕，但是她不能，这个时候的他应该休息了，就让他好好休息吧，在这样的压力下，能睡着是一件不容易的事。

她想来想去，低头编辑消息：苏老师，你别怕，你要记得啊，我是你的小福星，我把我所有的好运都给你，你肯定没事的，明天我来带你回家。

编辑完，发送出去，她才发现习惯使然，表述出错了：自己怎么就写了"回家"呢？他们还回不了家啊！

戴晟却在她耳边说："说得好！带他回家！我也是来带梅珊回家的，我一定要把她完好无缺地带回家！"

陶然便收回了手，完全同意戴晟的话："嗯，我们都要完好无缺地回家！"

说完，她又想，戴先生真是的，怎么可以偷看她给苏寒山发消息呢？她马上心虚地强调："我和苏老师，真的就是普通朋友！"

"嗯，普通朋友！"他点点头。

苏寒山当然睡不着，但是他从进这个房间后就没开过灯。黑暗中，他顺手去床头柜上摸了一下，上面空空的，什么都没有，他心里突然莫名其妙地慌乱了一下，怔了一会儿才想起来，他已经把它送给武晞了。

这些年，他下过乡，进过山，去过震区和灾区救援，遇到过山体滑坡，也遇到过余震、洪水，无论他去哪里，小闹钟都陪伴着他。

他理智上并不信玄学，但莫名其妙的，心理上却对它有种奇怪的依赖，好像只要它在，心里就是安定的；只要触摸到它，心里就不会慌张。

他的手僵在黑暗中，手里空空的，心里也有些空。

其实，他倒不是害怕，没有什么可怕的。这些年来，有母亲的事在前，他好像对生死已经淡然，也没什么牵挂，父亲与他同职业，无须任何言语就能理解他，但现在……

他的脑海里浮现出一个一蹦一跳的身影……

手机蓦地振动起来。

他低头一看，眼眶微热，抬头闭了闭眼。

黑暗中，他重新睁开眼睛，拿起手机，点开消息，默默读了两遍，"小福星"三个字像三点光，在他眼前闪耀。

他再次仰头，颈间喉结滚动。

良久，他才划开屏幕，输入几个字：还不睡？你在哪儿？

陶然正和戴晟并排坐在地上，完全没想过苏寒山这会儿还没睡，还能回她消息，她赶紧回复：我在宾馆啊！

这句发出去之后，陶然唯恐苏寒山不信，又强调了一遍：苏老师，我真的在宾馆！真的啊！

苏寒山正在读她的第一条消息，第四遍读，一字一字读，这时，一条新消息来了。

这句不用一字一字读，味道之熟悉，宛如她在发语音，他脑子里开始浮现她绷着个小脸一本正经地说“苏老师你听我狡辩啊”的模样。

他直接发了个视频请求过去，把陶然吓了一大跳。

她左看看右看看。这……怎么能让苏老师看见她在这里呢？他一定会赶她回去的！

她立马拒了，回：苏老师，我现在衣冠不整，不方便接！！！

“接”字后面用了三个感叹号！

消息发出去后，陶然靠在墙上。苏寒山在这种事上是不会一而再再而三的，所以不会再有视频请求来了。

结果，视频请求果然是没有了，但是接下来那条消息吓人啊！

“换一个狡辩的理由。”

陶然仿佛看见苏寒山居高临下地看着她，背着手，不愠不火地在说话。

视频请求又发了过来，陶然只好接了。手机里只有黑乎乎的一片，他的轮廓模模糊糊的，眼睛倒是在黑暗中显得格外亮。

毫无疑问，她周围这环境绝不会是在宾馆里。

“还有什么可狡辩的？”苏寒山板着脸问她。

“不是啊，苏老师，你听我解释啊！”她急着说。

这熟悉的对白……

“回去！”

“不！”陶然十分坚决。

“不听我话了？”

“不是……”陶然小声道，“反正……反正无论你怎么说我都不会走的！”她忽然想起了身边的人，手机一转，对着戴晟，“你看，戴先生也在这里！”

苏寒山颇为意外，这可不像戴晟会做出来的事。

戴晟自嘲地微叹：“人这一生，难得傻一回，就这么着吧，其实不是为了你们，是为了自己，为了自己心安，搁这儿感动自我呢。”

苏寒山无意多说戴晟，但是陶然……

陶然已经把手机镜头转回来了，手指轻轻触着屏幕上他的脸，虽然他那边漆黑一片，但真的，能见到一次全脸的样子太值得珍惜了。

“苏老师……”她小声道，“别赶我走好不好？没有车了，我要走回去，一个人走，黑乎乎的，我害怕……”

“……”这个理由成功地说服了苏寒山，就算她此刻愿意回去，他也不放心了，还不如在这里，有他看着，有戴晟陪着。

“冷不冷？”他的口气软了下来。

“不不不！”陶然一个劲儿摇头，唯恐苏寒山再赶她，“不冷了，苏老师，已经春天了，再说，我穿着羽绒服呢！”

苏寒山默默地看着她，看着她的手指头伸近，而后，整个屏幕上都是她的手。

他知道，她在摸他的脸。

“看得见我吗？”这么黑，纵然她那边有路灯，屏幕显示的效果也不会好，何况他这里是全黑的。

“嗯。”其实不大能看见，但是陶然现在知道了，他睡觉的时候怕开灯啊……

苏寒山干脆伸手打开了灯。陶然的手机屏幕突然亮了起来，苏寒山的容颜清清楚楚地出现，连他眼尾淡淡的纹路和眼底的乌青都清清楚楚，还有他鼻子和颧骨上暗红色的血痂。

“苏老师，你不用开灯啊！”她的潜台词是：“你不是害怕吗？”

苏寒山冲她笑了笑："没关系，有你在就不怕了，还有……"

陶然心口被一团柔软的东西击中，苏寒山很少说这么感性的话。

"还有什么？"

"没什么，这样我也看得清楚些。"他笑。还有，也许自己以后会很久很久看不到她的样子，也许很久，也许永远，那现在就好好看看吧。

陶然把手机举得近近的，轻轻摸着他眼角的痕迹、他鼻梁上的血痂，声音小得几乎听不见："苏老师，你笑了。"

"嗯。"苏寒山轻声道，"笑起来好看吗？"

"好看。"

"你喜欢看吗？"

"喜欢。"陶然觉得羞羞的，"可是你很少笑。"

"是吗？"自己笑不笑的，平时他都没有察觉。

"嗯，大家都怕你。"这点他和护士长很像，明明很温和的一个人，但不怒而威那种感觉只有科室里的小伙伴能体会到。

"现在你还怕？"他再次一笑。

陶然摇摇头，然后又点点头。

苏寒山不解，笑道："又摇头又点头的，到底是怕，还是不怕呢？"

陶然抱膝坐着，手机正对着自己："我也不知道，不怕，又有点儿怕。"

"陶陶。"他忽然叫她。

"嗯？"

"不用怕我。"

"我知道……"她声音小小的，眼眶有点儿红，"苏老师，你也别怕，虽然你的小闹钟没有了，但你有我啊，我代替小闹钟当你的吉祥物，把我所有的好运都给你。"

苏寒山哽咽了一下："好。"

“苏老师，会有人给你抱抱，对你说‘别怕’，对你说‘永远爱你’。”陶然是在复述他那天对武晞说的话，所以很容易就脱口而出了，说完才想到：咦，这话奇怪得很，关键，戴晟在旁边呢！

她马上转头对戴晟说：“戴先生，你别误会啊，我跟苏主任真的是普通朋友！我说的这个人也不是我！我是说……是说苏副院长！嗯嗯！”

戴晟：“……”

苏寒山在那边笑出声来，意味深长地看着她。

“苏老师……”陶然嘟起了嘴。

“戴晟。”他在那边干脆叫别人。

“在。”戴晟很配合地道，“此刻我瞎了，我也聋了。”

苏寒山还是笑，笑完目光幽深：“她年纪小，冲动，一根筋，往后这段时间，麻烦你帮我看着点儿。”

戴晟不乐意听这话：“你自己看着！这还没天亮呢，天亮再说！”

“戴晟。”苏寒山再次叫他的名字，却什么都没说。

戴晟扭开脸，眼眶有些红：“知道了！”

陶然却听不明白，在手机和戴晟之间看来看去，皱起了眉头：“苏老师，戴先生，你们在说什么呀？”

“没什么。”苏寒山回答她，“小孩别管大人的事。”

陶然不满了：“我才不是小孩。”

苏寒山笑，“你们大人如何如何”这类吐槽还犹然在耳呢。

铁门处，工作人员交班，深夜两点了。

陶然忙道：“苏老师，你赶紧睡觉吧，睡一觉起来，明天一切都好了。”不等苏寒山回答，她追加了一句，“苏老师，你要听话。”

“好。”他的样子果然很听话。

“苏老师，你可以像平时一样，把视频开着，醒来的时候第一眼就可以看到我，看到我陪着你，就不会害怕了。”

“好。”

“苏老师，我还有一句话要对你说，我文字发给你。”

戴晟：悄悄话？

苏寒山：“好。”

“苏老师，你记得关灯。”

苏寒山笑：“好。”

而后，他便看见手机的视频界面没了，过了一会儿，一段话发了过来：苏老师，我刚刚说的那个人就是我啊，我骗戴先生的，是我。虽然现在不能，但等你隔离结束那天，我来接你，我会抱着你，告诉你别怕，告诉你婆婆永远爱你，我也是。

婆婆？

苏寒山脑子里转了个弯才想明白这说的是谁，失笑，心里却突然酸楚得厉害。

视频界面恢复，她一脸严肃：“好了，苏老师，你睡吧，赶紧闭上眼睛！”

“好。”他将手机放在枕边，还找了个东西卡住，让视频可以对着自己的脸，而后合上眼，却没有关灯。傻姑娘，灯关了你就看不见我了啊……

陶然看着亮亮的灯光，气得跺脚。苏老师怎么这么不听话呢？开着灯等下又做噩梦怎么办？可是，现在他都睡了，她也不想再吵他了，就这样吧，她好好看着就行了，他不是说了吗，有她就不怕了！

她凝视着他的面容，只见他长长的睫毛垂下来，在眼底的乌青色上投下浅浅的阴影，眼尾的纹路看得更清晰了，脸上的血痂被放大，而且，耳朵上也有，护目镜磕着的地方，暗红的，鲜红的，旧伤未好，又添新伤。

最初，苏寒山对这么亮的灯光是不太适应的，但因为清醒着，所以倒是不需要去关灯。

时间一秒一秒滑过，折腾了大半夜都没能睡着的他在陶然的注视下慢慢迷糊，和从前好些个时刻一样，他置身于一片空旷的白光里，妈妈的声音从很远的地方传来："小山，小山……"

骨灰，黑白照，痛苦的病人，哭喊声……

一样不少。

"苏医生救我……"

"苏医生，求你救我……"

"小山，小山救救妈妈……"

"寒山，救我……"

以往做梦，他总是会在这个时候醒来，在被痛苦的呼救声包围又无法冲破的时候，而这次，却突然出现了另一张脸，隔着玻璃，冲着他笑，漫天的白光消失，团团的橘红色暖光从周遭涌过来，整个世界一片温暖。

她叫他"苏老师"。

"苏老师，以后我来保护你。"

"苏老师，我会抱抱你，告诉你别害怕。"

"苏老师，我把我所有的好运气给你。"

"苏老师，你不会有事的，就像上次我不也是一场虚惊吗？"

他在梦里都感到心在抽痛。她不知道，上一次，她被隔离的时候，不信天、不信地、不信玄学的他就跟天地许愿：如果注定他身边的人要一个一个离开，那么这一次他希望离开的是他，让命运的轮回终止在他这里，不要再害她。

她笑着伸出手说："苏老师，我来带你回家。"

可那道玻璃阻隔在她和他之间，她再也带不走他。

他自己是医生，基本能准确地预测：这一次，他逃不了了。

上天算是如了他的愿，他不会后悔，只是忽然有点儿舍不得，舍不得这个一笑全世界都温暖起来的小东西……

陶然和戴晟仍旧坐在地上，长夜漫漫，两人有一搭没一搭地说着话。

“戴先生，您是做什么工作的啊？”

“计算机方面，多个领域都做过，现在主要做 NLP。”

“哦……”涉及她的知识盲点了。

“就是语言处理。我们有个团队，专门研究这个……”

陶然听了一大段让她蒙圈的东西后，点点头。

戴晟识趣地不讲了，却聊起了苏寒山。

不得不说，戴晟是个抓话题的高手，苏寒山简直就是陶然最喜欢的话题。听戴晟说着苏寒山的种种好，陶然骄傲极了。

戴晟说到最后却叹了口气。

“怎么了？”陶然问，以为他是担心，其实她也担心啊，但她还是安慰戴晟，“戴先生，没事，不管出什么结果，全国最好的医护现在全在这里，你要相信我们！”

戴晟点点头，终是感慨万分：“小苏这个人啊，唉！当时，梅珊和他在一起，他们下班了，防护装备都脱了，只有口罩，快到宾馆的路上遇到这么个病人，说是情况十分紧急，等医院救护车来了可能就来不及了，必须马上施救，小苏不准梅珊上前，他自己一个人救的……”

陶然听着，怔了好一会儿，半晌才笑了笑：“他没做错啊，他就是这么个人啊！”

她笑着，眼角却有泪水滑落……

苏寒山一整夜都睡得很安稳，至少在陶然眼里是如此——他呼吸沉稳，连身都没翻。

从天边亮起第一缕晨光，到天色大亮，陶然渐渐开始着急。

戴晟熟悉他们的情况，忙道：“你去吧，有我在这儿呢！”

“戴先生，拜托你了。”工作为先，陶然绝不会影响上班的。

此时，她的手机却响了，来电人：马奔奔。

“火烧！”马奔奔在电话里哭得快要断肠了，“火烧你还好吗？”

陶然被他哭得都忘了提醒他，她不叫火烧了：“你……你怎么了？”

“火烧！”马奔奔继续暴风般哭泣，“你现在在哪里啊？在隔离吗？我来看你，我现在在你宾馆外面呢！”

陶然完全蒙了：“我好好儿的隔离什么啊？你一大早怎么了？”

“那你到底在哪里啊？”

陶然说了自己的地址。

“我马上来！”

说着话，马奔奔就把电话给挂断了。

陶然被马奔奔这一会儿风一会儿雨的性格给闹无语了，好在宾馆离这儿并不远，他开车过来很快，并不会误事。

几分钟后，马奔奔常开的那辆车停在了陶然面前，他从里面滚了出来，下车的时候还差点儿摔倒。

结果，一看陶然，他吓得退后几步：“火烧，你不隔离啊？”

陶然更无语了：“我好好儿的，隔离什么？”

“不是……那个护士……那个苏……”他指着陶然，语无伦次。

陶然皱起眉头：“马奔奔，你没事吧？”

马奔奔喘了口气，平复情绪：“昨天和你的苏老师一起救人的护士不是你吗？”

“不是啊，是我们护士长。”陶然摇头。

只见马奔奔眼圈一红，再度放声大哭，哭着哭着，还伸出手臂想要抱陶然，但两条胳膊适时地停顿，放下，再仰头号啕。

陶然被他吓了一跳：“马奔奔，你到底怎么了？”

“我……我以为……以为那个护士是你……吓死我了……”

陶然心里颇为感动，没看出来，马奔奔还挺讲义气的，就是年纪轻轻记性不大好。

“马奔奔，你别哭了，我没事，你还哭什么呀？”

马奔奔哭得都快抽搐了：“我……我也不知道为什么，看到你没事，我就……更忍不住了！”

陶然叹了口气：“好了，你别哭了，我要上班去了，有话以后再说啊，谢谢你。”

马奔奔吸了吸鼻子：“我……我送你去吧，我反正也是干这活儿的。”

陶然知道，马奔奔就在这里做志愿者，为医护、为居民服务，他们志愿者都有群，任何时候需要人，群里就有人能顶上。

她点点头，坐上马奔奔的车去医院。

在车上，陶然才知道，原来，那天苏寒山和护士长加完班，就是坐志愿者的车回宾馆，结果快到的时候发现地上躺着个人，也不知道昏迷多久了，他俩下车查看，马上就开始施救。昏迷者最终被救过来了，但苏寒山和护士长被隔离了。

马奔奔叹息：“你们医生和护士，风险太大了，火烧，你一定要保护好自己啊！”

陶然听了这话，眼泪差点儿下来了，苏寒山还在里面隔离呢……

她点点头：“嗯，马奔奔，你们志愿者也要小心。”

马奔奔红着眼睛挂着泪，咧嘴一笑：“我知道！”

陶然在医院门口下车，正准备走进去，马奔奔叫住她，欲言又止。

“还有事吗？”陶然看了下时间，上班还来得及。

马奔奔迟疑了一下，小声说：“没事……火烧，那个你别当真。你要好好的，我也一定会好好的，到时候，我们回北京再见。”

“好啊！”陶然笑了笑，跟马奔奔挥手，转头，却不明白他说的“别当真”是什么意思，但她急着去接班，心想：以后再问吧，来日方长呢！

马奔奔看着她的背影，眼圈还红红的，眼角却浮起了微笑。

隔离房间里，苏寒山依然在沉睡。

他原本该做噩梦的，原本该在噩梦中惊醒的，但这些都没发生。

他是被手机铃声吵醒的。

他的手机一直架在枕边，充着电，一振动，便倒了，掉到了地上。

电话是医院打来的，对面不知是谁，语气十分高兴，炸得他瞬间清醒。

“苏主任，你的检测结果出来了！是阴性！”

“好，谢谢。”

电话挂断。他和陶然的视频也结束了，不，是早就结束了，陶然要去上班的。他竟然一觉睡到了这个时候，很久很久没有这样的睡眠了。

他躺回去，来电人兴奋的声音还响在耳侧，但他没那么乐观，看着在旋转的天花板，他摸了摸额头和耳后，觉得有点儿不妙。

床头柜上有体温计，他取来量，在此过程中却打了个喷嚏，而后忍不住咳了几声。

37. 6 ℃。

他平静地放下体温计。

陶然终于下了班。科室里，她迎面遇到小豆，这颗豆子蹦跶着过来，只差将她拦腰抱起，喜悦溢于言表：“陶陶，苏主任他没事！他阴性！”

“真的吗？”陶然的泪瞬间就飙了出来，语无伦次，“我……我……我真的太……”

她忽然理解为什么早上马奔奔会号啕大哭了，如果可以，她此时也想好好大哭一场，紧紧绷了一天的心总算放下了。

离开医院，顾不上等小豆，她就往苏寒山隔离的地方冲。

铁门外的空地上站着两个人——苏寒山和戴晟。

两人隔得远远的，戴晟想往前走一走，苏寒山却挥手让他停步。

苏寒山在手机上打了一行字，发给他，再指指手机，戴晟便看手机去了。

陶然开心地大喊："苏老师！"喊完她拔腿往苏寒山身边奔。

"站住！"苏寒山一边大声道一边往后退。

"苏老师，你没事啊！"陶然这一路上的念头就是"快去，快到苏寒山身边去，用力抱住他"。她往前一冲，简直想要跳到他身上。

"别过来！"苏寒山一声严厉的大喝。

戴晟将她给拉住了。

陶然蒙了："干吗？苏老师，你真的没事了，我刚从医院过来，说你阴性！"

苏寒山定定地看着她，想告诉她事实，但看着她兴高采烈的样子，话却卡在喉咙里说不出来。

"刚刚来了第二次检测结果通知，阳性……"戴晟在一旁小声而艰难地告诉了她。

陶然愣住了，脚下一软，整个人往地面滑去。

苏寒山脚一动，但，最终定在了原地。

"不是……我……"陶然整个人都是无措的，"可是……明明……"

苏寒山冲她摇摇头，拨通了她的手机。

明明只相隔数米，陶然却只能通过手机跟他通话，她突然觉得受不了这个，红着眼看着他，就是不肯接。

他指指手机，对她说："听话。"因为隔得远，又戴着口罩，他的声音嗡嗡的，根本听不清。

陶然猜到他就是要她接电话，红了会儿眼，还是接了。他现在这个情况，她还能让他操心吗？

“陶陶……”

就一句，两个字，他温柔的声音敲在她的耳膜上，她就忍不住了，眼泪瞬间涌出。怕他看见，她低下头。

“你自己就是护士，你比任何人都知道这个时候要保持怎样的态度：不能意气用事，冷静一些，和平常一样，好好工作，知道吗？”

“好。”她咬住唇，仍然低着头。

苏寒山沉默了一下：“陶陶，你要让我放心。”

“嗯，你放心就是了，我会好好工作的。”

苏寒山微叹了口气：“你这个语气就不是想让我放心的。”

“那你要怎样才放心？”陶然嘟哝。

“抬起头来。”

陶然一听，心里更加难受，但她还是大声说：“好！”说完，她抬起了头。

“别哭……”

“我没哭！”陶然打断他，声音里都带着哭腔。

苏寒山默然，点点头：“我去医院了，你回宾馆去，该吃饭吃饭，该休息休息。”

陶然一看，他手边停着辆自行车。他这是打算蹬自行车去？

苏寒山似乎看出她的疑惑，解释道：“我现在并不严重，医院的救护车要留给最需要的病人。”

“不是还有……”这话陶然说了一半就不说了，她了解，苏寒山是不会坐志愿者的车的，于是她改了口，“那我陪你一起去。”

“不用，我自己可以！”

“不行，我陪你一起！”

“陶然！”苏寒山的语气严厉起来，“请你理智一点儿！我自己是医生，我知道自己是什么情况！医院离这儿也不远！”

陶然深深地看着他，哽咽了：“是，对其他人来说，你是医生，或者对你自己来说，你也只是一个医生，是千千万万普普通通医生中的一个，但对我来说，你是苏寒山，是这个世界上唯一的苏寒山，没有第二个。”

空气在这一刻凝滞了。

片刻之后，苏寒山收起手机，对戴晟道：“戴晟，不废话了，拉住她。”

说完，他低头骑车就走。

陶然追过去，刚跑了两步，就被戴晟抓住了，连一旁值班的工作人员也来拉她，她终究没能挣脱他们的手，眼睁睁看着苏寒山孤零零地骑着车渐渐远去，在空旷的街道上渐渐变成一个渺小而寂寥的黑点。

当这个黑点也看不见的时候，她看着空空的街道，觉得心像被剜去了一块一般疼痛，最后滑坐在地上，无奈而又无助地冲着戴晟大哭起来：“苏寒山他不是……他是……他是我男朋友，是我爱了很多很多年的人！你知不知道？”

戴晟默然。他知道，全北雅都知道。

原本，这是个有点儿好笑的梗，但此刻，他一点儿也笑不出来。

陶然没哭多久，自己就停下来了，眼泪都没抹，转身就往宾馆走。

戴晟在后面喊她。

她回头对戴晟说：“戴先生，我先回去了，你好好保护护士长吧。”她刚刚还哭得可怜兮兮的，突然之间就像没事了一样。

戴晟看着眼前的小姑娘，不太放心。

“放心吧，戴先生！”陶然在口罩后微笑，“我没事了。”

戴晟暗暗叹息，此情此景，每一个微笑的背后，藏着怎样的伤与痛。

“别这么客气，叫大哥就成。”他可是答应了苏寒山照顾她的，“我陪你一起回去？”

陶然摇头：“不用了，我自己是护士，我知道该怎么做。”

这话，竟是跟苏寒山的如出一辙。

“真的！”陶然还强调，“我会听苏老师的话。我不能垮，我垮了，苏老师怎么办呢？所以，你完全可以放心！你也要好好保重，你是护士长的依靠啊！”

“好！”戴晟一个不惑之年的男人，被她说得胸口发热，“我们都好好保重！”

陶然小脸绷得紧紧的，快步往宾馆走去。

那一夜，她却无眠。

她想起那个晴天娃娃，一骨碌从床上爬起来，几步跨到窗台，顺着绳子往下看，却猛然发现窗内亮着灯。

她的心一阵狂跳，冲出门就往楼下跑。

门关着，但没有锁，从房间里透出一丝光来。

她不管三七二十一，直接冲开门，以至于重心不稳，整个人都往里面栽去，恍惚间，她看到苏寒山站在窗边，正在看那个晴天娃娃。

“苏老师！”她大喊，趔趄几步站稳。窗口背对着她的人回身。

不是苏寒山，是苏副院长……

父子俩的背影竟然有几分相似。

“苏……苏院长……”她小声道，“我以为……”

苏副院长知道苏寒山病了的事吗？他心里难过吗？他曾经失去了妻子，现在儿子又……

他会很担心吧？

苏副院长点点头，目光在房间里搜索了一圈：“我来……整理一下他的东西，他有个闹钟……”

“哦，他送给武晞了，就是借住在我们这里的那个男孩儿。”陶然忙道。

苏副院长微微一怔，再次点头：“那算了。”说完他准备走。

“苏院长！”陶然赶紧叫住他。

苏副院长回头。

陶然爬到窗台上，把那个晴天娃娃取了下来，走到苏副院长面前，郑重地交给他：“这个……能拿去给他吗？它会代替小闹钟陪着他的。”

苏副院长接在手里，看看娃娃，再看看她。

陶然低下头：“苏院长，此时此刻，我们心里想的事情是一样的。”

苏副院长嗯了一声，过了一会儿，又道：“小陶，谢谢你。”

苏副院长走了，陶然回了房间，手里拿着手机，她已经不知多少遍看手机消息了，但没有一条来自苏寒山。她发过一条消息：“苏老师，你还好吗？”到现在都还没有收到回信，所以，这手机她也只能拿着。

苏寒山住进了隔离病房的普通病区，在这里，还住着陶然的爸爸、从重症病区转出来的38床和黄奶奶。

陶然见不到苏寒山，也不想因为自己是医护而破例。

下班的时候是清晨，她脱去防护服，离开重症区，站在住院部外的空地上仰头望。

天空中，晨云轻遮，金光刺破薄幕，红日依然喷薄而出，风拂过脸庞，但再也不会感到冷了。

“陶陶，走吧。”小豆来到她身边。

她点点头，和小豆一起往大巴走。

如果是平时，她俩嘀嘀咕咕能说一路，但这次，谁都没有说话，沉默让这暖春晨光里的空气透着莫名的阴郁之气。到了宾馆，两人要各自回房间了，小豆挡着电梯门，忧愁地看着她："陶陶，你别担心，苏主任会好的，你相信我，我妈都说我嘴开过光，说啥啥灵。"

陶然冲她笑笑，点点头："我知道。"

"真的真的，你一定要信我！"小豆说话的方式和陶然很相似，都喜欢强调，"你看上次，我说你只要做坏事就会被苏主任逮到，后来不件件都应验了吗？"

"……"这应该是个笑话，现在却并不好笑。

小豆似乎也意识到了，马上道："所以，你以后做坏事，还是会被苏主任逮到的！你要乖乖的哦！"

"好了，我知道了！"陶然把她推出去，"回房间休息吧。"

"嗯……"小豆依依不舍地看着她，直到电梯门合上。

陶然回到房间，把清洗和消杀工作做完，坐下来拿着手机发呆，手机却突然响了起来，不是消息提示音，而是熟悉的视频请求声音。

她的心一震，一看果然是苏寒山！

"苏老师！"她接通后还没等画面出现就开始对着视频喊。结果，出现在画面里的是她的那个晴天娃娃。

"苏老师……"她说话带着鼻音。她想看的是他好不好！

苏寒山的脸出现在视频里，看环境是躺在病床上，面容疲惫，眼睛含笑，叫她"傻姑娘"。

三个字一入耳，陶然差点儿就掉泪了。

她忍着，红着一双眼问："苏老师，你难受吗？"

苏寒山摇头："没事，你不用挂念我。"

她怎么可能不挂念呢？

苏寒山把那个小娃娃举起来，晃了晃："谢谢你的礼物。"

陶然一笑："苏老师，你喜欢不？"

“喜欢。”

“虽然它丑丑的，但寓意好啊！”陶然把自己的脸凑近，特意扒拉了一下头发，“你看，它和我一模一样。你难受的时候，看着它就能想起我，就能想到陶陶的心是和你在一起的，陪你一起战斗。”

“嗯……”苏寒山轻柔地应答，而后又摇摇头。

“怎么了？”陶然诧异地问。摇头是什么意思？

“不像。”他轻声道。

“嗯？”什么不像？

苏寒山再次晃了晃手里的娃娃：“它丑丑的，你好看。”

“……”对于自己的外貌，陶然一直有自知之明，她就是万千平凡女孩中的一个，不丑，但也算不上美貌，也只有蓝女士出于王婆卖瓜的心理会睁眼说瞎话吹她女儿艳冠三镇。现在被苏寒山突然这么一夸，她有点儿难为情了，下意识地去捋顺自己乱糟糟的头发。

“不用捋了。”苏寒山眼里全是笑，“你就是最好看的。”

“苏老师……”陶然的声音小得都快听不到了——不太好意思。再说了，她是来安慰苏寒山的，是要给苏寒山和病毒斗争的力量的，怎么变成他哄她开心了呢？

“陶陶，谢谢你。”苏寒山的声音再次响起，同时，他手里的娃娃再次出镜。

陶然汗颜，因为这个娃娃做得实在随意了些，皱巴巴的，画功也不太能见人。也是当时太仓促了，不知苏副院长那时会来，不然，她怎么着也要做一个漂亮点儿的，他拿出来也有点儿排面。

“苏老师。”她小声交代，“这个娃娃，你自己悄悄藏着，别拿出来让人看见啊！”

“为什么？”苏寒山不解地看着她。

“忒丑了！下次我做个好看的送给你！”

说实在话，就她送给他的那一堆“作品”，苏寒山实在不太指望她再做一个能有多好看，“不用了，这个就很好。”

陶然已经暗暗下决心要重做一个好看的，她固执地鼓起腮帮子：“反正先别把这个给人看。”

“好。”他答应得特别好。

他那边来了护士，应该是给旁边的病人换药水瓶，看见了他手里的娃娃，和他说话：“呦，苏主任，这娃娃真可爱，谁家孩子送的吗？”

陶然听见无语了，自己的水平真的差到和小孩一个档次吗？

只听苏寒山在那儿纠正：“不是，女朋友送的。”

陶然觉得一瞬间自己的头发都一根根竖起来了。自己都跟他说了千万不要给别人看，他倒好，直接说是女朋友送的？！

护士好奇了，八卦地凑过来：“这是在跟女朋友视频吗？我看看。”

陶然心想：现在关视频还来得及吗？

当然来不及了！

只见护士出现在他的画面里，一眼看到陶然，顿时惊道：“陶然！”

陶然看到护士胸牌上“北京北雅医院”几个字就晕了——这护士就是当初跟她一起吃十五盘肉的姑娘……

苏寒山那边是怎么敷衍过去的陶然不知道，她忙着遮脸呢……

直到听见苏寒山叫她：“别遮了，人都走了。”

她松开手，果然只看见苏寒山含笑的眼。

“苏老师，你以为我在遮我的脸吗？我遮的是你的脸啊！你想想，你女朋友送的礼物这么丑，你不要面子的吗？”她急急地道。

“胡说！”苏寒山轻斥她，“苏寒山的女朋友是天底下最好看最可爱的姑娘。”

猝不及防，陶然怔住了。

这，这话也太不苏寒山了。

但她马上也就想通了，生病的人最是脆弱，往往会做出和平时不一样的举动，她见多了。

“陶陶，谢谢你。”那端，苏寒山的手指轻轻触在屏幕中她的脸上。

陶然不以为然，谢什么呢？就这么个丑丑的小礼物还值得谢吗？

“苏老师，你要乖乖听医生的话，不能因为自己是医生就自以为是大意了啊！只要你听话，快点儿好起来，我每天送一个礼物给你，保证都美美的！”陶然信誓旦旦。所以，苏老师，你要赶紧好起来啊！

“好。”他看着屏幕微笑。

傻姑娘，谢谢你来到我身边啊！

时间一点儿一点儿过去，陶然对着桌上几个娃娃皱眉。她努力了，但好像并没有一个娃娃能比送出去的那个更出彩。苏寒山曾用四个字来形容她还真没错：灵魂画手。

苏老师，你一定能透过娃娃丑丑的表象看到我的灵魂！

她躺回床上休息，耳边响着苏寒山刚才的话：“陶陶，别再傻乎乎地做娃娃了，这个我就挺喜欢的。”

“傻姑娘，你笑起来的样子就是最好的礼物。”

“陶陶，把你的笑容送给我就好了。”

陶然拿过手机，对着相机照来照去，微笑，眯眼笑，咧嘴笑……

各种笑试了个遍，她也没法肯定苏寒山说的话是真是假，自己笑起来的样子真的好看吗？她放下手机，心里沉甸甸的。但是，不管心里如何担忧，心情如何阴郁，自己还是要笑啊……

陶然是苏寒山女朋友的事让所有人都炸锅了。

其实，这个所谓的“所有人都炸锅了”纯属林晓窦的个人观点，在她看来，这绝对是个能把全北雅炸沸腾的新闻，她自然也就认为所有人都和她一样震惊了。

再见到陶然，她简直是飞奔而去的，站在陶然面前喘着粗气：“你……你……你和苏老师……你们……”

陶然于是明白，小豆这是知道了。想起小豆以前总警告她不能当小三，她想着要怎么跟小豆解释清楚，结果，小豆哇的一声就哭了出来：“陶陶，你怎么办啊？苏主任他……”

陶然倒是平静得很，看到小豆哭成这样，她好像突然之间就长大了。

是啊，她必须长大。

六年前，爸爸的病几乎让整个家陷入绝望，苏寒山答应她会治好爸爸，那时候她就信了，觉得有医生这么斩钉截铁地承诺就不再害怕，其实，那时候她心理就是在依赖他。

这次爸爸生病，她根本就不知道，苏寒山把自杀的爸爸从家里拯救出来，对她说，一切有他。她惶惶然的心突然就有了支撑，她便信了他，信了一切有他，心理还是依赖他。

如今呢？她没什么人可以依靠了，尚未完全康复的爸爸，生病的他，她要一个人撑起所有，忽然之间觉得肩上沉重了不少。

“小豆。”她笑了笑，“走啊，该去食堂吃饭了。”

“不是，可是……”

“小豆，我没有当小三。”她郑重地说。

“我知道。”小豆抽噎着，“我难道还会怀疑吗？我不是说这个。”

那是说什么呢？

其实没什么可说的，一切尽在不言中。

“如果是我男朋友遇到这样的事，我肯定……肯定崩溃了。”

陶然默然。她也崩溃过啊，深夜的街头一路狂奔去找他的那个傻子，就是崩溃的她啊……

苏寒山入院一周，科室里如常运转，陶然依然每天笑语盈盈，那个每天在医院查房、抢救、诊治，忙得团团转的苏寒山，那个即便是休息也会被电话召唤的苏寒山，那个好像医院一天也离不了的苏寒山，就这么从科室消失了，却好像对科室也没有什么影响。

漫漫星河，一颗流星坠落，谁又会知道天上的星星少了一颗？

直到那天，36床何奶奶也要转去普通病房了，陶然恭喜何奶奶，握着何奶奶的手，笑道："奶奶，去了普通病房，再努力一段时间，就能出院了，祝贺你，奶奶。"她心下想的却是逝去的陆明和住院的苏寒山，酸酸的，难受。

何奶奶半点儿不见喜色，反而忽然问陶然："苏医生呢？"

陶然一愣，完全没想到何奶奶会突然这么问，被问住了，她该如何回答？

何奶奶现在的情况好了很多，表达也清晰了很多："苏医生，很久没看见他了。"

"他……"陶然哽了一下，笑答，"他换去别的病区了。"

何奶奶的眼里写着怀疑："真的是去别的病区了？"

"是啊……"陶然怕何奶奶再追问，忙改问何奶奶有没有哪里不适。

何奶奶摇摇头，陷入沉默。

陶然松了口气，片刻之后，却听何奶奶突然说道："陆医生那个时候……"话说到这里，却不再说下去。

陶然微怔，没有接话。

何奶奶摇摇头："但愿我的预感是错的。"

陶然装听不懂，对着何奶奶笑笑。

何奶奶今天精神头儿不错，要了她那个宝贝盒子来，打开，一张张看。然而，原本一天也不曾间断的信在一周前出了差错。

苏寒山被隔离那天，在手机上把这项任务交接给了黄医生，黄医生应了下来，但还没来得及写，就转进来新的重症病人，他忙来忙去就把这事耽搁了，后来想起时，赶紧补了一封，交给了当时上班的小米。小米和黄医生都不知道，在那之前，理哥上班的时候就写了一封给何奶奶，所以，那天，何奶奶收到了两封信。

两封字迹不同的信，都署名“陆明”。

大半天的时间，何奶奶都拿着这盒信在看，到了下午，何奶奶就恹恹的，有些不好的样子，连陶然下班前和小米一起要给她吸痰，她也不配合。

“奶奶……”陶然其实心里有些明白是为什么。

何奶奶摆摆手：“你给我说实话。”

陶然心想，陆明的事大概是瞒不下去了，于是答应奶奶，先吸痰，她就告诉奶奶实话。

“你先说！”奶奶的语气很重。

两人拉锯战似的你来我往，最后陶然总算占了上风。倒不是她说服了何奶奶，而是何奶奶见她急得眼泪都快出来了，终于心软了。

等陶然忙完，和小米交接完毕，一直等着的何奶奶才道：“就一句话，你告诉我最重要的那一句就行。”

她还有什么可说的呢？这情形都这么明显了。

陶然低头，小声道：“陆医生他……”

“不是这个。”何奶奶打断了他，“我问的是苏医生，他人呢？”

“……”陶然微惊。

何奶奶叹道：“陆医生不在了，我早知道了……”何奶奶抚摸着那个盒子，眼泪流了下来，“信早就不是陆医生写的了，我老婆子是病了，不是瞎了，我早就知道……”

“奶奶，你别哭……”陶然眼眶湿湿的，她忍住眼泪，给奶奶擦泪。

何奶奶看着她，泪眼婆娑地说：“陆医生……苏医生……你……你们……都是好孩子，好人，好人为什么不能平安呢？你告诉我，苏医生真的是调去别的病区了？”

陶然默然。

“姑娘，你可是答应我要说真话的，你不能骗我！不然……不然我有的是法子逼你们说真话！”何奶奶紧紧抓住陶然的手。

陶然垂下头，想起何奶奶那句“但愿我的预感是错的”。

“姑娘！”

陶然闭上眼睛，点点头。

何奶奶的手抓得更紧了：“是……是调去别的病区了，还是病了？”

“病了。”陶然短促地回答。

手背忽然一轻，何奶奶紧紧抓着她的那双手松开了。

陶然睁开眼，只见何奶奶躺在床上，默默流泪。

“奶奶，你别担心……”

“我怎么能不担心？陆明当初也是让我不担心，你们这些孩子啊……”何奶奶难过地抱着盒子，“你们还这么小，一辈子还这么长，还能做许许多多事，为什么不让你们好好活着呢？怎么不让我去死呢？我去死好了，你们还救我干什么？让我去死吧……”

“奶奶，你可不能这么想！”陶然忍住哭腔，唯恐何奶奶想不开，“你想想去世的陆医生，想想苏医生，他们最大的希望就是治好你们，让疫情快点儿结束，他们费了那么多心力，你可不要让他们失望，别让他们的心血白费了啊！”

何奶奶流着泪摇头：“丫头啊，我曾经也是这么想的啊。陆医生还在的时候，我对自己说，陆医生是我害的，我要努力活着，要努力好起来，要给陆医生希望，我一个老人家都能好，陆医生也能好！后来，我看出来陆医生不在了，我更加坚定地对自己说要活下去，陆医生是为了我牺牲的，我不能让他在天上都不安宁，可现在……现在……让我去死，换你们这些好人好好活着吧……”

“奶奶！”陶然终于忍不住哭了，“奶奶，苏医生他会好好活着的，会的！”

何奶奶把宝贝盒子交给了陶然。

她说：“我不是医生，没有能力，很没用，不像你们，天使一样降落在人间，把希望和健康带给我们……我只有这条老命，我……真想把我的命换给陆医生，换给苏医生，可是老天爷不要啊……这个，你帮我交给苏医生，还要告诉他，这是他自己一个一个写下来的字，让他记着他写这些字时的心情，请他一定要坚持，一定要努力，不要学陆医生……”

不要学陆医生……

这个盒子被辗转送到了苏寒山身边，这句话却没能带到，因为，盒子送到的时候，苏寒山病情恶化，病房里一片忙碌，忙着抢救，而那时的何奶奶已经在普通病房里了。

苏寒山的情况很不好，科室打电话把主任和苏副院长都叫来了，决定立即送往重症区。

医护很快做好了转区的准备，推着苏寒山往重症区而去。

经过病房走廊的时候，令人震惊的一幕出现了。

只见每一间病房门口都贴着一张纸，上面写着：“苏医生，早日康复！”“苏医生，吉人天相！”“苏医生加油！”

有行动自如的病人索性站在病房门口，手里举着小纸牌，上面同样写着这样的话语，其中就有陶然的爸爸老陶。

老陶手里举着的小纸牌上写着：天佑恩人。

推着病床的医护，目光掠过一个个手写的字，掠过一双双含泪的眼睛，再看着躺在病床上忍受着痛苦的苏寒山，一个个眼泪涌了出来，不知是谁先泣了一声，哭泣声便似能传染一般，此起彼伏。

走完走廊，转过弯，之前负责苏寒山的主治医生便爆发了，边走边哭，哭得停不下来。

主任虎着一张脸，大声呵斥："哭什么哭！都给我停下来！"

他不呵斥这一声还好，一呵斥，主治医生反而更加失控，一个大男人，推着病床，快步不停，却哭得像个孩子。

主任被他气得欲再呵斥，声未出，自己却先红了眼。

主治医生一边哭一边抽噎着："我……我就是想起……苏主任……前期带……带我们一起，手把手教我们……的时候了……现在他自己……"

主任被他说得难受，只能红着眼暗示他，让他顾虑顾虑苏副院长的感受，人当父亲的都没哭！

主治医生想忍，却怎么也忍不住，只是从大哭变成了呜咽。

此时的苏副院长绷紧了脸，面罩背后的脸上毫无表情，连眼神都死一般沉寂，只是在进电梯的时候，脚踩到病床的轮子，差点儿摔倒。

"苏院长！"主任一把扶住他，"不然你先去休息一下？"

苏副院长摆摆手，什么都没说，也没有走，紧紧地跟着病床。

从高流氧到无创呼吸机，苏寒山的血氧眼看着上来了，可持续不了多久，又开始断崖式往下落。

"插管吧！"主任对苏副院长急道。不能再耽搁下去了！

苏副院长沉默了一会儿，点点头，一直站在苏寒山的病床边没动。

主任便以为他要亲自给苏寒山插管，示意护士马上开始。

护士做好了准备，他却没有动。

护士只好叫他："苏副院长。"

"嗯？"

喉镜的镜柄碰到了他的手。

“可以开始了。”护士低声道。

“嗯。”他拿起器械，凝视着苏寒山的模样，伸向苏寒山的手却僵在了半途，一秒的停顿后，他将器械一放：“你来吧。”

而后他迅速转身。

身后响起主任拿起器械的声音，他耳边回响的却是多年前那个温柔而坚决的女声：“我们都要活着回来，可万一，我说万一，那我们至少要回来一个，回来一个陪着小山成年。”

他闭上眼，清亮的液体顺着眼角滑落。

“爸，我妈呢？”

“爸，我学医吧。”

“爸，我去山区了。”

“爸，我回来了。”

“爸……”

苏寒山隐隐约约看到身边有一团穿防护服的影子，他下意识地想看一眼是谁，恍惚中一瞥之下，“苏青云”三个字撞进他的视线。他想叫一声，结果发现自己发不出声音来，而且喉咙感到强烈的不适。

苏副院长却已察觉到他的动静，靠近了，俯身：“醒了？”

苏寒山自己是医生，不用问就知道自己现在是什么情况，喉咙不适应是插管了。

“感觉怎样？”苏副院长问他。

他示意还好。

他只是不知该如何表达此刻的感觉。他曾无数次给病人插管，也曾无数次跟病人及家属细说插管后会有哪些不适，有哪些注意事项，如今却轮到他自己躺在这里，他曾用文字和语言表达的种种情况，他算是亲身体验到了。

他苦笑。

“以后我给病人治病更有心得了。”

不能说，他在纸上写下这么一句话，给他父亲看。只是这字，他觉得以后再没有资格说陶然字丑了……

苏副院长默然，眼前浮现出少年苏寒山拖着一条流血的腿回家的画面，妈妈心疼他鲜血都浸透了校服裤子，他却只倔强地强调“我踢赢了，我们得了冠军”，而后无所谓地把裤腿放下。

多少年过去，倔强的少年长大成人，遭受了生活一重又一重打击，早已没有了锐气，默默掩藏伤痛的习惯却始终不改。

“我是你老子……”苏副院长的声音有些喑哑。他想说：“我是你老子，儿子在老子面前不用逞强。”但，话到嘴边，他终究没有说出来。苏寒山小时候泪汪汪的脸浮现在他眼前，那时候，他却沉着脸告诉儿子要坚强，男子汉大丈夫不能随便掉眼泪。那时候，苏寒山有一阵特别黏人，喜欢牵着、贴着、抱着他，他也是说男子汉大丈夫要坚强，不能黏黏糊糊……

苏寒山从来不曾让人失望，后来坚强得让人心痛，坚强到无论是母亲牺牲还是爱人去世，都没有表露一丝悲痛。

苏副院长闭了闭眼睛，短暂地沉默后，声音变得铿锵：“我们会让你站起来，再回到岗位给病人治病！”

苏寒山微微笑了笑。都是医生，他还能不明白这套路？他深刻地记得，那年父亲也曾这样向他保证：我和你妈妈会毫发无伤地回来！

当然，他并没有责怪父亲的意思，就如当年他答应陶然“我一定会治好你爸爸”时一样，答应的时候，大家都是怀着一颗虔诚的真心。

苏青云站在床边，手就垂在两侧，他抬手就能够到。苏寒山耳边依稀传来孩子软糯糯的声音：“爸爸，爸爸等等小山，牵牵……”

大人的声音回应：“说‘我’，别总‘小山’‘小山’，男子汉自己走！要坚强！”

苏寒山的眼眶有些湿。他并没有说过，那时候因为看了小孩被偷的电视新闻，有一阵很害怕自己走在路上被人抱走……

他的手动了动，不知道碰到了什么，他赶紧收住，之后一动不动。

陶然身上的防护服从来没有这么重过，她觉得自己走向病房时，身上像是压着一座大山，每一步都走得沉重，却又不得不快步向前，耳旁还回荡着老陶和蓝女士痛哭的声音，这些声音灌满了她的耳朵，震得她耳膜发痛。

“女婿病了你都不告诉我啊……”

“恩人进重症了，陶陶，恩人进重症了！”

“陶然，36 床收入新的重症病人，苏寒山。”

陶然走进病房时，看到的就是这样一幕：苏寒山插着气管插管，连在呼吸机上，侧卧的身体显得那么无助而弱小，与每一个重症病房的病人一样，虚弱单薄，被阴郁笼罩，周围的仪器发出嘟嘟嘟的声音。苏副院长站在床边，父子相对无言。

陶然到此刻还是不能相信自己的眼睛，36 床的名字变成了苏寒山，躺在病床上那个人是苏寒山。

36 床是何奶奶，她分明已经转去普通病房了！

眼眶涩痛得厉害，陶然拼命咬住唇，仰头，忍着不让眼泪流出来。

模糊的视线中，她看见病床上的人费力地抬起一只手，向着她的方向轻轻招了招。

她的眼泪差点儿就崩了。

他知道了，他知道她来了，他在召唤她……

她心里突然就冒出一个小人儿，叉着腰在那儿训斥她：“陶然，你怎么可以这样？苏老师现在是最脆弱的时候，苏老师需要你，你却只会在这儿难过！难过有什么用？你的勇气呢？你的职业素养呢？你手把手将这间病房里的一个个重症病人扶起来，送出去，面对苏老师的时候怎么变成了㞞包？陶然，你给我打起精神来！”

一股不知名的力量自脚底而起，一直冲上头顶。

是，陶然，打起精神来！就像当初苏寒山告诉你一定能治好你父亲一样，去告诉他：别怕，你是他的后盾，一定能让他毫发无伤地走出这间病房！陶然，你不能倒下！

“苏老师！”她把情绪注入声音里，让声音听起来像春日里一颗饱含蜜汁的浆果，她快步走到病床边，抓住苏寒山那只微微抬起的手，“好了，现在你终于落到我手里了，哼哼，可得让我想想，从前给你干活儿时受的委屈要怎么报复回去了！”

那副小人得志直哼哼的模样是标准的陶然，她却偏偏忘了，红肿的眉眼明明是哭了好久的痕迹，隔着护目镜，病中的苏寒山不一定能看清，苏副院长却是看得清清楚楚。

父子间紧绷的氛围因为她的出现而被打破，苏副院长站开了些，把位置让给她。

她当仁不让地站了过去，若不是此时还握着苏寒山的手，估计要叉腰才能和她的语气匹配了：“苏老师，我告诉你，从现在开始，你一切都要听我的，我让你干什么你就得干什么。我说东你不能往西，哦，你现在也往不了西。我让你往左翻你不能给我往右翻。我让你老实休息睡觉觉，你不能给我硬扛着瞪眼睛。我不让你吃东西的时候你不能闹脾气，我让你吃的时候你不能给我耍性子……总之，但凡你有一点点不听话，我就……”

就怎么样呢？苏寒山、苏副院长和小米都在等她的下文。

“就……”陶然瞟了眼苏副院长，“就请家长，哼！”

她还直接问家长：“苏院长，你支不支持我的工作？”

苏副院长原本一直绷着的脸有松动的痕迹，他还没说话呢，苏寒山就要来纸笔，然后在纸上写了一行字：她欺负我。

陶然把纸抢过来，啧啧直叹：“就这字，就这样，啧啧，还有资格笑我的字丑丑的呢，苏老师，你才是灵魂书法家吧？”

她把纸往苏副院长面前一展：“苏院长，我就欺负他了，您说怎么着！”

苏副院长手一挥：“尽管欺负！”

“哼！”陶然的表情更加得意，将纸往一旁的桌上一拍，“苏老师，你先有力气写字了再给我撒娇！”

撒娇吗？

苏副院长看了儿子一眼，只见苏寒山青灰色的脸上好像浮起了淡淡的光。

陶然双手捧着苏寒山的手，气势磅礴、气场强大地宣布：“现在，我宣布，我们一家人当前的目标就是，全家一条心，战胜病毒，早日康复！谁也不许给我拖后腿泄气，谁要不听话违背这一条，我可是要秋后算账的！”

说完，她瞥了苏副院长一眼，鼓起勇气，眼一闭，一把抓过苏副院长的手，盖在苏寒山的手上，三人的手叠在一起，算是完成了仪式。

妈呀，她还是第一次抓苏副院长的手……

陶然呼出一口气，在他们父子俩的手上拍了拍：“你们俩再聊聊，我去和小米交接。”

然后她转身大步往小米那边走去。背着他们父子的，是她眼角绷不住的点点泪光。

小米看着她，不禁动容，她悄悄做了个“嘘”的手势，让小米替她保密，千万不能让他们父子俩看出她的崩溃和脆弱。

苏副院长和苏寒山的手还叠在一起。

苏寒山有些不自在，轻轻把手往回缩。

苏副院长却一把按住他的手，然后屈指握住了他的手。泪忽然涌进了苏副院长的眼眶，在他的记忆里，那个嚷着“爸爸，牵牵”的小寒山伸到他大掌里的还是一只软软嫩嫩的小肉手啊……

苏寒山也怔住了，手被父亲握着，一动不敢动。

“咯……”苏副院长清了清嗓子，“儿媳妇不错。”

“……”儿媳妇？

苏副院长脸一板：“刚刚都一家人了，怎么，你还想不认账？”

苏寒山隐忍的表情松了松，勉强笑了笑。

“就算为了她，你也要挺过来！”苏副院长的手用了力，握得更紧了，一字一字，目光坚定，“这一次，爸会牵住你，牵得紧紧的，绝不放手！”

苏寒山再次怔住，眼眶慢慢泛红。

陶然从来没这么累过，不，不仅仅是她累，大家都累，因为都在演戏，演一出叫《亲爱的，请放心》的戏。

陶然自己在演，苏副院长在演，苏寒山也在演，温馨、平和、充满力量，但，转身之后，大家都只感到用力过度后的极度疲惫和苍凉。

要下班了，陶然握着苏寒山的手，久久舍不得放开。

苏寒山抽出手，写字：回去，睡一觉，漂漂亮亮地来见我。

陶然寻思：信你个鬼！全身包得这么严实，你还能看见漂不漂亮？

“回去！”苏寒山费力地动了动嘴，却发不出声音来。

陶然赶忙答应：“好了好了，我走，我马上走，你老实点儿。”她回头看了看身后的理哥，然后转回头，低头附在他耳边小声说：“等下那个……理哥给你擦身的时候，你也要想象那是我！”

理哥：“……”

苏寒山：“……”

陶然放完炸弹就跑，到门口朝苏寒山挥挥手，再朝理哥挥挥手，溜了。

理哥和苏寒山两人相对，一个躺着，一个看着，两人的眼神都充满了：只要我自己不尴尬，尴尬的就是别人。

苏寒山拿起手边的纸笔，写道：她故意的，逗我开心，别介意。

理哥瞥了一眼，心里发酸，谁不是在苦中作乐？

“那擦是不擦？我对你的贞洁也没兴趣！”理哥也故意道。

苏寒山写下一句“她说要听你们的话”。

没有标点的一句话，字更是写得乱七八糟。

理哥哼道：“给她写的就清清楚楚，给我写的就这么敷衍？苏主任，你啊，让心外科的再来看看，是不是心长偏了呀？”

苦中作乐的日子里，大家都学会了打哈哈。

苏寒山强撑着，笑得很勉强。

理哥忍不住哀叹：“算了，别逞强了，难受就出声，我不是她。”

黄医生来病房，看了苏寒山的情况，跟他沟通：“镇静的量……”

他才说了这几个字，苏寒山就瞪大了眼睛，摇手，无力却坚决。

他向陶然承诺会听医护的话，但保持清醒是他唯一的坚持，而且，他本来就是清醒的！

作为一个医生，自己还做不到高度配合吗？

——这是他的理由。

不痛。他指指插管，摇摇手示意。

黄医生和他双眼相对：“我知道你配合度高，可是……”

苏寒山牢牢地盯着他的眼睛，哪怕虚弱，哪怕无力，眼里的坚持却始终不改，无声地表达：不，我不睡。

我不睡，活着的每一分每一秒都那么珍贵，如果真的要离开这个世界，至少，让我多看看她，哪怕只是多看一眼，多看一秒，多陪一刻。哪怕是这样一个残破的、无用的我，我也舍不得，舍不得她柔柔的蜜糖一样的声音，舍不得她忽闪忽闪一会儿一个主意的眼睛，舍不得她戴着手套也小小软软的手，舍不得太多太多，所以，就算是离开，我也要看着这一切离开，不错过仅有的一时、一刻……

黄医生无奈，他倒是可以无视此人的反对，开药直接让护士泵入，但这人实在可恶，作为这个行业里的权威，就没什么能瞒过他，真逆着他的想法而行，只怕真如他所说，一旦不配合，他什么都能做出来……

陶然走出病房时脚步轻松，甚至有些做了坏事遁走的调皮，但一到门外，整个人就沉重下来。拖着两条腿，全身汗湿，对她来说是常态，但现在这一身比从前任何时候都重，重得她几乎难以负荷，重得她已在病房里耗尽了所有力气，此刻连说话都觉得费力。

陶然一声不吭地穿过一扇又一扇门，沉默地脱下一件又一件防护，穿上自己的衣服，出病区的时候外面艳阳高照，照得她眼睛都有些睁不开。

不远处传来的欢呼声叫醒了她的耳朵，她顺着声音看过去，原来是有人出院了……

真好……

她远远地站着观望，鲜花、笑脸、掌声、想要拥抱却依然保持着距离的热情，都欢腾得让人欣慰而羡慕，甚至，还有人从车里拿出一条横幅来，拉开，上面贴着剪出来的字：欢迎爸爸回家。

红艳艳的横幅啊，载着满满的喜庆，看得陶然忍不住弯起了唇角，可是笑过之后呢，心里的沉甸甸，越发重了。

“陶……陶护士？”有人叫她。

她凝目一看，因为都戴着口罩，她一时没能认出这位女士是谁，对方怎么会认识她？

“是我啊！ 38床，我是他妻子啊！你忘了我了？”

女人就要去扯口罩，电光石火间，陶然脑海里闪过曾经的一幕，条件反射往后退。

女人却停止了动作，把口罩戴好了，冲她挥手："你别怕，别怕，我不会再喷你了！"

陶然已经退后了几步，站定，冲她点点头："你好。"

女人看起来还很兴奋："终于见到你了！我每次来医院都想看看能不能遇上你，可是一次都没碰到！"

陶然还是有点儿蒙，找她？

女人欣喜的表情里带了些难为情："那个……我们很快就能出院了。"

"是吗？那可真是太好了！恭喜啊！"无论怎样，这都是一个值得高兴的消息；无论怎样，38 床艰难的康复之路上她也曾出过力。

"谢谢！"女人也很高兴，耳朵却泛了红，"那个……我……"她垂下眼睛，欲言又止。

"嗯？"

"我……我想……"女人结结巴巴的，声音也慢慢小了，"我想对你说声对不起，还有……谢谢你，谢谢你们……"

"哦……"陶然明白过来，笑了笑，"不用了。"

"我……我是认真的！"女人急道，"我那时候着急，急得乱了方寸，做了些不理智的事……哦，我还准备了礼物，一直带着呢，想着如果遇到你，就交给你。我心里清楚，我老公能康复，你们病房的护士功劳是最大的！我一共带了四份，你帮我交给其他三位……"

女人说着去背包里掏东西，边掏边说："对了，听说你父亲也病了，真的很抱歉啊，你们真的挺不容易的，对不起，我当时还……"

"我也是认真的。"陶然忙道，"病人康复，对我们来说就是最值得高兴的事了，尤其还是在今年这场疫情里。你别忙了，我走了，再见。”

陶然见她拿出来的东西像首饰盒子，赶紧快步跑开了，38 床的妻子还在后面边喊边追，她只好跑得更快了，心里难受极了。她父亲已经快好了，只是，她深爱的人又病了，这样的日子快点儿结束吧……

第十章 你是我的生命之光

陶然有任务了。

再次走向病房时，她耳边回响着刚才的谈话。

黄医生说：“我是说服不了他的。”

苏副院长的话则沉重很多：“他一向极有主见，拿定主意的事，谁的话也听不进去。我跟他三十多年父子，父子关系肃穆多于亲密，我是父，是师，从来不是友，但又没人比我们更了解对方，彼此疏离，却又最为熟悉。他这样坚定，看似坚强，其实恰恰证明了他内心里脆弱至极，这个反应，他心里已是奔着……不治去的，奔着陆明的路去的。你知道陆明最遗憾的是什么吗？是至死没能再见到亲人一面，没能陪着妻子生下孩子。”

所以，他一定要在能看到的日子里一直清醒地看着吗？

一根筋的陶然算是在这番话里找到了关键，同时，这段话的每一个字都如针，字字扎得她痛不堪言。

他怎么就奔着不治去了呢？她都这么警告他不准泄气，他怎么就不听话呢?

苏副院长还说:“人过度坚强，往往是为了遮掩他背后的脆弱。在你眼里，他是不是很强大?是不是很坚韧?你看他自生病以来，哪怕插着管，都不曾哼过一声。可是，这不是真正的强大。真正的强大是敢直面自己的脆弱，而不是伪装成我很强大的样子。他之所以这样，是因为，他不得不伪装，小时候就是如此。他从小就缺乏安全感，所以不得不自己揠苗助长，把自己打造成什么都不怕的大人模样，这样才能骗过忙于工作的我们，同时也骗过了他自己，连他自己都以为他就是他伪装成的样子。这三十余年里，无论经历了什么，他从不倒下，连难过都不被允许，但那个从不离身的闹钟暴露了真实的他，他的心里永远住着一个没有安全感、渴望有人牵着他的小男孩儿。这其中，我这个当父亲的应该负起一部分责任，是我没做好，而当我意识到这一点，想要改变时，已经晚了，我想要保护他的时候，他已经不需要我保护了。我从小教他，要做男子汉，不能孩子似的娇气，可当他真的成了男子汉时，我才发现，他在我心里，永远是孩子。”

陶然那时脱口而出的是:“我保护他啊!我会保护他的!我会牵着他的手，给他安全感!”

苏副院长于是交给她一封信，告诉她:“这是他放在房间里的，让我取出来转交给你，我没看内容。”

那封信，到现在为止陶然也没看，在她的外套口袋里，但她知道，信是马奔奔写的，因为信封上写着四个字:火烧亲启。叫她火烧的还能有谁?她不明白的是，这信怎么会去了苏寒山那里。什么时候到他那儿去的?

不过，这些都不重要，重要的是，她已经走到病房门口，而36床上，她的苏老师正在忍受病痛。

她略微站了站，不带什么情绪地走了进去。

和平常一样，跟小米交接工作，做每天的日常护理，从前是怎样，此刻还是怎样，就连来到苏寒山身边，陶然也无丝毫异样。

但，没有异样就是最大的异样。

并不是说陶然工作上有什么问题，完全没有，她护理病人无微不至，声音洪亮，鼓舞着每一个人，热心热情，业务熟练，可情人之间的默契就是这么莫名其妙，苏寒山哪怕是病着，也能感觉到陶然今天的不同。

待她来到自己床前，他拉住了她，以眼神询问：怎么了？

陶然没答话，忙着自己手上的事。

这明显不寻常！

苏寒山拉着她不放。

“等一下。”陶然开口，没有饱满的热情，声音也没有蜜糖似的甜润，反而淡淡的，和跟其他病人说话时完全不同。

这还没问题？

苏寒山紧盯着她。

她忙完手里的事，终于把目光落在了苏寒山脸上，苏寒山竟然惶惶的，躲开了她的目光。

陶然用手指着他的插管：“难受不？”

苏寒山常规回复：不难受。

她继续问：“难受不？”

连续问了好几次，苏寒山被问蒙了。

陶然一改平时在他面前的活力四射，更别提那些耍宝似的逗趣，整个人沉静下来，沮丧的气息由内而外，穿透层层防护服，溢了出来。

他和她之间的气氛从未如此凝重过。

苏寒山微闭着眼，不去看她，手指却悄悄地蜷了起来。

“你刚刚问我怎么了。”她的声音轻得像一缕风拂过，羸弱无力。

他的眼皮几不可察地一动。

“我不太好，苏老师。”

细声细气的一句，闷着，忍着，忍不住了，泄出来一缕气。

苏寒山想起刚带回那只加菲时，它钻到沙发底下，怎么哄都不肯出来，自个儿待在最狭窄的角落里，时不时有一声细小的呜呜传出来，好像受尽了孤独和委屈。

情况不太好啊……

她这样是因为他吗？

他到底还是连累了她……

如果，如果他从头到尾都只是苏寒山，她只是陶然，就像那年她初到北雅，满脸泛红，蹦着跳着来到他面前，明明很兴奋却还要装着镇定的样子说“苏主任，您好，我是陶然”，而他淡淡地回了一句“你好，欢迎来到北雅呼吸”那样，是不是今时今日情况就不会这么糟糕？

都是他的错……

但错已经犯下了……

明明自己每天都忍着，已经忍了那么些年，到最后却没能忍住。

她哭了吗？

又或者，她并没有。

她总是这样，在他面前扮演快乐豆的角色，永远阳光，永远强大，总是说要保护他，要保佑他，她明明是个比他小十岁的小姑娘……

他缓缓抬起手，睁开眼，但除了一团防护服，什么都看不到。看不到她的模样，看不到她有性格的头发，更看不到她是否流泪。

他凝目看着自己的手指。这指上，沾过风，沾过雨，沾过血，沾过泪，沾过这人世间的尖锐与疼痛，却从来没有一滴她的泪落在上面。

他什么也没给过她。

他什么也给不了她。

对不起，我不该打扰你。

他颓然，身体的痛苦渐渐盖过了理智，无力的手垂下，无意识地落在插管上，但迅速被人抓住，一声声急切的“苏老师”把他的意识拉了回来。

黄医生迅速赶来，要给他泵入镇静剂，他激烈反对。他很好！他耐受！他刚才没有要拔管！只是个误会！

但他表达不出来，只能用动作和眼神死命反对，只要他们真的用镇静剂，他就真的拔管！

“苏老师。”

手却被人紧紧地握住，很紧很紧。

一声比一声更急切的“苏老师”响在耳边，他知道是她，没有睁眼，但安静了下来，她的声音穿透所有身体的痛苦，像是在一团混乱中突然响起的晨钟，诸音退散，躁乱隐伏。

“我在这里，苏老师，握着你的手。”

他听见了，却没有睁眼。

“苏老师。”她一下一下抚摸着他的手背，像是在安抚他混乱的身体和心理，“我会一直在的，可是，我现在不太好。”她明显忍着哭腔，“苏老师，我从前一直都在骗你，我是假装的，我成天快快乐乐，傻呵呵的，其实都是假象，我这里，其实很痛，很难过，我知道，你也很痛，很难过……”

痛……

他怎么会不痛呢？

他哪儿哪儿都痛。

“我常常想，只要我假装不难过，就会真的不难过了；只要假装很开心，周围的人就都会跟着我开心了。可是，苏老师，痛，它是一种病，它不会因为假装而消失，就好像我们给病人治病，一定要病人诚实地把病症都说出来，我们再给药治疗，才能最终痊愈，是不是？”

“苏老师，你是我的痛，也是我的病。”

“苏老师，看着你痛，我更痛了。”

“苏老师，我不想你痛，你也不想我痛的，对不对？”

“苏老师，如果没有你，我终生都不会好了，这一辈子都会痛的。”

苏副院长说，苏寒山一生坚定顽强，即便母亲、爱人去世也不曾表露过悲痛，这话陶然是不认可的，陶然是见过苏寒山的伤与痛的，不然也不会将丁香树下那双泛红的眼睛记了六年，就像此刻，他依然闭着眼睛，却有点点晶莹的光在他的睫毛上闪烁。

谁的刚强与坚定背后没有一颗柔软的心？谁把伤与痛牢牢包裹起来不是因为没有人可以示弱？

“苏老师……”陶然哽咽了，满腹的话语突然之间说不下去了。病房里陷入了沉默，只有仪器在嘟嘟嘟地响着。

“苏老师，你有没有失望？原来我不是你看到的样子，原来我也有这么不堪一击的时候。苏老师，我告诉你一个秘密。我这一路走来为什么能这么坚强？是因为在我心里一直有一个支撑，只要想到这个支撑，我就什么都不怕了。苏老师，你知道这个支撑是什么吗？”

苏寒山心里倒是有一个猜测，就听陶然哽咽着说：“苏老师，这个支撑就是你。”

和他心里所想重合，只是，这重合像是一块重重的铁板砸下来，砸得他胸口生疼。

“苏老师，我爸生病那年，你告诉我，你一定能治好我爸，而你真的做到了，从那时候开始，我就把你当成了我的信仰，我要成为和你一样的人。我努力读书是为了向你看齐，我拼命留在北雅是为了和你在一起，我选择呼吸与危重症也是为了在你身边，甚至，来援医之前，周主任问我怕不怕的时候，我想到你在这里，我也敢大声答‘不怕’。在我爸感染病毒进重症的时候，你说一切都有你，我就充满了勇气。所以苏老师，有一句话，我一直想对你说，但六年了，我都不敢。

“苏老师，你是我的生命之光，在从前所有的日子里照耀我前行，如果没有你，我的光，就灭了，苏老师，你知道吗？”

我的光，就灭了，你知道吗？

我的光，就火了，你知道吗？

她用沙哑的声音说出来，轻轻的一句，像一记记重锤，锤在他的耳膜上，锤在他的脑门上，锤在他的心口上……一声一声，连绵不断。

他身上所有的疼痛都在加剧、翻倍，睫毛上的点点晶莹变成液体，奔涌而出。

“苏老师，答应我，听医生的话；答应我，好好活下去。”

他没能说话，但紧紧握住陶然的手，给了答案。

至少，他是答应听话的。

“黄医生！”陶然哽咽的声音里带着欣喜。

隔着面罩和口罩，苏寒山依然能想象此刻的陶然是什么样子：含着眼泪吧，眉目飞扬吧。听得出来，她是真的高兴。如果，他彻底的配合能让她开心，那就妥协吧，至于最后能不能活着离开这张病床……

至少她是高兴过的。

六年了，他总得为她做点儿什么。

陶然握着他的手，一直放在她的心口。

苏寒山看着自己的手，努力舒展眉目，那是他目前最大限度能做出来的微笑。

“苏老师！”她朗声叫他，尾音有着她特有的味道，第一声发得很重，这三个字的重音都到了“师”字上。他不知道这是南方普通话的特点，还是她独有的发音，毕竟，他也没听过第二个南方人叫他苏老师。

但他觉得这样叫很好听，六年前她刚来危重症的时候就是这样

“苏老师”前“苏老师”后地叫着。

他眼前浮现出好多画面：女孩在吃饭，女孩给他打针，女孩从他面前经过……

所有画面里的女孩都低着头，他只能看见一个毛茸茸的后脑勺，头发乱糟糟的，每一根都有自己的个性……

他又想起去买猫，一只胖加菲整个脑袋都埋在食盆里，只看见一个后脑勺一拱一拱的……

这些画面是破碎的，断裂的，在身体疼痛和不适的间隙里插进脑海，身体痛着，他却想笑……

他听见一个惊喜的声音：“苏老师，你笑了！你在笑吗？”

散乱的目光慢慢聚焦，他看着眼前这个面罩和面罩后模糊的容颜，动了动嘴。

“苏老师，你说什么？”陶然什么声音也没听到，赶紧拿了张纸。

苏寒山却不肯动笔，只继续动了动嘴。

“苏老师，你写，别说了！”陶然急了。

苏寒山微微示意，努力隐忍着，用他以为的含笑的目光看着她，继续说着那两个字。

“苏老师！”陶然贴近他，“是‘疼’吗？”

苏寒山还是否认，继续说。

“辛苦？是‘辛苦’吗？”

“生活？”

陶然忽然灵机一动：“酥饼？苏老师你是在说‘酥饼’吗？”

苏寒山安静了，含笑看着她，尽管这笑被不适扭曲得根本不会有人觉得这是笑。

陶然一时不知所措，握着苏寒山的双手都在发抖，声音也在发抖：“苏老师，你知道我是酥饼？你是知道我是酥饼吗？你怎么知道我是酥饼的啊？你什么时候开始知道的？”

什么时候开始的呢？苏寒山看着她，眼前浮现出的是多年前他途经医院后门一家花店时的画面。当时他听见有人咋咋呼呼的，似乎还提到了自己的名字。他承认他那时候不大地道，躲起来看到底怎么回事，结果，看见的是一个黄毛小丫头在跟花店老板争执。

“哎哟，姑娘，这花不是用来卖的，是我自己种着玩儿的。”

“我不管！我就要这花。”

“这花有什么好啊，不名贵，还长得忒俗气，你看看旁的吧。你送给医生，选点儿白百合、白玫瑰，多雅致，多符合‘白衣天使’的称号。”

“你知道个啥！就要红的，我妈说了，送礼就要送红的，红的才喜庆！你看我们小时候，老师发奖都是发大红花，怎么没人发大白花啊？”

“虽然……但是……”小伙子的声音透着无奈，“那你看看别的红花也行啊，这不有红色康乃馨、红色玫瑰……”

“不要！你那些都红得不正！就这，这个好！”

“那……那好吧。”

“我跟你说，我马上要回家了，但是礼物我要送很久很久的，你给我留个电话，就算我不在这里了，以后每年你都要给我送去，给医生苏寒山，你记住没？我会给你转钱的。”

“记住了记住了。但是以后都要送这花吗？我可没有了啊，这花花市都没人卖！”

“那你可以种啊，你放心，你种的花我全包了！”

“好大的口气！你能要多少啊？”

“我要很多的呀，每年每个月的每个节日，你想想得多少。”

“每个节日？元旦、情人节、春节、元宵节、妇女节、清明节……”

“呸呸呸！清明节你也说得出来。”

“你自己说每个节日……”

“得了，我就这么告诉你，除了清明节和中元节那些，每个重要的日子我都要送，要送一辈子的！”

“好了好了，知道了。可是你就这么信任我？万一我收了你的钱不送呢？一辈子那么长呢！”

“哼！你敢！我可是要回北雅来的，到时候我亲口问一问苏医生，如果他没收到，我就要你好看！一辈子那么长呢，你跑得了和尚跑不了庙！”

“哦？你是医学生吗？”

“我还没考大学呢！”

“那你……”

“我会考的呀！我现在高三，我都约好了，下半年我就来北京上学，大学毕业后就来北雅上班！”

“哦？你跟苏医生约好了呀？”

“不是，跟我自己！”

“好吧。那，你叫什么？卡片落款怎么写？”

“嗯……就写……酥饼！”

后来啊，他在每一个重要的日子都会收到一束花，嗯，红色的，红得又艳又俗。他把花放在家里，和他家中极简的装修格格不入，但是，特别喜庆……

再后来啊，小姑娘兴冲冲地跑到他面前，憋着气对他说：“苏医生，你好，我是陶然。”

他说：“苏寒山。欢迎来到北雅呼吸。”

很多年过去了，小姑娘叉着腰和花店小伙子争执的字字句句还清晰如昨，只是，从来没有人来问他：“苏医生，你有没有收到花？如果没有，我就去找马奔奔算账！”

“苏老师，好好睡一觉，我们说好，醒来再见，来日方长！”

来日方长……

是啊，一辈子那么长呢……

幸好，幸好，他该说的，该写的，都在那封信里了，不像陆明，到最后，不能见，不能写……

陶然的防护服在苏寒山的视线中模糊。

再见，小酥饼，一辈子那么长，要继续快快乐乐的，继续傻呵呵的，你的生命里肯定还会有光……

陶然和理哥完成了工作交接的最后一个步骤，站在苏寒山床前没离开。

眼前的苏寒山已经进入无意识的状态，身上插满管子，侧卧的身体薄薄的，感觉和从前她走在他身侧时比，像是被削去了一半。

“走吧，交给我，放心！”理哥小声对她说。

她点点头，轻轻握着苏寒山的手：“苏老师，睡着第一天，你要乖乖的，我明天再来陪你。”说完还看了好一会儿，她才恋恋不舍地下班。

陶然走出病房，和平常一样，绷得紧紧的整个人松懈下来，两边肩膀沉重得仿佛无法支撑住防护服，脑海里全是苏寒山，尤其是苏寒山最后痛苦地笑着叫她“酥饼”的模样。

“酥饼，酥饼……”

他这么叫着，声音是那样模糊不清，换一个人根本就不知道他在叫什么。

可是，他叫酥饼了呢，他知道她是酥饼了呢……

走在医院的通道里，她忽然就暴风般哭了起来，边走边哭，根本止不住，每穿过一扇门，每脱下一层防护，她的哭声就大几分。

小豆也下班了，见她这样，心疼不已，想冲上去安慰她，被高正浩制止，小豆不由得恼怒：我要安慰朋友也错了?

高正浩看着陶然进更衣室的背影，叹息：“让她哭会儿，她太累了。”

从父亲，到爱人，这其中的艰难，让她五内如焚。

陶然边哭边换回自己的衣服，手插进口袋里，却摸到苏副院长交给她的信。

她抽噎着把信拿出来，打开信封，里面却掉出两张纸。

她随便打开一张，信开头的称呼就是“火烧”。

火烧：

你好。

此时此刻，心中千言万语，提笔却只想起第一次见你时你跋扈的模样。你要买花，但你的要求却那么特别，甚至有点儿过分，我却不知道为什么偏偏要答应下来，还真帮你种天竺葵，我觉得自己疯了。

后来，你真的回到了北雅，还是那样嚣张跋扈像个小土匪一样出现在我面前，那时我就知道答案了——小火烧，见到你真的很高兴。

你说你不叫火烧，可我偏偏要叫你火烧，因为我喜欢吃火烧啊，而且，这个世界上只有我一个人叫你火烧吧？

你说，要我帮你种一辈子花，送给恩人。

火烧，我愿意啊，我愿意给你种一辈子花，想叫你一辈子火烧。

我觉得我们特有缘分，你看，在今年这么个特殊的时期，我们都能在同一个地方相遇。

我本来想，我这是流年不利啊，被阻隔在这个对我来说尚属陌生的城市，和它一起经历这场苦痛，但后来见到你，我就高兴了，这个城市对我来说也不再陌生，因为有了你呀，虽然也只有你，可对我来说已经足够了。

我正式加入志愿者队伍，决定为这个城市做点儿什么。我们中很多人都开始写遗书了，就怕万一有个什么，总要给亲人一个交代，我想来想去，决定写给你。只是，心里的话却不能在这个时候说出口了……

火烧，如果，我还有命回北京，那么，到了北京我再说给你听；如果，我们就此别过，以后清明节和中元节你也可以派上用场了，记得在这两个节日给我送一束花，我不要俗气到家的天竺葵，请你提高一下你的审美，给我选点儿雅致的花。

马奔奔留

陶然气得当即就有把这封信撕碎的冲动。马奔奔你留什么遗书啊！这一个个的都不往好了想，往死路上奔是什么意思啊？

她当即就把手机拿了出来，自己骂不了苏寒山，还骂不了马奔奔吗？

电话一接通，她就骂开了："马奔奔，你给我听着！你好好儿的，给我小心点儿！你要是敢死上一死，我就把你坟头全种满天竺葵！"

她刚刚哭过，声音哑哑的，还带着哭腔。

马奔奔被骂蒙了："火烧，你……"

"闭嘴！你才叫火烧！你全家都叫火烧！我是陶然！陶然！你给我记好了！"

马奔奔觉得，果真不该叫她"火烧"了，该叫她"火药"："不是……火……陶……陶陶，你这是怎么了？"

"反正你听好了！你给我全须全尾，一根头发丝儿都不少地回北京！否则……否则……我就去把你的店烧了！"火烧火烧的，她烧火行吗？

说完，她就把电话给挂了。想到已经不再全须全尾的苏寒山，电话一收，她又开始大哭，哭着哭着，发现了掉在地上的那张纸，她捡起来，打开，发现上面竟然是苏寒山的字迹。

她看着看着，渐渐止住了哭泣，因为她看不懂这是什么意思。

苏寒山只写了五个字：马奔奔很好。

他还画了一幅画。

马奔奔很好她知道啊，还用他说吗？这画又是啥意思呢？

画的是晚上吧，天空中好多星星，地上有一男一女，女孩穿着一件蓬松的羽绒服，头发乱糟糟的，和男孩手牵手，男孩手里捧着一束花，哦，不，他俩周围全是花。天上的星星中那颗最大的还画成了人的样子，眼眉都弯弯的，看着地面笑。

她很快认出了那个女孩是自己，这头发不说全世界吧，在苏寒山的世界里就她有，再没别人了。至于男孩，肯定是苏寒山！她送了他那么多花，他整个人都被鲜花包围了！还有他写的这行字“马奔奔很好”是在告诉她，马奔奔是个诚实守信的好人，这些年她在马奔奔家订的花他全都收到了！

陶然觉得自己的理解没错，而且，你看，她和苏寒山手牵手的样子多亲密多温馨啊，那就是苏寒山期待的以后的日子吧？

她沉重的心轻松了一些：苏老师，你放心，只要你不放弃，生活永远都充满希望，我们会有这一天的，会手牵手走过生命的每一个时刻，会幸福得让天上的星星都羡慕我们。

陶然开始一天一天数日子。

苏老师沉睡的第一天，苏老师沉睡的第二天……

手机日历上的日期她也做了备注。

苏寒山沉睡的第五天，老陶出院了。

陶然没能去接老陶，是蓝女士把人接回家的。陶然下班后和家里视频，屏幕上的老陶虽然清瘦了不少，但整个人看起来是健康的，气色、神采和依然在病床上的苏寒山截然不同。

老陶说，大伙儿都好了，他不是他们病房第一个出院的，慢慢地，大家都会康复回家。说到这里，老陶还停了停，才柔声和她说：“苏医生也一样，会好起来的，老天会保佑好人的。”

陶然笑着点头。当然，苏老师一定会好起来的！

放下手机，陶然却盯着床头的画发呆。

苏寒山画给她的画，她就放在床头，夹在一本册子里，日日拿出来看，时不时拿出来看，看见这画，疲惫的心就会重新复活，微笑也会重回她脸上。

苏老师真是的，也学着她画画了呢！

她将画贴在心口，一点儿一点儿从画里吸取能量，一点儿一点儿等着自己的心复苏。

苏寒山沉睡的第七天，38 床转出重症病房。

第九天，35 床转出。

这两张床就此空了出来，后来的几天内都没有危重病人再迁入。

苏寒山沉睡的第十二天，别的医院开始有援汉医护返程。

一切都在朝好的方向发展，仿佛多日阴霾后乍然放晴，整个世界都欢腾起来。

然而，南雅医院重症病区里，周主任和苏副院长却看着一张 CT 片，愁眉不展。

“这是最新的片子。”周主任说着，还把上次拍的片子调了出来。

两张片子比较，可以看出情况并没有明显好转，肺部反而呈衰退趋势，而此时，病房里，陶然发现苏寒山的氧合开始急剧下降……

一时间，病房陷入忙碌和紧张的气氛中，苏副院长和周主任疾步赶来，命令将呼吸机的氧气调到最大，结果不行；他们又立刻命令将苏寒山改为俯卧位通气，终于，氧合开始上升。然而，氧合眼看着要稳下来了，几分钟过后，又开始骤降。

周主任看了看苏副院长的表情，然而，有面罩遮挡，什么也看不清。

周主任心里痛得发酸，苏寒山可以说是他看着成长的，也是他一手带出来的，自苏寒山病倒，他心里就没好受过，他不知道苏副院长怎么还能保持冷静。

在冷静而又快速地评估后，两人最终做出了上 ECMO 的决定。

陶然憋着一股劲，配合 ECMO 团队给苏寒山上 ECMO，和护士长一起轻轻地把苏寒山重新变成仰卧位，而后亲眼看着大管子插进苏寒山的腿和脖子，亲眼看着他的身体被管子又连接到仪器上。

他声息全无，全身插着各种管子，就像一个残破的布偶娃娃，周身都是创口，任人摆布。

上 ECMO 时间不长，但从氧合开始下降，到 ECMO 上机成功，再到氧合开始恢复，到最后氧合稳定下来，陶然似乎耗空了全身的力气，但她不敢松懈，一丝一毫也不敢，因为如今苏寒山的护理工作宛如捧着一碗滚烫的油，氧合指数就像是满到碗口的热油一样，稍稍不注意就开始晃晃悠悠，就连轻微移动都会引起氧合指数下落，更别提还要注意 ECMO 的可能风险，比如出血并发症等。可移动是必然的啊，必须移动他，避免长褥疮。陶然还被告知，一定要注意监测，千万不能出现心脏骤停，苏寒山目前这个情况，如果出现心脏骤停，只怕……

陶然懂，只是，这个“只怕”之后的内容太重太痛，她承受不起。下班了，她走出病房，浑身汗涔涔的，身体再也支撑不住湿透的防护服和两肩的重量，整个人往地上滑，彻底摔倒在地。

这是陶然第一次跌倒，身体不痛，大概是因为穿得厚，但心痛得像是被撕裂了。

她对自己说“不能倒，要站起来”，可她怎么也爬不起来。

最终，几双手拉、托、抱，把她给扶了起来。

护士长让她靠在自己身上，声音也是沙哑而哽咽：“小陶，回去休息几天，我来顶你的班。”

陶然不肯，摇头：“我没事，回去睡一觉就好了。我答应了苏老师，他醒来的时候要看到我。护士长，我先下班了。”

当时在场的还有几个人，也有苏副院长，他也说：“小陶太累了，休息几天吧。”陶然还是那句：“我要等苏老师醒来，苏老师醒来要看到我的。”

陶然走了以后，梅护士长面对苏副院长，哽咽道：“都怪我……”

苏副院长摆摆手：“跟你没关系，那是他的职责。”

人人都这么说不是她的错，可是，梅珊无法释怀，她当时就该拦着苏寒山自己去救人，她宁愿今天躺在病床上的人是她，回来工作的人是他……

口口声声说要陪着苏寒山，要等苏老师醒来的陶然没能如愿，因为北雅医疗队也即将返程。

彼时，陶然负责的 37 床刚刚转入普通病房。

至此，整个援医期间，陶然前后共主管 8 位重症病人，其中一人去世，6 人转入普通病房，还剩一人仍然在病房里——36 床，苏寒山。

其他重症病房的情况也差不多，除了一两个危重症，余下的病人都转去普通病房了，而普通病房里康复出院的人一拨又一拨，南雅医院的人手完全能周转过来，这也意味着，陶然他们这支医疗队顺利完成了援医任务，不再需要留在这里了。

这对陶然来说简直就是一个惊雷。

加入医疗队以来，她无时不刻不期待着这一刻，期待着早日返回，期待着因为疫情而停摆的生活早日回到原来的轨道，但是，这一刻真的来临了，苏寒山却还在医院里躺着，她怎么舍得回去？

最后一天轮班，她交完班，迟迟舍不得走，这一走就见不到苏老师了……

苏寒山的病情到现在为止始终没有好转，身上的管子连着的仪器只是在延续他的生命。

她轻轻握着他的手，很轻很轻，也不敢乱动，唯恐惊动他脆弱的生命指征。

“苏老师，你为什么还没好起来？我都要回去了，你还不想好起来看看我吗？还是，你不要我了？”陶然是真的害怕，苏寒山已经煎熬了这么久，刘雁就是熬着熬着就走了，陆明也是熬着熬着就离开了，他们都那么想活下来，但活下来这件事有时候真的像一个赌局，不到最后，谁也不知道是输是赢。

苏寒山是输是赢，谁能有把握？他的情况并不比陆明好。

想到陆明和刘雁，陶然的心窝子就仿佛针扎一般疼。

病床上的苏寒山已经瘦脱了形，眼眶深深地凹陷下去，原本白皙的皮肤现在是病态的青灰色，而他的头发，不知何时，竟然像是被撒了一把白霜，灰白色一点儿一点儿地渗进了黑发里。

陶然看着，强忍着才没掉下泪来。

“苏老师，我是陶然，陶陶。”陶然知道他听不见，可她还是想说，“你还记得吗，我们说好除了苏总，还要养一只狗的，哦，不，是狗狗叫苏总，那只大胖猫叫什么，你还没告诉我呢，你要记得起来告诉我啊！你还答应我要天天给我糖吃，你记得不？你们大人不能说话不算话，失约可不行！你忘了你给我画的画了？我们以后要手牵手在星空下漫步，要牵一辈子的，到时候，要幸福得让星星都羡慕我们啊！还有，你知道吗，疫情控制住了，我们的愿望实现了！这里面有你的付出，有你的功劳，你不快点儿起来看看吗？而且，我要回去了……”

“小陶……”小米实在听得难过，上前劝阻她，“放心吧，把苏主任交给我们，我们一定会竭尽全力的。”

“小米，你们给苏老师吸痰和翻身的时候都要小心力道啊，重了的话会引起氧合……”陶然照顾了苏寒山这些天，自觉有无数细节要交代给小米，刚说了一句，顿时颓然：小米和理哥还不懂照顾苏老师吗？他俩一直和她并肩作战的。

“没事了。”她喃喃道，站起身，朝小米深深地鞠了个躬，“小米，苏老师就拜托你们了，拜托。”

“哎呀，陶然你这是……”

“我知道，这是我们的工作，可是，我还是想拜托你，以一个家属的身份，拜托你，小米护士，我把我最爱的人交给你们了。”

小米眼中泪光一闪，点头：“嗯！”

陶然和整支医疗队住进了宾馆，隔离并待命。

每天，小米都会向陶然汇报苏寒山的情况——没有多少进展，但也没有坏消息。

隔离期满，是真的要返回了，大伙儿都兴致勃勃地收拾好行李，走过宾馆走廊，每个房间里都传出来跟家人通话的声音，无一例外全是“我马上就要回来了”。

陶然是无论如何都兴奋不起来的，行李早已收拾好，和父母的通话也已结束，她坐在窗边发呆，手里握着那根绳子，绳子垂下去刚好悬在楼下的窗口。

就连房间门口响起脚步声也没有吵到她。

她依然坐着，依然发呆。

来人暗叹了一声，叫她：“小陶。”

陶然回头，看见苏副院长站在门口。

“苏副院长。”她站起来，有点儿看见自己人的感觉。

苏副院长点点头：“都收拾好了呀。”

“嗯。”陶然萎靡的样子完全无法掩饰。

苏副院长再度点头，好像不知道说什么。

还是陶然憋不住了：苏副院长这么找来难道是跟苏寒山有关？她急道：“苏老师他……”

“他还好。”苏副院长忙道，“别急，他没事。”

“那……”陶然眼里泛起了疑惑。

“要回去了，我来看看。再有就是，苏寒山他有只猫……”

那只胖加菲啊，她知道！她点点头。

“他把它托付给我，我后来也过来了，就交给了他的邻居，请邻居每天喂喂，你回去后有时间就去看看它。”

“哦，好。”陶然满口答应。

苏副院长便没再说什么，但是在门口站了下，才点点头，走了。

大巴准时来接他们。

就是平时送他们上下班的大巴，司机都是老熟人了。和平时不同的是，车身上挂了横幅，写了字，都是欢送医疗队和感谢医疗队的内容。

离开和来时，情况截然不同。

来时大家伙儿都有点儿“壮士一去”的悲壮之气，现在回去，一个个都笑逐颜开。

小豆把行李放在地上，忙着回短信，回完还跟陶然吐槽：“啊呀，‘高黑面’给我发消息，说让我在北京等他，他要去北京找我。有完没完啊，好不容易摆脱了噩梦，他还要上北京找我？我回了他俩字——不欢迎！”

“不欢迎是仨字。”陶然拖着行李回答。

“啧……”小豆顾不得陶然，继续和高正浩打嘴仗，不，键盘仗去了。

戴晟和梅护士长出来时，行李全在戴晟手里，戴晟没提东西的那只手还虚圈着梅珊，好像怕来来往往的行李撞到她。

“行了，我先上车。”梅珊快步走到前面去了，空留戴晟一条半圈的手臂。

戴晟低头看了看，笑着摇摇头，去帮医护们把行李装车，顺便把陶然和小豆的行李也放了上去。

陶然最震惊的是看到满街民众。

来时，迎接他们的是满城的萧索；去时，竟是这样的盛况。

这是满城民众都出来了吗？大家都戴着口罩，和车里的医护们挥别，更有老人家对着车鞠躬作揖。车在马路上匀速前行，两侧警察列队欢送，看到车辆经过，便齐齐敬礼。街上的横幅、建筑上的灯光都打出“欢送医疗队”的字样。经历了酷冷隆冬，这座城市在春天绽放了它最大的热情。

陶然不由得泪眼婆娑。我最爱的城市，这春天的花至少有一朵是他呕心沥血灌溉而开，请你保佑他，不要放弃他。

不知哪里忽然响起唱小调的声音：“山水无弦心有韵，谁人识得伯牙琴……”

是她熟悉的调子，也许，还是她熟悉的人和声音，她在人群中寻找，却找不到声音的来处……

大巴将他们拉到机场，大伙儿像平时上班一样，站起身，准备下车，却见司机从座位上下来，向所有人鞠了一躬：“谢谢你们，谢谢你们来给我们的家治病，谢谢你们治好了它。祝你们一路平安，一生平安。”

“我们也谢谢你，司机大哥，这么多天，辛苦你了。再见！”

“再见。以后你们回来玩，再来找我，我还拉你们！”

全体人员登机后，航班乘务长的声音在广播里响起：“亲爱的医疗队英雄们，我是本次航班的乘务长，欢迎乘坐我们的航班，本次航班前往——家。你们还记得我们的约定吗？不见不散，一个都不少。我们曾送你们上战场，现在我们来接你们回家了！”

陶然的眼泪忽然之间哗哗地往下淌，乘务长后来还说了什么她完全听不见了。

她觉得自己真的脆弱了不少，越来越爱哭，可她没办法。是啊，他们医疗队无一感染，一个都不少地回家了，可他却被留在了这座城市的重症病房里，孤零零地继续抗争……

苏老师，对不起，我在北雅等你。

第十一章 来日方长

六个月以后。

清早，陶然宿舍。

陶然正熟睡，一只胖猫猛然跃上床，准确无误地坐在了陶然的脑袋上。

陶然被砸得脑袋疼。

“自从有了这只猫，妈妈再也不用担心陶然起不了床了。”对面床，小豆的声音响起。

“我本来也不赖床的好吗！”陶然把猫扒拉下来，顶着一头乱糟糟的头发，揉了一把猫：“我说你，该减肥了啊！”

小豆在一旁哈哈笑：“陶陶，你看看你现在的样子，我给你拍下来，真的跟这只猫一模一样。”

小豆说着便拿起手机胡乱咔嚓了几张，然后发给她。

她一张张翻看，有些无语。还真是，她怎么就跟一只胖加菲这么像呢？尤其她头发这么乱七八糟的，跟奓了毛一样……

她不由得想起刚回来时去找苏寒山的邻居接猫，人家帮她把门打开，她自来熟地叫猫“苏总”，连叫了好几遍猫都不理她，她这才想起苏寒山说过它不叫苏总，它有名字，可是她不知道叫啥啊，只好说猫咪把她忘了，结果人家邻居叫了一声“酥饼”，它就飞快地蹿了过来。

哼，看不出来，它胖成这样，跑起来倒很快！

可是，为什么它叫酥饼？

邻居说：“它本来就叫酥饼啊，苏医生买回来第一天就给取了名字叫酥饼。”

所以，它是因为跟她像才叫酥饼的吗？不，她不承认。

她打开手机的照相机，看见里面一个奓毛的自己，刚起床的样子实在不忍直视，她赶紧换成美颜相机，受到惊吓的心才算平复。她刚想自拍一张，结果酥饼的大脸凑了过来，然后抢镜成功。

“谁颜值高？”陶然问小豆，“算了，不问你了，我知道你的答案了！”塑料姐妹的塑料情是禁不起考验的！

“我发给苏老师问问。”

“你有本事就顶着这一脑袋头发今天当面问呗，还发什么发！”

“当面就当……”陶然本来还漫不经心，忽然跳了起来，“什么？你说什么？今天？当面？”

小豆一脸奇怪的表情：“苏主任今天要来啊，你不知道吗？”

她还真不知道！

“你怎么知道他要来？”

“就……大家都知道啊！有个研讨会吧。”小豆脸上浮起神秘的表情，脸上写着“我真聪明”四个字，“苏主任不告诉你，是为了给你惊喜吧？”

“应该是吧！”陶然高兴起来。

“你赶紧收拾收拾你的头发，别把苏主任吓跑了！”

陶然不服气，“他说了我头发这样也可爱。”

“可怜没人爱吧！”小豆虽然对陶然的臭美无语，但还是赶紧叮嘱她，“你等会儿要假装不知道啊，不然这个惊喜就没意义了！”

“知道知道！这我还能不懂吗？”

陶然的“惊喜”于下午抵达。

陶然今天晚班，所以特意去问了航班，估算好时间，计划抱着那只加菲去苏寒山家等。她还打算给苏寒山一个惊喜呢：你说，苏寒山回来，打开门，看见一人一猫，会是什么想法？

结果，惊的是她。

当然，效果原本就该是这样，但是，他什么时候来的？怎么提前了？

当打开苏寒山的家门，看见屋子里有人的时候，她就是这样一副傻呆呆的样子。酥饼喵的一声，从她怀里跳下去，直奔向里面的人。

是他……

没错，真的是他！

他瘦了很多，一件衬衫穿在他身上，空得还能再装下一个人，肩膀倒是和从前一样宽，只是单薄得好像骨头要戳破衣服凸出来了。这么一身黑色，显得他整个人宛如一张纸片，如果就这样在外面看到他的背影，她是绝对认不出他的。

但酥饼还认得他，不安分地绕着他的裤管转来转去，求抱抱。

只见他俯身抱起猫，酥饼便在他怀里一边撒娇一边喵喵喵叫个不停，骂街似的语气，好像在怪他怎么这么久不见人影。

哼，这只娇气的胖子，竟然抢占了她的位置！

“苏老师，你终于回来了！”好想哭一场啊，她已经有六个月没见他了！她也好想冲进去，把胖猫挤走，一个人霸占苏老师的怀抱，不不不，是抱抱苏老师，她真的好想好想他！

然而，她的脚步在准备迈出第一步时就被冻住了，是被苏寒山淡淡的语气给冻住的。

“谢谢你帮我照顾它。”这种平淡、生疏的语气，她一点儿也不陌生，当年她兴冲冲来北雅当护士，第一次见他，他就是这样的语气：“苏寒山。欢迎来到北雅呼吸。”

那她现在是不是要回一句“欢迎回家”呢？

她原本有很多很多话要说的，现在被他冻得结结巴巴，只说出来一句：“苏老师……你要吃晚饭吗？”

呸呸呸，这问的什么话，苏老师肯定要吃晚饭啊！她刚想补充一句“不如我请你啊”，就听他道：“嗯，我等会儿回家吃。”

“哦哦哦。”陶然明白，他说的“回家”是回苏副院长那儿。她等了一会儿，等他叫她一起，毕竟她“爸”都喊过了，苏副院长也不是什么外人是吧？但他好像没有这个意思？

这就尴尬了。

她讪讪的：“我……就是听说……你回来了，来把猫还给你。”

“嗯，谢谢，给你添麻烦了。”语气还是那样令人讨厌！

陶然是直，不是傻：他好像连叫她进去坐坐的打算都没有……

她站了会儿，从口袋里掏出钥匙，这还是上次来领猫的时候邻居给她的。她把钥匙放在门口的柜子上：“那个，钥匙我还你了。”

“好，谢谢。”

“……”咦？她好想骂人啊！“那，我走了？”

“好。”

于是，陶然就这么莫名其妙地走了，越走越觉得心里憋得慌。这都什么事啊？莫非那个把她堵在电梯里隔着口罩差点儿亲她的人是假的？莫非那些个日日夜夜的甜蜜对望也是假的？还是，他生个病，把脑子给生坏了？她没见过病愈后脑子出现问题的人啊。还有那只猫！你别叫酥饼，你不配叫酥饼！酥饼可是有情有义的人，给一个人送花就坚持送了六年，姐姐我养了你这些天，你转头就投向别人的怀抱，不带一点儿留念，你说你配叫酥饼吗？不过她转念一想，它还真是酥饼，它只眷恋它的苏主任。

郁闷的她准备从后门回宿舍去，经过马奔奔的花店时，马奔奔在店里大声招呼她。

马奔奔也回来好几个月了。陶然早就直接把遗书拍在他脸上了，不但扇得他无话可说，陶然还解读了一遍苏寒山给她的画，解读得马奔奔一愣一愣的，但是，他也总算明白了什么。所以，当陶然问他，有什么话要回京以后再跟她说的时候，他嘿嘿一笑，说了句："没啥，火烧，就是你那个发型，就跟火烧过一样，实在丑得有个性。就这样你们苏老师还能喜欢你，那是真的喜欢上你朴素美好的本质了。"

这话带来的结果是什么不言而喻。

马奔奔摸着自己的脑袋，看着陶然气呼呼离去的背影，脑袋上被陶然砸过的地方真不那么疼，心疼……

此时陶然蔫头耷脑地进了店。

"这干啥呀？一副被人偷光了菜的样子。"马奔奔指指凳子，让她坐，又指指一瓶红艳艳的花，"花给你准备好了，现在包起来？"

陶然没精打采的。

"你到底怎么了？你们苏老师不是好了吗？"

"是啊，可是……我……"陶然揪了揪自己的头发，瞟了眼马奔奔，"这么说，马奔奔，你是个男人对吧？"

马奔奔诧异："我哪里看起来像女人了？"

"不是，我的意思是，你也是男人，你来分析一下男人的心理。"

两人凑在一起嘀嘀咕咕起来。

"把你的手机给我看。"马奔奔道。

"不！"

"给我！"

陶然犹犹豫豫的，最终手机被马奔奔抢了去。

马奔奔只翻看了几分钟，看了一点儿陶然和苏寒山的聊天记录，就开始指着她骂："陶笨笨，你究竟有没有谈过恋爱啊？得，我问废话了，但凡谈过恋爱的人也不会把这当成恋爱！你自己看看，以前怎么样我不说，就我看的这段时间，没有一条消息是他主动发给你的，全是你在主动找他！”

“他之前是病着……后来不是工作忙吗？”

“你少帮他说话！我跟你说，忙只不过是不够爱的借口。一个男人如果真的爱你，尤其还是在热恋期，还经历过这样的生离死别，再忙也会想你，想你就会联系你！没有谁忙到电话都没时间打一个的！”

“那也有可能……”

“只有一个可能：他根本就不爱你！你再看看他的回复，你个笨丫头，就没从里面读出冷淡来？能一个字回答的从不超过两个字，最长的回复没超过十个字！哪一句是贴心的？哪一句是甜蜜的？我跟你的聊天都比这热乎！”

“谁跟你比啊，苏老师他是……”

“他就是个渣男！”

“才不是！你才是渣男！你才是大渣男！”陶然气得抢过手机就跑出了花店，回宿舍的路上，她却边跑边哭了起来。

马奔奔还给她打电话，她没接，直接挂断。马奔奔就给她发消息：别气了，我错了，好不好？我请你吃烧烤？

她气，但她气的不是马奔奔，而是被马奔奔揭穿自己都不愿意面对的现实，于是恼羞成怒的自己。

她一口气冲进宿舍，用被子蒙住头，过往这半年发生的事情历历在目。

其实她回来的第三天，小米就告诉她，苏主任新的 CT 片显示情况好转，全白的肺部有一小块清晰起来了。

之后，她每天听到的几乎都是好消息，情况一旦开始好转，每一天都有进展，大白肺在慢慢变好。在她回来的第八天，ECMO 就撤机了。又过了一周，麻醉和镇静停了，苏寒山苏醒过来。再后来，呼吸机拔管、改经鼻通气都很顺利，苏寒山在重症病房又待了十天后转入普通病房。那时候苏寒山已经可以视频和说话了。第一次和他视频，陶然是有些震惊的，但更多的是心疼，苏寒山比当初她在南雅的时候更瘦了，而且发染风霜，和从前那个温润亲切的苏寒山判若两人。

后来，苏寒山就不再接她的视频。陶然觉得，他也许是不想自己现在生病的样子被她看见，就像之前她头发剪得丑丑的也不想他看见一样。但他不是夸她可爱吗？他现在的样子她也不在意，他在重症病房里的样子她都见过呢，还有什么好大惊小怪的？但他是病人，她不能只顾着满足自己想看他的渴望，她要照顾他的情绪，所以，后来的日子里，她就没再跟他视频。

但是，两人每天都有通话，而且，她每天都在日历上做备注，这半年的备注写得详详细细的。

比如，今天苏老师康复出院。

比如，今天苏老师回医院上班了。

非但记这些主要事件，每天跟苏寒山聊了些什么她也会写进去。但是，随着时间的推移，她记录下来的东西好像越来越少，如马奔奔所说，苏寒山给她的回复越来越简单，越来越……敷衍（虽然她不愿意承认这两个字），最少的一次，她就记了：今天我问苏老师好不好，他说“嗯”。

一对情侣，如果一天的对话只剩一个“嗯”字的时候，傻子也知道不对劲了，陶然并不傻，她只是不想相信而已。

她不明白这是为什么，但是，如果就此罢休，那她就不是那个追了六年追到北雅来的陶然了！

被子里的她一坐而起，坐到镜子前打量自己的头发，而后把小豆的吹风机拿了过来，决定吹个发型。一个小时后，她顶着一头更加蓬乱的“草”对着镜子发呆。

半长不短的头发真是太难伺候了！

她戴了顶帽子，出门觅食去了。

接下来，她可能要面临一场战斗，不吃饱是没有力气战的！

当天晚班时，她打听清楚了，苏寒山这次会过来一周，她认为自己有的是时间问个清楚，结果，第二天早上下班的时候，她就在科室里遇上本尊了。

他戴着口罩和帽子，边走边和周主任说话，她是被熟悉的声音吸引的，站在原地等他，就在他必经的路上，他走到她面前了也不让。她终于看清了他的眼睛，疲态仍是有的，眼角的纹路也多了几条，但眼睛里的光是她熟悉的，没有改变。只是，这光只在她身上扫了一下就移开了。

周主任很识趣，指指楼上："我先去。"

苏寒山的目光终于落在她身上，仍然温润，却没有了从前那种"看着我家小姑娘"的特别意味，和看旁人没有区别。

"苏老师。"她开口。

"你好，陶然。"他眼神含笑，点点头，"下晚班吗？辛苦了。"

说完，他从她身边走过，紧跟着周主任的背影而去。

陶然蒙了，也确信了，马奔奔说的一点儿没错，他根本就是不爱她了……

可这是为什么啊？

她知道他们要去哪里，是去楼上的会议室开研讨会，好几家医院的医生都会来。不死心的她绕了一圈，先他一步上楼，她一定要找他问个明白！

这次，她等到的是苏副院长和他一块儿上来，父子俩在说话呢，好像还提到她的名字，她干脆不出现了，躲着偷听。

"小陶不错啊，你又在搞什么鬼？"

"没什么，我俩分手了。"

分手了……分手了……分手了……

这三个字在她耳边循环回响。她就这么被分手了？她什么都不知道！

难过吗？肯定有的，这对她来说简直是五雷轰顶，但更多的是愤怒：苏寒山，你凭什么？

黄昏，暮色半掩，城市的灯火渐次点亮，对面那栋楼，那扇熟悉的窗，也亮起了久违的熟悉的灯光。

陶然把T恤扎进牛仔裤里，穿上板鞋，准备出战，“放弃治疗”随风飞扬的头发每一根都在为她摇旗呐喊。

小豆闯了进来，满脸通红，看见陶然，欲言又止。

“怎么了？”出战前，陶然关心了一下姐妹。

“没……没事……”小豆涨红了脸，吞吞吐吐，“那个……‘高黑面’也来了。”

“他又训你了？”陶然觉得自己今天战斗力爆棚，不介意收拾完一个再来一个。

“没……没有……”小豆摇头的样子像只偷油吃的老鼠，而后指着陶然，“你……你要出去啊？”

“嗯！”

“那你去吧，回来再说！”

“你……”

“哎呀，你先去！”小豆把陶然推出了门。

好吧，来日方长，等她收拾完渣男，再来帮姐妹战斗！

几分钟后，她站在了苏寒山的家门口。

勇气？她吹吹就有了！

她鼓起腮帮子，用力拍门。

门从里面打开，菜香味儿飘出来，苏寒山就是伴着菜香味儿出现的，身上一股子糖醋排骨的味儿。

“你……”苏寒山没想到陶然会来，以为是自己叫的外卖生鲜到了。

此时的陶然就是一只气鼓鼓的河豚，绝对膨胀到了极点，她昂首挺胸，一把就把他推开了，鞋也没换，长驱直入。笑话，她是来砸场子的，没打算来先礼后兵这一套。

苏寒山看着她这小模样，又好笑，心里又有些发酸：“你……吃饭了没？”言下之意：你既然来了，没吃饭就一起吃吧。

陶然拍拍手：“吃了！不吃能有力气打架吗？”

苏寒山：“……”

所以，她是来打架的？

她在客厅里走来走去，趴在猫窝里刚刚吃饱的那位瞟了她一眼，换了个形状，继续瘫着去了。

厨房里响起另一个声音：“蒜来了？你赶紧剥几粒。”

陶然一听这声音，气泄了一半。哎哟，苏副院长在呢。不过，她马上又鼓了起来。那又怎样？就算是院长，也不能袒护渣男！

不过，在客厅打场面就不好看了，她哼了一声，往卧室走去。

“等下！”苏寒山在后面紧急叫停。

她偏不！

陶然一头闯进去，却愣住了。

那是什么？就是窗台上挂着的那个！他俩不是分手了吗？他还把她的晴天娃娃挂在那儿干什么？

她回头，怒视苏寒山：“还我。”

苏寒山面色迟疑。

陶然一怒，上前抢下来就要撕碎它。

“陶然！”苏寒山急呼，不顾一切地从后面抱住她，要从她手里解救娃娃。

陶然拽得紧紧的，娃娃已经被揉成一团皱纸，苏寒山紧紧地抓着她的手，不让她下狠手撕：“给我，别闹。”

“不给！娃娃是我的！”

“陶然……”苏寒山不想跟她争论什么“送我了就是我的”，只是紧抓着她的手腕，唯恐她用力，“别闹，听话。”

“不是分手了吗？你还留着我的东西干吗？都还给我！”

两人僵持着，苏寒山忽然问了一句：“马奔奔对你不好吗？”下午他路过花店，看见她哭着从马奔奔的店里跑出来。

陶然觉得这个人莫名其妙：“这跟马奔奔有什么关系？”

苏寒山犹豫了一下，叹道：“不管怎么样，我也算是老师，或者……长辈，如果马奔奔对你不好，你跟我说，我帮你教训他。”

陶然蒙了：“马奔奔为什么要对我好？你凭什么教训他啊？”

“一辈子很长，两个人既然在一起，就好好过，但也不要委屈自己。如果他不好，我就算是你的娘家人，我帮你出气就是了。”

苏副院长这糖醋排骨，醋加得忒多了，整间屋子里都弥漫着醋酸味儿。

“不是……”陶然彻底迷糊了，“你跟我解释一下，为什么我要和马奔奔过一辈子？”

苏寒山也蒙了：“不是你说要和他一辈子手牵手，幸福得让天上的星星都嫉妒得发酸吗？”这句话可真酸！

“我……”陶然觉得不是自己幻听了，就是苏寒山傻了，当然，苏寒山傻的概率比较大，“我什么时候说过要跟马奔奔一辈子手牵手？”

就是他进普通病房后第一次和她视频时她说的，原话是这样：“苏老师，我收到你的信了，也看懂你的画了，你放心。画儿画得不错，我很喜欢，女孩画得可爱，男孩也画得很帅，我们会好好儿地在一起，会手牵手一辈子，会幸福得让天上的星星都嫉妒得发酸。”

苏寒山忽然觉得不对劲了，他忘记了一件非常严重的事：陶然的脑回路和常人不一样……

他抓着陶然不放：“你给我讲讲，你是怎么理解那幅画的。”

陶然既然是来战斗的，自然带了物证，那幅画她也带来了。她还想问问呢，在画里画得这么美好，怎么这人醒过来就变了呢？不是脑子出了问题是啥？

“所以，女孩是你，男孩是我，花是你送我的？”苏寒山听完陶然的解释，幽然叹问。

“是啊！”陶然猛点头。

苏寒山指指最大那颗星星：“那星星呢？”

“星星就是星星啊！苏老师，我跟你说，你这幅画样样都画得好，唯一不足之处就是这颗星星。”陶然点评起他的画来，“按照画画的基本逻辑，这个时候，星星应该躲到云层里去，而不是笑得这么不要脸！”

不要脸……

苏寒山是真不想要自己这张脸了，这都什么乌龙啊……

“咦，难道我理解得不对吗？你怎么这副表情？”陶然的脸凑过来，靠近他。

“没……没有不对……很对……很对……”

“那分手的事……”陶然忽然意识到不对劲，拿起画就往厨房冲。

“陶然！”苏寒山追出去，却只追到陶然的背影，以及听见糖醋排骨在锅中咕嘟咕嘟的声音被陶然一声响亮的“爸”划破。

顿时，世界安静了。

陶然自己都呆住了，捂住嘴，瞪大眼睛回头看看苏寒山，看见他在那儿憋笑，一看就是一肚子坏水的样子，再看看苏副院长，她秒变小媳妇，唯唯诺诺地把画递过去：“那啥……苏院长，您帮我看看这画是怎么个意思……”

哎哟，她怎么就叫得这么顺口呢？真是丢死人了，她是来打架的好吗！

两分钟后，苏副院长把画的真谛解释清楚以后，三人围坐在餐桌边，开起了餐桌会议。

“陶陶！”“小陶！”

父子俩异口同声。

陶然觉得自己要冷静一下，摆摆手，起身走进房间。

刚才两人争抢的晴天娃娃已经不见了，她回头，看见他拿在手里，娃娃已经皱巴得没法看了。他发现了她的目光，还宝贝似的把娃娃藏到他背后，唯恐她再来抢。

她很生气，真的很气，他有什么权力替她做决定？她爱了他六年，就算他这次“光荣”了，他凭什么安排她以后的生活？安排好他就安心了吗？但是，她爱了他六年啊……

她在房间里来来回回走了很多圈，最后站在苏寒山面前，伸出手：“苏老师，娃娃还不还我？”

苏寒山摇摇头：“不。”

“为什么？”

“因为……”苏寒山的目光变得模糊起来，“它是我的保护神，是我的生命之光。”无数个绝望的时候，是它给我力量，给我希望。

陶然的目光也变得模糊，她微微点头：“行，那我要给你一个惩罚。”

“你说。”苏寒山微微犯疑，但随即释然，无论是什么，自己受着就是了。

陶然又在屋子里转了好几圈，最后在他面前站定，恢复成气鼓鼓的小河豚的样子：“罚别的，我也舍不得，就罚你……”她瞟他一眼，“让我亲一下……”

苏寒山愣住。

“怎么？不愿意？不愿意拉倒！我走了，娃娃我也不要了，再见！”

她绷着脸要走，被苏寒山一把拉住了手腕。

苏寒山的声音低沉下来：“我现在的样子……”他没有从前好看了，瘦得不像话，头发还半白。

陶然把自己的头发捋了一把，脸凑到他面前：“苏老师，我的发型好看吗？”

苏寒山苦笑，这个问题他答过的。

陶然认真地拉着他的手：“苏老师，我爱你，比你爱我多。”

苏寒山的手一紧，将她搂入怀里，眼眶渐湿：“傻姑娘，来日方长。”

两人静静相拥，陶然闻着他身上的味道，抿着嘴笑。是啊，来日方长，未来的路，我们会手牵手走下去，幸福得让星星躲进云层里吧。

他抱着她，失笑。这种莫名其妙的分手，莫名其妙的失而复得，只有他们之间才会有吧。

“你笑什么？”怀里的她嘟哝道。

“没什么。”他低头，盯着她的唇，“只是……”

“只是什么？”莫非苏老师又要反悔？

“只是以后这种要求不应该是你提，是我求……”他轻轻凑上去，在她唇上贴了贴，“这对我来说是惩罚，是吗？”

一声声轻柔的提问，然后是一点儿一点儿地贴紧，深入。

空气里，糖醋排骨的酸味儿渐渐散开，甜味儿涌上来，黏稠，甜润。

陶然不知为什么，心里酸酸的，忽然想哭。六年啊，他们俩现在才算真正修成正果了吧？

苏寒山感觉到嘴里的咸味，微惊，赶忙放开了她：“我弄疼你了吗？”

陶然摇摇头，眼泪却噗噜噜直落：“苏老师，这是惩罚，对你来说就是惩罚。”说完，她踮起脚，继续贴上去。

窗外，华灯繁盛，璀璨辉煌。

一、一家之主

一家三口的餐桌会议因陶然情绪有变而中断，过后自然要重新开起来。

会上，老父亲兼副院长大人对苏寒山的行为做了公正的“批判”，全力支持陶然的立场，并且在陶然的要求下直接“下文件”将家里的地位定下来：陶然是一家之主。

陶然有了家长支持，俨然成了老虎前面那只趾高气扬的小狐狸，手指在苏寒山面前点了点：“从今往后，要说分手只能我说，你是没权利说。”

尽管她绝对不会说。

地位问题确定以后，陶然还有个重要的问题要谈论，而且是个医学问题，至少在她看来是的。

“爸。”她特别自来熟地叫上了。反正自己也不是第一次叫了，是吧？

她是这么说的：“爸，还有个问题我要跟您汇报一下。苏老师身体上的问题吧，我是不介意的，他自己也不大在乎……”

苏副院长皱眉：“身体还没好？”难不成没治彻底？还是复阳了？这可不是小事！

“不是不是不是，爸您误会了！”陶然忙道，“是别的问题……”

苏寒山终于意识到怎么回事了，马上阻止她：“你别胡说！”

“我哪里胡说了？是周主任说的好吗！你这个人就是这点不好，死要面子。大家都是学医的，有什么好忌讳的？”

苏副院长整个人都不好了。周主任说的？儿子这是有大问题啊！就听陶然继续道：“爸，他这问题也算不上问题，我是真的不介意，但是，可能您想抱孙子孙女就难了……”

苏寒山捂住脸，无言以对。

苏副院长如同听见晴天霹雳。不是，能不能抱孙子孙女他倒不是那么介意，只是……儿子不行？这个新闻太劲爆了……

他震惊地看着苏寒山。

苏寒山一脸无辜：我没有，我不是，她胡说。

苏副院长再看看儿媳妇。

陶然：“他就是爱面子，也不肯去找付凯主任。”

苏副院长心里都动了念头：明儿我去问问周主任得了……

苏寒山忍无可忍，起身把陶然拎起就往房间走。

苏副院长虽然不懂这到底怎么回事，但儿子到底行不行的问题他还是知道答案了。看着陶然一边被拎鸡仔似的拎着走，一边回头喊“爸”的样子，他不禁失笑。得，有这么个儿媳妇，他再也不用担心儿子后半生寂寞了……

二、桃酥夫妇二三事

（1）

陶然认真在做娃娃。

送给苏寒山的那个晴天娃娃已经在他俩抢来抢去的过程中皱得跟废纸团似的了，眼看着苏寒山还当宝似的把它悬挂起来，她心里还挺过意不去的。

苏寒山过来，看着她费劲的样子，适时地阻止了她："艺术创作这个东西，是要靠灵感的，灵感来的时候完成的作品堪称鬼斧神工，那时候的作品是无法复制的。"

陶然觉着，苏寒山这番话说得有点儿玄乎，难以理解，于是她试着问："你的意思是，我送给你的那个娃娃是鬼斧神工，无法复制？"

"就是这么个意思。"

陶然颇为高兴，这对她来说算是极高的赞美了："可是它不大好看了呀。你说的，它是你的生命之光呢！"

苏寒山："我有你了啊。"

"嗯？"

苏寒山捏了捏她的鼻子："我的生命之光在这里呢！"

陶然嘿嘿嘿地笑，苏老师说的话就是这么让人开心。

几年后，陶然教某个小豆丁画画，小豆丁评价妈妈的创作："爸爸，为什么妈妈画的小人儿看起来都不大机灵的样子？"

陶然："你懂什么？你爸都说了，我的作品是鬼斧神工。"

苏寒山："那是因为你妈妈太机灵了，她一个人把机灵全占了，小人儿自然就不机灵了。"

陶然开心了，苏老师就是这么会说话！

（2）

9月底下了两场雨，天气凉下去不少，昼夜温差变大，尤其晚上再起了凉风，隐隐就有秋天的意思了。

苏寒山家门口，陶然已经换了鞋，准备走，苏寒山拉着她，亲了亲她的脸颊："真的不陪我吃了饭再走？"

"不了不了，我得走了，小豆她们等着我呢！"她毫不犹豫，还嫌弃地推开他的脸，"苏老师，你的胡子长了！以前我怎么没发觉你是个有胡子的人？"

"……"哪个男人没胡子？

苏寒山不死心："那吃完饭还回来吗？"

陶然眉头一皱："吃完估计都九点了，我还回来干什么？"

苏寒山觉得，这小家伙的每一句话都能堵得他心梗，他决定跟她谈谈："陶陶，你不觉得现在天冷了吗？特别是晚上。"

陶然扬扬手里的外套："你放心好了，我不冷，我带着毛衣外套呢！而且我们吃火锅，热乎乎的！"

苏寒山觉得自己的心又梗了一次："我冷啊，陶陶。"

"嗯？"陶然看看他，"苏老师，你多穿件衣服吧，就穿一件当然冷了。你啊，不是十八岁的小伙子了，我妈说，人上了年纪，就要懂得爱护自己的身体。还有，别喝冷的，等下烧壶热水，多喝热水吧！"

上了年纪……上了年纪……上了年纪……

"……"苏寒山觉得自己是真的心梗了，他暗暗捂了捂心口。去他的热水！以及，丈母娘说的话真的未免有点儿多……

"我不是现在冷！我是晚上睡觉冷！"他觉得自己已经把话说得很直白了！

结果，某人认真思考了下："苏老师，你家被子是不是太薄了？换床厚的啊！还有，开空调！"陶然觉得，苏老师这么大的人，怎么越来越像小孩儿了，这种小事都要她操心！不过，她也挺愿意操心的，这种带着个小男孩儿的感觉挺好。不过，她得走了，时间快到了，再不去小豆又要啰唆了！

“苏老师，我走了啊，你记着，喝杯热水！”她急忙拍开苏寒山的手，开了门，飞快地出去了。

苏寒山对着一桌子菜，想想某个人在热热乎乎地吃火锅，而他只能一个人坐下来，冷冷清清地吃他的饭。

第二天晚上，陶然来了。

苏寒山颇为“惊喜”，因为陶然还带了礼物来——一个古早的注射用玻璃瓶。

“苏老师，我妈说寒从脚生，晚上睡觉冷，灌个热水瓶在脚底下捂着就不冷了。我妈从前就是用这个给我暖脚的，现在要找到这个可难了，医院早不用了，我费了好半天劲才求护士长给我找来一个！”她一副很得意的样子，只差说“看我多能干”了。

苏寒山的每日一心梗要发作了。他捏了捏眉心：“我并不需要这个东西来暖脚！”

“那……我去买个暖……”

她还没说暖什么呢，苏寒山的电话响了，两人同时伸头一看：蓝女士。

陶然急了：“千万别跟我妈说我在你这里……”

苏寒山没搭理她，接了电话，果然，那边丈母娘问：“小苏啊，陶陶在你那儿吗？怎么打她电话一直不接呢？”

苏寒山看了看陶然，只见她连连冲他摇手。

“在。”他无视她那双摇摆得欢腾的手。

陶然气得一跺脚，抢过手机急急忙忙道：“妈，我刚没听见手机响！我现在马上就回去！马上！”

说完，她把手机扔还给苏寒山，还冲他挥了挥拳头，气鼓鼓的：“可真有你的！我这么晚还在一个男人家里，我妈会揍我啊！我小时候，超过九点不回家就会挨揍！”

然后，她气鼓鼓地背着包撒腿就跑了。

苏寒山捡起手机，一边起身准备出去送她，一边慢悠悠地跟丈母娘汇报：“她回宿舍去了，她说超过九点还在外面您就会揍她。”

蓝女士在那头笑得矜持极了：“嘿嘿嘿，我们家陶陶从小就是这么乖，家教很好……”

放下电话后，蓝女士气得跺脚：“我怎么就生了一坨铁！”

老陶一听这话就知道要糟，轻手轻脚打算溜回房间，结果蓝女士目光如炬，身手如电：“女儿都是遗传了你这坨铁！”

（3）

陶然已经洗过澡了，头发刚吹干。嗯，她的头发已经留长了，刚刚过肩膀，蓬蓬松松的，散在两肩上。

她盘腿坐在床上，皱眉思考：这个晚上要怎么过才能不伤苏老师的自尊心？毕竟任何一个男人都会在意自己新婚之夜不能人道这种事吧。

苏老师也是，怎么就这么倔强呢，就是不肯去找付凯主任看！她还悄悄去打听过，别说付主任了，男科任何一个医生他都没去找过！

苏寒山从浴室出来的时候，他的宝贝小娇妻正靠在枕头上看手机，横屏，应该是在看剧，至少不像在打游戏，但看得未免太专注了，他出来了她都没抬眼看他一下。

新婚夜，看剧？不看他？

他虽有些不理解，但心中暗暗揣测：莫非她在看新婚相关“教育片”？可又觉得她不像是这种人……

心里揣摩着，他坐在了她身边，一看，她居然在看一部古装剧？

“咯咯，陶陶。”他暗示了一下他的存在，顺便提醒她：这是新婚夜！

“嗯？”她的眼睛还粘在手机上，“苏老师，快来看，这部剧可好看了！”

苏寒山蒙了，她真的在看剧？还叫他一起看剧？“陶陶，不早了，该睡觉了。”该做我们该做的事了！

“哦……”陶然答应着，却没放下手机。

“陶陶，什么剧这么好看？”

“我跟你说……”她叽里呱啦给他讲起了剧情。

五分钟后，苏寒山一脸蒙：“陶陶，莫非你打算看一个晚上？”

“嗯，也不一定啊，等下实在困了我就睡……”陶然继续头也不抬。

苏寒山：“……”

“苏老师，你快看，哇，这个男主角，好帅好帅啊，太帅了！”

苏寒山：“……”

话说，她新婚夜看剧，他忍了；她不看他，他也忍了；她要看一个晚上，他觉得勉勉强强也能忍，可这新婚夜的，她让他看别的男人，还说好帅，这好像就不大能忍了……

“新婚夜！新婚夜啊！”一个声音在他脑子里咆哮。

他将她的手机抢走，沉下声音：“不准看了，睡觉！”

“啊？苏老师，你还给我！”

苏寒山真是服气了，是不是只有他的新婚夜是跟妻子抢手机玩儿？他是个成熟的男人，日日和心爱的女孩待在一起，一直以来都忍着生理本能，纵容着她，直到今天，此时此刻，如果他还能忍，他就真不是男人了！

新婚夜在一片混乱的声音中度过，全是她的大呼小叫，其中不乏她要他还手机的声音。

最后好不容易平息下来，她打着哈欠，梦呓般嘀咕：“苏老师，你什么时候悄悄去治了？”

苏寒山问号脸：治？悄悄？

想明白她的话以后，他又好气又好笑。

她在他怀里拱了一下，沉沉睡去。

嗯，这才新婚第一梗，未来可见，他还有许许多多心梗的时候，可是，是心梗，也是幸福梗啊……

她的发丝堆积在他颈间和下颌，柔柔软软的，空气里全是她发间的清香。

夜，缱绻而宁静……

来日方长啊……

三、一生在一起

深夜，医院。

梅珊下班后往停车场走。

走着走着，她感觉一旁有车灯一闪一闪的，一辆车缓缓驶到她身边。

她看了一眼，是熟悉的车牌。

车窗打开，戴晟冲她一笑："上车。"

"不用，我自己开了车。"

"让它停这儿！我们一起回去，明天我再送你来上班不就得了！"戴晟下车，去接她手里的包。

梅珊看着他，觉得这人真是可笑。

多少年前开始，她就不再指着他了，自己开车上下班，现在他不知抽什么风来献殷勤，怎么？她就要顺着他，满足他的自我感动？

"不必这么麻烦！"她继续往停车场走。

"不麻烦啊，梅珊……"

"阿晟！"

突然响起的声音打断了两人的拉扯。

一个抱孩子的女人跑了过来，高跟鞋的声音在深夜里显得特别清脆。

梅珊看了一眼，扭头继续走。

“梅珊……”戴晟急道。

女人却抱着孩子绕到了两人前面，挡住了两人的去路。

男孩儿脸泛红，睡得很沉。

这很明显是生病了。

果然，女人焦急地说：“阿晟，瑞瑞他病了。”

孩子病了，到医院来了，她不带着孩子去看病，却追着戴晟……

这个逻辑，梅珊不大明白，也不想弄明白，拔腿就走。谁知，那女人横跨一步，把她给拦住了。

“嫂子。”那女人这么叫她。

她没来由觉得生理性不适：戴晟是独子，哪儿来的妹妹呢？

“嫂子，我孩子病了，能麻烦你……”

这都点到她的名儿了啊。一听这话，梅珊就道：“孩子病了，你带他去急诊看，急诊有儿科医生值班。”

女人眼里就浮上了泪，楚楚可怜地说：“嫂子，你就看在哥的面上给我看看吧。你不是护士吗？你不能不给孩子看病啊！救死扶伤是医护的本职不是吗？”

梅珊心里这个火大：这人还道德绑架上了？

她不是没有反击这女人的能力，但她一直忍着，是因为觉得犯不着：这都什么呀，跟这种人计较不是掉自己身价吗？这事是戴晟招来的，就该他来解决，她做错了什么，要被推到前方来？可是，现在说到职业道德上来了，她就不大能忍了。

她绷着脸：“第一，我是护士，不是医生，我没有这个能力诊断开药。你既然来了医院，作为一个负责任的母亲，就应该去找最专业的医生。第二，我并不知道戴晟还有个妹妹，所以不必叫我嫂子，当不起。”

道德绑架谁不会啊，更刻薄的话她也会说，只是她不屑，而且这个不屑的眼神带着冷嘲，扔给了戴晟。

戴晟有几分尴尬，对女人道：“你这是干什么呢？孩子病了去找医生看啊！”

女人红着眼，一副盈盈欲泣的模样：“阿晟，你帮我跟嫂子说说，带我去找个熟悉的医生看吧。孩子发烧，医生会让他去发热门诊的……”

原来她是为了这个！

梅珊可算是明白了，暗暗冷笑，这次是真拔腿就走。戴晟被那女人缠着，没能追上来。

盛夏夜里的风，拂面清凉，走在风里，她听见身后传来对话：“晟，你帮我跟嫂子说说啊……”

“这不行！发烧送发热门诊是规定，谁也不能违反规定，医生怎么说你就怎么做……”

“可是我不想！孩子只是感冒发烧而已，发热门诊在感染科，送去发热门诊了，他不知还会传染上什么病呢，万一感染病毒……”

梅珊打开车门，上了车，外面的话听不到了。

车发动了，车窗外，女人一手抱着孩子，还能一手拉着戴晟的袖子，一副苦苦哀求的样子。

她默默移开目光，起步，离开。

午夜两点。

梅珊在床上翻了个身，看了下时间，头脑还很清醒。

这种情况已经很久了，她经常下了晚班后翻来覆去好几个小时睡不着。

她起床，去女儿房间看看。

孩子已经熟睡，只是，不出她所料，空调温度调得很低。

她给调成睡眠风，再轻手轻脚回房间。

再一次躺回床上时，她听见门响——戴晟回来了。

若是从前，他会去客房睡。

也不知是从什么时候开始的，也许是她怕她的三班倒和睡眠不好影响到他，也许是他自己觉得和她一起睡不好影响第二天的工作，总之，记不得是谁主动提出的了，反正客房慢慢变成了他的房间，但是，最近，他又开始睡主卧了。说实话，床上多了一个人，她还真不大习惯。

她静静地闭上眼。

果然，脚步声越来越近，卧室门被推开了。

后来，她听见他开衣柜，听见他去洗澡，听见水流哗哗的声音……

这些声音她越不想听，就越清晰地传入她的耳朵。

她索性蒙了头，翻身堵住了耳朵，可那些动静还是见缝插针地钻入她耳里。

她烦躁地掀开被子，那么巧，戴晟正好从浴室出来。

“睡不着？”他上衣也没穿，径直走过来，躺下了。

沐浴乳的香味将她罩了个满头满脸。

她干脆起身。既然他不去客房，她去好了！

结果，他来拉她。

她没站稳，一下就跌回床上去了，还跌进他怀里。

她一下就怒了：“你放开我！”

他没放，也没说话。

她不知从哪儿来的气，一巴掌打过去。戴晟也没躲，梅珊那一下直接拍在了他的脑袋上。

梅珊就好像被刺激了一样，长久沉默后爆发的能量大得有点儿吓人，她劈头盖脸地就朝戴晟打过去，嘴里说着：“别碰我！别用你碰过别的女人的手碰我！”

她还是爱的，不爱就不会有怨尤。

戴晟什么也没做，就静静地受着，但是怎么也不肯松手，等她终于累了，他才忽然说：“梅珊，我疼。”

梅珊没听明白，是打疼他了？至于吗？就算是，那又如何？她也不会同情他。

却听他再道：“这里疼。”他指着心口，“你说你不要我了的时候，我这里绞痛绞痛的，特别难受。”

是她不要他了吗？这倒打一耙可真行！既然如此，那就当是她不要他了吧！

她冷笑：“那是因为年纪大了，冠心病前兆！”

戴晟：“……”

戴晟原本想好的一片赤诚的话都被这一句整没了，看着她头发微乱、一脸怒意的样子，他忽然笑了。

梅珊不知道他笑什么，也没觉得这话有什么好笑，这一笑只让她更生气。

戴晟及时道：“别，别生气，只是刚才你的样子，让我想起了我们刚认识的时候。还记得介绍人介绍我们第一次见面的情形吗？那时候你还是个小姑娘，走路像只小鹿一样，又快又轻，来到我面前，眼睛亮亮的，灵动又活泼，第一眼我就喜欢你了……”

梅珊微微诧异。他从来没跟她这么具体地说过第一印象，她一直以为，他们彼此都是看着还凑合，抱着处处试试的态度日久生情的，她还是用情更深的那个……

“可是你那时看不上我啊。”戴晟接着说，“你那时候嫌弃我，说我太瘦，人又苍白，看起来身体不太好的样子，光长得好有什么用。后来我厚着脸皮约你出来跑步，你答应了，又批评我总不吃早餐，于是我们常常沿着护城河跑步，最后跑到景山上看日出，然后我送你回家，我们一起在胡同口的老店吃个早餐。我喜欢吃油条、焦圈儿，你总不让，说油炸的不营养。如果你上晚班，我们就傍晚去跑，跑完去吃晚饭，沿着红墙看夕阳一点点沉落，万家灯火点燃……”

梅珊听着，渐渐平静，不知不觉已泪流满面。

原来，他们也有过这样美好的时光；原来，他都还记得……

“梅珊，我是真的爱你……”戴晟的声音低沉而柔和，黑暗中的面容上还有些尴尬，“这把年纪还说这些话，实在有些难为情，但我……我怕我不说，你就真的不要我了。第一次见你，我就眼前一亮，从那时候开始，我就喜欢你了。”

梅珊眼眶绯红，看向一旁。是啊，那时候她青春活泼，他一眼相中她，现在她早已不是当初的小姑娘了，所以他曾经的小姑娘出现，他一下就被吸引了吧……

“别说了！”她一点儿也不想听！自己曾经有多幸福，现在就有多难过，不是吗？

“不，我要说！”戴晟道，“我们就是说得太少了，才会变成现在这样！”

“可我不想听！”梅珊用力挣脱他的手。

他双手用力，索性将她紧紧地抱在怀里。他一直想找个机会彻谈，但疫情期间不适合，回来后她又一直刻意躲避他，今天好不容易打开话题，干脆谈到底！

“你……走……开！别……用……碰过……别……人……的手……碰……我！”这是她第二次说这句话。她被戴晟压在胸口，声音呜呜的，话都说不连贯。

戴晟不松手，反问她：“我碰谁了我？”

梅珊不想说出那个名字，可就在刚才，那个女人还在拉他的手臂！

“我没碰她。”戴晟抱紧她道。

梅珊一怔。

“你说的那种碰，我从来都没有！”戴晟又道。

可是，梅珊明明看见那个女人晒幸福……

“你看，这就是什么都不说造成的，珊，我们之间已经很久很久没好好说话了……当然，这是我的错，是我年轻时只顾着往前冲，美其名曰‘给你幸福的生活’，其实是实现我自己的理想和抱负，一颗心全在外面，忽视了家里和你，我以为只要给足你钱就给了你幸福，我错了。珊，疫情这段时间，这一个多月，我们待在一起的时间比过去几年加起来都多，我守在你身边，虽然你不怎么愿意搭理我，但我心里却很平静。你知道吗，得知你深入疫区的那一刻，我都快急疯了，直到我跟着第二批医疗队找到你，见到你，我才好过了些，想着，就这么守着你，就算前路有什么不测，我总算是在你身边的……”

梅珊把自己归为俗世庸俗的女人一类，一个庸俗的女人，在听见丈夫说他没有碰过别人的瞬间，怒气就下去了不少，但朋友圈里见到的那些画面还是扎着她的心。戴晟偏偏还问她：“明天早上我想到咱妈家那边去吃油条，你陪我去，成不成？”

梅珊听着就觉得矫情，从这儿去西城，多远啊，就为吃个油条？

“你去啊？咱们说好了！”他自个儿做了决定。

梅珊忍不住酸了一句：“我不去！你去跟别人娘儿俩吃，反正你会献殷勤，自个儿炸油条去呗！”

戴晟听着，忽然就笑了。

还笑？梅珊恼羞成怒：“你很得意吗？”得意她还酸吧？那他知道她酸的背后承受了多少伤害？

戴晟赶紧投降：“没有，没有得意！我只是想起你年轻的时候……算了，不说这些事了。我对她真没有特别的意思，多年不见，她一个人带着孩子求到我面前，我想着，就算是普通朋友，能帮帮就帮帮……”

“何况还是初恋情人是吧？”

“对不起。”戴晟只能道歉，“我坦诚地说，当时的确是这么想的，但是我有妻有女，对她真没有过别的想法，就是看她一个人带着孩子不容易。做饭那次也是叫的外卖，我哪儿会做饭啊！她发朋友圈是屏蔽我了的，我也是后来才知道。她跟我吐槽她前夫成天不着家，她一个人带儿子多么辛苦，我当时还想，我也成天不着家，幸而我有一个贤惠的妻子，从来不抱怨，也不需要黏着我，才让我在外面使得开拳脚。但后来我才明白，婚姻和家庭不是贤惠不贤惠的事，陪伴才是一个家庭生命力的来源。人生漫漫，这其中多少变迁坎坷，只有一家人紧紧依靠在一起，才能跨过山山河河，一直保持这个家的生命力，而不至于让家庭生活变成一摊死水。”

梅珊沉默了。

“所以，明天你陪我去吃油条？”他又问。

“不去！”

他一笑：“我就当你答应了。”

“我累了，睡了。你回你房间吧。”

“这就是我房间！”他抱着她躺下，“那就睡！”

梅珊懒得搭理他，闭上眼睛。

多了一个人，她还真是更难睡着了！

睡下了，他却有些不安分起来。

“你干吗？”

“反正睡不着……”

“……”

半推半就间，夜的温度渐渐升高。

这真是这么多年来感觉最好的一次，真的太久太久没有这样的融洽与沉沦了，梅珊后来累得不行，很快就睡着了。

第二天，女儿最先起床，溜进妈妈房间，想在妈妈床上再赖会儿，结果发现爸爸也在。小小的她并不懂事，但是看见爸爸妈妈在一块儿却很高兴，拍着小手笑爸爸不知羞，这么大人还和妈妈睡。

梅珊有些脸红，瞪了他一眼，眉目间的风情宛若当年。

戴晟笑着下床，把女儿举起来："走咯，我们吃油条去，吃完去看姥姥。"

周末通常一天姥姥家，一天奶奶家，分配得很均匀。

去姥姥家，梅珊和女儿都开心，就是不大愿意去奶奶家，但又不得不去。

果然，奶奶从来不让人"失望"。

一家三口刚到，还没喝上茶，奶奶看着梅珊的肚子，就开始叨叨孙子的事。

梅珊听得太多，已经听得生理性麻木了，戴晟却让她带女儿下楼，去超市逛逛。

梅珊乐得离开，却在换好鞋准备出门的瞬间听见他对他妈说："妈，你能别老在梅珊面前叨叨这事吗？你这是想让梅珊瞧不起我啊？"

"怎么就瞧不起你了？"老太太还不爱听这话。

"妈，这事跟梅珊有什么关系？是你儿子，是我，我现在年纪大了，力不从心！就是不行了！"

老太太瞬间就没了声音，梅珊却想起这两天晚上他那些荒唐举动，脸红了又红。

真是不要脸，这种瞎话也编得出口！

心里骂归骂，她却脚步轻快地带着一蹦一跳的女儿出了门。

外面晴空万里，天空蓝得一丝云彩也无。